古典詩歌研究彙刊

第五輯

龔鵬程 主編

第 7 冊

唐人家庭倫理詩之研究

吳月蕙 著

國家圖書館出版品預行編目資料

唐人家庭倫理詩之研究／吳月蕙 著 — 初版 — 台北縣永和市：
花木蘭文化出版社，2008〔民 97〕

目 2+324 面：17×24 公分
（古典詩歌研究彙刊 第五輯；第 7 冊）

ISBN 978-986-6528-56-9（精裝）
1. 唐詩 2. 詩評 3. 家庭倫理

820.9104 98000860

ISBN - 978-986-6528-56-9

9 789866 528569

古典詩歌研究彙刊
第五輯 第七冊

ISBN：978-986-6528-56-9

唐人家庭倫理詩之研究

作 者 吳月蕙
主 編 龔鵬程
總 編 輯 杜潔祥
出 版 花木蘭文化出版社
發 行 所 花木蘭文化出版社
發 行 人 高小娟
聯絡地址 台北縣永和市中正路五九五號七樓之三
電話：02-2923-1455／傳眞：02-2923-1452
網 址 http://www.huamulan.tw 信箱 sut81518@ms59.hinet.net
印 刷 普羅文化出版廣告事業
初 版 2009 年 3 月
定 價 第五輯 20 冊（精裝）新台幣 28,000 元

唐人家庭倫理詩之研究

吳月蕙 著

作者簡介

吳月蕙，民國 51 年生，台灣省苗栗縣人，文化大學中國文學碩士。曾任中央日報副刊編輯，現從事文字工作，並任亞洲大學通識中心兼任講師。作品涵蓋報導文學、兒童文學及客家文學範疇，包括《筆耕心耘見良田——女作家群像》、《客家小小筆記書文學篇》、《和平——溫暖·安心·快樂的感覺》、《謎樣的孩子——認識自閉症》、《歡喜唐寶寶》等。

提　　要

　　本論文為民國八十年私立中國文化大學中國文學研究所碩士論文，指導教授為羅宗濤先生。今重新打字排版刊行，除配合排版需要更正標點符號，章節內容未做更動。茲就論文內容，略述如下：

　　中國的歷史文化乃是由倫理思想所構築而成的，「父子有親，君臣有義，夫婦有別，長幼有序，朋友有信」的五倫，正為先聖先哲所提出最簡明扼要之人我分際、相待之道。若再進一步探究，君臣關係如同父子，朋友的關係又擬似兄弟，足見一切的倫理都是以家庭倫理為原則向外輻射延伸，因此研究中國的倫理由家庭倫理著手，才能抓住其核心。

　　倫理思想在中國歷數千年，浸潤到人心深處，因此以不僅是「外作」的理性觀念，實為中國人「中出」的感性流露。欲證明這一點，本論文乃從有「言志」、「言情」傳統的詩歌中，探究家庭倫理深入人心的情形，同時擇取了社會文化具有特異面貌、詩歌藝術亦發展成熟的唐代為研究對象，挑出唐人詩中與家庭倫理有關之作品，加以深入的分析，配合史籍、禮典、律法之記載及傳奇、筆記之掌故以為佐證，探求當日之世情與民風，並彰顯詩中所蘊藏的感情內涵。全文約三十萬字，共五章

　　第一章：緒論

　　第二章：夫婦詩之內容分析。又分嘉會新婚、琴瑟合鳴、離別相思、患難見情及永恆憶念五節逐一探討。至於有實質夫妻關係，而地位等而下之的妾，則附論於章後。

　　第三章：父子詩之內容分析。析為慈幼之愛與孝養之情二節，以彰顯父母疼愛子女與子女報答父母感情之不同。又因父子關係所延伸的叔姪、舅甥、翁婿、祖孫關係，感情亦擬同於父子，故附論於本章之後。

　　第四章：兄弟詩之內容分析。一本傳統宗法觀念，將同胞、同姓的兄弟感情於本論中探討，分歡聚親愛、勸勉教導、臨別依依、千里懷人及無盡傷痛五節。而於附論中探討外家的表兄弟及妻兄弟之關係。

　　第五章：結論。

　　年少習作，難免疏漏，付梓之際，誠惶誠恐，唯祈海內外碩學方家不吝賜教，則為幸甚。

目

次

第一章　緒　論

第一節　家庭倫理的重要

中國的歷史文化的結構是由倫理思想所建築而成，維繫數千年不崩不墜，並於其間開創了數個榮盛壯大的局面。追溯倫理的起源，據班固《白虎通義》云：

> 古之時未有三綱六紀，民人但知其母，不知其父，能覆前而不能覆後，臥之詓詓，行之吁吁，飢即求飽，飽即棄餘，茹毛飲血，而衣皮韋。于是伏羲仰觀象于天，俯察法于地，因夫婦、正五行，始定人道。〔註1〕

可知上古為聚生羣處、骨肉相亂、親戚相犯、上下無序的社會，經過伏羲法式天地，乃脫離蠻荒獸行。陸賈《新語》又云：

> 於是先聖乃仰觀天文、俯察地理、圖畫乾坤，以定人道、民始開悟，知有父子之親、君臣之義、夫婦之道、長幼之序。〔註2〕

渾沌蒙昧經過了暗暗長夜，終展現文明的曙光。

到了周朝，經由周公的制禮作樂，初具雛形的倫理觀念更加被強

〔註1〕　漢班固撰・清陳立疏證《白虎通義》（台灣商務印書館，民國57年）卷二，頁38～39。
〔註2〕　漢陸賈《新語》（世界書局，民國51年）「道基第一」，頁1。

調，尤其經過孔孟的勤加闡釋，使得倫理思想的體系益形鞏固，井井然落實到行禮如儀的日常生活中，適切規範了社會的和諧，誠如唐君毅《中國人文精神之發展》一書中所云：

> 夏殷之較重祀鬼神，表示中國人之先求與神靈協調，此時之禮樂，當主要是和神人之禮樂，至周而後，禮樂的意義更重在通倫理，成就人與人之間之秩序與和諧，故文之觀念之自覺亦當始於周。〔註3〕

發展至此，終於形成一種郁郁乎文哉，生命力強盛而又文雅有度的文化內涵。我們看《易經‧序卦》云：

> 有天地然後有萬物，有萬物然後有男女，有男女然後有夫婦，有夫婦然後有父子，有父子然後有君臣，有君臣然後有上下，有上下然後禮義有所錯。〔註4〕

《孟子‧滕文公》云：

> 人之有道也，飽食煖衣，逸居而無教，則近於禽獸，聖人有憂之，使契爲司徒，教以人倫：父子有親，君臣有義，夫婦有別，長幼有序，朋友有信。〔註5〕

在這種倫理教化的薰陶之下，中國文化大的架構大致穩固，而隨著時代演進，倫理的思想內涵發展得更精密，時至今日，這種淬礪不滅的文化特質，仍然閃耀著他的光輝，也爲世界上其它文化的成員所驚奇讚歎。

先哲先賢既提出各種人我分際相待之道，又有其推己及人，由內向外的實行步驟：《禮記‧大學篇》自格物、致知、誠意、正心、修身、齊家、治國、平天下，將其本末先後挈領提綱，云：「知所先後，則近道矣」。可知五倫之中「父子有親、君臣有義、夫婦有別、長幼有序、朋友有信」亦有其循序漸進者。仔細些推究，君臣的關係如同

〔註3〕唐君毅先生《中國人文精神之發展》（人生出版社，民國47年），頁23。

〔註4〕《十三經注疏‧周易》（藝文印書館，民國71年）卷九〈序卦〉，頁187～188。

〔註5〕《十三經注疏‧孟子》卷五下〈滕文公〉，頁98。

父子，朋友的關係又似兄弟，整個倫理思想的精義，原就是天下一家，親愛和諧。那麼可見人際一切倫理都不出家庭關係，都是以家庭倫理的原則所輻射延伸者，「親親而仁民，仁民而愛物」，理想固然層層擴充，基底卻必然仍落實在家庭，故雖言五倫，家庭倫理實爲其重點。

　　古來視夫妻爲一體，親子之間如骨肉，兄弟姐妹則同手足，其關係的親密可得而見。在社會上有種種人羣結合的方式，但是沒有任何一種遇合及得過血緣的摶成緊密長久。「血濃於水」，即便飄泊異鄉的浪子，臨老也迫切期望認祖追宗，落葉歸根。「家」以宗族親戚的具體形象，在中國社會扮演不變的核心角色，如果說一旦離乎此「中國的社會便無著落，中國的倫理道德也無從說起。」〔註6〕那也一點都不誇張。因此研究中國的倫理，由家庭倫理著手，正所謂得其環中，以應無窮。

第二節　研究唐人家庭倫理詩的重要

　　倫理思想與社會的風氣、政治的得失息息相關，因此不管是社會上通行的教育典章、爲政者操縱的制度規範，抑或學術思想界的論著闡發，都不勝枚舉。或從理論處窮其微言大義，或紹述其旨制成嚴謹的法規，史書裏面人物行誼也往往具千古式範的作用。後世家訓如顏之推《顏氏家訓》、葉夢得《石林家訓》，家儀如司馬光《涑水家儀》，家範如鄭太和《鄭氏家範》，其它如周敦頤《周子通書》、李昌齡《樂善錄》一類亦皆諄諄誡訓。倫理看來似乎是「外作」而偏重理性的；事實上在歷史文化涵融日久之際，人心浸漬之深，中國人的倫理意識，早已超越理論與條規的約制申述層面，「中出」而順應人的性情，成爲言動視息心靈之間自然流湧的一種美質了〔註7〕。要觀察這種人

〔註6〕杜正勝〈編戶齊民——傳統的家族與家庭〉，文收入《中國文化新論‧社會篇》（聯經出版事業公司，民國71年），頁10。
〔註7〕參羅師宗濤〈中國人之倫理意識——以中國詩歌所表現之論理觀爲中心〉，文收入韓國高麗大學校民族文化研究所《現代社會與傳統倫

性深層的觀念文化與精神意趣，透過「言爲心聲，樂不容僞」的藝術與文學作用，顯較文化中其它任何政治、經濟、社會的角度來得更直截與精當。

文學藝術反映時代，掌握整個社會的脈搏。唐世結束漢末以來三百餘年的動盪分裂之局，眞正讓凋敝的民生得到休息調理。同時不拒外流的開闊立國胸襟，也使得文化承受世界性的衝擊，無論宗教、哲學、藝術文學、日用器物，乃至生活方式都注入了新的強大生命活力，在帝國氣候的培蘊之下，一一蓬勃發穗。其面目之鮮明，表現之突出，與性格之強烈不僅垂型中土，也成爲世界史上研究的焦點。以唐文化發展之成熟與完整觀之，倫理系統亦正有其獨到的特色，而家庭倫理在這個卓異體質的時代裏，仍然扮演他深層紮根的角色，貯存在芸芸眾生的性情幽處，靜靜發出永恒的溫暖與光輝。

唐詩居於一個恰逢其會的文化風口。詩從早期四言爲主的《詩經》，變《楚辭》之騷體，演而爲漢賦形式，五言古詩起於東漢，七言古詩及律絕的近體詩則在六朝始逐漸醞釀，經過其間無數詩人的摸索與追求，不僅詩作內容益見拓展，藝術表現的手法更累積了豐富的經驗，至唐完全成熟。

詩歌傳統有所謂「言志」與「緣情」之說，《尚書》云：「詩言志，歌永言，聲依永，律和聲」〔註8〕，《禮記・樂記》復申論之：「詩言其志也，歌詠其聲也，舞動其容也，三者本於心，然後樂器從之。」〔註9〕「言志」之說足以概括詩之特質。而《毛詩序》更拈出「情」之特性，云：

> 詩者，志之所之也，在心爲志，發言爲詩，情動於中而形於言；言之不足，故嗟歎之；嗟歎之不足，故永歌之；永歌之不足，不知手之舞之，足之蹈之也。〔註10〕

理討論會論文集》，1986，頁103。
〔註 8〕《十三經注疏・尚書》〈舜典第二〉，頁46。
〔註 9〕《十三經注疏・禮記》〈樂記〉，頁682。
〔註10〕《十三經注疏・詩經》〈詩譜序〉孔穎達《正義》引，頁4。

陸機〈文賦〉進而有「詩緣情而綺靡」之說〔註11〕，南朝梁劉勰《文心雕龍》則云：「人稟七情，應物斯感，感物吟志，莫非自然。」〔註12〕把「志」與「七情」視同一物，至唐，李善注陸機「詩緣情而綺靡」之句，云：「詩以言志，故曰緣情。」〔註13〕而孔穎達《春秋左傳正義》云：「在己為情，情動為志；情、志一也。」〔註14〕更將「情」、「志」統一，也就是說因外物相感，哀樂之情生，即所謂「志」，抒發此情，就叫做「詩」，明明朗朗將詩歌的本質「發抒一己中出之情意」闡露釐清，因此唐代詩人在詩歌傳統的繼承上就更沒有疑惑，逞歌放言，無不善盡其情了。

加以唐行科舉，仕進之途廣開，知識的門限也逐漸消弭，布衣白衫皆可銳意自進，能文會詩的人口大大提高，超越前朝各代，至開元天寶，實已臻「普遍參與」之境地〔註15〕明胡應麟《詩藪·外編》云：

> 甚矣詩之盛於唐也，其體則三四五言、六七雜言、樂府歌行、近體絕句、靡不備矣；其格則高卑遠近、濃淡淺深、巨細精靈、巧拙強弱、靡弗具矣。其調則飄逸渾雄、沈深博大、綺麗幽閒、新奇猥瑣、靡弗屆矣。其人則帝王將相、朝士布衣、童子婦人、緇衣羽客、靡弗預矣。〔註16〕

若從唐代詩人所流傳下來之詩作看，清人所纂集《全唐詩》，所錄共二千三百餘家，錄詩四萬八千四百餘首。其中開宗立派影響久遠者，不下二十人，至於特色顯著，在文學史上擁有一定地位的詩人，也有百人之多，這份成績單更使得唐詩名符其實地成為唐之一代文學。而透過流露人之性情最精密的詩體裁與當代裏最具代表性、普遍性的文

〔註11〕 《文選》（藝文印書館，民國72年），卷十七，頁246。

〔註12〕 劉勰撰・周振甫注《文心雕龍注釋》（里仁書局，民國73年）〈明詩第六〉，頁83。

〔註13〕 同註11。

〔註14〕 《十三經注疏・左傳》卷五一〈昭公二十五年〉，頁891。

〔註15〕 高大鵬《唐詩演變之研究》（政大中研所博士論文，民國74年）第六章第一節，頁178。

〔註16〕 明胡應麟《詩藪》（廣文書局，民國62年）〈外編三・唐上〉，頁479。

學作品，來檢驗唐人家庭倫理的實質內涵，應該是更爲眞切踏實。

第三節　研究範圍

　　本論文取材，主要根據清聖祖御定《全唐詩》及後人輯佚所得之匯編《全唐詩外編》二書，擷擇其中有關家庭成員間倫理的詩，以爲研究，其原則如下：

　　一、作品年代依全唐詩及外編之斷限，將隋及五代亦加以包括。

　　二、研究對象，限於詩歌，《全唐詩》所錄諸詞，除非必要，不予引用。

　　三、所謂家庭倫理，是指有夫妻、父子、兄弟關係的人彼此之情誼，因此以詩人所自抒感情之作爲首要素材。但詩人往往也以代擬的方式，爲不同階層的人們發言，此亦足代表其間感情，故亦引爲次要素材。

　　四、詠史之作，雖亦有及夫婦、父子、兄弟關係者，以非當代故實，捨而不用。

　　五、代擬之作，若曖昧難明其代擬之對象，捨而不用。

第四節　研究方法

　　將搜羅所得的詩，逐首考察，旁參唐代史籍、禮典、律法之記載及傳奇、筆記之掌故，以互爲發想，印證當日的士情與民風，彰顯詩人所蘊藏的感情內涵。

　　爲研究之便，先將爲數甚夥的家庭倫理詩，依其寫作的對象或寫作內容分爲夫婦、父子、兄弟三部分。而本「君子之道，肇端乎夫婦」之義，首先探討夫婦詩之內容，依夫妻感情表現之不同，從嘉會新婚、琴瑟合鳴、離別相思、患難見情，以至永恒憶念，逐一探討，其中嘉會新婚敘男女對成家的共同渴盼及唐人重視婚姻的情形，可視爲本章緒論。至於亦有實質夫妻關係的妾，因地位與妻不能相提並論，故於

附論探討。

　　第二章探討父子詩之內容，由於父母疼愛子女與子女報答父母的感情有相當差異，故析爲慈幼之愛與孝養之情兩節，再深入逐一探討其感情內涵。從父子關係所延伸出的叔姪、翁婿、祖孫關係，感情亦皆擬同於父子，乃附論於本章之後。

　　第四章探討兄弟詩之內容，一本宗法觀念裏重本家的習慣，將同胞、同族、同姓的兄弟關係在本論中探討，分歡聚親愛、勸勉教導、臨別依依、千里懷人及無盡傷痛五節。至於外家兄弟則又分表兄弟及妻兄弟，列於章後附論。

　　第五章結論。

第二章　夫婦倫理詩的內容分析

　　中國文化重人倫，而人倫又以夫婦爲起點，《中庸》云：「君子之道，肇端乎夫婦。」〔註1〕《易經·繫釋傳》又云：「天地絪縕，萬物化醇，男女構精，萬物化生。」〔註2〕都說明了夫妻一倫乃是延續後代，繁衍家族，開展人倫的基礎。賢妻美眷爲家和事興的首要條件，唯有「刑于寡妻」〔註3〕才能「至於兄弟，以御于家邦」〔註4〕所以先聖先哲對於夫婦倫理極爲重視。僅僅成就夫妻關係的婚姻之道－亦即嫁娶之禮，〔註5〕就有十分繁縟的規定，至於夫妻交接應對也有嚴明的禮儀規範，同時，各朝法律也對夫妻行爲有許多的約束，用意都在希望夫妻和睦，偕老欣欣，爲社會奠定寧靜安祥的基礎。然而男女的感情是十分微妙的，在漫長的夫妻生活裏，不惟多采多姿，也可能暗潮起伏，波瀾萬丈，實非有限的儀範或律則所能盡括，詩作敘志述意，傳達人情最是絲絲入扣，由詩入手，有助於深入夫妻關係的核心。

〔註1〕　《十三經注疏·禮記》（藝文印書館，民國71年），卷五二〈中庸第三十一〉，頁882。

〔註2〕　《十三經注疏·周易》，卷八〈繫辭下〉，頁171。

〔註3〕　《十三經注疏·詩經》，卷十六〈大雅·思齊〉，頁561。

〔註4〕　同前註。

〔註5〕　前揭書，卷四〈國風·丰〉，詩爲「婚姻之道」鄭玄箋：「婚姻之道謂嫁娶之禮。」頁177。

本章討論唐人夫婦詩，一本「聘則爲妻，奔者爲妾」〔註6〕的傳統夫妻觀念，先探討經過正式婚姻儀式，擁有合法夫妻身分的夫妻關係，分嘉會新婚、琴瑟合鳴、離別相思、患難見情及永恒的憶念五節敘述。而對也擁有夫妻的實質關係及實質感情，而身份地位等而下之的妾、侍兒、姬等，則於附論中再行敘述。

第一節　嘉會新婚

自古男女授受不親，須經父母之命、媒灼之言。以隆重的六禮納采、問名、納吉、納徵、請期、親迎之後乃能合法的在一起，這種男女之防在秦、漢、明、清各朝最是涇渭分明。然而未婚男女懷春邂逅本是難免，《詩經》以降，少男少女情竇初開，互相企慕相思，約會追求的作品比比皆是，那是再多的規範無法禁阻的。

唐代由於社會開放自由，男女交往的空間大大開拓，尤其是高層的貴族階級；騎馬、野獵、打毬、泛舟、賭博、下棊、酒令、插花、踏青、野宴、鬥雞……男女共同遊宴，百無禁忌，民間凡夫俗婦即便程度上不能及，但見面交談，遊玩贈寄並無阻礙，往往滋生愛苗。〔註7〕

例如大曆年間的晁采與文茂，青梅竹馬毗鄰而居，幼時即相約爲伉儷，及長，文茂時時以詩寄情，晁采則以蓮子達其意，文茂得之，墜於盆中。踰旬，竟花開並蒂，茂喜極以報采，兩人乘間歡合，晁母得情，歡以「才子佳人，自應有此」遂以采歸茂，有情人終成眷屬，傳爲千古佳話。我們來看所留下的旖旎詩篇：晁采〈寄文茂〉

> 花箋製葉寄郎邊，的的尋魚爲妾傳。並蒂已看靈鵲報，倩郎早覓買花船。〔註8〕

〔註6〕《十三經注疏・禮記》，卷二八〈內則〉，頁539。
〔註7〕參嚴紀華《全唐詩婦女詩歌之內容分析》（國立政治大學中文研究所碩士論文，民國70年），頁4～5。
〔註8〕清聖祖御定《全唐詩》（明倫出版社，民國60年），卷八〇〇，頁8999。

文茂〈春日寄朵詩〉

> 美人心共石頭堅，翹首佳期空黯然。安得千金遣侍者，一
> 燒鵲腦繡房前。

> 曉來扶病鏡臺前，無力梳頭任髻偏。消瘦渾如江上柳，東
> 風日日起還眠。

> 旭日瞳瞳破曉霾，遙知妝罷下芳階。那能化作桐花鳳，一
> 集佳人白玉釵。

> 孤燈纔滅已三更，窗雨無聲雞又鳴。此夜相思不成夢，空
> 懷一夢到天明。〔註9〕

這一篇篇少男少女熱烈情懷的詩，確實讓我們看到兩心相屬，期盼結
縭的千情萬緒。或大膽的要求情郎早覓買花船，或相思不寐，願化桐
花鳳，朝朝暮暮相伴，一句句一聲聲都傳達了單棲寂寞苦，惟願雙雙
宿的訊息。

　　除了以上所見這幾首詩，晁采尚作有〈子夜歌〉十八首，完全吳
歌風格，最能表現懷春女子的柔情似水，此處僅舉四首，據此推之，
則嘗一臠可以知全鑊矣。

> 何時得成匹，離恨不復牽。金針刺菡萏，夜夜得見蓮。

> 明窗弄玉指，指甲如水晶。剪之持寄郎，聊當攜手行。

> 感郎金針贈，欲報物俱輕。一雙連素縷，與郎聊定情。

> 輕巾手自製，顏色爛含桃。先懷儂袖裏，然後約郎腰。

> 〔註10〕

詩中頻頻使用諧聲雙關，如「匹」隱含「匹偶」之意；「蓮」即「憐
愛」之憐，「針」即「眞心」之眞。而意象的聯類隱射也極豐富，如
剪下玉指贈情郎，可聊作攜手意。送對方手製的輕巾，先在自己的袖
中懷藏一陣子，情郎日後圍在腰間，就彷彿自己環抱郎身。〈子夜歌〉
十八首俱輕俏機靈，把賞之餘，每見少女慧心獨具。

〔註 9〕　同前註。
〔註10〕　前揭書，卷八○○，頁 9000～9001。

　　《全唐詩》另載姚月華與書生楊達邂逅於江行之中的故事，這位曾夢月墜妝臺，一覺大悟，遂成絕異的才女，愛慕楊達的詩才，傾心不已，旋即進墜入愛河，其〈製履寄楊達〉云：

　　　　金刀剪紫絨，與郎作輕履。願化雙仙鳧，飛來入閨裏。〔註11〕

滿腔的柔情蜜意針針線線縫成紫絨輕履，又盼望雙履化成雙鳧，讓她的情郎飛入深閨與她相會，藉著具體的事物，傳達了真切的感情。

　　然而姚月華的戀情並不如晁采那樣以喜劇收場。〈有期不至〉：

　　　　銀燭清尊久延佇，出門入門天欲曙。月落星稀竟不來，煙
　　　　柳朧朧鵲飛去。〔註12〕

熾熱的戀情至此明顯的有了變化，月下佳人癡立，情郎竟然爽約，「月落星稀」、「煙柳朧朧」充滿了事如春夢，渺茫難追的悵惘，「鵲飛去」更是女主角的無限驚心，歡愛的情景依稀，此情此景，却早已令她了然幸福就像長了翅肪的鵲鳥疾飛而去，永遠不復再臨了。

　　此時姚月華的父親恰好有江右之行，兩人就此別過，天南地北，跡蹤遂絕，但這段夭折的戀情顯然給她很重的打擊，試看這二首〈怨詩寄楊達〉（一作「古怨」）：

　　　　春水悠悠春草綠，對此思君淚相續。羞將離恨向東風，理
　　　　盡秦箏不成曲。

　　　　與君形影分吳越，玉枕經年對別離。登臺北望煙雨深，回
　　　　身泣向寥天月。〔註13〕

少女的心像是一顆易碎的玻璃，必須小心捧觀賞閱。往往愈是執著於曾經的過往，愈是難以釋懷，縱使分隔得再久再遠，中夜耿耿，依舊心曲紊亂。像姚若華這樣冰雪聰明的人兒，自然有她對感情婚姻的信念，就因為這樣，使得她一旦受挫較任何人都難於平復。我們從下面一首〈怨詩效徐淑體〉可以更能了解她理念破碎的深沈痛苦：

　　　　妾生兮不辰，盛年兮逢屯，寒暑兮心結，夙夜兮眉顰，循

〔註11〕前揭書，卷八○○，頁9004。
〔註12〕同前註。
〔註13〕同前註。

環兮不息，如彼兮車輪，車輞兮可歇，妾心兮焉伸，離沓
兮無緒，如彼兮絲棼，絲棼兮可理，妾心兮焉分，空閨兮
岑寂，妝閣兮生塵，萱草兮徒樹，茲憂兮豈泯，幸逢兮君
子，許結兮殷勤，分香兮翦髮，贈玉兮共珍，指天兮結誓，
願爲兮一身，所遭兮多舛，玉體兮難親，損餐兮減寢，帶
緩兮羅裙，菱鑑兮慵啓，博鑪兮焉熏，整襪兮欲舉，塞路
兮荊榛，逢人兮欲語，輙匝兮頑囂，煩冤兮憑胸，何時兮
可論，願君兮見察，妾死兮何瞑。〔註14〕

《楚辭》形式的「徐淑體」具有一唱三歎的效果，最能表現悲切哀
怨的憂思，姚月華選擇了這種體裁，將滿腔塊壘盡情宣洩，持堅貞
之念，一句句由胸臆翻出，剖却寸斷肝腸今置地，但求郎君解我心。
句句託物，層層比擬，她盼望能如徐淑與秦嘉這對夫婦一樣，即便
分隔天各一方，仍恩愛互信，求與伊人天長地久，偕老白頭。奈何
天不從人願，造化弄人，不明不白斷送的初戀，使她反覆慮念，不
知道應咎責何人。滿紙拊膺搥胸，傷痛不已，却只有一句「所遭兮
多舛」來解釋那拚盡心力以赴的一筆感情糊塗帳。末了，期盼奇蹟
出現的希望未泯，她仍舊希望情郎重來鑒察她的真情真意，只要有
這樣一日，雖死亦不足惜。

從詩裏，我們如此強烈的感受到姚月華對從一而終的傳統深重
的執著，雖然「唐源出於九狄，故閨門失禮之事，多不以爲異。」
〔註15〕引起宋儒的譏評，但是人文教化並不曾在有唐一代嚴重失
落，天真燦漫的晁采、文茂，貞心自誓的姚月華都讓我們看到人情
樂成眷屬的美質。

再將鏡頭轉向田野，徐彥伯〈採蓮曲〉：

妾家越水邊，搖艇入江煙。既覓同心侶，復采同心蓮。折
藕絲能脆，開花葉正圓。春歌弄明月，歸棹落花前。〔註16〕

〔註14〕前揭書，卷八○○，頁9003～9004。
〔註15〕宋朱熹《朱子語類》，卷一一六「歷代類說」三。
〔註16〕《全唐詩》，卷七六，頁824。

劉禹錫〈竹枝詞〉：

> 楊柳青青江水平，聞郎江上唱歌聲。東邊日頭西邊雨，道
> 是無情却有情。〔註17〕

山間水涯，年輕的男女彼此追慕，一首又一首愛的戀歌，在詩人捕捉
之下，如實呈現。

　　男大當婚，女大當嫁爲天經地義，人倫首要之正事，即便在歡場
裏打滾的北里煙花也有這種平實的願望。

　　有唐一代，人文彙粹，國力強盛，社會上呈現了兼容並蓄的面貌，
聲色犬馬的享受亦恣自發展。歌樓妓館，充斥名都，權貴之家，多蓄
家妓，士林宴集每佐以歌妓。教坊之中，遍是一些妙兼色藝、慧擅聲
詩，而身不由主的才女。她們不只以花容月貌取勝，實質的才情內涵
更贏得墨客騷人、王公貴戚的重視。因此儘管煙花柳巷，地位卑下；
送往迎來，生涯如夢，但是也就因爲沒有過多世俗的桎梏，禮教的壓
迫，而擁有更活潑流動，自由感性的生命情調。豔名四播的名妓輩出，
受尊重者，比如大歷至大和年間的薛濤，甚至使得地方官長上奏請「校
書郎」之官。

　　但即使是這一類風華絕代的女子，感情生活也永遠無法與一般平
凡的俗夫俗婦相比。男性對她們豔稱「紅粉知己」，纏綿親膩之際渾
如天上仙侶，但迫於現實，却絕不可能是天長地久，珍重一瓢的人間
夫妻。於是，並非木石人兒的她們，用情難，不動情也難，往往空自
傷情，這一點我們從薛校書（薛濤）的〈春望四首〉可以得到證明：

> 花開不同賞，花落不同悲。欲問相思處，花開花落時。
>
> 攬草結同心，將以遺知音。春愁正斷絕，春鳥復哀鳴。
>
> 風花日將老，佳期猶渺渺。不結同心人，空結同心草。
>
> 那堪花滿枝，翻作兩相思。玉筯垂朝鏡，春風知不知。
>
> 〔註18〕

〔註17〕前揭書，卷三六五，頁4110。
〔註18〕前揭書，卷八○三，頁9035。

為妓的女子，本非自願，淪落的遭遇，各有其不堪回首之處，一旦落了籍，再有渴盼知己兒郎伴終身的奢想的話，則無異自尋煩惱。〈霍小玉傳〉中霍小玉對李益「自知非匹」，所求不過八年的歡愛，抑且飲恨而終。即使從了良，身分地位也往往屈居侍妾，很少有像〈李娃傳〉中李娃那樣的殊遇榮寵的。因此薛濤對著花開花落、春風春鳥，不禁慨由心生，發出了「不結同心人，空結同心草」的悲歡。

而江淮間妓女徐月英則更率真的道出了今生的遺憾，〈敘懷〉云：

為失三從泣淚頻，此身何用處人倫。雖然日逐笙歌樂，長羨荊釵與布裙。〔註19〕

日日歌舞取悅來來往往的生張熟魏，感情却永遠無法凝定落實，在綾羅錦繡，藝精色絕的背後，她仍然不過是一個纖弱的女子，渴盼感情的歸宿。「三從四德」在她這一行是毫無作用的，影響約束不到她，但是同時也就是說她此生與正常的家庭生活永遠絕緣，永遠無法享受溫暖的天倫之樂。比較起來那些施荊釵著布裙的貧窮人家的女子；雖然日日勞動十分辛苦，但是起碼有夫婿相依為命，有子女寄託希望，真是使人羨慕。

另有一類女子，他們也渴盼過正常的夫婦生活，那就是宮人，他們或經由慕名納徵，掖庭選拔，歌舞入貢幾個管道入宮，盼望獲得君王的顧盼垂憐。然而「後宮佳麗三千人」，要想出類拔萃，飛上枝頭作鳳凰並非易事，甚至有些人打進宮裏，連君王的面都不曾見過。況且東風依舊紅顏不似，新選的佳麗輩出，即便一時得幸，也難能久長，於是在冷冷清清的深宮裏，那些失意的宮人們精神上壓抑了無盡的痛苦。她們也是活生生的人，渴求異性的憐愛，在君王那兒的盼望落空了，很自然地移情於宮外的異性。《全唐詩》卷七九九載開元、天寶、德宗、宣宗、僖宗朝都有宮人的心聲，或題在戰袍，或洛苑梧葉、紅葉、花葉之上，流傳了出去，就如開元宮人這首〈袍中詩〉：

〔註19〕前揭書，卷八○二，頁9033。

> 沙場征戍客，寒苦若爲眠。戰袍經手作，知落阿誰邊。蓄
> 意多添線，含情更著綿。今生已過也，結取後生緣。〔註20〕

這些宮人所盼望的，也不過到人間去做平凡人家的妻子，宮中可能錦衣玉食，但在情感上全無半點滋潤，對人性的凌遲却是難以令人忍受的。專制政體中君王廣納嬪妃的特權不知葬送了多少少女的青春，也難怪他們發出這許多不平之鳴了。

以上所見泰半爲女子對愛人的感情以及對結締良緣，成婚姻之好的憧憬。可見雖然社會開放，但是儒家傳統的倫理觀念及封建禮法仍然牢不可破，一般女子還是以婚姻爲最終的歸宿、最好的盼望。「女大當嫁」的同時，「男大亦當婚」，例如白居易〈戲題新栽薔薇〉：

> 移根異地莫顦顇，野外庭前一種春，少府無妻春寂寞，花
> 開將爾當夫人。〔註21〕

這是白居易在元和二年（807），任盩厔尉時所作。居易家境素貧寒，刻苦勉學始成進士，成爲家族經濟之倚重，雖不居族長之位，然受其扶助者不僅一家。王夢鷗先生以爲白居易三十七歲始結婚，或即因親屬生活繁累所致。〔註22〕作詩當時，居易已三十六歲，猶自單身，寂寞惆悵難免偶有，春庭前新栽了一株薔薇，他呵護照顧猶恐不週，轉想自己如此殷勤，不免自我調侃一番，說是因爲尙未娶妻寂寞難耐，把薔薇給當成了夫人看待。雖屬戲筆，但是掩不住濃濃的對成家的豔羨之情，果然很快的他就紅鸞星動，娶了楊虞卿的從父妹爲妻，從此揮別寂寞的春天。

而王績的〈山中敘志〉也屬於少男懷春的心聲：

> 物外知何事，山中無所有。風鳴靜夜琴，月照芳春酒。直
> 置百年內，何論千載後。張奉聘賢妻，老萊藉嘉偶。孟光

〔註20〕 前揭書，卷七九七，頁 8966。
〔註21〕 唐白居易撰《白居易集》（漢京文化事業有限公司，民國 73 年），卷十三，頁 255。
〔註22〕 參王夢鷗先生〈白樂天之先祖及後嗣問題〉，《國立政治大學學報》，第十期，頁 137。

儻未嫁，梁鴻正須婦。〔註23〕

山中幽居無外事相擾，有風有月，兼酒且琴，但少一人耳。王績夙有奇志，與世不偕，曾三仕三隱，在婚姻上的條件也迥出塵表，自比高士梁鴻，但覓賢妻孟光，頗別具一格。

　　至於真正談到男婚女嫁，不能不先言及唐代整個社會的婚姻習尚。唐承六朝門風餘緒，講究「門當戶對」，雖然士庶之別由於科舉制度之發展而漸消融，但自魏晉以來即極血統族羣、權力政治團體及知識階層等多種功能於一身的世族，入唐之後，特殊結構瀕於解紐，為力挽狂瀾，乃努力保存血統的純粹性，拒絕與新崛起的政治家通婚。〔註24〕然而新興的寒門進士或初發跡的豐財之家，却仍迷信於好血統、高門第，不惜買婚，競與結姻，娶五姓女成為當世盲目的風尚，即使唐太宗命高士廉修《氏族志》，蓄意降黜名族，仍未能禁絕，甚至皇室公主亦難與匹敵。〔註25〕

　　舊世族雖自相矜尚，但也有為挽回在政治上的頹勢，而與新興世族通婚者，中唐以前，此舉多被輕視，時代愈晚則愈普遍；同時，社會上一般人固以和舊世族通婚為榮，但科舉成為獲取冠冕的主要途徑日久後，他們同樣以和新進士聯姻為榮，舊世族終究抵擋不住潮流所趨，如日薄西山，逐漸消失了其特異的光彩。〔註26〕

　　然而競婚世族蔚成的買婚習俗，却給唐代社會很壞的影響，那就是嫌貧愛富的趨利心態，財富成了婚姻重要的考慮因素，白居易〈議婚〉一詩〔註27〕及秦韜玉〈貧女〉〔註28〕都是講貧家女難嫁，即便才

〔註23〕　《全唐詩》，卷三七，頁479。
〔註24〕　參龔鵬程〈唐宋族譜之變遷〉，文收入氏著《思想與文化》（業強出版社，民國75年），頁197～247。
〔註25〕　直到開成年間，文宗猶有「我家天子二百年，顧不及崔、盧邪？」之歎，參《新唐書》（鼎文書局，民國74年），卷一七二，頁5205～5206。
〔註26〕　同註24。
〔註27〕　參《白居易集》，卷二，頁30。
〔註28〕　參《全唐詩》，卷六七〇，頁7656。

德兼備已屆婚嫁之齡也乏人問津的情形。

　　平時已是如此，戰時就更多怨女曠男了。太宗時規定男子二十以上，女子十五以上令嫁娶，玄宗時為男年十五，女年十三〔註29〕，戰亂後如白居易〈贈友〉：「三十男有室，二十女有歸，近代多亂離，婚姻每過期」〔註30〕，杜甫〈負薪行〉：「夔州女子髮半白，四十五十無夫家，更遭喪亂惜不售，一生抱恨堪咨嗟……」〔註31〕，貧女無處覓歸宿，與炙手可熱的豪富子女相較，直若天壤。

　　婚姻既是「合二姓之好」的重大事情，自然必須慎重選擇，除了一般人崇門第、或尚財閥、或取功名的世俗標準，另有些特殊的選婚方式：如竇毅選壻，於門屏畫二孔雀，中目者許之，得高祖〔註32〕，乃從射藝著眼。又如越溪楊女為詩兩句令其父出示，續成者乃嫁，得謝生〔註33〕，選其詩才也。而李翱之女覽盧儲投卷，許為狀頭，乃得佳壻，也是著眼在文才。李林甫之女於選婚窗自擇入謁貴族子弟之可意者事之〔註34〕，皆乃各取所好。以上雖不及晁采、文茂郎情妹意自由的相戀來得浪漫動人，然較諸但憑父母之命、媒妁之言而嫁者已屬幸運。

　　除了以上幾種標準的考慮外，在結婚對象方面，尚規定「同姓不婚」，以免其生不蕃，同時限制輩份尊卑不得為婚〔註35〕。又規定良

〔註29〕　參清董誥等編，陸心源補輯拾遺《全唐文及拾遺》（大化書局，民國76年），卷四唐太宗〈令有司勸勉民間嫁娶詔〉，頁17；宋王溥《唐會要》（世界書局，民國59年），卷八三，頁1529。
〔註30〕　《白居易集》，卷二，頁36。
〔註31〕　唐杜甫撰，清楊倫箋注《杜詩鏡銓》（華正書局，民國70年），卷十二，頁601。
〔註32〕　參後晉劉昫等撰《舊唐書》（鼎文書局，民國74年），卷五一〈后妃傳〉，頁2163。
〔註33〕　參《全唐詩》，卷八○一，頁9021。
〔註34〕　盧儲事參宋計有功《唐詩紀事》（鼎文書局，民國67年），卷五二〈盧儲〉條，頁825～826；李林甫女事，參五代王仁裕《開元天寶遺事》（新文豐書局）。
〔註35〕　參唐長孫無忌等撰《唐律疏議》（弘文館出版社，民國75年），卷十

賤不婚，禁止奴婢、雜戶、官戶等賤民與良人爲婚〔註36〕。又禁止地方官娶住地女子爲妾〔註37〕，以上的規定，使得唐代在社會自由開放之餘，良賤的階級仍自分明，甚至更嚴格。

同時唐代因政治上的運用，爲促成與四鄰間的和睦關係，往往以公主和親；甚至中唐以後對於擁兵據地的藩鎮，也以婚姻示好。〔註38〕唐人夷夏觀念淡薄，除政治上的需要之外，留居中國的外國人皆可與中國人通婚，其中以諸貿易城市的情形最普遍，因爲頻繁的通婚，無形之中使得文化的交流更盛。

婚禮是成就婚姻關係的儀式，惟有通過一連串的繁文縟節，男女「共牢而食，合巹而酳」〔註39〕才算是正式成爲夫妻，其重要性不容忽略。

唐代婚禮，須備諸六禮，其中又以親迎爲最重要。白居易〈和春深〉描寫嫁女及娶婦的兩家喜氣洋洋的景象：

> 何處春深好，春深嫁女家。紫排襦上䶍，黃帖鬢邊花。轉燭初移障，鳴環欲上車。青衣傳氈褥，錦繡一條斜。
>
> 何處春深好，春深娶婦家。兩行籠裏燭，一樹扇間花。賓拜登華席，親迎障幰車。催妝詩未了，星斗漸傾斜。〔註40〕

這還是一般人家的排場，要是王親貴戚的喜事，那就更令人目炫神迷了，梁鍠〈天門街西觀榮王聘妃〉：

> 帝子乘龍夜，三星照戶前。兩行宮火出，十里道鋪筵。羅綺明中識，簫韶暗裏傳。燈攢九華扇，帳撒五銖錢。交頸文鴛合，和鳴彩鳳連。欲知來日美，雙拜紫薇天。〔註41〕

四，頁 262～263。

〔註36〕參前揭書，卷十四，頁 269～271。

〔註37〕參前揭書，卷十四，頁 265～266。

〔註38〕參吳秋慧《唐詩中夫婦情誼之研究》（國立政治大文所碩士論文，民國 79 年），第二章第二節，頁 15。

〔註39〕《十三經注疏‧禮記》，卷六一〈昏義〉，頁 1000。

〔註40〕《白居易集》，卷二六，頁 596～597。

〔註41〕《全唐詩》，卷五○五，頁 5747。

榮王乃憲宗幼子，王子聘妃自是熱鬧非凡，光看「兩行宮火出，十里
道舖筵」就知道氣派之大了。

　　而富商巨賈，其婚俗豪華奢靡，可上擬皇室貴族，《唐會要》云：
　　　　（貞觀）六年，御史大夫韋挺上表曰：「今貴族豪富、婚姻
　　　　之始，或奏管弦，以極歡宴，唯競奢侈，不顧禮經，……
　　　　若不訓以義方，將恐此風愈扇。」〔註42〕
社會繁榮帶來奢靡之風，竟嚴重到必須以法令遏止。

　　親迎，以黃昏為之，壻盛服冠履，領眾備吹鼓，以幨車赴婦家迎
娶。抵婦家，有催粧之儀，壻自作或請人代作催粧詩，屆時親自或由
儐相朗誦，意在促新婦及早妝成登車。前面提到為李翱之女所青睞的
盧儲，狀元及第之後，纔過關試，遄赴嘉禮，其〈催粧詩〉云：
　　　　昔年將去玉京遊，第一仙人許狀頭。今日幸為秦晉會，早
　　　　教鸞鳳下粧樓。〔註43〕
大登科小登科湊在一起，真是意氣風發，喜不自勝。徐安期亦有催妝
詩一首：
　　　　傳聞燈下調紅粉，明鏡臺前好作春。不須面上渾粧却，留
　　　　著雙眉待畫人。〔註44〕
語帶諧謔，却風情盎然，「留著雙眉待畫人」將新婚洞房的旖旎情狀
揭在事前，格外增添迷人的氣氛。此外陸暢於順宗之女雲安公主下嫁
劉士涇之夕，為百僚舉作儐相，〈詔作催粧五言〉曰：
　　　　雲安公主貴，出嫁五侯家。天母親調粉，日兄憐賜花。催
　　　　舖百子帳，待障七香車。借問妝成未，東方欲曉霞。〔註45〕
《全唐詩話》載：內人以其吳音捷才，以詩嘲之云：「十二層樓倚翠
空，鳳鸞相對立梧桐，雙成走報監門衛，莫使吳歈入漢宮。」陸酬之
曰：「粉面仙郎選尚朝，偶逢秦女學吹簫，誰教翡翠聞王母，不奈烏

〔註42〕《唐會要》，卷八三〈嫁娶〉。
〔註43〕《唐詩紀事》，卷五二，頁825。
〔註44〕《全唐詩》，卷七六九，頁8733。
〔註45〕前揭書，卷四七八，頁5441。

鳶噪鵲橋。」六宮大咍，別賜宮錦楞伽瓶、唾盂各一〔註46〕。從詩文掌故，我們可以想見這位操著濃重的江東口音，言語詼諧，反應敏捷的陸暢先生，在雲安公主的婚禮上是如何擅長製造氣氛，凝聚焦點，掀起婚禮的高潮。

　　接著還有障車之俗，新婦入門後撒豆穀、跨馬鞍，傳席，舅姑躪新婦迹，拜豬櫪及竈等儀節，總不脫祈福納吉之意〔註47〕。拜堂後，有却扇之儀，此禮始自東晉，迄唐仍未中斷，其儀，男女相見前，女先障以扇，待男頌畢却扇詩，將扇却去，始得相見，楊師道〈初宵看婚〉即是描寫却扇儀式之美：

> 洛城花燭動，戚里畫新蛾。隱扇羞應慣，含情愁已多。輕
> 啼溼紅粉，微睇轉橫波。更笑巫山曲，空傳暮雨過。〔註48〕

這種「千呼萬喚始出來」的却扇之儀，憑添了新人第一次相見的含蓄之美，無怪乎爲詩人所豔稱。却扇詩與催粧詩一樣可由壻自爲，亦有央人代作，如李商隱〈代董秀才却扇〉即是代筆之佳作：

> 莫將畫扇出帷來，遮掩春山滯上才，若道團團似明月，此
> 中須放桂花開。〔註49〕

措語圓巧，下兩句更暗含「蟾宮折桂」的期祝，代未中進士的董秀才作，可說極爲切當入理。

　　接著還有撒帳及鬧房之俗爲親迎譜下句點，次日又有拜舅姑，觀花燭之禮，完成這些繁縟的手續，婚禮才告完成。

　　新婦第三日開始下廚，開始她爲人婦、爲人媳的婚姻生活，也開始了她與夫壻同甘共苦的各種考驗，王建〈新嫁娘詞〉一詩可爲此節作結，詩云：

〔註46〕宋尤袤《全唐詩話》（歷代詩話本，木鐸出版社，民國72年），卷二，頁113。

〔註47〕參張修蓉《唐代文學所表現之婚俗研究》（國立政治大學中文所碩士論文），頁175～180。

〔註48〕《全唐詩》，卷三四，頁459。

〔註49〕唐李商隱撰、葉蔥奇疏注《李商隱詩集疏注》（里仁書局，民國76年），卷中，頁350。

　　三日入廚下，洗手作羹湯。未諳姑食性，先遣小姑嘗。〔註50〕
一切皆陌生，萬事待摸索，惟有竭心盡力、全力以赴，這就是新婚，
喜樂悲苦，全在那無盡徬徨的背後，等著她。

第二節　琴瑟合鳴

　　《易經·坤卦》云：「至哉坤元，萬物資生，乃順承天，坤厚載
物，德合無疆」〔註51〕以乾道象天，坤道擬地，生生動化，悠悠不息；
比之於人則乾道象男，坤道擬女，男婚女嫁，是謂「乾坤定矣」。

　　家庭之中，夫至尊而妻至親，女子有三從之義：在家從父、既
嫁從夫、夫死從子〔註52〕，「從」即榮辱隨之之義，故曰：「妻者，
齊也，婦人無爵，從夫之爵，坐夫之齒，是言妻之尊卑與夫齊者也。」
〔註53〕這便是基於乾剛坤柔，男女天性的差異所設計的。《易經·家
人象》曰：「家人，女正乎內，男正乎外，男女正，天地之大義也，
家人有嚴君焉，父母之謂也。父父、子子、兄兄、弟弟、夫夫、婦
婦，而家道正，正家而天下定矣。」〔註54〕可見家道昌盛，所繫在
夫婦兩人的齊心協力，正乎內外。

　　本來，夫妻結縭，合為一體，就該不分彼此，恩愛不疑，如調琴
瑟如合膠漆，在漫長的人生旅途中相互扶持。如此，即便歲月平淡，
亦能於其間不斷湧出甘泉，傳響樂章，憑添幾許浪漫之美。

　　本節所討論的就是夫妻在平順無災厄的平常日子裏，相處的情
誼，側重在兩兩相互的知心知意與同歡共樂上頭，別於「患難見情」
一節所敘感情的不諧與處境的變化，又別於「離別相思」一節所處空
間遠隔的感情，所以取材儘可能以夫妻同在一個時空背景為原則，從

〔註50〕《全唐詩》，卷三○一，頁3423。
〔註51〕《十三經注疏·周易》（藝文印書館，民國71年），卷一，頁18。
〔註52〕《十三經注疏·儀禮》，卷二九〈喪服〉，賈公彥疏，頁347。
〔註53〕同前註。
〔註54〕《十三經注疏·周易》，卷四，頁80。

平淡的柴米油鹽的生活作軸心，向外延伸，而所延伸的，也以樂慶之事爲原則，以凸顯夫妻生活中甜蜜眞摯的一面。

　　夙性恬淡的王績，既自以梁鴻自比，屬意漢代孟光這一型的女子爲妻，他是否遂願了呢，試看王績〈春日〉：

> 前旦出園遊，林華都未有。今朝下堂來，池冰開已久。雪被南軒梅，風催北庭柳。遙呼竈前妾，却報機中婦。年光恰恰來，滿甕營春酒。〔註55〕

以及〈田家〉：

> 阮籍生年嬾，嵇康意氣疎。相逢一飽醉，獨坐數行書。小池聊養鶴，閒田且牧豬。草生元亮逕，花暗子雲居。倚杖看婦織，登壟客兒鋤。回頭尋仙事，併是一空虛。〔註56〕

畫面上呈現的仍然是遂性適意的隱者自樂圖，初春觀梅賞柳，呼妻引妾斟酒相酌，養鶴牧豬，婦耕兒鋤，再溫馨不過，而他所以能如此，想必確實得賢妻如孟光。在著墨不多的情況之下，我們所得的只是竈前、機中的模糊背影，但字裏行間一片酣醉之意，「幸室有萊婦」之意，已躍然滿紙。

　　再有徐夤也是風骨之士，他於景福元年登進士第，後授秘書正字，依王審知，禮待簡略，遂拂衣去，歸隱延壽溪〔註57〕，他的〈人事〉詩云：

> 人事飄如一柱煙，且復求佛與求仙。豐年甲子春無雨，良夜庚申夏足眠。顏氏豈嫌瓢裏飲，孟光非取鏡中妍。平生生計何者爲，三逕蒼苔十畝田。〔註58〕

〈綠鬢〉詩又云：

〔註55〕《全唐詩》（明倫出版社，民國60年），卷三七，頁480。
〔註56〕前揭書，卷三七，頁478。
〔註57〕按元辛文房《唐才子傳》，卷八「徐夤」條，謂寅大順三年蔣詠下進士第，然大順僅二年，次年正月改元景福。此處述夤生平依《全唐詩》卷七○八小傳，唯小傳謂夤登乾寧進士第，誤，詳清徐松《登科記考》，卷二四，〈景福元年〉條。
〔註58〕《全唐詩》，卷七○八，頁8148。

綠鬢先生自出林，孟光同樂野雲深。躬耕爲食古人操，非織不衣賢者心。眼眾豈能分端璧，舌多須信爍良金。君看黃閣南遷客，一過瀧州絕好音。〔註59〕

同樣是個幸運的人兒，天涯歸路，野雲深處，猶有孟光同樂，即此一椿，便勝却人間無數虛名浮利，也無怪乎先生以綠鬢之年便割捨得下似錦前程，毅然出走山林，躬耕終老。

徐夤另有〈贈月君〉，詩下自註云：「山妻字月君，伏見文選中顧彥先亦有贈婦，因抒此詠」，詩云：

出水蓮花比性靈，三生塵夢一時醒。神傳尊勝陀羅咒，佛授金剛般若經。懿德好書添女誡，素容堪畫上銀屏。鳴梭軋軋纖纖手，窗户流光織女星。〔註60〕

此詩就以細緻的工筆，畫出這位堪比孟光的賢妻形貌。不染污泥的潔淨本質，原是昔日三生石上舊精魂，而今生乃得結髮，她濡染佛法甚深，多才多藝，容貌又十分美麗，尤其難能可貴的是纖纖玉手，親自紡織，詩人將之視爲天上的織女星，無限垂慕也無限驕傲。的確，性情幽靜，品德學問兼具，這樣的一位青春佳人，是任誰見了都要疼憐萬分的，求佛與求仙本來就是徐夤隱居後心之所之，山妻與之有志一同且似乎已頗有所得，在軋軋的鳴梭聲中，他們夫妻的恩愛，是不需言語解會的。

白居易娶楊虞卿從父妹爲妻，楊家算是高門，闊小姐來到寒素的白家，可能不太習慣，白居易便作了一首〈贈內〉詩勉勵她〔註61〕：

生爲同室親，死爲同穴塵。他人尚相勉，而況我與君。黔婁固窮士，妻賢忘其貧。冀缺一農夫，妻敬儼如賓。陶潛不營生，翟氏自爨薪。梁鴻不肯仕，孟光甘布裙。君雖不讀書，此事耳亦聞。至此千載後，傳是何如人？人生未死

〔註59〕前揭書，卷七○八，頁 8149。
〔註60〕前揭書，卷七○九，頁 8163。
〔註61〕參顧學頡〈白居易世系、家族考〉，收入氏著《顧學頡文學論集》（中國社會科學出版社，1987 年），頁 39。

間，不能忘其身。所須者衣食，不過飽與溫。蔬食足充飢，
何必膏梁珍。繒絮足禦寒，何必錦繡文。君家有貽訓，清
白遺子孫。我亦貞苦士，與君新結婚。庶保貧與素，偕老
共欣欣。〔註62〕

白妻雖沒讀書，但是古賢遺事乃耳熟能詳者，斷無不知之理，白居易
舉以自況，並以楊家清白貽訓勉之，相期不論貧素，偕老欣欣，雖無
浪漫情話，但貞定的夫妻恩義盡在其中。而由白氏集中看，其妻日後
果亦甚能共體艱難，與之配合，如〈贈內子〉詩云：

白髮長興嘆，青娥亦伴愁。寒衣補燈下，小女戲床頭。闇
淡屏幃故，淒涼枕席秋。貧中有等級，猶勝嫁黔婁。〔註63〕

當年那位躊躇彷徨的富家千金，補衣燈下，女兒則在一旁嬉戲，屏幃
陳舊闇淡。從這幅畫面看來，白家雖貧，僅猶勝黔婁，但是妻子已成
得力助手，耐心地寒夜燈下執針線活兒，那便湧現無限溫馨。這樣的
夫唱婦隨，一直培蘊至老，再看他的〈冬至夜〉直比妻爲孟光了：

老去襟懷常濩落，病來鬚鬢轉蒼浪。心灰不及爐中火，鬢
雪多於砌下霜。三峽南賓城最遠，一年冬至夜偏長。今宵
始覺房櫳冷，坐索寒衣託孟光。〔註64〕

又其〈二年三月五日齋畢開素，當食偶吟贈弘農郡君〉云：

睡足肢體暢，晨起開中堂。初旭泛簾幕，微風拂衣裳。二婢
扶盥櫛，雙童舁簟牀。庭東有茂樹，其下多陰涼。前月事齋
戒，昨日散道場。以我久蔬素，加籩仍異糧。魴鱗白如雪，
蒸炙加桂薑。稻飯紅似花，調沃新酪漿。佐以脯醢味，間之
椒薤芳。老憐口尚美，病喜鼻聞香。嬌騃三歲孫，索哺遶我
傍。山妻未舉案，饞叟已先嘗。憶同牢巹初，家貧共糟糠。
今食日如此，何必烹豬羊。況觀姻族間，夫妻半存亡。偕老
不易得，白頭何足傷。食罷酒一盃，醉飽吟又狂。緬想梁高

〔註62〕唐白居易撰《白居易集》（漢京文化事業有限公司，民國73年），卷
　　　　一，頁15。
〔註63〕前揭書，卷十七，頁353。
〔註64〕前揭書，卷十八，頁388。

　　士，樂道喜文章。徒誇五噫作，不解贈孟光。〔註65〕

這時（會昌二年），白居易已七十一歲，罷太子少傅，以刑部尚書致仕，過著曠達的生活。詩為齋畢開素，妻子為他準備了可口豐盛的菜肴，有感而作。由詩裏的描述，我們可以推測年邁的白居易是十分挑剔的美食主義者，既重口感也尚香味，而妻子的手藝惹得他等不及舉案齊眉就饞得吃將起來，想必是個主中饋的能手。再回顧新婚的窘困之狀，他不免心中充滿了否極泰來之感，況且姻族之間有幾對夫妻真能白首偕老的，初婚時的夙願得償，那能不彌足珍惜。比起梁鴻，感情真率的白居易還沾沾自喜於自己懂得適時的詩贈妻子，解訴衷腸。的確，白居易的妻子雖然只是個擅於針黹，長於烹飪，未曾讀書，甚至可能大字也不識一個的治家賢婦，但白居易集中卻不斷有贈內之作，這些資料遠比那首梁鴻誇耀世人的〈五噫〉更具真性情。

　　白居易愛喝酒，有時「……門無宿客共誰言，暖酒挑燈對妻子，身飲數杯妻一醆，餘酌分張與兒女……」〔註66〕其樂融融，但是喝得太多了，妻子仍舊會管他，然而他不僅認為「生計悠悠身兀兀」所以「甘從妻喚作劉伶」〔註67〕，甚至還振振有辭；〈家釀新熟每嘗輒醉，妻姪等勸令少飲，因成長句以諭之〉詩云：

　　　君應怪我朝朝飲，不說向君君不知。身上幸無疼痛處，甕
　　　頭正是撒嘗時。劉妻勸諫夫休醉，王姪分疏叔不癡。六十
　　　三翁頭雪白，假如醒點欲何為？〔註68〕

雖屬強辭奪理，但妻子對他關懷備至，照顧有加則可見一斑。其他「妻知年老添衣絮」、「妻教卸烏帽，婢與展青氈」、「妻看煎藥婢來扶」〔註69〕都寫妻子深情的照拂。夫妻往往是這樣的，尋常的衣食

〔註65〕前揭書，卷三六，頁825。
〔註66〕前揭書，卷二二〈和自勸〉詩，頁486。
〔註67〕前揭書，卷二八〈橋亭卯飲〉詩，頁637。
〔註68〕前揭書，卷三一，頁710。
〔註69〕參前揭書，卷二三〈贈皇甫庶子〉詩，頁523；卷二五〈偶眠〉詩，

張羅，靜靜的起居安頓，無怨無悔、平平淡淡的一生，你可能看不出對方有什麼絕異的才華，但是她站在你生命最重要的據點，是忠於職守的把關者，你很自然的會向她心事盡吐。白居易也是這樣的，一直到了晚年，他仍有〈自問此心，呈諸老伴〉之作：

> 朝問此人何所思，暮問此心何所為。不入公門慵斂手，不看人面免低眉。居士室間眠得所，少年場上飲非宜。閒談矗矗留諸老，美醞徐徐進一卮。心未曾求過份事，身常少有不安時。此心除自謀身外，更問其餘盡不知。〔註70〕

因此白妻在歷史上雖不出名，但却是詩人生活中的要角。若云：「要修成神仙眷屬，須先做柴米夫妻」，他們便是典型的柴米夫妻了。

元稹繼室裴淑，字柔之，是一位絕異才女，通詩能琴，元稹〈酬樂天東南行一百韻〉序云：「……通之人莫知言詩者，惟妻淑在旁，知狀。」〔註71〕可知在官場受挫貶謫竄逐之際，明慧可人的嬌妻定然解慰了不少失意的愁緒，卒能由剝而復，終至入相。白居易稱讚她「賢明知禮，有輔佐君子之勞」〔註72〕想必並非溢美之詞。元稹〈黃草峽聽柔之琴二首〉云：

> 胡笳夜奏塞聲寒，是我鄉音聽漸難。料得小來辛苦學，又因知向峽中彈。

> 別鶴淒清覺露寒，離聲漸咽命雛難。憐君伴我涪州宿，猶有心情徹夜彈。〔註73〕

裴柔之陪伴丈夫遠行，為了幫助他排遣旅途上的困頓落寞，特地徹夜彈琴，而夫壻亦妙解音律，援詩和之，琴意詩思交疊了彼此細緻體貼

頁 562：卷三三〈病中贈南鄰覓酒〉詩，頁 855。
〔註70〕前揭書，卷三七，頁 855。
〔註71〕唐元稹撰《元稹集》（漢京文化事業有限公司，民國72年），卷十二，頁 135。
〔註72〕《白居易集》，卷七〇〈唐故武昌軍節度處置等使、正議大夫、檢校戶部尚書、鄂州刺史兼御史大夫、賜紫金魚袋、贈尚書右僕射、河南元公墓誌銘并序〉，頁 1468。
〔註73〕《元稹集》，卷二一，頁 283。

的心。

　　平常人的夫妻是沒有富貴人家擁有的視聽官能之享受的，然而，稍具靈慧的巧思，也能在平凡生活中品嚐到意外的趣味。這種趣味往往花不上一分一毛，只要有心，俯拾即是，如王昌齡〈越女〉：

> 越女作桂舟，還將桂爲檝。湖上水渺漫，清江不可涉。摘取芙蓉花，莫摘芙蓉葉。將歸問夫壻，顏色何如妾？〔註74〕

摘回芙蓉花，故意問她的夫壻，花與妾孰美？很嬌嗔的一位小妻子，讓人會心一笑！

　　至於歷經戰亂的杜甫，卜居成都浣花草堂後，終於有一般比較安定悠閒的生活，能夠與妻子靜靜相守，共同品啜生活之美，〈江村〉詩云：

> 清江一曲抱村流，長夏江村事事幽。自去自來樑上燕，相親相近水中鷗。老妻畫紙爲棋局，稚子敲針作釣鈎。多病所需唯藥物，微軀此外更何求。〔註75〕

又〈進艇〉云：

> 南京久客耕南畝，北望傷神坐北窗。晝引老妻乘小艇，晴看稚子浴清江。俱飛蛺蝶元相逐，並蒂芙蓉本自雙。茗飲蔗漿攜所有，瓷罌無謝玉爲缸。〔註76〕

畫紙對奕，乘舟出遊在逃難的時候是非分之想，反而在這客居躬耕的桃花源裏，意外地享受到了。

　　此外李郢〈南池〉一詩也寫全家出釣的那份幸福：

> 小男供餌婦搓絲，溢榼香醪倒接䍦。四出兩竿魚正食，一家歡笑在南池。〔註77〕

生命的滋味，確實是要一瓢給一瓢，要三千給三千的，李郢爲大中十年進士，《唐才子傳》說他「出有山水之興，入有琴書之娛，疏於馳

〔註74〕《全唐詩》，卷一四○，頁1422～1423。
〔註75〕唐杜甫撰、清楊倫箋注《杜詩鏡銓》（華正書局，民國70年），卷七，頁320。
〔註76〕前揭書，卷八，頁357。
〔註77〕《全唐詩》，卷五九○，頁6855。

競。」〔註78〕這樣個性的人方能在沒有掌聲的地方依然活得興高采烈，在平淡的生活中激起美麗的浪花。

　　唐代以科舉取士，赴舉仕進成爲士子生命中的大事，得意或失意往往有著極大的落差。當夫婿得中或高昇之際，是一大盛事，做妻子的沒有不與有榮焉的，甚至邑告加身，那更是榮寵非常，例如權德輿〈勅賜長壽酒，因口號以贈〉：

　　　　恩霑長壽酒，歸遺同心人。滿酌共君醉，一杯千萬春。〔註79〕

又〈元和元年蒙恩封成紀縣伯，時室中封安喜縣君，感慶兼懷，聊申賀贈〉：

　　　　啓土封成紀，宜家縣安喜。同欣井賦開，共受閭門祉。珩璜聯采組，琴瑟諧宮徵。更待懸車時，與君歡暮齒。〔註80〕

又〈縣君赴興慶宮朝賀，載之奉行冊禮，因書即事〉：

　　　　合巹交歡二十年，今朝比翼共朝天。風傳漏刻香車度，日照旌旗綵仗鮮。顧我華簪鳴玉珮，看君盛服耀金鈿。相期偕老宜家處，鶴髮魚軒更可憐。〔註81〕

唐代官制，例有封賞勳爵之制，殊爲榮寵，其中爵號共分九等，配合封爵，又有外命婦與內命婦之制〔註82〕，受封爵者並無職掌與實權，封爵的食邑表示可以享受所封戶數之租稅，然率多虛名，其言食封者，才是眞正所得〔註83〕，不過封爵確是爲人臣者的莫大殊榮。權氏在欣然領受之餘，仍將歡慶歸結「更待懸車時，與君歡暮齒」，最盼望辭官致仕後與妻子相伴相歡，那才是世上最大的幸福。而縣

〔註78〕元辛文房撰、周本淳校正《唐才子傳校正》（文津出版社，民國 77年），卷八，頁 231。

〔註79〕《全唐詩》，卷三二九，頁 3681。

〔註80〕前揭書，卷三二九，頁 3680。

〔註81〕前揭書，卷三二九，頁 3679。

〔註82〕參後晉劉昫等撰《舊唐書》（鼎文書局，民國 74 年），卷四三〈職官志二〉，頁 1821。

〔註83〕參唐李隆基撰、李林甫等注《大唐六典》（中文出版社，1980 年），卷二，頁 39～40；王壽南《隋唐史》（三民書局，民國 75 年），第十三章，頁 413～414。

君赴朝之日，權氏適爲奉行冊禮之官，夫妻兩比翼朝天，雙雙華簪
玉珮，盛服金鈿，耀眼又風光，妙的是在此騰達雲端的時刻，權氏
仍覺得到兩人年紀更大時，平居在家，妻子滿頭白髮的模樣一定更
可愛。

　　另外白居易〈妻初授邑號告身〉也同樣因共榮而樂：

　　　弘農舊縣授新封，鈿軸金泥誥一通。我轉官階常自愧，君
　　　加邑號有何功。花箋印了排窠涩，錦標裝來耀手紅。倚得
　　　身名便慵墮，日高猶睡綠窗中。〔註84〕

却用另一種不堪寵渥的口氣，告訴正無比風光的妻子「我轉官階常自
愧，君加邑號有何功」不值得太高興的，還笑她仗著身份名位提高就
怠惰起來，太陽升得半天高了仍在睡懶覺。白居易一生恬淡知足，長
慶元年（821）以五十歲之年在主客郎中知制誥，加朝散大夫，始著
緋，又轉上柱國，妻楊氏亦因此封弘農郡君，此詩是在歡喜之餘，戲
謔妻子之作。

　　遷轉之際，新官先行赴任，室家往往隨後始抵住所，細心的盧儲
已經在專心相候了，〈官舍迎內子，有庭花開〉一詩云：

　　　芍藥斬新栽，當庭數朵開。東風與拘束，留待細君來。〔註85〕

芍藥花正盛開著，爲了妻子也能共賞，所以請東風幫忙，千萬輕輕地
吹，莫要吹落了那美麗的花朵。

　　出身名官之家的竇羣，其父叔向，兄常、牟，弟鞏皆擢進士第，
羣獨爲處士，隱居毗陵，以節操聞，德宗徵爲左拾遺〔註86〕，草澤見
擢，妻子也跟著見識官場的新生活，〈初入諫司喜家室至〉云：

　　　一旦悲歡見孟光，十年辛苦伴滄浪。不知筆硯緣封事，猶
　　　問傭書日幾行。〔註87〕

往日田野間單純清苦的生活，讀書人的日常生計想必一切都由妻子費

〔註84〕《白居易集》，卷十九，頁411。
〔註85〕《全唐詩》，卷三六九，頁4152。
〔註86〕《舊唐書》，卷一五五，頁4120。
〔註87〕《全唐詩》，卷二七一，頁3041。

心打理，乍到官家，看到桌上擺著筆硯，還以爲夫壻如今被雇爲人寫字，忙問他一天得要寫幾行字。竇羣簡單的白描，把妻子的質樸傻氣表現得令人既疼復憐。

若是逢著重要節慶，夫妻也往往藉機表達自己的一番情意，如徐延壽〈人日剪綵〉詩：

> 閨婦持刀坐，自憐裁剪新。葉催情綴色，花寄手成春。帖
> 燕留妝戶，黏雞待餉人。擎來問夫壻，何處不成眞。〔註88〕

古人以正月七日爲人日，以七種菜爲羹，剪綵或鏤金箔爲人，以貼屛風，或戴之頭髮，又造華勝以相遺，登高賦詩〔註89〕。唐人猶有此俗，而似乎已不止剪鏤人形，有葉有花，妝戶貼燕以示雙飛，黏雞活現，似待餉人，慧心巧構一一完成了，全部拿來夫壻前面現寶，「何處不成眞」不過是一句討誇讚而故意問的話罷了。李遠亦有〈剪綵〉詩，同樣描寫做妻子寓一片祝願於刀紙中的巧妙心思：

> 剪綵贈相親，銀釵綴鳳眞。雙雙銜綬鳥，兩兩度橋人。葉
> 逐金刀出，花隨玉指新。願君千萬歲，無歲不逢春。〔註90〕

社日有春社、秋社，是日婦女停鍼線，張謂〈春園家宴〉於社日帶著妻子同遊共宴，醉樂陶然：

> 南園春社正相宜，大婦同行少婦隨。竹裏登樓人不見，花
> 間覓路鳥先知。櫻桃解結垂簷子，楊柳能低入戶枝。山簡
> 醉來歌一曲，參差笑殺郢中兒。〔註91〕

端午，即五月五日，有祭屈原、鬥百草及泛龍舟之戲〔註92〕。權德輿〈端午日禮部宿齋，有衣服綵結之貺，以詩還答〉：

> 良辰當五日，偕老祝千年。綵縷同心麗，輕裾映體鮮。寂

〔註88〕前揭書，卷一一四，頁 1166。
〔註89〕梁宗懍撰、王毓榮校注《荊楚歲時記校注》（文津出版社，民國 77年），頁 52。
〔註90〕《全唐詩》，卷五一九，頁 5930。
〔註91〕前揭書，卷一九七，頁 2021。
〔註92〕參尚秉和著《歷代社會風俗事物考》（臺灣商務印書館，民國 74年），卷三九〈唐宋之端午中秋〉條，頁 444。

寥齋晝省，款曲擘香牋。更想傳觴處，孫孩徧目前。〔註93〕

藉五日良辰，寄覬衣服綵結，以祝願偕老千年，權妻真是個極具情趣的女子。回報這樣的殷勤心意，他不免也將款款心曲呈諸香牋，又懷想舉杯慶祝佳節的家裏，那幅童孫繞膝的畫面，不禁倍覺溫馨，倍覺懷念，此詩將夫妻之間彼此體貼的情誼表露無遺。而到了七夕，他又有〈七夕〉詩：

今日雲軒渡鵲橋，應非脈脈與迢迢。家人競喜開妝鏡，月下穿針拜九霄。〔註94〕

又有〈七夕見與諸孫題乞巧文〉：

外孫爭乞巧，內子共題文。隱映花匳對，參差綺席分。鵲橋臨片月，河鼓掩輕雲。羨此嬰兒輩，歡呼徹曙聞。〔註95〕

前詩如實寫妻子喜孜孜穿針拜月的景象，後詩雖雜著外孫呼鬧聲，焦點却在妻子身上，詩人眼見老妻跟前眾雛環繞，龍鐘的老態愈看愈覺可愛。

這諸多節日的歡慶氣氛，正好給夫妻們一個表情達意的好機會，而下面這位李郢則趁著妻子的生日大作文章，他的〈為妻作生日寄意〉云：

謝家生日好風煙，柳暖花春二月天。金鳳對翹雙翡翠，蜀琴初（一作新）上七絲弦。鴛鴦交頸期千歲，琴瑟諧和願百年。應恨客程歸未得，綠窗紅淚冷涓涓。〔註96〕

首聯言佳人降生在柳暖花春的二月好時節，頷聯盛稱其精於妝飾，妙擅彈琴；頸聯是全詩重點，「鴛鴦交頸期千歲，琴瑟諧和願百年」緊扣「雙翡翠」與「蜀琴」的意象加以發揮，由頷聯的景物順化為頸聯的情意，是很巧妙的手法。最後揣想自己客程未歸，妻子傷心流淚的情景，「綠窗紅淚冷涓涓」以簡單的顏色、溫度及狀貌之詞將寂寥的

〔註93〕《全唐詩》，卷三二九，頁3677。
〔註94〕前揭書，卷三二九，頁3678。
〔註95〕前揭書，卷三二九，頁3680。
〔註96〕前揭書，卷五九○，頁6849。

家、年輕的妻，淒涼落寞的意緒及澎湃洶湧的思念完整地在七個字裏表達出來，全詩皆設身處地，將鏡頭對準家中生日的妻子，點點勾擬，接近神魂合一的地步，末兩句尤其充滿憐愛與疼惜。

　　由以上情致旖旎的詩篇來看，唐人夫妻相處實在頗不單調，丈夫對妻子也好，妻子對丈夫也好，往往能在恰當的時機，技巧地表現出對對方的愛戀深情，讓彼此的心，貼得更近。

第三節　離別相思

　　江淹〈別賦〉謂「黯然銷魂者，惟別而已矣」〔註97〕，佛家亦以「愛別離」爲八苦之一。人情本喜聚厭散，而結髮夫妻，同命一體，原擬比翼雙飛，相隨終老，面對「離別」，更是無法灑脫得起來。無論是出外事事難的行路丈夫，或是閨中獨守的愁怨妻子，發諸於文字，總有無限的不得已。從周詩、漢樂府、古詩迄六朝齊梁體，此種基調所構成的作品始終盛而不衰。覽讀這些銷魂情境之下所產生的文字，讓人不能不問，世間情是何物，直叫人生死相許。一代一代有情的夫婦詠歎著「生當復來歸，死當長相思」的不變執著，彷彿時空的阻隔愈久遠，精神所承受的壓力愈大，生命內在的芬芳也紛湧而出了。

　　本節討論夫妻間「離別相思」的感情，而以造成離別的原因別爲征戍、仕宦、行商及其他四大類，逐一探討唐人夫妻在面對分離時的千情萬緒：

一、征　戍

　　李唐政權在推翻隋室之後至安史之亂的一百三十多年是極盛時期，尤其雄才大略的太宗積極向外擴張建立了大唐帝國的聲威，到高宗時版圖擴展至最大。這些對外戰爭雖說大致獲勝，但是頻仍的征伐

〔註97〕梁蕭統編、李善注《文選》（文津出版社，民國76年），卷十六，頁750。

却帶給人民許多生離死別的痛苦；而安史之亂傷足了唐朝的元氣，連帶跋扈了藩鎮，爲了抵制藩鎮，却又助長了吐蕃的氣焰，後期的唐帝國，在風雨飄搖中，更是飽受兵災蹂躪。在這種現實環境下征戰行役成了夫妻離別的最主要原因，只要踏上征途就糾葛牽纏著相思，自將帥以至士卒動輒千萬的人數，較其他原因所造成的別離來得多。詩人或身自行役，或代征人征婦之心聲，創作量也達於顚峯。

（一）臨　別

別離之際，通常是灑淚的場面，惟有些人以國仇家恨爲念而強忍悲痛，有些人則爲私情所擾語出悲怨，只有極少數的人能以豪邁的氣慨超越離情別緒，例如杜甫〈新婚別〉：

> 免絲附蓬麻，引蔓故不長。嫁女與征夫，不如棄路旁。結髮爲君妻，席不煖君牀。暮婚晨告別，無乃太匆忙。君行雖不遠，守邊赴河陽。妾身未分明，何以拜姑嫜。父母養我時，日夜令我藏。生女有所歸，雞狗亦得將。君今往死地，沈痛迫中腸。誓欲隨君去，形勢反蒼黃。勿爲新婚念，努力事戎行。婦人在軍中，兵氣恐不揚。自嗟貧家女，久致羅襦裳。羅襦不復施，對君洗紅妝。仰視百鳥飛，大小必雙翔。人事多錯迕，與君永相望。〔註98〕

昨夜成婚，今晨送別，叫人情何以堪，女主角初雖欲隨夫婿從軍，然終究以理智克服了感情的衝動，甚至竟能鎮靜地反過來勸慰丈夫「勿爲新婚念，努力事戎行」，並向丈夫表達了堅貞不移之情，以消却其後顧之憂。命運無寧是殘酷的，面對命運，咬緊牙關割情捨愛的韌性却叫人讚歎。

此詩爲安史亂後，兩京雖收，賊猶充斥，杜甫由左拾遺被貶爲華州司功參軍，自洛陽回華州，途中所見黎民苦境，發爲〈三吏〉、〈三別〉之作中的一首，杜甫於詩中寄託了個人的想法，甚具現實意義，

〔註98〕唐杜甫撰、清楊倫箋注《杜詩鏡銓》（華正書局，民國70年），卷五，頁222～223。

詩雖寫戰爭帶來的不幸，但顯然與他早期〈兵車行〉、〈前出塞〉等作品所表現的激烈反戰思想有所不同。〔註99〕那是因為安史亂後，戰爭的性質已由過去的向外侵略變成反侵略的保國衛民之戰，杜甫懂得「皮之不存，毛將焉附」，故藉女主角的話，以挑起時人同仇敵愾的愛國熱情，積極鼓勵參戰以衛社稷，在夫妻情之餘，格外見出忠志之臣的深厚用心。

　　張籍〈別離曲〉：

　　　　行人結束出門去，幾時更踏門前路。憶昔君初納采時，不
　　　　言身屬遼陽戍。早知今日當別離，成君家計良為誰。男兒
　　　　生身自有役，那得誤我少年時。不如逐君征戰死，誰能獨
　　　　老空閨裏？〔註100〕

由於強烈的不捨，竟激發了做妻子「受騙成婚」的怨言。但她雖口口聲聲「誤我少年時」、「誰能獨老空閨裏」，却在「不如逐君征戰死」一句中洩露了堅不分離的依戀與真心。

　　李廓〈雞鳴曲〉：

　　　　星稀月沒入五更，膠膠角角雞初鳴。征人牽馬出門立，辭
　　　　妾欲向安西行。再鳴引頸簷頭下，樓中角聲催上馬。纔分
　　　　曙色第二鳴，旌旆紅塵已出城。婦人上城亂招手，夫壻不
　　　　聞遙哭聲。長恨雞鳴別時苦，不遣雞棲近窗戶。〔註101〕

雞鳴時分離別的椎心苦痛歷久難忘，殃及了無辜的雞兒，不許它靠近窗邊棲息，免得啼聲牽引，空惹舊恨。

　　竇鞏〈從軍別家〉：

　　　　自笑儒生著戰袍，書齋壁上挂弓刀。如今便是征人婦，好
　　　　織廻文寄寶滔。〔註102〕

男兒手寫男兒情，志過於情，不見悱惻於心的離情依依，只勉妻子

〔註99〕參不詳撰者〈杜甫的一生〉，收入《杜甫》（未著編撰者及出版書局），頁16。

〔註100〕《全唐詩》（明倫出版社，民國60年），卷三八二，頁4281。

〔註101〕前揭書，卷四七九，頁5457。

〔註102〕前揭書，卷二七一，頁3054。

效竇滔妻，勤織迴文多寄書。而鮑溶的〈壯士行〉尤見慷慨一擲的
氣魄：

> 西方太白高，壯士羞病死。心知報恩處，對酒歌易水。沙
> 鴻噪天末，橫劍別妻子。蘇武執節歸，班超束書起。山河
> 不足重，重在遇知己。〔註103〕

（二）久　別

　　離恨恰如春草，更行更遠還生，不管征人或閨婦，最後難免成
爲相思的囚虜，這種別離相思之作，明顯的偏向閨婦情感的抒寫，
只不過唐代女子受教育觀念的影響，所學多爲婦德、婦言、婦容、
婦功一類的女行，雖有讀書作詩的機會，然「婦女解詩，則犯物議」
的觀念仍在，是以敢以詩文擅名的，並不多見〔註104〕。是故此類詩
作雖多，作者却以男詩人代擬之作爲多，因此所呈顯的感情比較不
受詩人個別際遇影響，大半和他所處的時代之社會觀念一致，循此
則可探究其感情內涵與時代變遷的相互關係：唐代前期以文治武功
鼎盛，朝廷重邊功，激發了「功名只向馬上取」〔註105〕式的英雄氣
慨，所以征戍丈夫除了思鄉，尚有馳騁沙場的壯志支持他；閨婦詩
裏所表達的也只是對丈夫長征不歸、音信難通的懸念與憂慮，尚無
生離死別的苦痛。但安史亂後，國勢衰微、內憂外患交迭而至，雄
壯慷慨的歌聲消失不見，一變爲凄苦的征怨和傷亂的哀吟，意氣風
發之作也不復前期氣勢。征人無心戀戰，悲傷不得歸家，閨婦除了
思念、憶歸，憾恨久不歸、無音信外，更充滿對丈夫難再回的恐懼，
足見國勢盛衰確實影響征夫征婦的感情，這方面的研究論述前人敘
之頗詳〔註106〕，本論文只扼要的將征夫征婦相思的感情先區分爲
「征人意」及「閨婦情」兩類，從普遍感情作概略的呈顯：

〔註103〕前揭書，卷四八五，頁5507。
〔註104〕參吳秋慧《唐詩中夫婦情誼之研究》（國立政治大學中文所碩士論
　　　　文，民國79年），第二章，頁8。
〔註105〕《全唐詩》，卷一九九，岑參〈送李副使赴磧西官軍〉詩，頁2055。
〔註106〕參《唐詩中夫婦情誼之研究》。

1. 征人意

征行之人除了要忍受邊地惡劣的環境之外，還要抵抗思鄉的感情，若非夙有奇志，很難熬得下去，崔融〈擬古〉：

> 飲馬臨濁河，濁河深不測。河水日東注，河源乃西極。思君正如此，誰爲生羽翼。日夕大川陰，雲霞千里色。所思在何處，宛在機中織。離夢當有魂，愁容定無力。夙齡負奇志，中夜三歎息。拔劍斬長榆，彎弓射小棘。班張固非擬，衛霍行可即。寄謝閨中人，努力加飧飯。〔註107〕

追慕班、張、衛、霍爲典型初、盛唐的征人氣慨，而思念閨人乃以勸加餐，也極其健朗積極。他有另一首〈塞上寄內〉：

> 旅魂驚塞北，歸望斷河西。春風若可寄，暫爲繞蘭閨。〔註108〕

再多的兒女情長也只能持寄春風與佳人。又張柬之〈出塞〉也同樣是以豪情出塞：

> 俠客重恩光，驄馬飾金裝。瞥聞傳羽檄，馳突救邊荒。歘野山川動，纛天旌斾揚。吳鈎明似月，楚劍利如霜。電斷衝胡塞，風飛出洛陽。轉戰磨笄俗，橫行戴斗鄉。手擒邾支長，面縛谷蠡王。將軍占太白，小婦怨流黃。腰裹青絲騎，娉婷紅粉妝。三春鸎度曲，八月雁成行。誰堪坐愁思，羅袖拂空牀。〔註109〕

即使是在戰伐有功業的盛唐，征戍相憶之作也受到詩人本身性格的影響，而各有其剛健與柔弱之處。就以岑參而言，天寶八年（749）任安西節度使高仙芝幕府書記，征途之中即盡情宣洩了思鄉的情淚，〈逢入京使〉詩云：

> 故園東望路漫漫，雙袖龍鍾淚不乾。馬上逢君無紙筆，憑君傳語報平安。〔註110〕

而到達安西後亦頻夢歸期，甚至欲藉費長房的縮地術，讓他早日回

〔註107〕《全唐詩》，卷六八，頁764。
〔註108〕前揭書，卷六八，頁768。
〔註109〕前揭書，卷九九，頁1067。
〔註110〕前揭書，卷二〇一，頁2106。

鄉，〈安西館中思長安〉一詩云：

> 家在日出處，朝來起東風。風從帝鄉來，不異家信通。絕
> 域地欲盡，孤城天遂窮。彌年但走馬，終日隨飄蓬。寂寞
> 不得意，辛勤方在公。胡塵淨古塞，兵氣屯邊空。鄉路眇
> 天外，歸期如夢中，遙憑長房術，爲縮天山東。〔註111〕

邊境只給了他深切的寂寞，而絲毫未燃起他的豪情，但他也不怠職，
只是過著「方在公」重任務，夢歸期卻「但走馬」的日子〔註112〕。
高仙芝幕府瓦解後，岑參回到長安，天寶十三年（754）又被封常清
賞識，再度赴邊，度隴之際，有〈赴北庭度隴思家〉：

> 西向輪臺萬餘里，也知鄉信日應疎。隴山鸚鵡能言語，爲
> 報家人數寄書。〔註113〕

鄉緒難截，家思縈懷，充滿依依不捨的兒女之情，這就是岑參〔註114〕，
面對分離，他有太多不捨與惆悵。跟他同時期的高適則不同，高適在
天寶十三年爲哥舒翰知遇，首途羈旅，同樣度隴，同樣思鄉，他卻能
揮劍斬斷，〈登隴〉一詩云：

> 隴頭遠行客，隴上分流水。流水無盡期，行人未云已。淺
> 才登一命，孤劍通萬里。豈不思故鄉，從來感知己。〔註115〕

並非不思故鄉，只是決斷鄉思，以「孤劍」寄託將來，那是高適的豪
情〔註116〕。如此，再來看岑參的〈題苜蓿峯寄家人〉就能明白他沾
衣的淚水與濃重的愁緒而不以爲怪了：

> 苜蓿峯邊逢立春，胡蘆河上淚沾襟。閨中只是空相憶，不
> 見沙場愁煞人。〔註117〕

〔註111〕前揭書，卷一九八，頁2045。
〔註112〕參前野直彬著、洪順隆譯《唐代的詩人們》（幼獅文化事業公司，
　　　　民國68年），〈慈恩寺大雁塔〉，頁134。
〔註113〕同註110。
〔註114〕同註112，頁151。
〔註115〕唐高適撰、劉開揚編年箋註《高適詩集編年箋註》（漢京文化事業
　　　　有限公司，民國72年），第一部份〈編年詩〉，頁248。
〔註116〕同註114。
〔註117〕《全唐詩》，卷二〇一，頁2104。

苜蓿峯邊愁煞了的詩人，多麼渴盼鄉音的滋潤慰藉，而妻子却只會空自相憶，而遲遲未有行動，最是令他煎急如困獸。

在安史亂後描寫征人思鄉的作品，調子普遍較低沈，如陳陶〈水調詞十首〉之四：

> 惆悵江南雁早飛，年年辛苦寄寒衣。征人豈不思鄉國，只是皇恩未放回。〔註118〕

沈彬〈塞下曲三首〉之二：

> 隴月盡牽鄉思動，戰衣誰寄淚痕深。金釵讓作封侯別，劈破佳人萬里心。〔註119〕

即便有心在沙場上求功名，也往往顯得無力，如溫庭筠〈寒塞行〉：

> 燕弓弦勁霜封瓦，撲簌寒雕睨平野。一點黃塵起雁喧，白龍堆下千蹄馬。河源怒濁風如刀，剪斷朔雲天更高。晚出榆關逐征北，驚沙飛迸衝貂袍。心許凌煙名不減，年年錦字傷離別。彩毫一畫竟何榮，空使青樓淚成血。〔註120〕

其衰颯傷感，以及顧念妻子為相思而淚盡成血的纏綿意緒，都是前期所少見的。以下幾首寫征人為相思而苦，也是筆觸細膩，情感綿密的作品，如長孫佐輔〈關山月〉：

> 淒淒還切切，戍客多離別。何處最傷心，關山見秋月。關月竟如何，由來遠近過。始經玄菟塞，終繞白狼河。忽憶秦樓婦，流光應共有。已得並蛾眉，還知攬纖手。去歲照同行，比翼復連形。今宵照獨立，顧影自熒熒。餘暉漸西落，夜夜看如昨。借問映旌旗，何如鑒帷幕。拂曉朔風悲，蓬驚雁不飛。幾時征戍罷，還向月中歸。〔註121〕

懷念同在一輪明月下的妻子，而回憶去年月下恩愛同行的情景，盼早日停戰，戴月同歸。鮑溶〈寄歸〉：

> 塞草黃來見雁稀，隴雲白後少人歸。新絲強入未衰鬢，別

〔註118〕前揭書，卷七四六，頁8490。
〔註119〕前揭書，卷七四三，頁8455～8456。
〔註120〕前揭書，卷五七五，頁6699～6700。
〔註121〕前揭書，卷四六九，頁5335。

淚應沾獨宿衣，幾夕精誠拜初月，每秋河漢對空機。更見
出獵相思苦，不射秋田朝雌飛。〔註122〕

以相思苦，故出獵之際，眼見秋田雙飛雉，感其互為侶伴，乃不忍射
之。河北士人〈寄內詩〉：

握筆題詩易，荷戈征戍難。慣從鴛被暖，怯向雁門寒。廋
盡寬衣帶，啼多漬枕檀。試留青黛著，迴日畫眉看。〔註123〕

這個時期的征人，不只為思鄉而痛苦，同時對戰爭沒有把握，心懶意
怯，歸心似箭，兒女情長，顯見風雲氣少，大唐帝國沾沾自喜的民族
自信已然大減。

2. 閨婦情

寫閨婦之情的詩作極多，特析為數點，分別說明：

（1）悔教覓封侯

對於出征以追求事功，反映在征婦詩中的普遍是反對的聲音，如
王昌齡〈閨怨〉：

閨中少婦不曾愁，春日凝妝上翠樓。忽見陌頭楊柳色，悔
叫夫婿覓封侯。〔註124〕

這是唐代早期的作品。丈夫從軍遠征，妻子本該有愁，但女主角卻
「不知愁」，一則以其年少未諳世情，二則從凝妝上翠樓一句可知
其必然生活優渥不必操心家計，三則當時社會風氣正以立功邊塞為
最熱門覓封侯的途徑，所謂「功名只向馬前取，真是英雄一丈夫」
〔註125〕不僅男兒從軍意氣洋洋，就是家人也充滿浪漫期待，就這
樣，少婦帶著憧憬，渾然不知有愁，在美好的春日還刻意打扮一番，
登樓觀賞春景。第三句關鍵著全詩的氣氛，「陌頭楊柳」原為春日
最常見的景致，却勾引她從未明確意識的千般感受。柳色青翠，非
惟讓她聯想昔日與夫婿折柳贈別的一幕，也讓她心驚於青春易逝，

〔註122〕前揭書，卷四八六，頁5519。
〔註123〕前揭書，卷七八四，頁8848。
〔註124〕前揭書，卷一四三，頁1446。
〔註125〕同註105。

蒲柳先衰，世事此般無常。於是她打心底了悟了自己的單純幼稚，
傻得鼓勵丈夫去遙遠的邊關尋覓虛榮的功名。杜牧〈寄遠〉：

> 兩葉愁眉愁不開，獨含惆悵上層台。碧雲空斷雁行處，紅
> 葉已凋人未來。塞外音書無信息，道傍車馬起塵埃。功名
> 待寄凌煙閣，力盡遼城不肯迴。〔註126〕

以及李頻〈春閨怨〉：

> 紅妝女兒燈下羞，畫眉夫婿隴西頭。自怨愁容長照鏡，悔
> 教征戍覓封侯。〔註127〕

又有高駢〈閨怨〉：

> 人世悲歡不可知，夫君初破黑山歸。如今又獻征南策，早
> 晚催縫帶號衣。〔註128〕

又有于濆〈恨從軍〉：

> 不嫁白衫兒，愛君新紫衣。早知遽相別，何用假光輝。已
> 聞都萬騎，又道出重圍。一軸金裝字，致君終不歸。〔註129〕

又常理〈古別離〉：

> 君御狐白裘，妾居紬綺幬。粟鈿金夾膝，花錯玉搔頭。離
> 別生庭草，征衣斷戍樓。蠮蛦網清曙，苽苢落紅秋。小膽
> 怯空房，長眉滿鏡愁。爲傳兒女意，不用遠封侯。〔註130〕

以上諸詩，不論時代早晚，都對丈夫遠別，征戍覓封一事埋怨不已，
她們早先也都曾經迷信過男兒及壯當封侯的，殺敵立功就男兒立場而
言實乃鬚眉本色，大丈夫當如是也，冠冕堂皇的理由可以使多少人放
棄溫暖的家庭生活，遠赴邊疆、宿露餐風，嚐受種種辛苦滋味。但是
閨中婦女的心不同，長久的伊人未歸已經粉碎任何的綺麗夢想，她們
變得「悔」、「怨」，變得一點也不稀罕那些裝金帶玉的榮寵。

（2）音信杳難通

〔註126〕前揭書，卷五二六，頁6030。
〔註127〕前揭書，卷五八七，頁6808。
〔註128〕前揭書，卷五九八，頁6919。
〔註129〕前揭書，卷五九九，頁6929。
〔註130〕前揭書，卷七七三，頁8766。

　　兵連禍結的年代往往長征一別，便音信杳然，這種情形最令妻子心裏七上八下，如沈佺期〈獨不見〉：

　　　　盧家少婦鬱金堂，海燕雙棲玳瑁梁。九月寒砧催木葉，十年征戍憶遼陽。白狼河北音書斷，丹鳳城南秋夜長。誰謂含愁獨不見，更教明月照流黃。〔註131〕

又竇鞏〈少婦詞〉：

　　　　坐惜年光變，遼陽信未通。燕迷新畫屋，春識舊花叢。夢繞天山外，翻愁錦字中。昨來誰是伴，鸚鵡在簾櫳。〔註132〕

又白居易〈閨婦〉：

　　　　斜凭繡牀愁不動，紅綃帶緩綠鬟低。遼陽春盡無消息，夜合花前日又西。〔註133〕

又李商隱〈即日〉：

　　　　小苑試春衣，高樓倚暮暉。夭桃惟是笑，舞蝶不空飛。赤嶺久無耗，鴻門猶合圍。幾家緣錦字，含淚坐鴛機。〔註134〕

李中〈春閨辭二首〉之二：

　　　　邊無音信暗消魂，茜袖香裙積淚痕。海燕歸來門半掩，悠悠花落又黃昏。〔註135〕

因為久無音訊，詩中閨婦非愁困即淚下，然終亦無可奈何，只能讓歲月空流。

　　（3）坐愁紅顏改

　　思君令人老，在無止盡的思念煎熬之下，閨人白白葬送了青春，紅顏已老，仍未見得盼得回丈夫，李白〈春思〉：

　　　　燕草碧如絲，秦桑低綠枝。當君懷歸日，是妾斷腸時。春

<hr>

〔註131〕前揭書，卷九六，頁 1043，此詩詩題或作〈古意呈補闕喬知之〉、〈古意〉。
〔註132〕前揭書，卷二七一，頁 3049。
〔註133〕唐白居易撰《白居易集》（漢京文化事業有限公司，民國 73 年），卷十九，頁 425。
〔註134〕唐李商隱撰、葉葱奇疏注《李商隱詩集疏注》（里仁書局，民國 76年），卷中，頁 314。
〔註135〕《全唐詩》，卷七四八，頁 8519。

風不相識，何事入羅帷。〔註136〕

又王建〈思遠人〉：

妾思常懸懸，君行復綿綿。征途向何處，碧海與青天。歲久自有念，誰令長在邊。少年若不歸，蘭室如黃泉。〔註137〕

蘇拯〈思婦吟〉：

秋風雁又歸，邊信一何早。攬衣出門望，落葉滿長道。一從秉箕箒，十載孤懷抱。可堪日日醉寵榮，不說思君令人老。〔註138〕

嚴鄲〈望夫石〉：

何代提戈去不還，獨留形影白雲間。肌膚銷盡雪霜色，羅綺點成苔蘚斑。江燕不能傳遠信，野花空解妒愁顏。近來豈少征人婦，笑採蘼蕪上北山。〔註139〕

年深歲久的等待，腸斷了，人老了，征夫仍自未歸。

（4）夢裏覓邊城

相思至極，欲見無由，唯有夢中去尋，即使山川路岐，不識路的妻子仍勉力前往，有時還夢到丈夫體貼，自個兒回來看她，如戴叔倫〈閨怨〉：

看花無語淚如傾，多少春風怨別情。不識玉門關外路，夢中昨夜到邊城。〔註140〕

又張仲素〈秋閨思〉：

碧窗斜月藹深暉，愁聽寒螿淚溼衣。夢裏分明見關塞，不知何路向金微。〔註141〕

孟郊〈征婦怨〉：

漁陽千里道，近如中門限。中門踰有時，漁陽長在眼。生

〔註136〕唐李白撰、瞿蛻園等校注《李白集校注》（里仁書局，民國70年），卷六，頁448。

〔註137〕《全唐詩》，卷二九七，頁3364。

〔註138〕前揭書，卷七一八，頁8251。

〔註139〕前揭書，卷七二七，頁8326。

〔註140〕前揭書，卷二七四，頁3104。

〔註141〕前揭書，卷三六七，頁8138。

在綠蘿下，不識漁陽道。良人自戍來，夜夜夢中到。〔註142〕

若是夢被打斷，到不了丈夫的駐地，那可氣惱極了。金昌緒〈春怨〉：

打起黃鶯兒，莫叫枝上啼。啼時驚妾夢，不得到遼西。〔註143〕

女主角使性子責打黃鶯兒，是因爲在夢裏她可以不辭千里，迢迢奔赴
丈夫的懷抱，驚醒之後却須面對分離的冷酷現實，所以她一意沈緬，
願夢而拒絕醒。

如若書既不達，夢又難成，則唯有以想像慰情，如沈如筠〈閨
怨〉：

雁盡書難寄，愁多夢不成。願隨孤月影，流照伏波營。〔註144〕

伏波用漢路博德、馬援之典，兩人皆拜伏波將軍，馬援南征交阯有功，
此處以指征人行營所在，明爲戍守南疆，故首句才有「雁盡書難寄」
之語，相傳北雁南飛，至衡陽迴雁峯即北返，更南則雁不到。征人遠
在南疆，故雁不能替她傳遞消息，滿腹相思無憑語，惆悵之餘輾轉難
眠，連夢中相見也不能如願。這時見窗外一輪明月懸在中天，執迷的
少婦乃生出無數想像的翅膀，「願逐月華流照君」將滿懷的柔情蜜意，
寄託明月的光華，靜靜拂照營中的夫壻。

（5）殷勤寄征衣

每逢秋日，家家戶戶搗衣、裁衣，忙著爲全家人置備過冬的衣物，
對遠行的人也不忘寄上一份。邊塞的軍士除了有官家寄送的之外，往
往還收得到妻子以綿綿的愛意，織入濃濃的思念，所縫製的冬衣，一
件件綴滿了深情的淚水。如孟浩然〈閨情〉：

一別隔炎涼，君衣忘短長。裁縫無處等，以意忖情量。畏
瘦疑傷窄，防寒更厚裝。半啼封裹了，知欲寄誰將。〔註145〕

又如李白〈子夜吳歌〉四首之四：

明朝驛使發，一夜絮征袍。素手抽針冷，那堪把剪刀。裁

〔註142〕前揭書，卷三七二，頁4184。
〔註143〕前揭書，卷七六八，頁8724。
〔註144〕前揭書，卷一一四，頁1164。
〔註145〕前揭書，卷一六○，頁1656。

縫寄遠道，幾日發臨洮。〔註146〕

張仲素〈秋閨思〉：

秋天一夜靜無雲，斷續鴻聲到曉聞。欲寄征衣問消息，居延城外又移軍。〔註147〕

又其〈秋夜曲〉：

丁丁漏水夜何長，漫漫輕雲露月光。秋逼暗蟲通夕響，征衣未寄莫飛霜。〔註148〕

又如張籍亦有〈寄衣曲〉：

織素縫衣獨辛苦，遠因回使寄征人。官家亦自寄衣去，貴從妾手著君身。高堂姑老無侍子，不得自到邊城裏。殷勤爲看初著時，征夫身上宜不宜。〔註149〕

白居易〈寒閨怨〉：

寒月沈沈洞房靜，眞珠簾外梧桐影。秋霜欲下手先知，灯底裁縫剪刀冷。〔註150〕

裴說〈聞砧〉：

深閨乍冷開香匣，玉筋微微淫紅頰。一陣霜風殺柳條，濃煙半夜成黃葉。重重白練如霜雪，獨下寒階轉淒切。祇知抱杵搗秋砧，不覺高樓已無月。時聞寒雁聲呼喚，紗窗只有灯相伴。幾展齊紈又懶裁，離腸空逐金刀斷。細想儀形執刀尺，回刀剪破澄江色。愁捻銀鍼信手縫，惆悵無人試寬窄。時時舉袖勻殘淚，紅箋漫有千行字。書中不盡心中事，一半殷勤託邊使。〔註151〕

噓寒問暖的關懷具體地表現在製衣禦寒的行動之中，平實而貼心。

寄了衣，仍日日懸念，追修一封書問個清楚，王駕〈古意〉：

夫戍蕭關妾在吳，西風吹妾妾憂夫。一行書信千行淚，寒

〔註146〕《李白集校注》，卷六，頁453。

〔註147〕《全唐詩》，卷三六七，頁4138。

〔註148〕同前註。

〔註149〕前揭書，卷三八二，頁4280。

〔註150〕《白居易集》，卷十九，頁425。

〔註151〕《全唐詩》，卷七二〇，頁8260～8261；詩題或作〈寄邊衣〉。

到君邊衣到無。〔註152〕

征婦在家除了苦自思念之外，別無他法，好不容易逮到個寄征衣的機
會，那真是竭心盡力，恨不得把所有感情都織縫進去，日日夜夜地工
作，一點也不怕秋夜的寒涼凍指。所以雖然「官家亦自寄衣去」，但
「貴從妾手著君身」，那裏比得上一襲嬌妻縫製的思念的衣裳那麼溫
暖呢？

此外以「擣衣」爲題的詩，如吳大江〈擣衣〉：

> 沙塞秋應晚，金閨恨已空。那堪裂執素，時許出房櫳。杵
> 影弄寒月，砧聲調夜風。裁縫雙淚盡，萬里寄雲中。〔註153〕

又杜甫〈擣衣〉：

> 亦知戍不返，秋至拭清砧。已近苦寒月，況經長別心。寧
> 辭擣熨倦，一寄塞垣深。用盡閨中力，君聽空外音。〔註154〕

浦起龍認爲「古樂府擣衣篇皆託爲從軍者之婦言。」〔註155〕，考察
《全唐詩》所錄，確如所言，「擣衣」一題，乃專爲抒寫征婦感情者。

唐武宗時，邊將張揆之妻侯氏，以夫十餘年不歸，乃爲迴文詩，
繡作龜形，詣闕上之，詩中即以開箱疊練，拂杵調砧，年年傷懷爲題，
表達對丈夫深重的思念：

> 睽離已是十秋強，對鏡那堪重理妝。聞雁幾回修尺素，見
> 霜先爲製衣裳。開箱疊練先垂淚，拂杵調砧更斷腸。繡作
> 龜形獻天子，願教征客早還鄉。〔註156〕

果然，皇帝也爲其深情所感，敕揆還鄉與妻團聚。

（6）妾憂生死隔

行役之人面對的是邊地的惡劣環境與難以預測實力的強敵環
伺，任誰也不敢以今日的無事保證明日必平安，這種對生死的憂慮惶

〔註152〕前揭書，卷六九〇，頁7918。
〔註153〕前揭書，卷七七四，頁8774。
〔註154〕《杜詩鏡銓》，卷六，頁256。
〔註155〕浦起龍《讀杜心解》（大通書局），卷三之二，頁394。
〔註156〕《全唐詩》，卷七九九〈繡龜形詩〉，頁8992。

恐，時代愈晚愈顯得沈重，例如王建〈送衣曲〉：

> 去秋送衣渡黃河，今秋送衣上隴阪。婦人不知道徑處，但
> 問新移軍近遠。半年著道經雨湮，開籠見風衣領急。舊來
> 十月初點衣，與郎著向營中集。絮時厚厚綿纂纂，貴欲征
> 人身上暖。願身莫著裹屍歸，願妾不死長送衣。〔註157〕

白居易〈續古詩十首〉之一：

> 戚戚復戚戚，送君遠行役。行役非中原，海外黃沙磧。伶
> 俜獨居妾，迢遞長征客。君望功名歸，妾憂生死隔。誰家
> 無夫婦，何人不離拆。所恨薄命身，嫁遲別日迫。妾身有
> 存歿，妾心無改移。生作閨中婦，死作山頭石。〔註158〕

張籍〈妾薄命〉：

> 薄命婦，良家子，無事從軍去萬里。漢家天子平四夷，護
> 羌都尉裹屍歸。念君此行為死別，對君裁縫泉下衣。與君
> 一日為夫妻，千年萬歲亦相守。君愛龍城征戰功，妾願青
> 樓歌樂同。人生各各有所欲，詎得將心入君腹？〔註159〕

以上皆是征婦慮長年闊別，生死幽隔，發為詩篇而自願自誓之詩。足
見其深情與堅貞。

（7）何日平胡虜

　　征婦渴盼戰事平息，征人早還，除了前所言張揆妻援詩以呼，冀
引天子垂憐的故事外，許多詩歌都表達了這種心聲，如沈佺期〈雜詩〉：

> 聞道黃龍戍，頻年不解兵。可憐閨裏月，長在漢家營。少
> 婦今春意，良人昨夜情。誰能將旗鼓，一為取龍城。〔註160〕

李白〈子夜秋歌〉：

> 長安一片月，萬戶擣衣聲。秋風吹不盡，總是玉關情。何
> 日平胡虜，良人罷遠征？〔註161〕

〔註157〕前揭書，卷二九八，頁3388。
〔註158〕《白居易集》，卷二，頁28。
〔註159〕《全唐詩》，卷三八二，頁4288。
〔註160〕前揭書，卷九六，頁1035。
〔註161〕《李白集校注》，卷六，頁452。

馬戴〈征婦歎〉則是對無止境的戰事萬般無奈：

> 稚子在我抱，送君登遠道。稚子今已行，念君上邊城。蓬
> 根既無定，蓬子焉用生？但見請防胡，不聞言罷兵，及老
> 能得歸，少者還長征。〔註162〕

夫出征時稚子猶在抱，今子已長，而夫壻未歸，若令及老方能得歸，
只怕又是兒子被征調的時候了，對戰事的厭倦，使詩中充滿怨憤不
滿，「但見請防胡，不聞言罷兵」，她眞是不明白爲什麼這種不合理的
情形沒有人去改變。

　　戰事不止，征人不歸，征婦却是永不放棄重逢的盼望，如陸龜蒙
〈寄遠〉：

> 鬢亂羞雲捲，眉空羨月生，中原猶將將，何日重卿卿？〔註163〕

盼不著歸人，便埋怨蟢子兆喜一無可信，如施肩吾〈望夫詞二首〉之
一：

> 看看北雁又南飛，薄倖征夫久不歸。蟢子到頭無信處，凡
> 經幾度到人衣。〔註164〕

在漫無頭緒的寄盼中，如果終於得到邊地來的訊問，那眞要欣喜過
望，回信寫得綿綿密密猶恐不盡意，如長孫佐輔〈答邊信〉：

> 征人去年戍遼水，夜得邊書字盈紙。揮刀就燭裁紅綺，結
> 作同心答千里。君寄邊書書莫絕，妾答同心心自結。同心
> 再解心不離，書字頻看字愁滅。結成一夜和淚封，貯書只
> 在懷袖中。莫如書字故難久，願學同心長可同。〔註165〕

又劉駕〈寄遠〉：

> 雪花豈結子，徒滿連理枝。嫁作征人妻，不得長相隨。去
> 年君點行，賤妾是新姬。別早見未熟，入夢無定姿。悄悄
> 空閨中，蛩聲遠羅幃。得書喜猶甚，況復見君時。〔註166〕

〔註162〕《全唐詩》，卷五五六，頁6442。
〔註163〕前揭書，卷六二七，頁7200。
〔註164〕前揭書，卷四九四，頁5601。
〔註165〕前揭書，卷四六九，頁5334。
〔註166〕前揭書，卷五八五，頁6779。

《全唐詩》又收有河北士人〈代妻答詩〉：

> 蓬鬢荊釵世所稀，布裙猶是嫁時衣。胡麻好種無人種，合是歸時底不歸？〔註167〕

乃從莊稼言起，敘說盼望男主人早日回鄉植墾之意。

（8）還衣舊時香

盼到頭了，終於美夢成真，計算著丈夫到達的日子，不免重新妝扮一番，如梁煌〈代征人妻喜夫還〉：

> 征夫走馬發漁陽，少婦含嬌開洞房。千日廢台還掛鏡，數年塵面再新妝。春風喜出今朝戶，明月虛眠昨夜牀。莫道幽閨書信隔，還衣總是舊時香。〔註168〕

最重要的還是告訴丈夫自己堅心自持，衣香依然舊時，教夫婿大可放心。又如無名氏〈雜詩〉之六：

> 一去遼陽繫夢魂，忽傳征騎到中門。紗窗不肯施紅粉，徒遣蕭郎問淚痕。〔註169〕

則是故意不施脂粉，要讓夫婿發現自己臉上的淚痕而關心憐愛。

　　夫妻以征戍而別，能夠重逢確屬萬幸，因此這一類的詩莫不悲喜交集。

　　以上的分類僅能約略概括唐人征夫征婦別離的情緒，大抵人情願聚不願離，分離總是充滿痛苦、充滿淚水的。而男兒行役縱苦，還有一腔豪情支持，女子唯夫是望，往往生氣了無。至於時代治亂對詩人筆下夫妻征戍別離感情描述之影響，以征夫部份較明顯。

二、仕　宦

　　仕宦是唐代文人最終的嚮往，而文人又是唐詩最主要的創作者，因此因仕宦而致夫妻分離的詩，正是詩人發自肺腑，夫子自道的心聲，這與征戍、經商等所造成分離的詩多以代擬方式為之，有極大的

〔註167〕前揭書，卷七八四，頁8848。
〔註168〕前揭書，卷二〇二，頁2116。
〔註169〕前揭書，卷七八五，頁8862。

不同。詩人既以自身立場爲詩，也造成這一類詩多由夫的角度抒寫，迥別於他類以思婦爲多的情形。

此類詩既是詩人自己的親身感受，則與個人際遇與個人情性實有莫大關係，以下以人爲主，探討詩人因仕宦而與妻子相別時的感情：

1. 李　白

李白集中有許多別妻、寄妻之作，其中以〈別內赴徵〉三首最是逸興湍飛，此時作於何時已不可考，但既爲赴徵之作，想必將有所施展，故頗有功名富貴一夕可就的意態洋洋，這正合他豪邁的本性。然而也有纖細溫柔的一面，他感受妻子的依依不捨，設想別後她當要如何的「獨宿倚門啼」，充滿了疼憐之意：

> 王命三徵去未還，明朝別離出吳關。白玉高樓看不見，相思須上望夫山。

> 出門妻子強牽衣，問我西行幾日歸。歸時儻佩黃金印，莫見蘇秦不下機。

> 翡翠爲樓金作梯，誰人獨宿倚門啼。夜坐寒燈連曉月，行行淚盡楚關西。〔註170〕

又如〈秋浦寄內〉：

> 我今尋陽去，辭家千里餘。結荷見水宿，却寄大雷書。雖不同辛苦，愴離各自居。我自入秋浦，三年北信疎。紅顏愁落盡，白髮不能除。有客自梁苑，手攜五色魚。開魚得錦字，歸問我何如？江山雖道阻，意合不爲殊。〔註171〕

〈秋浦感主人歸燕寄內〉：

> 霜凋楚關木，始知殺氣嚴。寥寥金天廓，婉婉綠紅潛。胡雁別主人，雙雙語前簷。三飛四迴顧，欲去復相瞻。豈不戀華屋，終然謝珠簾。我不及此鳥，遠行歲巳淹。寄書道中歎，淚下不能緘。〔註172〕

〔註170〕《李白集校注》，卷二五，頁 1488～1489。
〔註171〕前揭書，卷二五，頁 1490。
〔註172〕前揭書，卷二五，頁 1492～1493。

詹鍈以爲本詩成於至德元年，太白由金陵去尋陽經秋浦而作。〔註173〕
蓋李白於肅宗至德元年（756）曾爲永王璘辟爲府僚佐，永王趁安史
之亂叛變，旋被平息，永王被殺，李白亡走彭澤，坐繫尋陽，本當論
死，賴郭子儀力救，乃詔長流夜郎，乾元二年（759），行未至而遇赦
得釋，方始得回。〔註174〕則此二詩當即亡走時所作，其前一首明己
與妻心意全然相同，都想早日團聚，後一首見胡燕別主的迴顧相瞻，
而感傷自己別妻離鄉一去未返。詩人非但寄內，且百般揣想嬌妻在空
閨爲相思所困的情景，而有「自代內贈」之作，頗獨樹一格，而其情
之纏綿，益見詩人與其妻宗氏平日感情之篤。

　　其後李白南流夜郎，有〈南流夜郎寄內〉一詩，抑挫的心情渴盼
妻子的慰藉，盼而不得，尤見淒涼：

　　　夜郎天外怨離居，明月樓中音信疎。北雁春歸看欲盡，南
　　　來不得豫章書。〔註175〕

幾首情深意長的作品，讓我們發現李白不僅只有個儻風流，率性不拘
的一面，對妻子，他是那樣的眷戀，那樣的依賴。

2. 權德輿（759～881）

　　權德輿未冠即以才見稱，歷德宗、憲宗兩朝，甚受倚重，其一生
仕途平穩，與其妻清河崔氏〔註176〕之間感情亦深厚醇篤令人稱羨，
本章「琴瑟合鳴」一節已有論及。而仕宦不免南北遷調，分別之際，
權氏有大量寄內、憶內之作。年輕時權氏任江西觀察使李兼府判官，
至貞元七年（791）始爲杜佑、裴冑所薦，徵爲太常博士。這之前權
氏輾轉幕府間，往往掛念家中的妻子，如〈夜泊有懷〉：

　　　棲鳥向前林，暝色生寒蕪。孤舟去不息，眾感非一途。川

〔註173〕　前揭書，卷二五，頁1491。
〔註174〕　參宋歐陽修、宋祁撰《新唐書》（鼎文書局，民國74年），卷二〇二，
　　　　　頁5763。
〔註175〕　《李白集校注》，卷二五，頁1497。
〔註176〕　參唐韓愈撰、馬通伯校注《韓昌黎文集校注》（華正書局，民國71
　　　　　年），卷七〈唐故相權公墓碑〉，頁272～274。

程方浩淼，離思方鬱紆。轉枕眼未熟，擁衾淚已濡。窅然風水上，寢食疲朝晡。心想洞房夜，知君還向隅。〔註177〕

〈相思樹〉：

寄家江東遠，身對江西春。空見相思樹，不見相思人。〔註178〕

〈石楠樹〉：

石楠紅葉透簾春，憶得妝成下錦茵。試折一枝含萬恨，分明說向夢中人。〔註179〕

〈自桐廬如蘭溪有寄〉：

東南江路舊知名，惆悵春深又獨行。新婦山頭雲半歛，女兒灘頭月初明。風前蕩颺雙飛蝶，花裏間關百囀鶯。滿目歸心何處說，欹眠搔首不勝情。〔註180〕

滿紙歸心，却因職責而未能如願，只好「欹眠搔首」無奈感喟。他另一首〈祗役江西路上，以詩代書寄內〉則描寫得更平實、詳盡：

辛苦事行役，風波倦晨暮。搖搖結遐心，靡靡即長路。別來如昨日，每見缺蟾兔。潮信催客帆，春光變江樹。宦遊豈云愜，歸夢無復數。愧非超曠姿，循此侷促步。笑言思暇日，規勸多遠度。鶉服我久安，荊釵君所慕。伊予多昧理，初不涉世務。適因擁腫才，成此懶慢趣。一身常抱病，不復理章句。胸中無町畦，與物且多忤。既非大川檝，則守南山霧。胡爲出處間，徒使名利污。羈孤望予祿，孩稺待我餔。未能即忘懷，恨恨以此故。終當稅羈鞅，豈待畢婚娶。如何久人寰，俛仰學擧措。衡茅去迢遞，水陸兩馳騖。晰晰窺曉星，淥淥踐朝露。靜聞田鶴起，遠見沙鷗聚。怪石不易躋，急湍那可泝。漁商聞遠岸，煙火明古渡。下碇夜已深，下碕波不駐，畏途信非一，離念紛難具。枕席有餘清，壺觴無與晤，南方出蘭桂，歸日自分付。北窗留琴書，無乃委童孺。春江足魚雁，彼此勸尺素。早晚到中

〔註177〕《全唐詩》，卷三二九，頁3676。
〔註178〕前揭書，卷三二九，頁3677。
〔註179〕同前註。
〔註180〕同前註。

閨，怡然兩相顧。〔註181〕

這首詩爲權氏「代書寄內」之作，故實爲一封情多思瞻，無所不談的家書。由宦遊的辛苦，歸夢無數，而感念妻子的賢德，可惜自己並非高世之材，故爲生計只能俛仰宦途。愈是旅中風浪多，愈勾引思家情緒，但盼夫妻倆互爲支撐、勤書尺素，待任務完成，早早回家歡聚。此詩實爲權氏早年做一個小公務員時，夫婦同甘共苦，同心協力的感情生活之代表。

　　權氏入朝之後，脫離了行役之苦，却照樣忙於公務，加以君王倚重，使他往往留侍宮中，徹夜待詔，據《舊唐書》載：

　　　　（貞元）十年，遷起居舍人，歲中，兼知制誥。轉駕部員
　　　　外郎、司勳郎中，職如舊。遷中書舍人。是時德宗親覽庶
　　　　政，重難除授，凡命於朝，多補自御札。始德輿知制誥，
　　　　給事有徐岱，舍人有高郢；居數歲，岱卒，郢知禮部貢舉，
　　　　獨德輿直禁垣，數旬始歸。嘗上疏請除兩省官，德宗曰：「非
　　　　不知卿之勞苦，禁掖清切，須得如卿者，所以久難其人。」
　　　　德輿居西掖八年，其間獨掌者數歲。〔註182〕

在這種忙碌到甚至「數旬始歸」的情形下，權氏有許多寄內之作，如〈中書夜直寄贈〉：

　　　　通籍在金閨，懷君百慮迷。迢迢五夜永，脈脈兩心齊。步
　　　　履疲青瑣，開緘倦紫泥。不堪風雨夜，轉枕憶鴻妻。〔註183〕

〈中書宿齋有寄〉：

　　　　銅壺漏滴斗闌干，泛灩金波照露盤。遙想洞房眠正熟，不
　　　　堪深夜鳳池寒。〔註184〕

詩人夫妻恩愛，不慣離居孤眠的滋味，輾轉難堪。平日宿直已是如此，染病之際，更是難耐寂寞冷清，而一逕懷念妻子體貼入微的照顧，見

〔註181〕同註177。
〔註182〕後晉劉昫等撰《舊唐書》（鼎文書局，民國74年），卷一四八，頁
　　　　4003。
〔註183〕《全唐詩》，卷三二九，頁3677。
〔註184〕前揭書，卷三二九，頁3681。

〈病中寓直代書題寄〉：

> 愚夫何所任，多病感君深。自謂青春壯，那堪白髮侵。寢
> 興勞善祝，疏懶愧良箴。寂寞聞宮漏，那堪直夜心。〔註185〕

　　貞元十七年冬，權氏以本官知禮部貢舉，來年，眞拜侍郎，凡三
歲掌貢士，號爲得人〔註186〕。權氏在忙於主持貢試之際，仍念念不忘
妻子，〈上巳日貢院考雜文，不遂赴九華觀祓禊之會，以二絕句申贈〉：

> 三日韶光處處新，九華仙洞七香輪。老夫留滯何由往，珉
> 玉相和正遶身。
>
> 禊飲尋春興有餘，深情婉婉見雙魚。同心齊體如身到，臨
> 水煩君便祓除。〔註187〕

貢考的日子恰逢上巳，是日妻子赴九華觀祓禊之會，而詩人以公務在
身，不克前往，乃託「齊體同心」的妻子，一併將自己身上的宿垢祓
除。此詩「珉玉相和正遶身」句下，原註云：「時以沽美玉爲詩題」，
權氏主考貞元十九、二十、二十一年的貢試，貞元二十一年試題即爲
「沽美玉」〔註188〕，故知此詩乃爲貞元二十一年（805）上巳所作。
權氏又另有〈和九華觀見懷貢院八韻〉：

> 上巳好風景，仙家足芳菲。地殊蘭庭會，人似山陰歸。丹
> 竈綴珠掩，白雲巖逕微。眞宮集女士，虛室涵春輝。拘限
> 心杳杳，歡言望依依。滯茲文墨職，坐與琴醑違。麗曲滌
> 煩虛，幽緘發清機，支頤一吟想，恨不雙翻飛。〔註189〕

由詩題可知，其妻因九華盛會其夫不能前往，故有「九華觀見懷貢院
八韻」以志其事，德輿見之乃又援筆相和，今權妻之作雖不可見，然
一酬一唱間益見他們夫妻情深逾恒，常日裏比翼相隨，因事分離即相
見懷。

〔註185〕前揭書，卷三二九，頁3678。

〔註186〕參《舊唐書》，卷一四八，頁4003。

〔註187〕同註185。

〔註188〕參清徐松《登科記考》（北京中華書局，1984年），卷十五，頁573
　　　　～580。

〔註189〕《全唐詩》，卷三二九，頁3678～3679。

憲宗元和元年（806）七月，葬順宗於豐陵，權氏職司鹵簿，有
〈奉使豐陵，職司鹵簿，通宵涉路，因寄内〉一詩：

綵仗列森森，行宮夜漏遲。爻鋋方啓路，鉦鼓正交音。曙
月思蘭室，前山辨穀林。家人念行役，應見此時心。〔註190〕

元和初，權氏歷兵部、吏部侍郎，坐郎吏誤用官闕，改太子賓客，復
爲兵部侍郎，遷太常卿。〔註191〕仍僕僕從公，〈太常寺宿齋有寄〉一
詩云：

轉枕挑燈候曉雞，想君應歎太常妻。長年多病偏相憶，不
遣歸時醉如泥。〔註192〕

頻繁的行役宿齋，讓對家庭有重大責任感的權德興覺得愧對妻子。此
處用周澤典，周澤爲太常，清潔循行，盡敬宗廟，常臥病齋宮，其妻
哀澤老病，闚問所苦，澤大怒，以妻干犯齋禁，遂收送詔獄謝罪，當
世疑其詭激，時人爲之語曰：「居世不諧，作太常妻，一歲三百六十
日，三百五十九日齋，一日不齋醉如泥。」〔註193〕權氏固盡忠職守，
但經常思妻念子，爲情性中人，絕不若周澤詭激。同時他說「不遣歸
時醉如泥」正意味著盼望在不寓直之時，好好陪陪妻子，不讓她有如
太常妻的委屈。此外他尚有〈發硤石路上却寄内〉：

莎柵東行五谷深，千峯迴盡雨沈沈。細君幾日行經此，應
見悲翁相望心。〔註194〕

可見不論在道途行役，或是禁中寓直、貢院主試，從年少到白髮，只
要是分別，總是深濃的思念，權氏夫妻的感情始終不曾褪淡。

3. 李商隱（812～858）

李商隱爲懷州河内人，家境寒微，十七歲時，以文才見知於令
狐楚，文宗開成二年（837），他以二十五歲之年，經由令狐楚之子

〔註190〕前揭書，卷三二九，頁3680。
〔註191〕同註186。
〔註192〕《全唐詩》，卷三二九，頁3681。
〔註193〕參唐歐陽詢《藝文類聚》（中文出版社，1980年），卷四九引應劭漢
官，頁878。
〔註194〕《全唐詩》，卷三二九，頁3683。

令狐綯的推許得中進士，同年令狐楚病死，李商隱失去幕職，乃另
謀出路。翌年赴涇原節度使王茂元之辟，並與王茂元女成婚。開成
四年（839）通過吏部考試，任秘書省校書郎。然時牛李黨爭正是激
烈，商隱先受知於牛黨之令狐楚，却娶李黨王茂元之女，正觸朋黨
之忌，一生受排擠，輾轉幕府間，始終不得志。從開成三年結婚至
宣宗大中五年（851）王氏病故，十三年的婚姻生活，聚少離多，在
商隱詩中表現得十分深刻。如開成三年，新婚未久，義山在涇原幕，
王氏可能仍在河南老家，義山有〈戲贈張書記〉一詩，調侃王茂元
長女婿張審禮夫妻分別的苦況，亦兼自嘲：

> 別館君孤枕，空庭我閉關。池光不受月，野氣欲沈山。星
> 漢秋方會，關河夢幾還。危絃傷遠道，明鏡惜紅顏。古木
> 含風久，平蕪盡日閒。心知兩愁絕，不斷若尋環。〔註195〕

「心知兩愁絕，不斷若尋環」李商隱雖初婚，但已開始感受相思之苦
了。

會昌二年（842），義山在王茂元陳許幕中，有〈三月十日流杯
亭〉：

> 身屬中軍少得歸，木蘭花盡失春期。偷隨柳絮到城外，行
> 過水西聞子規。〔註196〕

其時工作繁忙，十日方始一休沐，故致春色已闌，猶未及遊賞，更聞
子規聲聲「不如歸去」，乃不禁心馳閨閣，伉儷情深，極富風調。

自會昌三年（843）王茂元去世後，一直到宣宗大中元年（847）
義山方由失意中振作，應鄭亞辟為掌書記，隨赴桂管，王氏未隨行。
多年的岑寂失意，使義山心緒更覺淒涼，如〈夜意〉：

> 簾垂幕半卷，枕冷被仍香。如何為相憶，魂夢過瀟關。〔註197〕

〈因書〉：

> 絕徼南通棧，孤城北枕江。猿聲連月檻，鳥影落天窗。海

〔註195〕《李商隱詩集疏注》，卷下，頁507。
〔註196〕前揭書，卷上，頁166。
〔註197〕前揭書，卷中，頁461。

石分棋子，郵筒當酒缸。生歸話辛苦，別夜對凝缸。〔註198〕

失去了岳丈的照顧，又隻身遠赴桂林，山深水遠的，倍是難遣相思。

大中二年（848）鄭亞貶循州，義山滯荊巴，有〈夜雨寄北〉一詩寄內：

君問歸期未有期，巴山夜雨漲秋池。何當共剪西窗燭，却

話巴山夜雨時。〔註199〕

反寫寫妻子的追問歸期，而將客愁旅況傳神地寄述，一片思念，正在

言外。

大中五年（851）王氏病重，寓於洛陽家中，而義山隨盧弘正幕

往徐州幕，念妻子羸弱，宦途奔波無止無休，情懷懊悶難當，乃有〈寄

遠〉一詩：

姮娥擣藥無時已，玉女投壺未肯休。何日桑田俱變了，不

教伊水向東流。〔註200〕

盼望那一天能結束奔波，不再有離家遠客之苦。但這首詩終於成為無

可兌現的願望，是年王氏病卒，義山的遺憾，只能寄託在一首又一首

悼亡的詩中了。

終義山十三年的夫妻生活，聚少離多，而義山思妻之作則深濃不

變，至死亦不休。

其他因仕宦造成夫妻分離之詩，如蘇頲〈春晚紫微省宜寄內〉：

直省清華接建章，向來無事日猶長。花間燕子棲鵁鶄，竹

下鵷雛繞鳳凰。內史通宵承紫誥，中人落晚愛紅妝。別離

不慣無窮憶，莫誤卿卿學太常。〔註201〕

跟權德輿寓直之作一樣，承旨通宵而不慣別離，自別於太常之詭激寡

情，亦是深情無限之作。

此類詩多為丈夫之口出之，至於這些妻子的心情，則如施肩吾〈長

安春夜吟〉所云：

〔註198〕前揭書，卷中，頁462。

〔註199〕前揭書，卷上，頁50。

〔註200〕前揭書，卷中，頁434。

〔註201〕《全唐詩》，卷七三，頁806。

露盤滴時河漢微，美人燈下裁春衣。蟾蜍東去鵲南飛，芸
香省中郎不歸。〔註 202〕

諳盡孤眠獨宿之苦，即使平日也常有「無端嫁得金龜婿，辜負香衾事
早期」〔註 203〕的煩惱，只是通常她們並無怨尤，默默地扮演官夫人
的賢淑角色。

三、經　商

　　繁榮的經濟，亦是唐代社會的一大特色，商人們搬有運無，導致
交易熱絡，正是重要的主角。元稹〈估客樂〉一詩詳盡地描述了商人
逐利而行，卒暴發成富的情形：

估客無住著，有利身則行。出門求伙伴，入戶辭父兄。父兄
相教示，求利莫求名。求名莫所避，求利無不營。伙伴相勒
縛，賣假莫賣誠。交關但交假，本生得失輕。自茲相將去，
誓死意不更。一解市頭語，便無鄰里情。鍮石打臂釧，糯米
吹項瓔。歸來村中賣，敲作金石聲。村中田舍娘，貴賤不敢
爭。所費百錢本，已得十倍贏。顏色轉光靜，飲食亦甘馨。
子本頻蓄息，貨販日兼併。求珠賀滄海，採玉上荊衡。北買
黨項馬，西擒吐蕃鸚。炎州布火浣，蜀地織錦成。越婢脂肉
滑，奚僮眉眼明。通算衣食費，不計遠近程。經遊天下遍，
却到長安城。城中東西市，聞客次第迎。迎客兼說客，多財
為勢傾。客心本明點，聞語心已驚。先問十常侍，次求百公
卿。侯家與主第，點綴無不精。歸來始安坐，富與王者勍。
市卒醉肉臭，縣胥家舍成。崔唯絕言語，奔走極使令。大兒
販材木，巧識梁棟形，小兒販鹽鹵，不入州縣征。一身偃市
利，突若截海鯨。鈎距不敢下，下則牙齒橫。生為估客樂，
判爾樂一生。爾有生兩子，錢刀何歲平？〔註 204〕

遠行經商，絕少攜家帶眷，「商人重利輕別離」，就因為這種唯利是圖

〔註 202〕前揭書，卷四九四，頁 5597。

〔註 203〕《李商隱詩集疏注》，卷上〈為有〉詩，頁 172。

〔註 204〕唐元稹撰《元稹集》（漢京文化事業有限公司，民國 72 年），卷二
　　　　三，頁 268～269。

的觀念，使得經商而別的夫妻之作悉由閨婦角度描寫，如李白〈江夏行〉：

> 憶昔嬌小姿，春心亦自持。爲言嫁夫婿，得免長相思。誰知嫁商賈，令人愁却苦。自從爲夫妻，何曾在鄉土。去年下揚州，相送黃鶴樓。眼看帆去遠，心逐江水流。只言期一載，誰謂歷三秋。使妾腸欲斷，恨君情悠悠。東家西舍同時發，北去南來不逾月。未知行李遊何方，作簡音書能斷絕。適來往南浦，欲問西江船。正見當墟女，紅妝二八年。一種爲人妻，獨自多悲悽。對鏡便垂淚，逢人只欲啼。不如輕薄兒，旦暮長相隨。悔作商人婦，青春常別離。如今正好同歡樂，君去容華誰得知？〔註205〕

又如〈長干行二首〉之二：

> 憶昔深閨裏，煙塵不曾識。嫁與長干人，沙頭候風色。五月南風興，思君下巴陵。八月西風起，相思發楊子。去來悲如何，見少離別多。湘潭幾日到，妾夢越風波。昨夜狂風度，吹折江頭樹。淼淼暗無邊，行人在何處。好乘浮雲驄，佳期蘭渚東。鴛鴦綠蒲上，翡翠錦屏中。自憐十五餘，顏色桃花紅。那作商人婦，愁水復愁風。〔註206〕

做妻子的永遠掌握不住丈夫確切的行踪，只能在家裏憂風愁雨，掛念丈夫的安危，所以賈婦不能無怨，怨極了，簡直就覺得自己嫁錯郎君，如李益〈江南曲〉：

> 嫁得瞿塘賈，朝朝誤妾期。早知潮有信，嫁與弄潮兒。〔註207〕

但夫妻之情究竟難以抹滅，千怨萬怨，還是要叮嚀丈夫留意江湖的險惡波濤，如劉得仁〈賈婦怨〉：

> 嫁與商人頭欲白，未曾一日得雙行。任君逐利輕江海，莫把風濤似妾輕。〔註208〕

〔註205〕《李白集校注》，卷八，頁574。
〔註206〕前揭書，卷四，頁329～330。
〔註207〕《全唐詩》，卷二八三，頁3222。
〔註208〕前揭書，卷五四五，頁6304。

商賈行踪飄忽，歸期難定，做妻子的苦於久候，乃遷怒於江水江船載走了親愛的夫婿，劉采春〈嘽囉曲六首〉之一：

> 不喜秦淮水，生憎江上船。載兒夫婿去，經歲又經年。〔註209〕

由思念以至怨恨，賈婦求神問卜又成了另一種形式的寄託，如王建〈江南三臺詞四首〉之一：

> 揚州橋邊小婦，長安市裏商人。三年不得消息，各自拜鬼求神。〔註210〕

劉采春〈囉嘽曲六首〉之三：

> 莫作商人婦，金釵當卜錢。朝朝江口望，錯認幾人船。〔註211〕

以上賈婦思念夫婿之詩率由詩人代作，而據開元天寶遺事載，巨商任宗為賈湘中，數年不歸，音書亦不達，其妻郭紹蘭睹堂中雙燕戲於梁間，因而長歎，燕子飛鳴而下，似有所諾，紹蘭乃作詩繫於燕足，詩云：

> 我婿去重湖，臨窗泣血書。殷勤憑燕翼，寄與薄情夫。〔註212〕

時任宗在荊州，燕忽飛泊其肩，訝然見書，感而泣下，次年即歸。事雖傳奇，賈婦的思念則十分深刻。

四、其　他

有些夫妻分離的原因，不容易明確歸類；故逐一敘述。如杜甫在安史之亂後一心報國，肅宗至德元年（756）聞肅宗即位，乃隻身自鄜州別妻奔行在，道中為賊所獲，虜至長安，在長安有〈月夜〉之作：

> 今夜鄜州月，閨中只獨看。遙憐小兒女，未解憶長安。香霧雲鬟溼，清輝玉臂寒。何時倚虛幌，雙照淚痕乾。〔註213〕

設身處地設想妻子在家的情景，畫面動人，情致悠然，末句預設重逢，更顯得情篤。

〔註209〕前揭書，卷八〇二，頁 9024。
〔註210〕前揭書，卷三〇一，頁 3423。
〔註211〕同註209。
〔註212〕前揭書，卷七九九，頁 8985。
〔註213〕《杜詩鏡銓》，卷三，頁 126。

　　至德二年（757），杜甫自賊中竄歸鳳翔，有〈述懷〉一詩敘寫久無家信，深重的憂心：

　　　　去年潼關破，妻子隔絕久。今夏草木長，脫身得西走。麻衣見天子，衣袖露兩肘。朝廷愍生還，親故傷老醜。涕淚授拾遺，流離主恩厚。柴門雖得去，未忍即開口。寄書問三川，不知家在否。比聞同罹禍，殺戮到雞狗。山中漏茅屋，誰復依戶牖。摧頹蒼松根，地冷骨未朽。幾人全性命，盡室豈相偶，嶔岑猛虎場，鬱結回我首。自寄一封書，今已十月後。反畏消息來，寸心亦何有。漢運初中興，生平老耽酒。沈思歡會處，恐作窮獨叟。〔註214〕

杜甫蒙恩授左拾遺，雖想立即還家，却不忍立即開口，只好先寄信問安，然而從上回家信寄出今已十月餘，未見回音，詩人反而害怕有什麼壞消息，愈想愈憂心，恐怕家人皆已不存，剩下自己孤老頭。憂慮情切益見相依情深，直至秋初，家書始來，〈得家書〉詩云：「今日得消息，他鄉且定居，熊兒幸無恙，驥子最憐渠。」〔註215〕杜甫才放下大半個心，至閏八月墨制放還省妻子，他便迫不及待啓程了。

　　杜甫後來逃難入蜀，家於梓州，代宗廣德元年（763）九月，杜甫至閬州市祭房琯，臘月，得家書云女病而急返，〈發閬中〉一詩敘述了他迫切欲為妻分憂的心情：

　　　　前有毒蛇後猛虎，溪行盡日無村塢。江風蕭蕭雲拂地，山木慘慘天欲雨。女病妻憂歸意速，秋花錦石誰復屬。別家三月一得書，避地何時免愁苦。〔註216〕

煎急之餘，顧不得辛苦危險，也顧不得山川美景，詩人的心如此深牢的與妻子牽繫在一起。

　　再如與文茂兩情相悅的晁采，結婚之後夫赴長安，有詩〈春日送

〔註214〕前揭書，卷三，頁140～141。
〔註215〕前揭書，卷三，頁141。
〔註216〕前揭書，卷十，頁476。

送夫之長安〉：

思君遠別妾心愁，踏翠江邊送畫舟，欲待相看遲此別，只憂紅日向西流。〔註217〕

晁采家蓄一白鶴，名素素，自夫別後，一日雨中，忽忽相憶，乃援筆直書二絕，繫於鶴足，果致其夫，詩云：

窗前細雨日啾啾，妾在閨中獨自愁。何事玉郎久離別，忘憂總對豈忘憂。

春風送雨過窗東，忽憶良人在客中。安知妾身今似雨，也隨風去與郎同。〔註218〕

纏綿的情思，願身化雨，隨風會郎。蘇拯〈寄遠〉一詩則寫閨婦相思之餘，願化爲霜，侵郎鬢色，讓他心驚知返，詩云：

遊子雖惜別，一去何時見。飛鳥猶戀巢，萬里亦何遠。妾願化爲霜，日日下河梁。若能侵鬢色，先染薄情郎。〔註219〕

另外丈夫行踪難測音信全無時，同賈婦一樣，許許多多的妻子都常求助超自然的力量，以求心理上的平安，如施肩吾〈望夫詞〉：

手爇寒灯向影頻，回文機上暗生塵。自家夫壻無消息，却恨橋頭賣卜人。〔註220〕

杜牧〈寄遠人〉：

終日求卜人，迴迴道好音。那知離別後，入夢到如今。〔註221〕

王建〈鏡聽詞〉：

重重摩挲嫁時鏡，夫壻遠行憑鏡聽。迴身不遣別人知，人意丁寧鏡神聖。懷中收拾雙錦帶，恐畏街頭見驚怪。嗟嗟嗏嗏下堂階，獨自竈前來跪拜。出門願不聞悲哀，郎在任郎回未回。月明地上人過盡，好語多同皆道來。卷帷上床喜不定，與郎裁衣翻失正。可中三日得相見，重繡錦囊磨

〔註217〕《全唐詩》，卷八〇〇，頁9000。
〔註218〕同前註。
〔註219〕前揭書，卷七一八，頁8254。
〔註220〕前揭書，卷四九四，頁5591。
〔註221〕前揭書，卷五二四，頁5994。

鏡面。〔註222〕

李愿〈思婦〉：

> 良人久不至，惟恨錦屏孤。顦顇衣寬日，空房問女巫。〔註223〕

求得了好音訊，往往喜之不勝，但是否兌現，則又在未定之天，但思婦的彷徨經由這些詩中所描寫的情形，是更讓人感歎了。

夫妻離別的詩，不論因征戍、仕宦、行商或其他原因分離，以上所論皆是夫離家門妻守閨房的情況，至於因妻子離家而造成的分離則為數甚少，如李白〈送內尋廬山女道士李騰空二首〉：

> 君尋騰空子，應到碧山家。山春雲母碓，風掃石楠花。若戀幽居好，相邀弄紫霞。
>
> 多君相門女，學道愛神仙。素手掬青靄，羅衣曳紫煙。一往屏風疊，乘鸞著玉鞭。〔註224〕

妻子愛神化之術，入山求師學道，李白倒是表現的落落大方，甚至叮嚀妻子「若戀幽居好，相邀弄紫霞」，他自己也頗躍躍欲試。詹鍈認為白妻所尋之道士騰空，貞元中尚在人間，故此詩可能為李白晚年所作，內疑即宗氏〔註225〕。求道慕神仙，其實也一直是李白的生命情調之一，或以此之故，詩中並不多見離情別緒。另外李涉亦有〈送妻入道〉一詩：

> 人無回意似波瀾，琴有離聲為一彈。縱始空門再相見，還如秋月水中看。〔註226〕

依《唐才子傳》云，李涉隱居廬山、終南，雖曾任官而不群世俗，有隱逸風，為草莽之士敬重〔註227〕，妻亦入道，則夫志婦隨，一切淡然，送別之作亦如道友而無激情。

〔註222〕前揭書，卷二九八，頁 3386。
〔註223〕前揭書，卷三一四，頁 3536。
〔註224〕《李白集校注》，卷二五，頁 1493～1494。
〔註225〕前揭書，卷二五，頁 1495。
〔註226〕《全唐詩》，卷四七七，頁 5433
〔註227〕參元辛文房撰、周本淳校正《唐才子傳校正》（文津出版社，民國77 年），卷五，頁 135～136。

白居易〈寄內〉云：

> 條桑初綠即爲別，柿葉半紅猶未歸。不如村婦知時節，解
> 爲田夫秋擣衣。〔註228〕

元和四年（809），居易生第一個女兒金鑾子，不到三歲即夭折，時
居易母親方逝，又遭喪女之痛，夫妻倆都很傷心，居易曾作〈金鑾
子二首〉及〈病中哭金鑾子〉等詩，其妻亦因傷心而生病頗久，居
易〈秋霽〉詩十分感傷云：「月出砧杵動，家家持秋練。獨對多病妻，
不能理針線，冬衣殊未制，夏服行將綻，何以迎早秋，一杯聊自勸。」
〔註229〕，後來她到娘家養病，大半年未回，居易又寫了這首詩催她，
頗有點責備的口吻〔註230〕。由此詩可知居易在生活在感情上對楊氏
倚重之深，故不過半年的相別就讓她按捺不住而寫詩催促了。

　　別離的夫妻感情最爲唐代詩人所擅長，他們模擬征婦、賈婦等對
夫婿思念悲怨的情緒，絲絲入扣、微妙微肖，却鮮少及於宦者妻。而
由夫立場描寫別離之情，則多爲詩人自作，故以仕宦分離爲最多，由
於所寫是一己的感情，全自肺腑湧出，格外眞摯動人。

第四節　患難見情

　　夫妻的關係雖然至爲親密，但畢竟仍是不同姓氏，在不同環境下
成長的男女之人爲結合，缺乏天然「血濃於水」的血緣關係，再加上
男女授受不親的年代裏，許多夫婦結婚之前都是陌生人，夫妻結合僅
基於經濟或生殖的目的，而缺乏相知的感情基礎，因此甚具破裂的可
能性與危險性。古人云：「夫妻本是同林鳥，大限來時各自飛」正是
此一狀況的寫照。然而這句話並不能概括所有夫妻的情形，逢遇挫
折，困難之際猶能相勸勉相扶持的恩愛夫妻也所在多有，以下就分別

〔註228〕《白居易集》，卷十四，頁286。
〔註229〕前揭書，卷十，頁186。
〔註230〕參顧學頡〈白居易世系、家族考〉，收入氏著《顧學頡文學論集》（中
　　　　國社會科學出版社，1987年），頁40。

從足夠造成夫妻間的不安定的種種原因逐一探討。

一、貧　賤

　　志於道之士，固然不恥惡衣惡食，然而累世梁鴻未必皆得孟光，「室無萊婦」之歎早已有之，唐亦有楊志堅，嗜學而居貧，鄉人未之知，其妻厭饘藿不足，索書求離，志堅乃以詩送之，詩曰：

　　　　平生志業在琴詩，頭上如今有二絲。漁父尚知谿谷暗，山
　　　　妻不信出身遲。荊釵任意撩新鬢，明鏡從他別畫眉。今日
　　　　便同行路客，相逢即是下山時。〔註231〕

時顏魯公為內史，其妻持詩詣州，請公牒以求別醮，顏公案其妻曰：「楊志堅素為儒學，遍覽九經，篇詠之間，風騷可摭，愚妻覩其未遇，遂有離心，王歡之瘝既虛，豈遵黃卷，朱叟之妻必去，寧見錦衣，污辱鄉閭，敗傷風俗，若無褒貶，僥倖者多，乃決二十，後任改嫁，楊志堅秀才贈布絹各二十疋，祿米二十石，便署隨軍，仍令遠近知悉，故江左十數年間，未有敢棄其夫者〔註232〕。如果結髮夫妻而不能同甘貧賤，是惟有任溝水東西流，明鏡亦只得從他別畫眉。但顏真卿站在人倫的立場，認為楊志堅之妻不遵從古訓，敗傷風俗，故杖二十以明褒貶，這是地方官吏為息澆薄之風，厚倫常之教作出的判決，用心甚為良苦。

　　又如秦系與其妻謝氏離婚，也是因為貧窮的緣故，劉長卿〈見秦系離婚後出山居作〉：

　　　　豈知偕老重，垂老絕良姻。郗氏誠難負，朱家自愧貧。綻
　　　　衣留欲故，織錦罷經春。何況蘼蕪綠，空山不見人。〔註233〕

系乃山中隱者，離婚後或以山中乏孟光，無樂趣可言，乃竟出山，足見其對妻子的情意是相當深刻的。再從秦系好友劉長卿這首〈夜中對雪贈秦系，時秦初與謝氏離婚，謝氏在越〉尤可證明：

〔註231〕《全唐詩》（明倫出版社，民國60年），卷一五八，頁1616。
〔註232〕參唐范攄《雲溪友議》（新文豐書局），卷上。
〔註233〕《全唐詩》，卷一四七，頁1488。

> 月明花滿地，君自憶山陰。誰遣因風起，紛紛亂此心。〔註234〕

緣雖盡、情尙未了，夜夜心心憶念深長。

至於因爲貧窮，而致妻子埋怨不滿的，如岑參〈衙郡守還〉因官微祿薄，使妻子有所嫌棄：

> 世事何反覆，一身難自料。頭白翻折腰，還家私自笑。所嗟無產業，妻子嫌不調。五斗米留人，東谿憶垂釣。〔註235〕

詩人頭白仍爲一介小官，官場上逢人哈腰，回家還被妻子數落，雖然也想效淵明拂袖歸隱，然而官雖微、俸雖薄，沒有這五斗米，日子還眞過不下去，所以只好仍硬著頭皮熬下去。又敦煌伯三一二八不知名變文，則敘述窮家子受到妻女嘮叨數落的情形：

> 自家早受貧困，日受飢悢。更不料量，須索新婦，一處作活。更被妻女，說言道語，道個甚言語也：憶得這身待你來，交人不省傍粧臺。洗面河頭因擔水，梳頭坡下拾柴迴。煎水淬來無米煮，何時且遇有資財。可惜却娘娘百疋錦，衡教這裏忍飢來。〔註236〕

妻子自嫁以來，忙碌辛苦連粧臺梳洗的時間都沒有，想起來不知道自己爲什麼要到此挭餓忍飢，以貧窮之故，做妻子的委屈至極，不免哼騷滿腹了。

也有些妻子能體諒一時處境的貧窮、困苦，與丈夫共同支撐這個家庭，如杜甫〈百憂集行〉：

> 憶年十五心尙孩，健如黃犢走復來。庭前八月梨棗熟，一日上樹能千回。即今倏忽已五十，坐臥只多少行立。強將笑語供主人，悲見生涯百憂集。入門依舊四壁空，老妻睹我顏色同。癡兒未知父子禮，叫怒索飯啼門東。〔註237〕

〔註234〕前揭書，卷一四七，頁1480。

〔註235〕前揭書，卷一九八，頁2047。

〔註236〕潘師重規《敦煌變文集新書》（中國文化大學中文研究所，民國72年），頁803。

〔註237〕唐杜甫撰、清楊倫箋注《杜詩鏡銓》（華正書局，民國70年），卷八，頁366～367。

白居易〈贈內子〉：

> 白髮長興歎，青娥亦伴愁。寒衣補燈下，小女戲牀頭。闇
> 澹屏帷故，淒涼枕席秋。貧中有等級，猶勝嫁黔妻。〔註238〕

元稹〈遣悲懷三首〉之一：

> 謝公最小偏憐女，自嫁黔妻百事乖。顧我無衣搜盡篋，泥
> 他沽酒拔金釵。野蔬充膳甘長藿，落葉添薪仰古槐。今日
> 俸錢過十萬，與君長奠復營齋。〔註239〕

這幾位妻子都能在精神上給予丈夫適當的援助，而共度時艱。中下階
層現實生活的粗糙，需要的，就更是身體力行的勞動了。如寒山詩有：

> 茅棟野人店，門前車馬疏。林幽偏聚鳥，谿闊本藏魚。山
> 果攜兒摘，皋田共婦鋤。家中何所有，唯有一牀書。〔註240〕

又齊己〈耕叟〉：

> 春風吹蓑衣，暮雨滴答笠。夫妻耕共勞，兒孫飢對泣。田
> 園高且瘦，賦稅重復急。官倉鼠雀群，共待新租入。〔註241〕

又如張籍〈促促詞〉：

> 促促復促促，家貧夫妻歡不足。今年為人送租船，去年捕
> 魚在江邊。家中姑老子復小，自執吳綃輸稅錢。家家桑麻
> 滿地黑，念君一身空努力。願教牛蹄團團羊角直，君身長
> 在應不得。〔註242〕

生活的苦況，是非有過人的體力與夫妻的相互體諒所不能堅持熬度
的。

　　讀書人在未發迹之前，往往既貧復賤，十年寒窗，勤守筆硯之際，
他們的妻子恥的是丈夫一遲不能登第，對於貧，是可以毫不在意的。
因為一旦科場揚名，貴及其身，祿亦隨之，定然可以改換門楣，於是

〔註238〕唐白居易撰《白居易集》（漢京文化事業有限公司，民國73年），
　　　　卷十七，頁353。

〔註239〕唐元稹撰《元稹集》（漢京文化事業有限公司，民國72年），卷九，
　　　　頁98。

〔註240〕《全唐詩》，卷八○六，頁9066。

〔註241〕前揭書，卷八四七，頁9584。

〔註242〕前揭書，卷三八二，頁4289。

一些有遠識的妻子，能夠在丈夫未登第之際，運用各方法激勵、鼓舞他的志氣，例如杜羔累舉不第，及歸，將及家，其妻趙氏乃先寄詩與之，曰：

> 良人的的有奇才，何事年年被放回。如今妾面羞君面，君
> 若來時近夜來。〔註243〕

杜羔見詩，即時而去，竟登第而還，這是趙氏的用心良苦，在科考屢挫的失意情緒外，再給丈夫一記當頭棒喝，果然激將法奏效了。

再如元載妻王氏，字韞秀，爲王緒相公之女，韞秀歸載，歲久家貧而見輕妻族，韞秀乃以奩幌資裝爲筆墨之費，勸夫增學，元載乃爲詩別韞秀，曰：

> 年來誰不厭龍鍾，雖在侯門似不容。看取海山寒翠樹，苦
> 遭霜霰到秦封。〔註244〕

韞秀亦爲詩鼓舞，決志偕行，其詩云：

> 路掃飢寒跡，天哀志氣人。休零離別淚，攜手入西秦。〔註245〕

在丈夫受娘家輕視之際，做妻子能夠毅然挺身，表達出支持丈夫的立場，又能夠適時提出有效的建議，出資助之，這予丈夫已是莫大恩惠，最後竟率爾決定偕夫入秦，尤其令做丈夫的信心大增。終於夏天不負苦心人，元載中第後積極進取，屢陳時務，深符上旨，肅宗擢拜中書，王氏喜元郎入相，乃寄諸姨妹詩：

> 相國已隨麟閣貴，家風第一右丞詩。荇年解笑明機婦，恥
> 見蘇秦富貴時。〔註246〕

元載受輕慢之時甚悲苦不平，韞秀却知才惜才，毅然決然偕夫求取功名，而以「天哀志氣人」以壯其氣，難怪一朝富貴，要向諸姨妹炫耀一番，洗刷從前受過的恥辱了。雖然這種矜誇的態度十分不好，但是就一個做妻子的角色而言，她實在具有相當的智慧，才能佐夫脫離貧

〔註243〕前揭書，卷七九九，頁8988。
〔註244〕前揭書，卷一二一，頁1214。
〔註245〕前揭書，卷七九九，頁8985。
〔註246〕同註245。

賤之境。

　　落拓之子，欲得賢妻持守貧賤已自不易，如若貧賤且又相負，那
就真令世人不齒了。曹鄴〈怨歌行〉云：

> 丈夫好弓劍，行坐說金吾。喜聞有行役，結束不待車。官
> 田贈倡婦，留妾侍舅姑。舅姑皆已死，庭花半是蕪。中妹
> 尋適人，生女亦嫁夫。何曾寄消息，他處却有書。嚴風属
> 中野，女子心易孤。貧賤又相負，封侯意如何？〔註247〕

從征前夕將當兵唯一的好處官田送給了倡婦，却將家中父母子女一大
堆重擔全留給妻子獨自承擔，往歷漫長的歲月，一點音信也不曾捎回，
反倒是倡婦那兒常收到信，這種貧賤而無自知之明，一意相負的行徑，
著實叫人寒心，若教此人竟然封侯，那不知要如何地「雞犬昇天」了。

二、富　貴

　　男兒處貧賤固然甚為抑鬱，而富貴到頭却又往往不安於室，心腸
逆變拋糟糠者比比皆是，這使得妻子在丈夫考場得意的當兒不免膽戰
心驚。如前面所提及的杜羔登第之後，其妻乃有詩〈聞杜羔登第〉：

> 長安此去無多地，鬱鬱葱葱佳氣浮。良人得意正年少，今
> 夜醉眠何處樓。〔註248〕

又有〈雜言寄杜羔〉：

> 君從淮海遊，再過蘭杜秋。歸來未須臾，又欲向梁州。梁州
> 秦嶺西，棧道與雲齊。羌蠻萬餘落，矛戟自高低。已念寡儔
> 侶，復慮勞攀躋。丈夫重意氣，兒女空悲啼。臨邛滯遊地，
> 肯顧濁水泥。人生賦命有厚薄，君但遨遊我寂寞。〔註249〕

做妻子這種百轉柔腸，正是許多人生得意相負故事的影響所致。

　　又如貞元中，彭伉登第，辟江西幕，不歸，其妻張氏以詩寄之：

> 久無音信到羅幃，路遠迢迢遣問誰。聞君折得東堂桂，折
> 罷那得不暫歸。

〔註247〕前揭書，卷五九三，頁 6875。
〔註248〕同註 243。
〔註249〕同前註。

> 驛使今朝過五湖，殷勤爲我報狂夫。從來誇有龍泉劍，試
> 割相思得斷無。〔註250〕

一片焦灼的心情頻頻召喚夫壻，所幸彭伉並非負心人，其〈寄妻〉詩
云：

> 莫訝相如獻賦遲，錦書誰道淚沾衣。不須化作山頭石，待
> 我堂前折桂枝。〔註251〕

再如濠梁人南楚材，旅遊陳潁歲久，潁守慕其儀範，眷之深乃欲
以女妻之，楚材許諾，遣家僕歸取琴書等，似無返舊之心，而託言求
道訪僧，其妻薛媛，善書畫，妙屬文，知其不念糟糠之情，別倚絲蘿
之勢，乃對鏡自圖其形，并詩四韻寄之，詩曰：

> 欲下丹青筆，先拈寶鏡寒。已驚顏索莫，漸覺鬢凋殘。淚
> 眼描將易，愁腸寫出難。恐君渾忘却，時展畫圖看。〔註252〕

此詩情眞意摯，自描圖形的構想也極稱巧妙，楚材見之大慚，遂歸偕
老，這事爲里人得之，爲語稱之，曰：

> 當時婦棄夫，今日夫離婦。若不逞丹青，空房應獨守。〔註253〕

虧得這位才藝雙絕的妻子，以迂迴的方法，才挽救了這段岌岌可危的
婚姻危機。

至若受妻子激勵，發憤上進的元載，歷肅、代兩朝宰相，貴盛無
比，廣葺亭臺，交遊貴族，客候其門，而或間阻，於是其妻又以詩曉
喻之，詩云：

> 楚竹燕歌動畫梁，春蘭重換舞衣裳。孫弘開館招嘉客，知
> 道浮榮不久長。〔註254〕

元載見了，乃稍加收斂。從艱苦中出頭的人，往往對於困厄時所受
的恥辱不能或忘，王韞秀雖然賢慧，對於過去夫妻倆爲太原親族所
辱之恥却耿耿在懷，千方百計想要加以報復，是惟一不能解開的心

〔註250〕前揭書，卷七九九，頁8988～8989。
〔註251〕前揭書，卷三一九，頁3595。
〔註252〕前揭書，卷七九九，頁8991；另參《雲溪友議》，卷上。
〔註253〕同前註。
〔註254〕同註245。

結。待及元載貪悋爲心，竟招罪戾，臺閣彈奏而亡，這位少有識見，節慨亦高的王韞秀亦被遣入宮備彤筆箴規之任，她歎道：「王家十三娘，二十年太原節度使女，十六年宰相妻，誰能書得長信昭陽之事？死亦幸矣！」堅不從命，主司上聞，俄亦處死。這段故事令人又惜又嘆，王韞秀既知浮榮不久長，並能諄諄以鑑戒夫壻，但長久的富貴仍然腐蝕人心，威權財富使人欲罷不能，竟使炙手可熱的元載無法自拔，卒陷罪惡。王韞秀爲人雖亦有瑕疵，但處貧賤能鼓舞夫壻的鬥志，處富貴也知警惕規箴，夫死後，猶慨然從之九泉，稱得上是女中英豪了。

富貴襲人，不惟表現在驕奢靡爛，尚有以錢財廣蓄姬妾，肆逞慾念，以致冷落髮妻的，如白居易〈續古詩〉：

> 涼風飄嘉樹，日夜減芳華。下有感秋婦，攀條苦悲嗟。我本幽閑女，結髮事豪家。豪家多婢僕，門內頗驕奢。良人近封侯，出入鳴玉珂。自從富貴來，恩薄讒言多。冢婦獨守禮，羣妾互奇衺。但信言有玷，不察心無瑕。容光未銷歇，歡愛忽蹉跎。何意掌上玉，化爲眼中砂。盈盈一尺水，浩浩千丈河。勿言小大異，隨分有風波。閨房猶復爾，邦國當如何。〔註255〕

將豪家婦的悲苦描寫得十分深刻，可見富貴雖是一般人擇壻的標準，但是富貴夫壻若可恃實不可恃，若如此詩這般讒多恩情薄，則早知今日何必當初了。

也有以富家女嫁貧家子，壻貧時視之若掌上之珠，憐愛不盡，後壻發跡，乃棄恩忘舊，眷遊神女之鄉，而遲遲不肯回者，如《全唐詩》卷一一四載張潮〈江風行〉：

> 壻貧如珠玉，壻富如埃塵。貧時不忘舊，富日多寵新。妾本富家女，與君爲偶匹。惠好一何深，中門不曾出。妾有繡衣裳，葳蕤金縷光。念君貧且賤，易此從遠方。遠方三千里，思君心未已。日暮情更來，空望去時水。孟夏麥始

〔註255〕《白居易集》，卷二，頁29。

秀，江上多南風。商賈歸欲盡，君今向巴東。巴東有巫山，
窈窕神女顏。常恐遊此方，果然不知還。

富貴移人，即便下嫁貧賤夫壻，竟仍一朝富貴背恩相棄。

三、色　衰

徐凝〈玩花〉詩云：

花到薔薇明豔絕，燕支顆破麥風秋。一番弄色一番退，小
婦輕妝大婦愁。〔註256〕

花無百日紅，人無千日好，再美的花終究凋零，再美的人一樣老去，
「只此雙蛾眉，供得幾回盼」，雖然有可能是因為「看多自成故，未
必真衰老」，然而確實「辟彼自開花，不若初生草」，因此再怎樣「蟬
鬢加意梳，蛾眉用心掃」〔註257〕，也敵不過豆蔻年華的新人淡妝輕
抹來得耐看，難怪這位妻子要暗自生愁了。

中國傳統的社會，男子可以光明正大地娶三妻四妾，而女子則受
到根深蒂固的限制，既嫁從夫，無論所遇者何，終復從一而終，唐雖
不反對女子再嫁，但是除非夫死或被棄，或雙方同意的「和離」，女
方並無權主動或強制離婚，因此，如果碰到不幸福的婚姻，也無計擺
脫，可怪的是一般女子的心理，總是癡心盼想白頭偕老，而男子却往
往厭舊喜新，由此悲劇也就層出不窮了。

如魏氏〈贈外〉：

浮萍依綠水，弱蔦寄青松。與君結大義，移天得所從。翰林
無雙鳥，劍水不分龍。諧和類琴瑟，堅固同膠漆。義重恩欲
深，夷險貴如一。本自身不令，積多嬰痛疾。朝夕倦牀枕，
形體恥巾櫛。遊子倦風塵，從官初解巾。束裝赴南郢，脂駕
出西秦。比翼終難遂，銜雌苦未因。徒悲楓岸遠，空對柳園
春。男兒不重舊，丈夫多好新。新人喜新聘，朝朝臨粉鏡。
兩鴛固無比，雙蛾誰與競。詎憐愁思人，銜啼嗟薄命。蓱華

〔註256〕《全唐詩》，卷四七四，頁5381。
〔註257〕《白居易集》，卷十二〈婦人苦〉，頁240。

　　不足恃，松枝有餘勁。所願好九思，勿令虧百行。〔註258〕

昔日與夫婿情深義重，如膠似漆，但自從夫婿仕宦他鄉便難遂比翼，新人入門，可愛無比，髮妻在鄉，唯嗟薄命，詩終而以「蓀華不足恃，松枝有餘勁」勸夫婿回心轉意，勿虧百行，辭正而意切，在悲痛中仍甚有張持。

　　長孫佐輔〈對鏡吟〉：

> 憶昔逢君新納娉，青銅鑄出千年鏡。意憐光彩固無瑕，義比恩情永相映。每將鑒面兼鑒心，鑒來不輒情逾深。君非結心空結帶，結處尚新恩已背。開簾覽鏡悲難語，對面相看孟門阻。掩匣徒慚雙鳳飛，縣臺欲效孤鸞舞。昔日照來人共許，今朝照罷自生疑。鏡上有塵猶可淬，君恩詎肯無迴時。〔註259〕

就像孟郊〈結愛〉所云：「始知結衣裳，不如結同心」夫妻的結合若只停留在肉體的交接，而不能以心意互證，牢牢繫結的話，以人情之喜新厭舊而言，不待人老珠黃，恩情早自銷歇，惟有自堅心意，以無形超越有形，才能歷久彌新。

　　女子操持家務，生兒育女，長年辛苦往往比男子容易顯老，這種容貌上的改變，當然也使男子極易轉求豔妾，如陳羽〈古意〉：

> 十三學繡羅衣裳，自憐紅袖聞馨香。人言此是嫁時服，含笑不剌雙鴛鴦。郎年十九髭未生，拜官天下聞郎名。車馬駢闐賀門館，自然不失為公卿。是時妾家猶未貧，兄弟出入雙車輪。繁華全盛兩相敵，與郎年少為婚姻。郎家居近御溝水，豪門客盡躡珠履。雕盤酒器常不乾，曉入中廚妾先起。姑嫜嚴肅有規矩，小姑嬌憨意難取。朝參暮拜白玉堂，繡衣著盡黃金縷。妾貌漸衰郎漸薄，時時強笑意索寞。知郎本來無歲寒，幾回掩淚看花落。妾年四十絲滿頭、郎年五十封公侯。男兒全盛日忘舊，銀牀羽帳空颼颼。庭花紅遍蝴蝶飛，看郎佩玉下朝時。歸來略略不相顧，却令侍

〔註258〕《全唐詩》，卷七九九，頁8982～8983。
〔註259〕前揭書，卷四六九，頁5334。

> 婢生光輝。郎恨婦人易衰老，妾亦恨深不忍道。看郎強健
> 能幾時，年過六十還枯槁。〔註260〕

妾衰郎強健，而至於夫婿連看也不看她一眼，還得忍受地位比她卑下
的侍婢得寵生輝，雖未被遣逐，已形同棄婦，境況是十分難堪的。

被冷落究竟仍算是好的，真至恩斷義絕之際，棄婦嗚咽更是不忍
卒聽。李白〈白頭吟〉云：

> 錦水東北流，波蕩雙鴛鴦。雄巢漢宮樹，雌弄秦芳草。寧
> 同萬死碎綺翼，不忍雲間兩分張。此時阿嬌正嬌妒，獨坐
> 長門愁日暮。但願君恩顧妾深，豈惜黃金買詞賦。相如作
> 賦得黃金，丈夫好新多異心。一朝將聘茂陵女，文君因贈
> 白頭吟。東流不作西歸水，落花辭條羞故林。兔絲固無情，
> 隨風任傾倒。誰使女蘿草，而來強縈抱。兩草猶一心，人
> 心不如草。莫卷龍鬚席，從他生網絲。且留琥珀枕，或有
> 夢來時。覆水再收豈滿杯，棄妾已去難重迴。古來得意不
> 相負，祇今惟見青陵臺。〔註261〕

大丈夫的好新多異心，既已成司空見慣之事，似乎早不足為奇了，而
詩人拈數古人得意不相負者，竟然祇見青陵臺的韓憑夫婦，足為時人
慨歎。

棄婦恨，棄婦怨，棄婦心中有無限不平，這在詩人筆下有極深刻
的描寫，如劉駕〈棄婦〉：

> 回車在門前，欲上心更悲。路傍見花發，似妾初嫁時。養
> 蠶已成繭，織素猶在機。新人應笑此，何如畫蛾眉。昨日
> 惜紅顏，今日畏老遲。良媒去不遠，此恨今告誰。〔註262〕

一個勤於養蠶織布的賢妻竟然比不上只曉得畫蛾眉以鬥嬋娟的入侵
者，嫁夫如此，良媒已遠，此恨亦復告誰？只有暗自悔不當初了。

王建〈去婦〉：

〔註260〕前揭書，卷三四八，頁3888。
〔註261〕唐李白撰、瞿蛻園等校注《李白集校注》（里仁書局，民國70年），
　　　　卷四，頁308。
〔註262〕《全唐詩》，卷五八五，頁6782。

> 新婦去年胼手足，衣不暇縫蠶癈簇。白頭使我憂家事，還
> 如夜裏燒殘燭。當初為取旁人語，豈道如今自辛苦。有時
> 縱嫌織絹遲，有絲不上鄰家機。〔註263〕

這位胼手胝足為家計奔忙的妻子，忙得頭髮都白了，如殘燭夜裏，一心為夫家，最後仍落得被逐的命運。

戴叔倫〈去婦怨〉：

> 出戶不敢啼，風悲日悽悽。心知恩義絕，難忍分明別。下
> 坂車轔轔，畏逢鄉里親。空持牀前幔，欲寄家中人。忽辭
> 王吉去，為是秋胡死。若比今日情，煩冤不相似。〔註264〕

雖知恩義實已相絕，然緣情尚繫難斷於一時之間，昔日王吉相戲，秋胡決然死辭，此婦却無此決斷，以致臨出戶尚自情長，棄婦歸家自然顏面盡失，遇到鄉里人也無言以對，對一個弱女子而言壓力實在太大了，然而若本家零落，歸寄無處，那更是煢獨無依，酸惻人心。李白〈去婦詞〉：

> 古來有棄婦，棄婦有歸處。今日妾辭君，辭君遣何去。本
> 家零落盡，慟哭來時路。憶昔未嫁君，聞君却周旋。綺羅
> 錦繡段，有贈黃金千。十五許嫁君，二十移所天。自從結
> 髮日未幾，離君緬山川。家家盡歡喜，孤妾長自憐。幽歸
> 多怨思，盛色無十年。相思若循環，枕席生流泉。流泉咽
> 不掃，獨夢關山道。及此見君歸，君歸妾已老。物情惡哀
> 賤，新寵方妍好。掩淚出故房，傷心劇秋草。自妾為君妻，
> 君東妾在西。羅幃到曉恨，玉貌一生啼。自從離別久，不
> 覺塵埃厚。常嫌玳瑁孤，猶羨鴛鴦偶。歲華逐霜霰，賤妾
> 何能久。寒沼落芙蓉，秋風散楊柳。以此憔悴顏，空持舊
> 物還。餘生欲何寄，誰肯相牽攀。君恩既斷絕，相見何年
> 月。悔傾連理杯，虛作同心結。女蘿附青松，貴欲相依投。
> 浮萍失綠水，教作若為流。不嘆君棄妾，自歎妾緣業。憶
> 昔初嫁君，小姑纔倚牀。今日妾辭君，小姑如妾長。回頭

〔註263〕前揭書，卷二九八，頁3282。
〔註264〕前揭書，卷二七三，頁3066。

語小姑，莫嫁如兄夫。〔註265〕

以上這些詩人所頻爲代言的，正是男人爲色而不顧夫妻恩義之薄倖可誅與女子無辜命運的可悲可歎。同時就如孟郊這首〈古薄命妾〉所云：

> 不惜十指絃，爲君千萬彈。常恐新聲至，坐使故聲殘。棄置今日悲，即是昨日歡。將新變故易，持故爲新難。青山有蘼蕪，淚葉長不乾。空令後代人，采掇幽思攢。〔註266〕

再怎麼努力，今日的新人，來日仍要成舊。況且如果做丈夫的沒有偕老白首的操持，不待色衰，愛也會弛，如曹鄴〈棄婦〉：

> 嫁來未曾出，此去長別離。父母亦有家，羞言何以歸。此日年且少，事姑長有儀。見多自成醜，不待顏色衰。何人不識寵，所嗟無自非。將欲告此意，四鄰已相疑。〔註267〕

因此夫妻之間是否能偕老白首，丈夫才是關鍵，然而古來男兒重色已是見怪不怪，連與妻子感情彌篤的白居易也曾經「三嫌老魂換蛾眉」爲耳目之娛，需要侍妾的慰藉，雖然他也自承此舉爲「樂天一過難知分」〔註268〕，但也足以看出喜愛美色是如何不易克服的慾望，要能如權德輿看妻子「相期偕老宜家處，鶴髮魚軒更可憐」〔註269〕將妻子的白髮縐紋看做是夫妻相守一生的結晶，那就形同苛求了。

四、無　子

禮制上有「七出」，而「無子」居其首，其餘爲淫佚、不事舅姑、口舌、盜竊，妒忌及惡疾。無子絕嗣所以爲最重要，乃因爲孟子時已有「不孝有三，無後爲大」的觀念，曹丕〈出婦賦〉亦云：「恨胤嗣之不滋，……信無子而應出，自典禮之常度……」〔註270〕贊成無子出妻

〔註265〕《李白集校注》，卷六，頁471。
〔註266〕《全唐詩》，卷三七二，頁4178。
〔註267〕前揭書，卷五九三，頁6874。
〔註268〕參《白居易集》，卷三四〈追歡偶作〉，頁783。
〔註269〕參《全唐詩》，卷三二九〈縣君赴興慶宮朝賀載之奉行冊禮因書即事〉，頁3679。
〔註270〕參唐歐陽詢《藝文類聚》（中文出版社，1980年），卷三〇，頁528。

的規定，這種硬要女子承擔生男育女的完全責任的作法，今天看來極不合理，在中國社會却行之有年，往往就因爲沒有子息，使得多年的婚姻生活戛然而止。既然「巢成不生子，大義當乖離」〔註271〕，因無子而見棄，棄婦心中的耿咽難平就更無處可訴了，如張籍〈離婦〉：

> 十載離夫家，閨門無瑕疵。薄命不生子，古制有分離。託身言同穴，今日事乖違。念君終棄捐，誰能強在茲。堂上謝姑嫜，長跪請離辭。姑嫜見我往，將決復沈疑。與我古時釧，留我嫁時衣。高堂捫我身，哭我於路陲。昔日初爲婦，當君貧賤時。晝夜常紡績，不得事蛾眉。辛勤積黃金，濟君寒與饑。洛陽買大宅，邯鄲買侍兒。夫壻乘龍馬，出入有光儀。將爲富家婦，永爲子孫資。豈謂出君門，一身上車歸。有子未必榮，無子坐生悲。爲人莫作女，作女實難爲。〔註272〕

訴說女子自結婚以來，胼手胝足，事姑相夫，攢積家業，今富貴已成，本以爲可以坐享，那知「薄命不生子，古制有分離」，冷酷傳統打破了她所有的美好未來，而舅姑不忍、丈夫亦無奈，實在找不到咀咒怨恨的對象，只好悲歎自己身爲女子。《全唐詩》另載昆陵愼氏，以無子被出，慨歎之餘爲〈感夫詩〉竟因此感動夫壻，爲夫婦如初：

> 當時心事已相關，雨散雲飛一餉間。便是孤帆從此去，不堪重上望夫山。〔註273〕

元稹元配韋成之，唯生一女即卒，繼室裴柔之亦多年未有子嗣，柔之妙擅琴書，某日，彈別鶴操，夫婦相對潸然欲淚，元稹有詩〈聽妻彈別鶴操〉：

> 別鶴聲聲怨夜弦，聞君此奏欲潸然。商瞿五十知無子，便付琴書與仲宣。〔註274〕

其至友白居易，時亦無子，覽詩，作「和微之聽妻彈別鶴操，因爲解

〔註271〕參《全唐詩》，卷三三六韓愈〈別鵠操〉，頁3763。
〔註272〕前揭書，卷三八三，頁4297。
〔註273〕前揭書，卷七九九，頁8993。
〔註274〕《元稹集》，卷二一，頁242。

釋其義，依韻加四句」：

> 義重莫如妻，生離不如死。誓將死同穴，其奈生無子。商
> 陵迫禮教，婦出不能止。舅姑明旦辭，夫妻中夜起。起聞
> 雙鶴別，若與人相似。聽其悲唳聲，亦如不得已。青田八
> 九月，遼城一萬里。裴回去住雲，鳴咽東西水。寫之在琴
> 曲，聽者酸心髓。況當秋日彈，先入憂人耳。怨抑掩朱弦，
> 沈吟停玉指。一聞無兒歎，相念兩如此。無兒雖薄命，有
> 妻偕老矣。幸免生別離，猶勝商陵氏。〔註275〕

古賢商陵穆子娶妻多年無子，父母乃出之欲其改娶，念比翼將乖隔天
端，山川悠遠路漫漫，此後更無相逢日，夜中不寐心悽惻，乃寫之琴
曲。曲悲聲切，聞之令人斷腸，尤其是聽在年過半百猶未有子的詩人
耳中，更是百味雜陳，乃率爾有無子之歎了。居易聞微之歎，乃以同
病相憐者的姿態寬解其意，夫妻以義合，故「義重莫如妻，生離不如
死」他認為結髮恩情是生死與共的，商陵穆子迫於禮教不得不離婦，
乃是一件令人同情的憾事。念今彼此「無兒雖薄命，有妻偕老矣，幸
免生別離，猶勝商陵氏」，還是值得安慰的。此詩肯定了做妻子的地
位與價值，居易與微之雖無子然皆不出妻，居易晚生崔兒，旋即夭折，
元稹亦有毅郎之出，有子雖好，無兒免憂，以此離婦不免傷情，元稹、
居易夫婦能偕老白首，或正得於溫柔敦厚的詩教。

五、年　齡

　　寒山有詩「老翁娶少婦，髮白婦不耐。老婆嫁少夫，面黃夫不愛。
老翁娶老婆，一一無背棄。少婦嫁少夫，兩兩相憐態。」〔註276〕說
明夫婦年齡的適當搭配，是婚姻美滿的重要條件，雖以戲謔的口吻出
之，卻有相當的道理。遑論外人的突兀感，即便當事人與不適合的對
象結了婚，除非是情愛至深，也很難克服自己不斷上湧的幽恨。例如
校書郎盧某娶妻時年已暮，又非官居要職，其妻崔氏微有慍色，又不

〔註275〕《白居易集》，卷二一，頁464。
〔註276〕《全唐詩》，卷八〇六，頁9097。

好明白發作，乃賦詩述懷：

> 不怨盧郎年紀大，不怨盧郎官職卑。自恨妾身生較晚，不
> 及盧郎年少時。〔註277〕

不怪盧郎，只恨妾身，表面雖如此說，內裏却無端悔恨，以反襯手法
寫來，尤覺無奈可憐。

六、豪　奪

　　王孫貴人往往倚仗地位廣搜天下美色，故有俗諺曰：「……天子
好美色，夫妻不終老」這在傳統社會中是讓人敢怒不敢言，極端無奈
的事兒，只是這些人掠得了美色却難得美人心，因爲「一女事一夫，
安可再移天」的觀念早已深入人心，牢不可破了。孟棨《本事詩》記
載一則寧王奪賣餅者妻的故事，命羣臣賦詩，王維立即吟了四句，〈息
夫人〉：

> 莫以今時寵，能忘舊日恩。看花滿眼淚，不共楚王言。〔註278〕

王因而感悟，釋之歸家。

七、陷　獄

　　憂患足見眞情，宦途多險，一旦歷難，桎梏加身，往往眾叛親離，
景況殊慘，此時若妻子能不移其志，相守以待，對落難者言不啻爲一
大支拄，李白〈在尋陽非所寄內〉：

> 聞難知慟哭，行啼入府中。多君同蔡琰，流淚請曹公。知
> 登吳章嶺，昔與死無分。崎嶇行石道，外折入青雲。相見
> 若悲歎，哀聲那可聞？〔註279〕

言妻子聞難慟然大哭且千方百計設法營救，不辭千里奔赴而來。詩人
擬想相見悲嘆不忍卒聽的哭聲，是極了解妻子情腸之作，終篇不言感
動而感動自在言外。

〔註277〕前揭書，卷七九九，頁 8990。
〔註278〕前揭書，卷一二八，頁 1299。
〔註279〕《李白集校注》，卷二五，頁 1496。

　　武后朝有士人陷冤獄，其妻配掖庭，善吹觱篥，乃撰離別曲以寄情焉，初名〈大郎神〉，蓋取良人第行也，既畏人知，遂三易其名，曰〈悲切子〉，終號〈怨回鶻〉，其詞曰：

> 此別難重陳，花飛復戀人。來時梅覆雪，去日柳含春。物候催行客，歸途淑氣新。刈川今已遠，魂夢暗相親。〔註280〕

雖懸隔獄中，然魂夢相親，因爲怕人查覺，還數易曲名瞞人耳目，一片深情，令人悠然嚮往。

七、疾　病

　　疾病是件痛苦難熬的事，患病的人身弱心弱，格外需要妻子或丈夫的關懷照顧，表現在詩中的大多爲妻子對丈夫的照拂，如王建〈早春病中〉：

> 日日春風階下起，不吹光彩上寒株。師教絳服禳衰月，妻許青衣侍孟光。健羨人家多力子，祈求道士有神符，世間方法從誰問，臥處還看藥草圖。〔註281〕

白居易〈病中贈南鄰覓酒〉：

> 頭痛牙疼三日臥，妻看煎藥婢來扶。今朝似校抬頭語，先問南鄰有酒無。〔註282〕

杜甫〈遣悶奉呈嚴公二十韻〉：

> 老妻憂坐痺，幼女問頭風〔註283〕

誠如孟郊〈病客吟〉中所云：

> 主人夜呻吟，皆入妻子心。客子晝呻吟，徒爲蟲鳥首。妻子手中病，愁思不復深。僮僕手中病，憂危難獨任。〔註284〕

做妻子的對丈夫無微不至，可以放心地在家生病，大部份的妻子都是如此的。

〔註280〕《全唐詩》，卷七九九，頁8966。
〔註281〕前揭書，卷三〇〇，頁3416。
〔註282〕《白居易集》，卷三三，頁747。
〔註283〕《杜詩鏡銓》，卷十一，頁541。
〔註284〕《全唐詩》，卷三七四，頁4198。

至於丈夫對妻子生病則顯得束手無策，如白居易〈秋霽〉：

> 月出砧杵動，家家持秋練。獨對多病妻，不能理針線。冬衣
> 殊未製，夏服行將綻。何以迎早秋，一杯聊自勸。〔註285〕

自古以來女心的溫柔遠過男兒，像居易面對多病的妻子，只感到寒衣未製的不便，而惆悵自飲，煎藥待疾之事似乎也輪不到他，這是極大的差別。

八、其　他

周仲美隨夫金陵幕，夫因事棄官入華山，仲美求歸不得，會舅從泗調任長沙，載之而南，因書所懷於壁，詩中寄寓了滿腔的思念、疑惑，又以生死以誓貞節，但以欲寄無由，尤見其尷尬之情：

> 愛妾不愛子，爲問此何理。棄官更棄妻，人情寧可已。永
> 訣泗之濱，遺言空在耳。三載無朝昏，孤幃淚如洗。婦人
> 義從夫，一節誓生死。江鄉感殘春，腸斷晚煙起。西望太
> 華峯，不知幾千里。〔註286〕

對於丈夫這種不明原因的出走，做妻子只能腸斷復惘然了。

從以上，生活裏種種外在、內在的壓力，無不時時刻刻在試煉每一對夫妻，有些磨練他們更堅強更恩愛，有些生生拆散原本幸福的伉儷，決定的因素除了智慧之外，還要有堅持。白首夫妻不是憑空得來的，歷經患難，始能見眞情。

第五節　永恒憶念

夫妻如翰林鳥、遊川魚，雙棲雙飛，比目連形，同衾同襧同寒暖，一朝落單恒惻惻。然而人生由命、年壽無定，存亡之事那能奈何，當親愛的牀頭人一朝天人永隔，無盡的思念便排山倒海而來。而這種死後的追念摻雜著懊悔痛惜之情，往往較生前的描述更爲深刻眞摯。有

〔註285〕《白居易集》，卷十，頁186。
〔註286〕《全唐詩》，卷七九九，頁8996。

許許多多的節婦烈女篤守「梧桐相待老，鴛鴦會雙死，貞婦貴徇夫，捨生亦如此」的精神，從此「波瀾誓不起，妾心古井水」貞心自持以終老或率爾自盡，前仆後繼，爲史書所稱道。或者某些重情重義的丈夫，感念結髮思情，妻亡後，終身不復再娶，以此寄託他們對伴侶永恒的憶念，凡此皆爲死別一事譜韻了不絕的嫋嫋餘音。

一、妻悼夫

唐代多征伐，征伐必有傷亡，往往「河湟戍卒去，一半多不迴。」〔註287〕，死者既眾，消息的傳遞又不是那麼迅速正確，以致有時「可憐無定河邊骨，猶是春歸夢裏人」〔註288〕徒增悲涼。所謂「一將功成萬骨枯」，在這背後他們的妻子哭聲徹天，却往往並沒有人聽到。如裴羽仙其夫征戎輕入被擒，作詩哭之：

> 風卷平沙日欲曛，狼煙遙認犬羊羣。李陵一戰無歸日，望斷胡天哭塞雲。
>
> 良人平昔逐蕃渾，力戰輕行出塞門。從此不歸成萬古，空留賤妾怨黃昏。〔註289〕

像這樣淪入胡邦，連屍骨亦尋不著，悲哀又更深一層了。
再如張籍〈鄰婦哭征夫〉：

> 雙鬟初合便分離，萬里征夫不得隨。今日軍回身獨歿，去時鞍馬別人騎。〔註290〕

張籍〈征婦怨〉：

> 九月匈奴殺邊將，漢軍全沒遼水上。萬里無人收白骨，家家城下招魂葬。婦人依倚子與夫，同居貧賤心亦舒。夫死戰場子在腹，妾身雖存如晝燭。〔註291〕

〔註287〕《全唐詩》（明倫出版社，民國 60 年），卷六〇八皮日休〈卒妻怨〉，頁 7019。
〔註288〕前揭書，卷七四六陳陶〈隴西行〉，頁 8492。
〔註289〕前揭書，卷八〇一，頁 9013。
〔註290〕前揭書，卷三八六，頁 4354。
〔註291〕前揭書，卷三八二，頁 4279。

都將征婦的痛苦與茫然如實地寫出了，而無盡的思念也滿溢其中呼之即出。

　　若耶溪女子與夫壻西入函關，寓居晉昌里第，曾有一段極美好的冶遊時光，不幸良人早歿，弔影東邁，所歷皆囊昔燕笑之地，舉目銷魂之餘，遂命筆聊題，欲滌其懷抱，〈題三鄉詩〉云：

　　　　昔逐良人西入關，良人身歿妾空還，謝娘衛女不相待，爲
　　　　雨爲雲歸此山。〔註292〕

誰氏女〈題沙鹿門〉也是極相似的情形。

　　　　昔逐良人去上京，良人身歿妾東征，同來不得同歸去，永
　　　　負朝雲暮雨情。〔註293〕

情人間至情深處「雖非同年同月同日生，但願同年同月同日死」，況夫妻同體，其結愛之深更有甚於此者，舊地重遊萬事非，同來何事不同歸，孑然此身，如鴛鴦失伴空憔悴，霜打梧桐已半死，對景長歎、恨綿綿，何時可絕？

二、夫悼妻

　　一般印象裏，男兒是不流眼淚的，然而男兒並非無淚，不過男兒有淚不輕彈，只是未到傷心處。骨肉手足以天倫繫屬，傾動的力量至鉅，往往情多淚不禁，而妻子，雖有人擬衣服破敝可換，然拊其義，實合一體，繫聯之密益不可分。大丈夫面對嬌妻亡故，往往「上慙東門吳，下愧蒙莊子」不能無情，長歎之餘，不覺涕霑臆，自自然然流露眞情。「悼亡詩」賦詩言志，將那耿耿心中千萬緒縷縷紀存。

　　韋應物十九首悼念妻子之作，情眞意摯的寫法，使得我們雖然無法考查出其妻姓氏、出身乃至結褵於何年種種，但她雅擅持家，賢淑知禮、相夫教子，使夫婦情篤、相敬如賓的良好形象早逼至目前，此十九首詩盡爲同德精舍居傷懷時所作。〈傷逝〉云：

　　　　染白一爲黑，焚木盡成灰。念我室中人，逝去亦不迴。結

〔註292〕前揭書，卷八〇一，頁9020。
〔註293〕同前註。

> 髮二十載，賓敬如始來。提攜屬時屯，契闊憂患災。柔素
> 亮爲表，禮章夙所該。任公不及私，百事委令才。一旦入
> 閨門，四屋滿塵埃。斯人既已矣，觸物但傷摧。單居移時
> 節，泣涕撫孩嬰。知妄謂當遣，臨感要難裁。夢想忽如睹，
> 驚起復徘徊。此心良無已，遶屋生蒿萊。〔註294〕

染白爲黑，焚木成灰，皆爲無法還原的事實，妻子的死亦然。結髮
二十年，依然相敬如賓，如同新婚一般；時局屯邅之際互相扶持，
平居無事也知憂防災患，足見其性情之柔順與識宏見遠，所以韋應
物可以全心任公，將凡百家中之事悉委令才。而今塵埃遍地，斯人
已矣，留下了稚幼的孩子，不能不叫人泣涕傷情，即便很理智地知
道世緣皆妄，當遣排之，然而面臨紛然湧沓而來的感觸，實在很難
將之決然裁斷，於是任由他結想成夢，驚起却無，持續著不能自已
的相思煎熬。入門相思，踏上日日上班的路途也感懷萬端，〈往富平
傷懷〉：

> 晨起凌嚴霜，慟哭臨素帷。駕言百里塗，惻愴復何爲。昨
> 者仕公府，屬城常載馳。出門無所憂，返室亦熙熙。今者
> 掩筠扉，但聞童稚悲。丈夫須出入，顧爾內無依。銜恨已
> 酸骨，何況苦寒時。單車路蕭條，回首長逶遲。飄風忽截
> 野，嘹唳雁起飛。昔時同往路，獨往今詎知。〔註295〕

往日只管放心出門，回來定見一家熙然，而今只聞童稚悲哭。念爾失
恃又逢苦寒，既捨不得又耽心，道盡大丈夫喪妻之後左支右絀的窘
況。其〈出還〉則寫出行還家，比照今昔，頓生悲感：

> 昔出喜還家，今還獨傷意。入室掩無光，銜哀寫虛位。悽
> 悽動幽幔，寂寂驚寒吹。幼女復何知，時來床下戲。咨嗟
> 日復老，錯莫身如寄。家人勸我餐，對案空垂淚。〔註296〕

〈送終〉一首寫送妻出葬之情景：

〔註294〕前揭書，卷一九一，頁1962。
〔註295〕前揭書，卷一九一，頁1963。
〔註296〕同前註。

奄忽逾時節，日月獲其良。蕭蕭車馬悲，祖載發中堂。生
平同此居，一旦異存亡。斯須亦何益，終復委山岡。行出
國南門，南望鬱蒼蒼。日入乃云造，慟哭宿風霜。晨遷俯
玄廬，臨訣但遑遑。方當永潛翳，仰視白日光。俯仰遽終
畢，封樹已荒涼。獨留不得還，欲去結中腸。童稚知所失，
啼號捉我裳。即事猶倉促，歲月始難忘。〔註297〕

其情之迷惘、錯亂，足見詩人對妻子依賴、眷戀之深，益以見兩人平
日恩愛之重，也因此一覩舊物、一臨故宅，便哽咽難當，〈過昭國里
故第〉：

不復見故人，一來遇故宅。物變知景暄，心傷覺時寂。池
荒野筠合，庭綠幽草積。風散花意謝，鳥還山光夕。宿昔
方同賞，詎知今念昔。緘室在東廂，遺器不忍覿。柔翰全
分意，芳巾尚染澤。殘工委筐篋，餘素輕刀尺。收此還我
家，將還復愁惕。永絕攜手歡，空存舊行迹。冥冥獨無語，
杳杳將何逝。唯思今古同，時緩傷與戚。〔註298〕

緘室之內，遺物歷歷，筐篋之中尚殘女工，韋妻必然巧擅針黹，勤於
補綻，伊人音絕形邈，攜手之歡既絕，惟空存此舊日行迹，使人喑啞
無言不知所從，只好想想生離死別今古同然的道理，暫時減緩狂瀾一
般來襲的傷痛悲戚。韋應物對妻子恩愛逾恆，妻亡後頓覺日永夜長，
滿心傷苦，無可解釋，於是獨坐山中思「悟澹將遣慮，學空庶遺境」
〔註299〕然而「積俗易為侵，愁來復難整」〔註300〕究竟上慙東門吳，
下愧蒙莊子；或中宵髣髴入夢，驚起惟見形影寂寥，「誰念茲夕永，
坐令顏鬢凋」〔註301〕又是個無眠的夜晚。

　　歲遷月逝對已臻癡惘的傷心人而言往往是毫無所覺的，也因此往
往有一番驚動，〈除日〉云：

〔註297〕同前註。
〔註298〕前揭書，卷一九一，頁1964。
〔註299〕前揭書，卷一九一〈夏日〉，頁1965。
〔註300〕同前註。
〔註301〕前揭書，卷一九一〈感夢〉，頁1966。

> 思懷耿如昨,季月已云暮。忽驚年復新,獨恨人成故。泳
> 池始泮綠,梅梢還飄素。淑景方轉延,朝朝自難度。〔註302〕

年有更新,人無復生,凡目所遇,無非傷心,至春來芳園佳樹列映
清池一片美景,然以「佳人不再攀」斯情誠爲感之故,竟「對此傷
人心,還如故時綠」〔註303〕,升起了莫名的嗔責與妒忌;對春城皓
月「坐念綺窗空,翻傷清景好」〔註304〕縱始有花兼有月,可堪無酒
更無人?風致再好亦無歡意;楊花飛滿城東路,恰是昔年舊賞,詩
人又嘆「人意有悲歌,時芳獨如故」〔註305〕。見紈扇亦悲,〈悲紈
扇〉云:

> 非關秋節至,詎是恩情改。掩嚬人已無,委篋涼空在,何
> 言永不發,暗使銷光彩。〔註306〕

心心念念全在亡妻身上,乃至閒齋對雨、林園晚霽、秋夜獨眠皆能牽
引起無限的傷魂往事,在一次一次的苦自煎熬之餘「歲晏仰空宇,心
事若寒灰」〔註307〕。他也知道其奈命運如何,也知道「抱此女曹恨,
顧非高世才」〔註308〕幽愁暗恨終無益,同時韋蘇州向以「爲性高潔,
鮮食寡欲,所居必焚香掃地而坐,冥心象外」〔註309〕著稱,並如其
自云「寂性常喻人」,但「滯情今在己」〔註310〕結髮情義究難割捨,
故一篇篇和淚之作唯恐吐露不盡今生遺憾。

　　元稹娶妻京兆韋氏,諱叢字成之,懿淑大聞,所事所言皆從儀
法,年二十七即卒,韓愈爲之墓誌銘曰:「詩歌碩人,爰敘宗親,女
子之事,有以榮身,夫人之先,累公累卿,有赫外祖,相我唐明,

〔註302〕同註298。
〔註303〕前揭書,卷一九一〈對芳樹〉,頁1964。
〔註304〕前揭書,卷一九一〈月夜〉,頁1964。
〔註305〕前揭書,卷一九一〈歎楊花〉,頁1964。
〔註306〕同註299。
〔註307〕前揭書,卷一九一〈秋夜〉,頁1966。
〔註308〕前揭書,卷一九一〈冬夜〉,頁1963。
〔註309〕元辛文房撰、周本淳校正《唐才子傳校正》(文津出版社,民國77
　　　　年),卷四,頁118。
〔註310〕《全唐詩》,卷一九一〈端居感懷〉,頁1965。

歸逢其夫，夫夫婦婦，獨不與年，而卒以夭，實生五子，一女之存，銘於好辭，以永於聞」〔註311〕深致歡惋之意，韋氏亡後，元稹寫了爲數甚多的傷悼詩以遣悲懷，〈夜閒〉：

> 感極都無夢，魂銷轉易驚。風簾半勾落，秋月滿牀明。悵望臨街坐，沈吟遠樹行。孤琴在幽匣，時迸斷絃聲。〔註312〕

一片蕭索傷情。〈感小株夜合〉：

> 纖幹未盈把，高條纔過眉。不禁風苦動，偏受露先姜。不分秋同盡，深嗟小便衰。傷心落殘葉，猶識合昏期。〔註313〕

以小株夜合感歎妻子正當芳華杳然而逝。〈醉醒〉：

> 積善坊中前度飲，謝家諸婢笑扶行。今宵還似當時醉，半夜覺來聞哭聲。〔註314〕

〈追昔遊〉：

> 謝傅堂前音樂和，狗兒吹笛膽娘歌。花園欲盛千場飲，水閣初成百度過。醉摘櫻桃投小玉，懶梳叢鬢舞曹婆。再來門館唯相弔，風落秋池紅葉多。〔註315〕

都是以妻家日日歌舞宴樂與今之淒涼相弔對比，襯出一片衰颯淒涼。

　　韋氏卒於元和四年七月九日，並於其年十月十三日葬於咸陽，十月十四日夜，元稹有詩〈空屋題〉：

> 朝從空屋裏，騎馬入空臺。盡日推閒事，還歸空屋來。月明穿暗隙，燈燼落殘灰。更想咸陽道，魂車昨夜回。〔註316〕

一逕空虛惘然，與元稹交契最深的白居易見此詩，乃託身韋氏，因爲代答，以曉喻並解慰其情，〈答騎馬入空臺〉：

> 君入空臺去，朝往暮還來。我入泉臺去，泉門無復開。鰥

〔註311〕唐韓愈撰、馬通伯校注《韓昌黎文集校注》（華正書局，民國71年），卷六〈監察御史元君妻京兆韋氏夫人墓誌銘〉，頁210～211。
〔註312〕唐元稹撰《元稹集》（漢京文化事業有限公司，民國72年），卷九，頁96。
〔註313〕同前註。
〔註314〕同前註。
〔註315〕前揭書，卷九，頁97。
〔註316〕同前註。

夫仍繫職，稚女未勝哀。寂寞咸陽道，家人覆墓回。〔註317〕
空臺誠然空，泉臺更淒寂，咸陽道家人迴，孤魂夜更孤，死者已矣，活著的人自無沈溺傷痛不能自拔之理，居易此詩寄寓相當勉勵奮發之意。

喪偶之際，各方慰問頻來，其中不乏同病相憐者，以下三首即元稹寄達同樣遭失妻之痛的盧子蒙之詩，〈初寒夜寄盧子蒙〉：

> 月是陰秋鏡，寒爲寂寞資。輕寒酒醒後，斜月枕前時。倚壁思前事，回燈檢舊詩。聞君亦同病，終夜遠相悲。〔註318〕

〈城外回謝子蒙見諭〉：

> 十里撫柩別，一身騎馬回。寒煙半堂影，爐火滿庭灰。稚女憑人問，病夫空自哀。潘安寄新詠，仍是夜深來。〔註319〕

〈喻子蒙〉：

> 撫稚君休感，無兒我不傷。片雲離岫遠，雙燕念巢忙。大壑誰非水，華星各自光。但令長有酒，何必謝家莊。〔註320〕

〈獨夜傷懷，贈呈張侍郎〉則謂：

> 爐火孤星滅，殘灯寸焰明。竹風吹面冷，簷雪墜階聲。寡鶴連天叫，寒雛徹夜驚。祇應張侍御，潛會我心情。〔註321〕

鰥目炯炯夜淒清，天涯偏多同此情。〈遣悲懷〉三首云：

> 閒坐悲君亦自悲，百年都是幾多時。鄧攸無子尋知命，潘岳悼亡猶費詞。同穴窅冥何所望，他生緣會更難期。唯將終夜長開眼，報答平生未展眉。
>
> 昔日戲言身後事，今朝都到眼前來。衣裳已施行看盡，鍼線猶存未忍開。尚想舊情憐婢僕，也曾因夢送錢財。誠知此恨人人有，貧賤夫妻百世哀。

〔註317〕唐白居易撰《白居易集》（漢京文化事業有限公司，民國 73 年），卷十四，頁 285。
〔註318〕《元稹集》，卷九，頁 97。
〔註319〕前揭書，卷九，頁 98。
〔註320〕同前註。
〔註321〕前揭書，卷九，頁 103。

> 謝公最小偏憐女，自嫁黔婁百事乖。顧我無衣搜盡篋，泥
> 他沽酒拔金釵。野蔬充膳甘長藿，落葉添薪仰古槐。今日
> 俸錢過十萬，與君營奠復營齋。〔註322〕

韋成之以高門下嫁貧寒出身的元稹，初稹始以選校書秘書省中，其後
乃以能直言對策第一，拜左拾遺，數上書言利害，當路惡之，出為河
南尉，後復起為監察御史，開始步上坦途。經過多年貧窮窘迫的生活，
「顧我無衣搜盡篋，泥他沽酒拔金釵」除了張羅衣食飽暖，還要籌措
丈夫買酒的費用，她連陪嫁的金釵都割愛了，「野蔬充膳甘長藿，落
葉添薪仰古槐」為節省用度，野蔬充膳甘之如飴，仰仗古槐落葉添薪，
她必須絞盡腦汁才能把家庭治理得像個樣子，可惜的是這樣一位能幹
的治家賢婦，竟無福享受俸錢十萬的生活，年紀輕輕的，就與世長辭
了。無怪乎元稹「惟將終夜長開眼，報答平生未展眉」以相當多的文
字來感念共貧賤的薄命妻子。

　　白居易與元稹同登進士，此後交往不輟，即分千里亦若合符契，
「雖骨肉未至，愛慕之情，可欺金石」〔註323〕，他對元稹的了解自
當比任何人都深，因此他筆下的描述也最能增加我們對元稹夫妻生活
實況的了解，試看下面這首〈答謝家最小偏憐女〉：

> 嫁得梁鴻六七年，耽書愛酒日高眠。雨荒春圃惟生草，雪
> 壓朝廚未有煙。身病憂來緣女少，家貧忘卻為夫賢。誰知
> 厚俸今無分，枉向秋風吹紙錢。〔註324〕

六七年的貧賤夫妻，韋氏確實賢如孟光。元稹〈祭亡妻韋氏文〉云：
「夫人之生也，選甘而味，借光而衣，順耳而聲，便心而使，親戚驕
其意，父兄可其求，將二十年後，非女子之幸耶？逮歸於我，始知賤
貧，食亦不飽，衣亦不溫，然而不悔於色，不戚於言，他人以我為拙，
夫人以我為尊，置生涯於濩落，夫人以我為適道，捐晝夜於朋宴，夫
人以我為狎賢，隱於幸中之言，嗚呼，成我者朋友，恕我者夫人，有

〔註322〕同註319。
〔註323〕《白居易集》，卷四五〈與元九書〉，頁959。
〔註324〕前揭書，卷十四，頁284。

夫如此其感也，非夫人之仁耶」〔註325〕無大家閨秀驕縱的意氣，而有大家閨秀的德養操持，得此賢妻，少別已甚悽慘，更何況永逝終離，如何能不胸懷萬恨？一直到元和六年春，詩人猶自傷懷，〈六年春遣懷八首〉：

> 傷禽我是籠中鳥，沈劍君爲泉下龍。重纊猶存孤枕在，春衫無復舊裁縫。

> 檢得舊書三四紙，高低闊狹粗成行。自言併食尋高事，唯念山深驛路長。

> 公無渡河音響絕，已隔前春復去秋。今日閒窗拂塵土，殘弦猶迸鈿箜篌。

> 婢僕曬君餘服用，嬌癡稚女遶床行。玉梳鈿朵香膠解，盡日風吹玳瑁箏。

> 伴客銷愁長日飲，偶然乘興便醺醺。怪來醒後傍人泣，醉裏時時錯問君。

> 我隨楚澤波中梗，君作咸陽泉下泥。百事無心值寒食，身將稚女帳前啼。

> 童稚癡狂撩亂走，繡毹花仗滿堂前。病身一到總帷下，還向臨階背日眠。

> 小於潘岳頭先白，學取莊周淚莫多。止竟悲君須自省，川流前後各風波。〔註326〕

韋氏能奏箜篌能演箏，舊物雖蒙塵而尚在，藉覩物而思其人也。而箱櫃中翻出舊日書信三四紙，顯然韋氏並不精於書藝，一封信寫得「高低闊狹粗成行」，然而情意却很真摯，交代尋常家居生活外，便是掛念丈夫在外路途遠而險，如今讀來，物在人亡，彌足珍貴。或爲銷愁長日飲，醉裏時時錯問君，都可見元稹心思意念纏繞亡妻之深密，朝斯夕斯，那就難怪「小於潘岳頭先白」而欲「學取莊周淚莫多」克制

〔註325〕《元稹集》，卷六〇，頁630。
〔註326〕前揭書，卷九，頁103～104。

自己早日「止竟悲君」了。

　　感極終成夢，〈感夢〉云：

　　　　行吟坐歎知何極，影絕魂銷動隔年。今夜商山館中夢，分
　　　　明同在後堂前。〔註327〕

生死相隔，兩俱茫茫，縱使相逢恐不識，今朝夢魂中，猶疑是邪非？
一陣驚喜一陣猜。而白居易代韋氏〈答山驛夢〉：

　　　　入君旅夢來千里，閉我幽魂欲二年。莫忘平生行坐處，後
　　　　堂階下竹叢前。〔註328〕

更是一片深情依依。元稹曾夢瓶落井，欲救無懸縆，彷彿爲妻子魂魄
所託，〈夢井〉：

　　　　夢上高高原，原上有深井。登高意枯渴，願見深泉冷。裴
　　　　回繞井顧，自照泉中影。沈浮落井瓶，井上無懸縆。念此
　　　　瓶欲沈，荒忙爲求請。遍入原上村，村空犬仍猛。還來遶
　　　　井哭，哭聲通復哽。哽噎夢忽驚，覺來房舍靜。燈焰碧朧
　　　　朧，淚光疑同同。鐘聲夜方半，坐臥心難整。忽憶咸陽原，
　　　　荒田萬餘頃。土厚壙亦深，埋魂在深埂。埂深安可越，魂
　　　　通有時逞。今宵泉下人，化作瓶相憬。感此涕汍瀾，汍瀾
　　　　涕霑領。所傷覺夢間，便覺生死境。豈無同穴期，生期諒
　　　　綿永。又恐前後魂，安能兩知省。尋環意無極，坐見天將
　　　　晛。吟此夢井詩，春朝好光景。〔註329〕

寤寐之間，生死相感，同穴之期，何時得圓，又恐前死後死，魂魄不
能兩相知省，正是愁思不絕，夢醒之後，一坐就坐到了天亮，天明仍
是個可愛無極的好春日，他的心却很難一時平復。又有〈江陵三夢〉：

　　　　平生每相夢，不省兩相知。況乃幽明隔，夢魂徒爾爲。情
　　　　知夢無益，非夢見何期。今夕亦何夕，夢君相見時。依稀
　　　　舊妝服，晻淡昔容儀。不道間生死，但言將別離。分張碎
　　　　針線，襵疊故幃幰。撫稚再三囑，淚珠千萬垂。囑云唯此

─────────────

〔註327〕前揭書，卷九，頁99。
〔註328〕《白居易集》，卷十四，頁285。
〔註329〕《元稹集》，卷九，頁100～101。

女,自歎總無兒。尚念嬌且騃,未禁寒與飢。君復不憙事,
奉身如脫遺。況有官縛束,安能長顧私。他人生間別,婢
僕多讒欺。君在或有託,出門當付誰,言罷泣幽噎,我亦
涕淋漓。驚悲忽然寤,坐臥若狂癡。月影半牀黑,蟲聲幽
草疑。心魂生次第,夢覺久自疑。寂默深想像,淚下如流
澌。百年永已訣,一夢何太悲。悲君所嬌女,棄置不我隨。
長安遠於日,山川雲間之。縱我生羽翼,網羅生繫維。今
宵淚零落,半爲生別滋。感君下泉魂,動我臨川思。一水
不可越,黃泉況無涯。此懷何由極,此夢何由追。坐見天
欲曙,江風吟樹枝。

古原三丈穴,深葬一枝瓊。崩剝山門壞,煙綿墳草生。久
依荒壠坐,却望遠村行。驚覺滿牀月,風波江上聲。

君骨久爲土,我心長似灰。百年何處盡,三夜夢中來。逝
水良已矣,行雲安在哉。坐看朝日出,眾鳥雙裴回。〔註330〕

一連三個晚上伊人入夢,顏容依稀,叮囑頻頻,最不放心的就是稚幼
的女兒,丈夫有官在身,無法全心顧撫,囑託他人又恐怕終有隔閡,
而婢僕又往往貪懶欺謾,這些都是泉下妻子所無法安心暝目的,三度
夢中探訪,在在都觸動元稹心中最不堪碰觸的那根絃,不禁淚下如流
澌,絲毫不可抑遏了。

　　耳聞眼見,凡所遇事物,往往有牽動舊事者,如〈聽庾及之彈烏
夜啼引〉:

君彈烏夜啼,我傳樂府解古題。良人在獄妻在閨,官家欲
赦烏報妻。烏前再拜淚如雨,烏作哀聲妻暗語。後人寫出
烏啼引,吳調哀弦聲楚楚。四五年前作拾遺,諫書不密丞
相知。謫官詔下吏驅遣,身作囚拘妻在遠。歸來相見淚如
雨,唯說閒宵長拜烏。君來到舍是烏力,妝點烏盤邀女巫。
今君爲我千萬彈,烏啼啄啄淚瀾瀾。藏君此曲有深意,昨
日烏啼桐葉墜。當時爲我賽烏人,死葬咸陽原上地。〔註331〕

〔註330〕前揭書,卷九,頁101~102。
〔註331〕前揭書,卷九,頁100。

因聽烏夜啼，想起舊日直諫忤當道被貶官時，妻子就與樂府古題烏夜啼的女主角一般，拜烏祈福，今日拜烏的賢妻死喪咸陽，故一聞此曲，無限傷感。〈竹簟〉：

> 竹簟襯重茵，未忍都令卷。憶昔初來日，看君自施展。〔註332〕

竹簟乃是初婚時妻子親自施展者，如今雖天候已涼，猶未忍都令收卷，存心要刻刻回味昔景昔情。〈張舊蚊幬〉：

> 踰年間生死，千里曠南北。家居無見期，況乃異鄉國。破盡裁縫衣，忘收遺翰墨。獨有纈紗幬，憑人遠攜得。施張合歡榻，展卷雙鴛翼。已矣長空虛，依然舊顏色。裴回將就寢，徒倚情何極。昔透香田田，今無魂惻惻。隙穿斜月照，燈背空牀黑。達理強開懷，夢啼還過臆。平生貧寠歡，天枉勞苦憶。我亦距幾時，胡爲自摧逼。燭蛾焰中舞，繭蠶叢上織。爝爛各自求，他人顧何力。多離因苟合，惡影當務息。往事勿復言，將來幸前識。〔註333〕

舊蚊幬乃昔日雙棲所張，今則魂飛人遠，情長惻惻，雖依然舊顏色，已失昔日馨香，持物空懷人，悵何極也。白居易作〈和元九悼往〉最能代表時人聞此作之感動：

> 美人別君去，自去無處尋。舊物零落盡，此情安可任。唯有纈紗幌，塵埃日夜侵。馨香與顏色，不似舊時深。透影燈耿耿，籠光月沈沈。中有孤眠客，秋涼生夜衾。舊宅牡丹院，新填松柏林。夢中咸陽淚，覺後江陵心。含此隔年恨，發爲中夜吟。無論君自感，聞者欲霑襟。〔註334〕

誠如元稹〈答友封見贈〉：

> 荀令香銷潘簟空，悼亡詩滿舊屏風。扶牀小女君先識，應爲些些似外翁。〔註335〕

在妻子亡故之後，他所寫的悼亡詩眞是爲數可觀，尤其〈遣悲懷〉、〈再

〔註332〕同前註。
〔註333〕前揭書，頁102～103。
〔註334〕《白居易集》，卷九，頁176。
〔註335〕《元稹集》，卷九，頁104。

遣悲懷〉、〈三遣悲懷〉之作幾已成悼亡詩之代表作,其悲哀之聲切,
引起至友白居易的無限關懷,〈見之九悼亡詩,因以此寄〉:

> 夜淚闇銷明月幌,春腸遙斷牡丹亭。人間此病治無藥,唯
> 有楞枷四卷經。〔註336〕

將其妻亡之痛悼視爲難癒沈疴,並介紹他讀些佛經以平復傷痛。然元
稹記述一己經歷之〈鶯鶯傳〉中,張生忍情薄倖若斯,如何竟能爲此
情義深摯,婉婉動人的悼亡詩,實可懷疑,或正如敖陶孫《詩說》所
評「元詩如李龜年說天寶遺事,貌悴而神不傷」在其詩筆縱橫揮灑之
際;白白賺取了讀者的眼淚無數。不過就文觀文,以詩論詩,元稹的
悼亡詩確實真情流露,我們並不能以他對崔鶯鶯來評斷他對韋氏,而
抹殺了他滿紙的幽恨與淚水。

　　李商隱始爲令狐楚所知遇而擢進士、中拔萃,開始踏上仕途。後
王茂元鎭興元,愛其才,表掌書記,以女妻之,除侍御史,因茂元善
李德裕,牛李黨乃嗤擯商隱,造成了他在宦途上進退失據的尷尬局
面。然而他對妻子卻十分深情,分離諸作已然可見,悼亡尤甚。〈王
十二兄與畏之員外相訪,見招小飲,時予以悼亡日近,不去,因寄〉:

> 謝傅門庭舊末行,今朝歌管屬檀郎。更無人處簾垂地,欲
> 拂塵時簟竟床。嵇氏幼男猶可憫,左家嬌女豈能忘。秋霖
> 腹疾俱難遣,萬里西風夜正長。〔註337〕

宣宗大中五年(851)春夏之交,商隱妻王氏病故,是年秋日,商隱
內兄王十二及連襟字畏之的韓瞻往訪,邀他前往王家小飲,商隱妻亡
之後心緒尚未平復,故而拒絕了,這首詩便用以表日自己悵落的情懷。

　　往日王家門庭之中,曾居諸子壻行列之末,享受許多的溫馨與甜
蜜,然而妻子亡故,歡樂永遠絕緣,再也提不起興致參與家宴,這一
片歌舞宴飲之樂今日惟屬連襟韓瞻,對比之下,透露了深切的淒涼與

〔註336〕《白居易集》,卷十四,頁273。
〔註337〕唐李商隱撰、葉葱奇疏注《李商隱詩集疏注》(里仁書局,民國76
　　　　年),卷上,頁151~152。

無奈。頷聯則詩筆一轉正面悼亡，取潘岳〈悼亡詩〉中「展轉眄枕席，長簟竟床空，床空委清塵，室虛來悲風」之句意，而加以渾化更有味道。重簾垂地，空床委塵以逼顯室空人亡，睹物思人之情雖屬常見，但李商隱的「更無人處簾垂地，欲拂塵時簟竟床」短短十四字却包含了極豐富的情緒變化，先是詩人神情恍惚中若有所尋，然遍尋而更無妻子的熟悉身影，此時見重簾垂地乃悟之而悵然不已，滿眼積塵，欲拂拭之際，發現長簟竟床而別無所有，這一停頓飽含了對亡妻甜蜜辛酸的記憶之不忍拂去，平易中極盡曲折。頸聯寫幼子稚女的深堪憫疼，失去母親的孩子是可憐的，只要一想到這一層，他便一無外出宴樂的情緒，而只盼望多一點時間陪伴失恃的兒女。末聯以秋雨西風襯托心境的淒涼難耐，腹疾可能只是指內心喪妻的隱痛，李商隱長年在政治上飽受排擠壓抑，現在失去了在患難中與他相濡以沫的賢淑伴侶，而西風萬里暗夜正長，包圍他的更是無止盡的痛苦。這首詩由於作者於悼亡中織進了對畸零身世的感受，因此內涵就比同類作品豐富複雜，言外之意也就格外可品可味了。

　　再看其〈西亭〉詩：

　　　　此夜西亭月正圓，疎簾相伴宿風煙。梧桐莫更翻清露，孤
　　　　鶴從來不得眠。〔註338〕

以月圓襯出人孤獨，不直言失偶而云「疎簾相伴」，長夜感逝不能入眠，連梧桐滴露也聽得一清二楚，其黯然銷魂者，情獨何限。王家西亭原爲往日與夫人住過的處所，今重來舊地，室邇人遠，一腔悲懷不免聲聲嗚咽了。再如〈夜冷〉詩：

　　　　樹遶池寬月影多，村砧塢笛隔風蘿。西亭翠被餘香薄，一
　　　　夜將愁向敗荷。〔註339〕

首句以景物興起虛空之意、村砧塢笛暗喻村婦村夫，欣羨其仍適然偕老，鰥居的孑然況味已呼之而出了，故人踪跡渺遠，連西亭中翠

〔註338〕前揭書，卷中，頁371。
〔註339〕前揭書，卷下，頁503。

被的餘香亦稀薄難尋，自己猶如芙蕖凋零後，猶剩下的半梗殘根，也不復能久了。這三首詩皆是大中五年詩人的妻子初逝未久，悲愴哀惋之作，情真意摯處令人動容。是年冬天，柳仲郢鎮東蜀，辟商隱爲節度判官，赴任前夕，曾向連襟韓瞻告辭，〈赴職梓潼留別畏之員外同年〉：

> 佳兆聯翩遇鳳凰，雕文羽帳紫金牀。桂花香處同高第，柿葉翻時獨悼亡。烏鵲失棲長不定，鴛鴦何事自相將。京華庸蜀三千里，送到咸陽見夕陽。〔註 340〕

昔日同科登第又偕獲佳偶，今乃獨喪家室，見韓夫婦仍歡聚一處，自己的東西漂泊形單影隻就更形可悲。尤其此去漫漫三千里，即便由長安送至咸陽的短短路程，日夕已晚，走完全程，其耗時費日可想而知，失耦的落寞悵惘根結在詩人的心靈深處，似已成生命中永遠的憾恨，這一路果然孤寒難耐，〈悼傷後赴東蜀辟，至散關遇雪〉：

> 劍外從軍遠，無家與寄衣。散關三尺雪，回夢舊鴛機。〔註 341〕

雪天寒凍，明明是無人寄衣的喪耦之人，夢中卻仍彷彿伊人仍在鴛機之前辛勤地趕製冬衣，充分透露了他對妻子亡故的事實是何其的不願、不忍、不想去面對。紀昀稱此詩「盛唐餘響」，比之爲陳陶〈隴西行〉中「可憐無定河邊骨，猶是春閨夢裏人」之對面，誠爲得之。

到了隔年，王氏的周年忌辰，遠宦中的李商隱又作了〈屬疾〉一詩：

> 許靖猶羈臣，安仁復悼亡。茲辰聊屬疾，何日免殊方。秋蝶無端麗，寒花只暫香。多情真命薄，容易即迴腸。〔註 342〕

自己同許靖一般羈宦他鄉，又與潘岳一樣遭喪偶之痛，值此周年忌辰，惟請假在家以誌哀悼，此恨此痛不知何日方能釋解。妻亡之後，此身實同秋蝶、寒花雖暫仍秀麗芳香，終究是不能久長的，觸緒傷情也就感懷萬端了。

〔註 340〕前揭書，卷上，頁 143。
〔註 341〕前揭書，卷上，頁 30。
〔註 342〕前揭書，卷上，頁 52。

逢七夕，織女牛郎相會，商隱亦不禁感傷，〈七夕〉詩：

> 鸞扇斜分鳳幄開，星橋橫過鵲飛迴。爭將世上無期別，換
> 得年年一度來。〔註343〕

牛郎織女雖長年睽違，一年猶有一次相見，自己與妻子却天人永隔，
再無會期，想來也不免嫉妒萬分了。

商隱對妻子念念不忘，在東川之時，他的上司柳仲郢曾想將官妓
張懿仙嫁給他，他上書力辭，大中九年冬他隨柳仲郢還朝，次年春間，
有〈過招國李家南園二首〉：

> 潘岳無妻客為愁，新人來坐舊粧樓。春風猶自疑聯句，雪
> 絮相和飛不休。

> 長亭歲盡雪如波，此去秦關路幾多。惟有夢中相近分，臥
> 來無睡欲如何？〔註344〕

「新人來坐舊粧樓」，可見雖然商隱力辭，却沒能推掉柳仲郢的一番
好意，然而北樓之中充滿了他與妻子的太多回憶，觸目惝怳，彷彿妻
子與他姐妹們猶在那兒談笑似的。第二首從去歲風雪中千里歸來寫
起，夠遠的路程，舊時恩愛情景歷歷在目，而人却早已渺遠難近，只
有夢中才能依稀彷彿，但觸景傷情，睡了半天也不能入眠，因此夢見
也不可能了，那份對舊情念念不忘不忍移轉的心意，並未隨時間的過
去而稍形淡却。是年又有詩〈促漏〉：

> 促漏遙鐘動靜聞，報章重疊杳難分。舞鸞鏡匣收殘黛，睡
> 鴨香爐換夕薰。歸去定知還向月，夢來何處更為雲。南塘
> 漸暖蒲堪結，兩兩鴛鴦護水紋。〔註345〕

首句說自己鰥居長夜不寐，次句報章指織成的錦綺，意與韋應物〈過
昭國里故第〉詩中「殘工委筐篋，餘素經刀尺，收此還我家，將還
復愁傷」相同，惟韋尚能一一將之收檢，商隱則對之茫然，難加理
緒。三四句說伊人長逝，餘物空存，五六句言妻子本來自天土，今

〔註343〕前揭書，卷上，頁224。
〔註344〕前揭書，卷上，頁168～169。
〔註345〕前揭書，卷上，頁217。

定然復歸月中，夢中雖或相見又怎能歡娛如生平？結句由反面落筆，暖蒲堪結，鴛鴦護水格外襯出人離散無踪可覓的悲悽哀惋。李商隱一生陷入朋黨的漩渦，畢生漂泊坎坷，在妻子亡故之後也沒有任何轉機，尤其顯得寂寞難堪，回到長安經柳仲郢推薦，出任鹽鐵推官，大中十一年又罷官，下一年就在孤寂落寞之中去世了，時年僅僅四十六歲。

　　商隱的愛情詩首首動人，向爲研究者所百般揣測，甚至認爲其戀愛對象包括道士、嬪妃等，〔註346〕然而，終其一生却僅王氏一妻，足見其人即便多情、浪漫，對妻子的感情却是始終不渝，堅貞逾恒的。

　　除了以上三人豐富的悼亡之作外，南唐後主李煜也有一系列悼念大周后的詩，後主有子仲宣，四歲即卒，其母昭惠后先時已病，哀苦增劇，遂至於殂，後主有〈輓辭〉並其母子悼之：

　　　　珠碎眼前珍，花凋世外春。未銷心裏恨，又失掌中身。玉
　　　　筍猶殘藥，香匳已染塵。前哀將後感，無淚可霑巾。

　　　　豔質同芳樹，浮危道略同。正悲春落實，又苦雨傷叢。穠
　　　　麗今何在，飄零事已空。沈沈無問處，千載謝東風。〔註347〕

一連痛失兩位最親愛的人，前哀疊後感，已「無淚可霑巾」了。昭惠后死時才二十九歲，後主感傷之餘，春朝秋夕，無不抑鬱難遣，其情每見於詩篇，如〈感懷〉：

　　　　又見桐花發舊枝，一樓煙雨暮淒淒。憑闌惆悵誰人會，不
　　　　覺潸然淚眼低。

　　　　層城無復見嬌姿，佳節纏哀不自持。空有當年舊煙月，芙
　　　　蓉城上哭蛾眉。〔註348〕

後主嘗與周后移植梅花於瑤光殿之西，及花時而后已殂，因成詩見意，〈梅花〉詩云：

　　　　殷勤移植地，曲檻小闌邊。共約重芳日，還憂不成妍。阻

〔註346〕參蘇雪林著《玉溪生詩謎正續合編》（臺灣商務印書館）。
〔註347〕《全唐詩》，卷八，頁72。
〔註348〕前揭書，卷八，頁73。

　　　　風開步障，乘月溉寒泉。誰料花前後，蛾眉却不全。〔註349〕
〈又〉：
　　　　失却煙花主，東君自不知。清香更何用，猶發去年枝。〔註350〕
昔日伊人殷勤爲花忙，今日花開伊人已不全，悲哀透骨。〈書靈筵手巾〉：
　　　　浮生共顦頷，壯歲失嬋娟。汗手遺香漬，痕眉染黛煙。〔註351〕
也是失落之感，而大周后通書史，善音律，尤工琵琶，元宗（南唐中
主李璟）賞其藝，取所御琵琶，時謂之燒槽者賜焉，即蔡邕焦桐之意。
后臨終，以琵琶及常臂玉環親遺後主，後主有詩〈書琵琶背〉：
　　　　侁自肩如削，難勝數縷條。天香留鳳尾，餘煖在檀槽。〔註352〕
李煜其人，情思緻密如此，對大周后的感情，由這些詩看來，也是極
其深厚的，然他在大周后病中便與小周后相戀，其移情之速，亦令人
難解。
　　　至於其它詩人亦有零星的悼亡之作，如孟郊〈悼亡〉：
　　　　山頭明月夜增輝，增輝不照重泉下。泉下雙龍無再期，金
　　　　蠶玉燕空銷化。朝雨暮雲成古墟，蕭蕭野竹風吹亞。〔註353〕
白居易〈爲薛台悼亡〉：
　　　　半死梧桐老病身，重泉一念一傷神。手攜稚子夜歸院，月
　　　　冷空房不見人。〔註354〕
趙嘏〈悼亡二首〉：
　　　　一燭從風到奈何，二年衾枕逐流波。雖知不得公然淚，時
　　　　泣闌干恨更多。
　　　　明月蕭蕭海上風，君歸泉路我飄蓬。門前雖有如花貌，爭
　　　　奈如花心不同。〔註355〕

〔註349〕同前註。
〔註350〕同前註。
〔註351〕同前註。
〔註352〕同前註。
〔註353〕前揭書，卷三八一，頁4273。
〔註354〕《白居易集》，卷十三，頁266。
〔註355〕《全唐詩》，卷五五○，頁6367。

王渙〈悼亡〉：

> 春來得病夏來加，深掩妝窗臥碧紗。爲怯暗藏秦女扇，怕
> 驚愁度阿香車。腰肢暗想風欺柳，粉態難忘露洗花。今日
> 青門葬君處，亂蟬衰草夕陽斜。〔註356〕

李中〈悼亡〉：

> 巷深芳草細，門靜綠楊低。室邇人何處，花殘月又西。武
> 陵期已負，巫峽夢終迷。獨立銷魂久，雙雙好鳥啼。〔註357〕

唐暄〈贈亡妻張氏〉：

> 嶧陽桐半死，延津劍一沈。如何宿昔內，空負百年心。〔註358〕

又〈還渭南感舊二首〉：

> 寢室悲長簟，粧樓泣鏡臺。獨悲桃李節，不共一時開，魂
> 兮若有感，髣髴夢中來。
>
> 常時華屋靜，笑語度更籌。恍惚人事改，冥漠委荒丘。陽
> 原歎薤露，陰壑悼藏舟。清夜粧臺月，空想畫眉愁。〔註359〕

都是追念昔歡，觸景傷情，獨立銷魂的徬徨鰥夫心境。

三、變　奏

　　雖然唐詩裏呈現的夫妻在任一方死亡後的情緒，大部份都是悲傷、追憶、痛苦，顯見夫妻的關係是貞定、恒久。然而現實社會中則並不如詩裏所流露的那樣理想。且慢說匹夫匹婦，即令唐王室，由高祖至代宗，公主再嫁知者共二十五人，三嫁以上者五人。事實上，唐以前社會上不以再嫁爲非，如韓愈之女亦曾改嫁，唐代甚至一度有鼓勵再嫁的詔令，可見禮法觀念的淡薄，這種情形，中唐以後漸有變化。〔註360〕而寒山的詩中，就有夫亡再嫁的社會現況陳述：

> 買肉血淋淋，買魚跳鱍鱍。君身招罪累，妻子成快活。纔

〔註356〕前揭書，卷六九〇，頁7919。

〔註357〕前揭書，卷七七〇，頁8737。

〔註358〕同前註。

〔註359〕同前註。

〔註360〕參劉增貴〈唐代婚姻約論〉，《成功大學歷史學報》，第五期。

> 死渠便嫁，他人誰敢過。一朝如破牀，兩個當頭脫。〔註361〕

《全唐詩外編》亦收有敦煌殘卷伯希和卷三二二的一首缺名五言白話詩，也同樣勸人們認清婚姻關係的現實薄弱：

> 人生一代間，貧富不覺老。王役逼駈駈，走多換行少。他家馬上坐，我身坐擎草。種得果報緣，不須自煩惱。受報人中生，本爲前身罪。今身不修福，癡愚膿血餲。病困臥著牀，慳心由不改。臨死命欲終，怇賤不懺悔，身死妻後嫁，總將陪新壻。〔註362〕

可見詩人除了歌詠眞摯恒久的夫妻情義之外，對浮濫的社會現況是以痛心而無奈的方式來指陳的。

由以上詩人悼妻或悼夫的作品，我們發現，無論事後獨身、續娶或納妾，詩人往往能夠捉住當下痛楚的經驗，形之於文字，讓情緒得到發洩，讓心情得到慰安，故有許多的詩作留下，而女詩人本就少，只有賴其他的詩人去揣摩女子喪夫的悲苦無助了。

附論：妾與夫之倫理

本章探討夫婦感情，在夫與妻的角色上，已看出極大的不同：由外而言夫妻一體是天經地義的事，由內而言，却往往夫尊妻卑。若從尊卑的角度繼續探索下去，我們自不能遺漏夫妻關係中另一個角色：妾。妾制在中國有悠長的歷史，有史以來就有，但同時自始至終是一妻一夫制，社會承認一個男人和一羣女人住在一個家庭營共同生活的權利，但只承認其中一人爲其配偶（妻），其餘的人則爲妾，只能說是一妻多妾制。〔註363〕

妻妾的主要區別，在於夫與妻或妾結合的方式及妻妾不同的身分

〔註361〕《全唐詩》，卷八〇六，頁 9086。

〔註362〕王重民、孫望、童養年輯錄《全唐詩外編》（木鐸出版社，民國 72 年），第四編〈全唐詩續補遺〉，卷二，頁 354。

〔註363〕參瞿同祖《中國法律與中國社會》（里仁書局，民國 73 年），第二章第七節，頁 169。

及權利：聘則妻奔則妾，妾是買來的，根本不能行婚姻之禮，不能具備婚姻的種種儀式，斷不能稱此種結合爲婚姻，而以夫的配偶目之。妾者接也，字的含義即指示非偶，所以妾以夫爲君、爲家長，俗稱老爺，而不能以之爲夫。所謂君，所謂家長，實即主人之意。〔註364〕

　　唐代社會嚴格執行一夫一妻的制度，對於姬妾的設置則採開放的態度，不加以限制，因此或有人不納妾，或姬妾多至一、二百人，〔註365〕而帝王後宮嬪妃更以千計。

　　妾的來源有出於罪犯者，有出於購買者，有由於私奔而不備禮者，其中除奔則爲妾有近於「姘」外，大都與後世婢類無異。〔註366〕而宮伎，家伎的蓄養，更是多妾的另一個途徑。

　　唐代由於社會的繁榮，自由、開放，娼妓大盛，其中又分公妓、家妓與坊妓。公妓有分別供天子、官吏、軍人娛樂的宮妓、官妓與營妓三種。家妓爲士大夫所蓄，專供自身娛樂或用以接待賓客。坊妓則集中平康里，常是應考士子流連之所。她們雖皆以樂舞爲主，但是身厠樂籍，隸於賤民階級，往往身不由主，尤其是宮妓與家妓，由於屬於天子與士大夫所專有，實則與宮人及侍妾無異，以此故妓、歌姬，與侍兒、婢等一樣都是探討夫妻關係時所必須提及的。

　　妾的地位遠不如妻，最重要的一點在她不能上事宗廟，這種委屈是一般人不將女兒輕易許人作妾的最大原因，白居易〈井底引銀瓶〉一詩即敘述與人私奔的女子，在發現不能在夫家取得正常的名分地位後的失望與懊悔：

　　　　井底引銀瓶，銀瓶欲上絲繩絕。石上磨玉簪，玉簪欲成中
　　　　央折。瓶沈簪折知奈何？似妾今朝與君別。憶昔在家爲女
　　　　時，人言舉動有殊姿。嬋娟兩鬢秋蟬翼，宛轉雙蛾遠山色。

〔註364〕同前註，頁171～172。
〔註365〕參吳秋慧《唐詩中夫婦情誼之研究》（政治大學中文所碩士論文，
　　　　民國79年），第二章，頁26。
〔註366〕參陳顧遠《中國婚姻史》（臺灣商務印書館，民國72年），第二章，
　　　　頁62。

笑隨戲伴歸後園，此時與君未相識。妾弄青梅憑短牆，君騎白馬傍垂楊。牆頭馬上遙相顧，一見知君即斷腸。知君斷腸共君語，君指南山松柏樹。感君松柏化爲心，暗合雙鬟逐君去。到君家舍五六年，君家大人頻有言，聘則爲妻奔是妾，不堪主祀奉蘋蘩。終知君家不可住，其奈出門無處去！豈無父母在高堂？亦有親情滿故鄉。潛來更不通消息，今日悲羞歸不得。爲君一日恩，誤妾百年身。寄言癡小人家女，愼勿將身輕許人。〔註367〕

同時，妾形同是丈夫的私有財產，往往有依其好惡喜怒，隨意贈人的情形，例如元稹〈葬安氏志〉云：

始辛卯歲，予友致用憫予愁，爲予卜姓而授之。〔註368〕

可知其妾安氏乃是友人所贈。又如李愿以妓崔紫雲贈杜牧，兵部尚書李愿有妓名崔紫雲，愿在東都時會朝士，杜牧以御史分司輕騎徑往，引滿三爵，問：「聞有崔紫雲者孰是？」愿指示之，牧曰：「名不虛傳，宜以見惠」復滿引高吟，旁若無人，愿遂以贈，紫雲臨行有詩：

從來學製裴然詩，不料霜臺御史知。忽見便教隨命去，戀恩腸斷出門詩。〔註369〕

士大夫們以一時的意氣，慷慨相贈，全然沒有考慮到朝夕相伴的恩情，紫雲雖自黯然傷懷，却也不能違背主人的命令。

又有以愛妾和別人換取別的事物者，最有名的就是愛妾換馬。唐詩人中有幾首詩都以〈愛妾換馬〉爲詩題敘述妾、馬不忍別主人的深情，襯出了相對於此的丈夫寡恩，如盧殷〈妾換馬〉：

伴鳳樓中妾，如龍櫪上宛。同年辭舊寵，異地受新恩。香閣更衣處，塵蒙噴草痕。連嘶將忍淚，俱戀主人門。〔註370〕

〔註367〕唐白居易撰《白居易集》（漢京文化事業有限公司，民國 73 年），卷四，頁 85。

〔註368〕唐元稹撰《元稹集》（漢京文化事業有限公司，民國 72 年），卷五八，頁 614。

〔註369〕《全唐詩》（明倫出版社，民國 60 年），卷八〇〇，頁 9003。

〔註370〕前揭書，卷四七〇，頁 5341。

又張祜〈愛妾換馬〉二首：

> 一面妖桃千里啼，嬌姿駿骨價應齊。乍牽玉勒辭金棧，催
> 整花鈿出繡閣。去日豈無沾袂泣，歸時還有頓銜嘶。嬋娟
> 躞蹀春風裏，揮手搖鞭楊柳啼。

> 綺閣香銷華廄空，忍將行雨換追風。休憐柳葉雙眉翠，却
> 愛桃花兩耳紅。侍宴永辭春色裏，趁朝休立漏聲中。恩勞
> 未盡情先盡，暗泣嘶風兩意同。〔註371〕

都顯現了妾的微賤，而〈愛妾換馬〉雖為古樂府雜曲歌辭〔註372〕，
而唐確有此現象，白居易〈公垂尚書以白馬見寄，光潔穩善，以詩謝
之〉一詩有「免將妾換慚來處」〔註373〕，紀唐夫〈驄馬曲〉有「今
日虜平將換妾，不如羅袖舞春風」〔註374〕皆可為證。

妾的地位雖低，但人的感情是很無法理解的，許多妾受到的寵愛
毫不遜於妻，而且往往有僭越妻的情形發生，唐律雖然規定：

> 諸以妻為妾，以婢為妻者，徒二年。以妾及客女為妻，以
> 婢為妾者，徒一年半，各還正之。〔註375〕

但是像曾官至禮部《尚書》的李齊運，以妾為妻，具冕服行禮〔註376〕、
杜佑晚年以妾為夫人〔註377〕，都是知法犯法，在妻亡故後，將妾扶
正的例子。

而從詩中所表現的夫與妾的感情來看，也不乏深情恩愛，如盧東
表侍兒寶梁賓〈雨中看牡丹〉：

〔註371〕前揭書，卷五一一，頁5826；第二首一作陳標詩。
〔註372〕郭茂倩《樂府詩集》（里仁書局，民國69年），卷七三雜曲歌辭：「愛
　　　　妾換馬。樂府解題曰：愛妾換馬，舊說淮南王所作。疑淮南王即劉
　　　　安也。古辭今不傳。」
〔註373〕《白居易集》，卷三四，頁783。
〔註374〕《全唐詩》，卷五四二，頁6257。
〔註375〕唐長孫無忌等撰《唐律疏議》（弘文館出版社，民國75年），卷十
　　　　三，頁256。
〔註376〕後晉劉昫等撰《舊唐書》（鼎文書局，民國74年），卷一三五〈李
　　　　齊運傳〉，頁3730。
〔註377〕前揭書，卷一四七〈杜佑傳〉，頁3983。

東風未放曉泥乾，紅藥花開不耐寒。待得天晴花已老，不如攜手雨中看。〔註378〕

又「喜盧郎及第」：

曉妝初罷眼初瞤，小玉驚人踏破裙。手把紅箋書一紙，上頭名字有郎君。〔註379〕

可見得妾與夫有花同賞，有榮共樂的感情。白居易亦有〈山遊示小妓〉一詩描寫與小妓遊山玩水的樂趣：

雙鬟垂未合，三十纔過半。本是綺羅人，今爲山水伴。春泉共揮弄，好樹同攀玩。笑容花底迷，酒思風前亂。紅凝舞袖急，黛慘歌聲緩，莫唱楊柳枝，無腸與君斷。〔註380〕

至如賈至〈贈薛瑤英〉更寫出丈夫對妾的寵愛之深：

舞怯銖衣重，笑疑桃臉開。方知漢成帝，虛築避風臺。〔註381〕

薛瑤英乃代宗時宰相元載寵姬，《杜陽雜編》記載：「薛瑤英，攻詩書，善歌舞，僊姿玉質，肌香體輕，雖旋波搖光，飛燕綠珠不能過也。……載納爲姬，處金絲之帳，却塵之褥。其褥出自句驪國，一云是却塵之獸毛所爲也。其色殷鮮，光軟無比。衣龍綃之衣，一襲無一二兩，搏之不盈一握，載以瑤英體輕，不勝重衣，故於異國，以求是服也。」〔註382〕元載當國，橫徵聚斂，權傾一時，生活奢靡，對愛姬的疼寵，更是不惜揮霍。賈至爲元載好友，見而乃有此作。又如皇甫冉〈同李蘇州傷美人〉：

玉珮石榴裙，當年嫁使君，專房獨見寵，傾國眾皆聞……〔註383〕

同樣見美人之專房得寵，炙手可熱。

〔註378〕《全唐詩》，卷七九九，頁8994。

〔註379〕同前註。

〔註380〕《白居易集》，卷二九，頁662。

〔註381〕《全唐詩》，卷二三五，頁2597。

〔註382〕唐蘇鶚《杜陽雜編》（許文豐書局，叢書集成新編八之冊）卷上，頁151～152。

〔註383〕《全唐詩》，卷二四九，頁2796～2797。

　　除了同歡樂，逆境相守相依的情形亦頗不少見，如王建〈代故人新姬侍疾〉云：

　　　　雙轂不回轍，子疾已在旁。侍坐常搖扇，迎醫暫下床。新
　　　　施箱中幔，未洗來時妝。奉君纏綿意，願君莫相忘。〔註384〕

才剛入門就盡心地擔負重任，病榻旁寸步不移地親自侍奉主人，一片殷勤，爲的是「永以爲好」。姬妾地位卑下，往往僅能承歡，而不能有長相廝守的奢望，此新姬則還盼求「共苦」之誠，能夠感動主人，獲得「永不相忘」的報償。

　　並不是所有人家的侍妾都如此柔順認命，韋莊〈贈姬人〉：

　　　　莫恨紅裙破，休嫌白屋低，請看京與洛，誰在舊香閨。〔註385〕

婉勸的口氣，分明姬人侍寵而驕，對目前的處境極不滿意。

　　夫與妾感情的變異，除因丈夫的喜新厭舊而失寵外，往往也因妾的朝三暮四。李賀有〈謝秀才有妾縞練，改從於人，秀才引留之不得，後生感憶，座人製詩朝誚，賀復繼四首〉云：

　　　　誰知泥憶雲，望斷梨花春。荷絲製機練，竹葉剪花裙。月
　　　　明啼阿姊，燈暗會良人。也識君夫婿，金魚挂在身。

　　　　銅鏡立青鸞，燕脂拂紫綿。腮花弄暗粉，眼尾淚侵寒，碧
　　　　玉破不復，瑤琴重撥絃。今日非昔日，何人敢正看。

　　　　洞房思不禁，蜂子作花心。灰暖殘香柱，髮冷青蟲簪。夜
　　　　遙燈焰短，睡熟小屏深。好作鴛鴦夢，南城罷搗碪。

　　　　尋常輕宋玉，今日嫁文鴦。戟幹橫龍簴，刀環倚桂窗。邀
　　　　人裁半袖，端坐據胡牀。淚溼紅輪重，栖烏上井梁。〔註386〕

縞練已然改嫁，而謝秀才依然思念不已，眾人皆嘲誚，李賀則深寓同情，全詩不由秀才的思念著手，而反寫縞練的悔恨感憶。第一首云縞

〔註384〕前揭書，卷二九七，頁3372。
〔註385〕唐韋莊撰、李誼校注《韋莊集校注》（四川省社會科學院出版社，1986年），〈補遺〉，頁411。
〔註386〕唐李賀撰、葉蔥奇校注《李賀詩集》（里仁書局，民國71年），卷三，頁170～174。

練想念秀才，如泥憶雲，徒自惘然，雖極盡盼想，也再無可能，末二句嘲諷她，既爲慕虛榮而改嫁，今得其所哉，又何必思念故夫。二首則說她爲憶故夫而落淚屢污妝扮，然既改嫁便不復重合，思念實爲不智。第三首言獨宿深閨，因思念而坐久不睡，直到夜闌，砧聲停歇才上床，期夢中一會，聊慰相思。第四首後悔從前輕慢丈夫，與今日新夫的粗俗魯莽一較之下，益知前夫的好，但悔復何益，惟淚溼紅巾歎「彩鳳隨鴉」了。

　　也有因暫時分離而致妾從他人者，如房千里初上第，遊嶺徽，有進士韋滂自南海邀趙氏來，爲房妾，而房西上京都，調於天官，乃與趙別，約中秋爲會期，趙極悵戀，房曾抒詩寄情，詩云：

> 鸞鳳分飛海樹秋，忍聽鐘鼓越王樓。只應霜月明君意，緩撫瑤琴送我愁。山遠莫教淚雙盡，雁來空寄八行幽。相如若返臨邛市，畫舸朱軒萬里遊。〔註387〕

其後房遣人訪之，而竟已從韋矣，傷感之餘，趙亦有詩〈寄情〉：

> 春風白馬紫絲韁，正值蠶娘未採桑。五夜有心隨暮雨，百年無節抱秋霜。重尋繡帶朱藤合，却忍羅裙碧草長。爲報西遊減離恨，阮郎纔去嫁劉郎。〔註388〕

此以別後難以守節而改從韋滂，有些竟以思念成疾而致死的。如《全唐詩》載，歐陽詹遊太原，悅一妓，約至都相迎，別後，妓思之，疾甚，乃刃髻作詩寄詹，絕筆而逝，詩云：

> 自從別後減容光，半是思郎半恨郎。欲識舊來雲髻樣，爲奴開取縷金箱。〔註389〕

深情款款，令人惋歎。

　　另外還有因夫逾期未歸而妾爲他人所納者。如《全唐詩》引《盧氏雜記》云：江陵寓居士子，忘其姓名，有美姬，甚貧，去遊交廣間，

〔註387〕《全唐詩》，卷五一六，頁 5900～5901。
〔註388〕《全唐詩》，卷八〇〇，頁 9005；趙氏此詩亦見載於范攄《雲谿友議》
　　　　卷上，但與《全唐詩》所錄，文字小有差異。
〔註389〕《全唐詩》，卷八〇二，頁 9024。

戒其姬曰：「我若五年不歸，任爾改適」去後五年未歸，姬遂爲前刺
史所納，在高麗坡底。及明年歸，已失姬所在，尋訪知處，遂爲詩寄
之，刺史見詩，給一百千及資裝，遣還士子。詩云：

　　陰雨冪冪下陽臺，惹著襄王更不迴。五度看花空有淚，一
　　心如結不曾開。纖蘿自合依芳樹，覆水寧思反舊杯。惆悵
　　高麗坡底宅，春光無復下山來。〔註390〕

又有以貧故鬻婢，却終思慕無已者，如《雲谿友議》載：崔郊寓
居漢上，有婢端麗，善音律，姑貧，鬻婢于連帥，給錢四十萬，而寵
眄彌深，郊思慕無已，即強親府署願一見焉，其婢因寒食來從事家，
值郊立於柳陰，馬上連泣，誓若山河，贈之以詩曰：

　　公子王孫逐後塵，綠珠垂淚滴羅巾。侯門一入深如海，從
　　此蕭郎是路人。

路人或有嫉郊者，寫其詩于座，帥覩詩令召崔生，及見郊，握手曰：
「侯門一入深如海，從此蕭郎是路人」便是公製作也，四百千小哉，
何靳一書不早相示。遂命婢同歸，至於幃幌奩匣悉爲增飾之。〔註391〕

　　還有一種情形是妾爲尊者奪占，不捨而思念者，如戎昱〈送妓赴
于公召〉：

　　寶鈿香蛾翡翠裙，裝成掩泣欲行雲，殷勤好取襄王意，莫
　　向陽臺夢使君。〔註392〕

雖不捨而未敢形於色，只能說點反話來發洩。又如韋洵美赴鄞都羅紹
威辟爲從事，紹威聞其妾崔素娥姝麗，逼獻之，素娥爲詩以別，詩云：

　　妾閉閒房君路歧，妾心君恨兩依依。神魂倘遇巫娥伴，猶
　　逐朝雲暮雨歸。

洵美亦以詩答云：

　　別漢離群自古聞，此心難捨意難論。承恩必若頒時服，莫

〔註390〕前揭書，卷七八四，頁8852；此詩尤褒《全唐詩話》卷六亦載，文
　　　　字與此小有差異。
〔註391〕唐范攄《雲溪友議》（新文豐書局）卷上。又《全唐詩話》卷四、
　　　　宋王讜《唐語林》卷四亦載此事。
〔註392〕《全唐詩》，卷二七〇，頁3023

　　　　使霑霑有淚痕。

其夜洵美獨宿長吁，有同行者問知其事，歘然而去。至三更，以皮囊貯素娥至，洵美遂挾以他遁〔註393〕。從這兩首詩露的深情捨與溫柔關懷可見彼此感情之堅固。

　　至於《朝野僉載》卷二所載喬知之與碧玉的故事則是同樣為尊者奪，乃竟悲劇收場，其載云：周補闕喬知之有婢碧玉姝豔，能歌舞，有文華，知之時幸之，為之不婚。偽魏王武承嗣暫借教姬人粧梳，納之，更不放還，知之乃作〈綠珠怨〉以寄之，其詞曰：

　　　　石家金谷重新聲，明珠十斛買娉婷。此日可憐偏自許，此
　　　　時歌舞得人情。君家閨閣不曾關，好將歌舞借人看。意氣
　　　　雄豪非分理，驕矜勢力橫相干。辭君去君終不忍，徒勞掩
　　　　淚傷鉛粉。百年離恨在高樓，一代紅顏為君盡。

碧玉讀詩，飲泣不食，三日，投井而死。承嗣撩出屍於裙帶上得詩，大怒，乃諷羅織人告之，遂斬知之於南市，破家籍沒〔註394〕。喬知之此詩敘兩人情意相得相知，而自己則慷慨無私，然強豪橫奪，拆散兩人，末藉金谷園事以抒悲，碧玉不負知之，乃投井殉情，而知之亦以此見殺，有情男女，足為痛哭。

　　另外有因戰亂失散，而妾堅心自持者，如許堯佐〈柳氏傳〉記載韓翊與妾柳氏的故事。蓋韓翊省家而逢盜覆二京，柳氏乃剪髮毀形，寄跡法靈寺，及翊歸，遣使間行求之，以練囊盛麩金，題之曰：

　　　　章臺柳，章臺柳！昔日青青今在否？縱使長條似舊垂，也
　　　　應攀折他人手。

柳氏捧嗚咽，答之曰：

　　　　楊柳枝；芳菲節，所恨年年贈離別，一葉隨風忽報秋，縱
　　　　使君來豈堪折。

其後柳氏為蕃將沙吒利劫歸專寵，翊失柳氏，欷想不止，後遇強者為

<hr>

〔註393〕前揭書，卷八〇〇，頁9006。
〔註394〕張鷟《朝野僉載》（四庫全書本，台灣商務印書館），卷二。唐孟棨
　　　　《本事詩》〈情感第一〉亦載此事，唯婢名碧玉作窈娘。

之奪回，爲夫婦如初。〔註395〕離散多年，柳氏吃盡苦頭，而丈夫竟懷疑她的貞節，無怪乎她要用「縱始君來豈堪折」自誓清白了。

另外還有夫將妾放歸的情形，放歸不同於贈人、換馬或賣錢等無情薄倖之舉，而是丈夫基於多年相伴的情份，因更深的關懷而主動放棄姬妾的擁有權，讓妾可以自由地歸家或另適他人，這些丈夫多半年老衰病，美色當前亦無福消受，故不願耽誤姬妾的青春，如顧況〈宜城放琴客歌〉：

> 佳人玉立生此方，家住邯鄲不是娼。頭髻鬌鬌手爪長，善撫琴瑟有文章。新妍籠裙龍母光，朱絃綠水喧洞房。忽聞斗酒初決絕，日暮浮雲古離別。巴猿啾啾峽泉咽，淚落羅衣顏色暍。不知誰家更張設，絲履牆偏釵股折。南山闌干千丈雪，七十非人不暖熱。人情厭薄古共然，相公心在持事堅。上善若水任方圓，憶昨好之今棄捐。服藥不如獨自眠，從他更嫁一少年。〔註396〕

詩前有序曰：「琴客，宜城〔註397〕愛妾也，宜城請老，愛妾出嫁，不禁人之欲而私耳目之娛，達者也，況承命作歌。」讚宜城（柳渾）此舉開闊通達。詩中充滿分離的傷感，然而並無悲怨，只因相處情深，兩相不捨，末云人情澆薄，而柳渾獨能堅持自己合乎人性的想法，任琴客改嫁少年，誠屬難能可貴。與此類似的有司空曙〈病中嫁女妓〉：

> 萬事傷心在目前，一身垂淚對花筵。黃金用盡教歌舞，留與他人樂少年。〔註398〕

雖感傷自己老邁衰病，卻能有胸襟拋却私心與不捨。「留與他人樂少年」，誠可讚賞。

除此之外，白居易欲放樊素、小蠻二妓之事亦頗傳頌，文宗開成四年（839），居易以六十八之年得病風之症，爲錄家事、會經費、去

〔註395〕《全唐詩》，卷八○○，頁8998；又參唐許堯佐〈柳氏傳〉，汪辟疆輯《唐人傳奇小說》（文史哲出版社，民國72年），頁52～55。
〔註396〕《全唐詩》，卷二六五，頁2946～2947。
〔註397〕詩題下原有小註云：「柳渾封宜城縣伯」，故此「宜城」即指柳渾也。
〔註398〕《全唐詩》，卷二九二，頁3324。

長物，乃賣馬放妓，臨別，作〈別柳枝〉云：

> 兩枝楊柳小樓中，嫋嫋多年伴醉翁。明日放歸歸去後，世間應不要春風。〔註399〕

詩裏充滿哀戀無奈之情，而樊素感十年深恩，再拜長跪致辭而不忍去〔註400〕，竟反閨而不放。可見放歸姬妾，或夫或妾離免舊情依依，戀昔感恩。

至於夫或妾任何一方亡故後，另一半的表現又如何呢？如會稽宰韓嵩死後，其妾王霞卿流落其地，嘗題詩於君安寺壁閣，序云：「瑯琊王氏霞卿，光啓三年，陽春二月，登於是閣，臨軒軫恨，覩物增悲，雖看煥爛之花，但比淒涼之色，時有輕綃捧硯，小玉看題」，詩云：

> 春來引步暫尋遊，愁見風光倚寺樓。正好開懷對煙月，雙眉不覺月如鉤。

進士鄭殷彝見詩，和而求謁，詩云：

> 題詩仙子此曾遊，應是尋春別鳳樓。賴得從來未相識，免教錦帳對銀鉤。

王霞卿答詩拒之云：

> 君是煙宵折桂身，聖朝方切用儒珍。正堪西上文戰場，空向途中泥婦人。〔註401〕

義正詞嚴地拒絕了鄭殷彝，足見其對亡夫感憶之情深。而又如徐州張尚書建封有愛妓關盼盼，張歿，盼盼念舊愛而不嫁，居舊第燕子樓十年，有〈燕子樓三首〉抒獨居之情：

> 樓上殘燈伴曉霜，獨眠人起合歡牀。相思一夜情多少，地角天涯未是長。

> 北邙松柏鎖愁煙，燕子樓中思悄然。自埋劍履歌塵散，紅袖香消一十年。

> 適看鴻雁岳陽迴，又覩玄禽逼社來。瑤瑟玉簫無意緒，任

〔註399〕《白居易集》，卷三五，頁790。

〔註400〕參前揭書，卷七一〈不能忘情吟〉，頁1501。

〔註401〕《全唐詩》，卷七九九，頁8993。

從蛛網任從灰。〔註402〕

三詩皆述盼盼自夫亡後，意緒寥落，不歌不舞不樂，惟餘無盡追憶相思之情在支撐著她。其後司勳員外郎張仲素訪白居易，偶吟此作，並述盼盼始末，居易感動之餘，有〈和燕子樓三首〉詩云：

> 滿窗明月滿簾霜，被冷燈殘拂臥牀。燕子樓中霜月夜，秋來只爲一人長。

> 鈿暈羅衫色似煙，幾回欲著即潸然。自從不舞霓裳曲，壓在空箱十一年。

> 今春有客洛陽回，尚到尚書墓上來。見說白楊堪作柱，爭教紅粉不成灰。〔註403〕

又作〈感故張僕射諸妓〉一詩，後仲素以之示盼盼：

> 黃金不惜買蛾眉，揀得如花三四枝。歌舞教成心力盡，一朝身去不相隨。〔註404〕

詩中明顯責備盼盼空自守節，而不從死，盼盼得詩，反覆讀之，泣曰：「自公薨背，妾非不能死，恐百載之後，以我公重色，有從死之妾，是玷我公清範也，所以偷生耳。」，乃和云：

> 自守空樓斂恨眉，形同春後牡丹枝。舍人不會人深意，訝道泉臺不去隨。〔註405〕

後怏怏旬日，不食而卒〔註406〕。關盼盼雖一介婢妓，然知成全丈夫的清範，而以苦節守志表其堅心，白舍人不知其意，乃責以不從死，則盼盼又自明而後赴死，高風亮節，令人感佩。

若是妾亡，亦每見夫之深情痛悼，如韋莊有〈悼亡姬〉：

> 鳳去鸞歸不可尋，十洲仙路彩雲歸。若無少女花應老，爲有姮娥月易沈。竹葉豈能消積恨，丁香空解結同心。湘江水闊蒼梧遠，何處相思弄舜琴。

〔註402〕前揭書，卷八○二，頁9023。
〔註403〕《白居易集》，卷十五，頁311～312。
〔註404〕前揭書，卷十三，頁260。
〔註405〕《全唐詩》，卷八○二，頁9023。
〔註406〕同註403。

〈獨吟〉：

> 默默無言惻惻悲，閒吟獨傍菊花籬。只今只作經年別，此
> 後知爲幾歲期。開篋每尋遺念物，倚樓空綴悼亡詩。夜來
> 孤枕空斷腸，窗月斜輝夢覺時。

〈悔恨〉：

> 六七年來春又秋，也同歡笑也同愁。纔聞及第心先喜，試
> 說求婚淚便流。幾爲妒來頻斂黛，每思閒事不梳頭。如今
> 悔恨將何益，腸斷千休與萬休。

〈虛席〉：

> 一閉香閨後，羅衣盡施僧。鼠偷筵上果，蛾撲帳前燈。土
> 蝕釵無鳳，塵生鏡少菱。有時還影響，花葉曳香繒。

〈舊居〉：

> 芳草又芳草，故人楊子家。青雲容易散，白日等閒斜。皓
> 質留殘雪，香魂逐斷霞，不知何處笛，一夜叫梅花。〔註407〕

五首皆悼亡姬之作，由其中我們可以看出韋莊與此姬共同生活的六、七年中，共同歡笑共同愁，留予詩人多深的懷念，而姬以年輕皓質即亡故，也帶給詩人椎心的憾恨。又如楊虞卿有〈過小妓英英墓〉：

> 蕭晨騎馬出皇都，聞說埋冤在路隅。別我已爲泉下土，思
> 君猶似掌中珠。四弦品柱聲初絕，三尺孤墳草已長。蘭質
> 蕙心何所在，焉知過者是狂夫。〔註408〕

愛妓已亡故多時，而詩人思念猶如掌上珍珠，然生死幽隔，泉下人焉知狂夫這片心意，傷感之情畢現。英英之死，當時有多人和作悼亡詩，如劉禹錫〈和楊師皋給事傷小妓英英〉：

> 見學胡琴見藝成，今朝追想幾傷情。撚弦花下呈新曲，放
> 撥燈前謝改名。但是好花皆易落，從來尤物不長生。鸞臺
> 夜直衣衾冷，雲雨無因入紫城。〔註409〕

〔註407〕以上諸詩見《韋莊集校注》，〈補遺〉，頁 413～416，此五首詩一本
　　　　作〈悼亡姬五首〉。

〔註408〕《全唐詩》，卷四八四，頁 5498。

〔註409〕前揭書，卷三六○，頁 4066。

從英英擅彈琵琶寫起,而哀歎其空有絕異才華却不得長生,最後寫楊
氏孤枕難眠,益見悲涼。又如白居易〈和楊師皋傷小妓英英〉:

> 自從驕騃一相依,共見楊花七度飛。玳瑁牀空收枕席,琵
> 琶弦斷倚屏幃。人間有夢何曾入,泉下無家豈是歸。墳上
> 少啼留取淚,明年寒食更沾衣。〔註410〕

假楊氏口吻述說妾亡後的淒涼,末句是勸楊節哀之意。又姚合有〈楊
給事師皋哭亡姬英英,竊聞詩人多賦,因而繼和〉云:

> 眞珠爲土玉爲塵,未識遙聞鼻亦辛。天上還應收至寶,世
> 間難得是佳人。朱絲自斷虛銀燭,紅粉潛銷冷繡裀。見說
> 忘情惟有酒,夕陽對酒更傷情。〔註411〕

雖然不識英英,但遙聞悼亡之作已自鼻酸,全詩爲解勸楊氏莫太過神
傷之意。全唐詩中另有許多悼亡姬、妾的詩篇,其中多爲代作、和作,
僅舉兩首以見,如溫庭筠〈和友人傷歌姬〉:

> 月缺花殘莫愴然,花須終發月終圓。更能何事銷芳念,亦
> 有濃華委逝川。一曲豔歌留婉轉,九原春草妬嬋娟。王孫
> 莫學多情客,自古多情損少年。〔註412〕

劉滄〈代友人悼姬〉:

> 羅帳香微冷錦裀,歌聲永絕想梁塵。蕭郎獨宿落花夜,謝
> 女不歸明月春。青鳥罷傳相寄字,碧江無復採蓮人。滿庭
> 芳草坐成恨,迢遞蓬萊入夢頻。〔註413〕

大抵而言,悼姬之作,多由其絕色、絕藝及丈夫嬌寵眷愛之情著筆,
充滿惆悵,却少及其德性,這是與悼妻之作極大的不同。

至於皇宮內天子與妃嬪的感情亦頗值一提,在相歡相得之際情意
綢繆其樂未央,如唐玄宗之於楊貴妃,李白〈清平調詞三首〉云:

> 雲想衣裳花想容,春風拂檻露華濃。若非羣玉山頭見,會
> 向瑤臺月下逢。

〔註410〕《白居易集》,卷二六,頁605。
〔註411〕《全唐詩》,卷五○二,頁5711〜5712。
〔註412〕前揭書,卷五七八,頁6726。
〔註413〕前揭書,卷五八六,頁6800。

一枝紅豔露凝香，雲雨巫山枉斷腸。借問漢宮誰得似，可憐飛燕倚新妝。

名花傾國兩相歡，長得君王帶笑看。解釋春風無限恨，沈香亭北倚闌干。〔註414〕

白居易〈長恨歌〉：

……承歡侍宴無閒暇，春從春遊夜專夜。後宮佳麗三千人，三千寵愛在一身。金屋妝成嬌侍夜，玉樓宴罷醉如春……驪宮高處入青雲，仙樂風飄處處聞。緩歌慢舞凝絲竹，盡日君王看不足……〔註415〕

杜牧〈過華清宮絕句三首〉之一與之三：

長安回望繡成堆，山頂千門次第開。一騎紅塵妃子笑，無人知是荔枝來。

萬國笙歌醉太平，倚天樓殿月分明。雲中亂拍祿山舞，風過重巒下笑聲。〔註416〕

鄭嵎〈津陽門詩〉：

……三郎紫笛弄煙月，怨如別鶴呼羈雌。玉奴琵琶龍香撥，倚歌促酒聲嬌悲……〔註417〕

註云：「上皇善吹笛，常寶一紫玉管，貴妃妙彈琵琶，此樂器聞於人間者，有邏逤檀爲槽，龍香柏爲撥者，上每執酒卮，必令迎娘歌水調曲遍，而太眞輒彈弦倚歌，爲上送酒。內中皆以上爲三郎，玉奴乃太眞小字也。」這些詩都可見玄宗與貴妃的歡笑同樂。

此外後蜀嗣主孟昶寵花蕊夫人，亦爲後世津津樂道，孟昶〈避暑摩訶池上作〉即是描寫兩人夏夜相對的情景：

冰肌玉骨清無汗，水殿風來暗香滿。簾開明月獨窺人，欹枕釵橫雲鬢亂。起來瓊戶寂無聲，時見疏星渡河漢，屈指

〔註414〕唐李白撰、瞿蛻園等校注《李白集校注》（里仁書局，民國70年），卷五，頁389～393。

〔註415〕《白居易集》，卷十二，頁238。

〔註416〕《全唐詩》，卷五二一，頁5954。

〔註417〕前揭書，卷五六七，頁6562。

西風幾時來,只恐流年暗中換。〔註418〕

佳人之氣息風姿,歌舞歡樂後之釵橫鬢亂,而星斗移轉,靜夜無語,惟惜流光速,益見樂未央。花蕊夫人本身擅製宮詞,留下不少後蜀宮中盡日作樂的細膩記錄,如:

> 管絃聲急滿龍池,宮女藏鉤夜宴時。好是聖人親捉得,便將濃墨掃雙眉。

> 禁裏春濃蝶自飛,御蠶眠處弄新絲。碧窗盡日教鸚鵡,念得君王數首詩。〔註419〕

又如南唐後主李煜〈一斛珠〉:

> 曉妝初過,沈檀輕注些個兒,向人微露丁香顆,一曲清歌,暫引櫻桃破。羅袖裛殘殷色可,杯深旋被香醪涴,繡牀斜憑嬌無那,爛嚼紅茸,笑向檀郎唾。〔註420〕

將清歌佳人天真爛漫,嬌態阿娜,承歡侍寵的情態描繪得如在目前。

宮庭內的恩寵往往來之也疾去之亦速,即便正當歡愛也有可能因忤上意而立被斥逐,故伴君常如伴虎,《唐詩紀事》載太宗召徐賢妃,久不至,怒生,徐賢妃因進詩云:

> 朝來臨鏡臺,粧罷暫徘徊,千金始一笑,一召詎能來。〔註421〕

太宗見詩怒氣乃消,一顆明慧的詩心,化解了一場危機。

宮裏的感情既然是「用不用,唯一人」,那麼在「三千寵愛於一身」之際,舊日得幸的佳人就只得退居長門,開始永無止盡的等待,往往「長門一步地,不肯暫回車」,就這麼不再有面幸君王的機會。如江采蘋曾是玄宗御前最得寵的妃子,自楊玉環入宮後,以其善妒,竟不得再見玄宗一面,然而有天皇上在花萼樓,忽憶江妃,又怕貴妃吃醋,只能封珍珠一斛,密賜江妃,然而她不肯接受,有〈謝賜

〔註418〕前揭書,卷八,頁80。

〔註419〕前揭書,卷七九八,頁8974～8975。

〔註420〕張璋、黃畬編《全唐五代詞》(文史哲出版社,民國75年),頁451。

〔註421〕宋計有功《唐詩紀事》(鼎文書局,民國67年),卷三〈徐賢妃〉,頁30。

珍珠〉一詩表達心意，云：

> 桂葉雙眉久不描，殘妝和淚污紅綃。長門盡日無梳洗，何
> 必珍珠慰寂寥。〔註422〕

意思是說君王心意既遠，徒遣珍珠，那能解慰寂寞於萬分之一，語含
幽怨，透露著對宮廷競爭的無力挽回。

　　大限來時，君王與嬪妃在飄搖之中見出眞情，如玄宗與貴妃安史
亂起倉惶西走，白居易〈長恨歌〉云：

> ……漁陽鼙鼓動地來，驚破霓裳羽衣曲。九重城闕煙塵生，
> 千乘萬騎西南行。翠華搖搖行復止，西出都門百餘里。六
> 軍不發無奈何，宛轉蛾眉馬前死。花鈿委地無人收，翠翹
> 金雀玉搔頭。君王掩面救不得，迴看血淚相和流……〔註423〕

在歡樂之餘引致了可怕的戰禍，軍臣要求賜貴妃死以謝天下，玄宗無
奈，只得眼睜睜看愛妃死在自己眼前，這一幕成了畢生最大的痛苦，
導致他對貴妃終生不能忘情。而同樣沈溺於歌舞之中的後蜀，國亡之
際，花蕊夫人再無昔日的嬌態，異國俘虜的命運難測，她一時變得義
憤塡膺，有〈述國亡詩〉云：

> 君王城上豎降旗，妾在深宮那得知，十四萬人齊解甲，寧
> 無一個是男兒。〔註424〕

氣急敗壞之餘，他對那些頃刻便解甲倒戈的戰士嚴加唾棄，至於君
王，她却絲毫無言以對了。

　　悼念之情，在君王與妃子之間，可見的有玄宗對貴妃，據新書載：
「及西幸至馬嵬，陳玄禮等以天下計，誅國忠，已死，軍不解，帝遣
力士問故，曰：禍本尚在，帝不得已，與妃訣，引而去，縊路祠下，
裹屍以紫茵，瘞道側，年三十八。帝至自蜀，道過其所，使祭之，且
詔改葬。禮部侍郎李揆曰：龍武將士以國忠負上速亂，爲天下殺之。
今喪妃，恐反仄自疑，帝乃止。密遣中使者具棺槨它葬焉。啓瘞，故

〔註422〕《全唐詩》，卷五，頁64。
〔註423〕《白居易集》，卷十二，頁238。
〔註424〕《全唐詩》，卷七九八，頁8991。

香囊猶在，中人以獻，帝視之，悽感流涕，命工貌妃於別殿，朝夕往，必爲鯁欷。」〔註425〕可見貴妃死後，玄宗對她的悲戚哀感，雖然她未有悼貴妃的文字，但詩人紛紛據情代寫，其中以白居易〈長恨歌〉最著：

　　……黃埃散漫風蕭索，雲棧縈紆登劍閣。峨嵋山下少人行，旌旗無光日色薄。蜀江水碧蜀山青，聖主朝朝暮暮情。行宮見月傷心色，夜雨聞鈴斷腸聲。天旋地轉迴龍馭，到此躊躇不能去。馬嵬坡下泥土中，不見玉顏空死處。君臣相顧盡霑衣，東望都門信馬歸。歸來池苑皆依舊，太液芙蓉未央柳，芙蓉如面柳如眉，對此如何不淚垂？桃李春風花開夜，秋雨梧桐葉落時。西宮南苑多秋草，落葉滿階紅不掃。梨園弟子白髮新，椒房阿監青娥老。夕殿螢飛思悄然，孤燈挑盡未成眠。遲遲鐘鼓初長夜，耿耿星河欲曙天。鴛鴦瓦冷霜華重，翡翠衾寒誰與共？悠悠生死別經年，魂魄不曾來入夢。臨邛道士鴻都客，能以精誠致魂魄。爲感君王輾轉思，遂教方士殷勤覓。排空馭氣奔如電，昇天入地求之遍。上窮碧落下黃泉，兩處茫茫皆不見。忽聞海上有仙山，山在虛無縹緲間。樓閣玲瓏五雲起，其中綽約多仙子。中有一人字太眞，雪膚花貌參差是。金闕西廂叩玉扃，轉教小玉報雙成。聞道漢家天子使，九華帳裏夢魂驚。攬衣推枕起徘徊，珠箔銀屏迤邐開。雲鬢半偏新睡覺，花冠不整下堂來。風吹仙袂飄飄舉，猶似霓裳羽衣舞。玉容寂寞淚闌干，梨花一枝春帶雨。含情凝睇謝君王，一別音容兩渺茫。昭陽殿裏恩愛絕，蓬萊宮中日夜長。迴頭下望人寰處，不見長安見塵霧。唯將舊物表深情，鈿合金釵寄將去。釵留一股合一扇，釵擘黃金合分鈿。但令心似金鈿堅，天上人間會相見。臨別殷勤重寄詞，詞中有誓兩心知。七月七日長生殿，夜半無人私語時。在天願作比翼鳥，在地

〔註425〕宋歐陽修、宋祁撰《新唐書》（鼎文書局，民國74年），卷七六〈后妃・楊貴妃傳〉，頁3495。

　　　　願爲連理枝。天長地久有時盡，此恨綿綿無絕期。〔註426〕
詩裏雖用了一些傳說，玄異而不可信，但是的確將玄宗對妃無盡的思
念表達得眞摯而動人。玄宗與貴妃的感情由生到死，不易其心，正因
其深刻動人，詩人往往藉景抒其感想，只是多不超過居易此作，如張
祐〈南宮歎亦述玄宗追恨太眞妃事〉：

　　　北陸初結冰，南宮漏更長。何勞却睡草，不厭返魂香。月
　　　隱仙娥豔，風殘夢蝶揚。徒悲舊行迹，一夜玉階霜。〔註427〕

溫庭筠〈馬嵬驛〉：

　　　穆滿曾爲物外遊，六龍經此暫淹留。返魂無驗青煙滅，埋
　　　血空生碧草愁。香輦却歸長樂殿，曉鐘還下景陽樓。甘泉
　　　不復重相見，誰道文成是故侯。〔註428〕

　　此外全唐詩尚有玄宗所作〈題梅妃畫眞〉一首，爲悼念江彩蘋之
作，詩云：

　　　憶昔嬌妃在紫宸，鉛華不得御天眞。霜綃雖似當時態，爭
　　　奈嬌波不顧人。〔註429〕

　　綜合以上整個附論所言，我們可以看出夫與妾的關係雖有較大的
分合變動，但是詩的内容多半寫歡樂的場面，或歌或舞或遊或宴，甚
少及於生活中其他，可見妾本爲承歡的特性，而不管夫亡或妾亡，表
現在詩裏的感情皆十分悵惘悲痛，尤其夫亡後，如韓嵩之妾及關盼盼
皆頗有守節的志慨，足見雖卑微似妾，往往亦有「以夫爲天」的貞節
觀念。

〔註426〕《白居易集》，卷十二，頁238〜239。
〔註427〕《全唐詩》，卷五一〇，頁5814。
〔註428〕前揭書，卷五七八，頁6721。
〔註429〕前揭書，卷三，頁41。

第三章　父子倫理詩的內容分析

　　父子天性，自然流露，誠如陶潛詩「斯情無假」〔註1〕，但中國古代一向却並不特別強調慈幼，而將重點放在孝道的弘揚與發闡上頭。如《孝經》整本書都專門講孝道，《論語》十七篇不乏談孝的子目，正史從《晉書》以下十六種都立有孝友、孝義、孝感等傳，各家集、訓蒙書也總以孝為大宗。至於豐富的民間故事、戲劇、歌謠等如最有名的「目蓮救母」故事更是大力歌頌孝道，整個文化中重視孝，已將之視為一切德行的根本。《孝經》五刑章云：「五刑之屬三千，而罪莫大於不孝」，最大逆不道的事非不孝莫屬了。孝已經非但是一種思想、一種學說，而且是中國人的生活，其所涵蓋的層面，不只在塵世之內，亦且及於方外。

　　中國人對孝道何以如此看重？王夢鷗先生在〈禮記與鄭玄〉一文中有精闢的看法：「本來對於幼年的照顧，可能還是動物的通性，所以連莊子也說到『虎狼，仁也』的話，這就不能說是人類特優的表現，……禮記既以三分之一的篇幅討論人生從開始階段至於成人階段，要如何發揮個人的愛心與能力，為社會人羣建立幸福的生活環境，因此，必然要設想到人們的結束階段，應該受到怎樣良好的報酬。如果這種報酬是冷酷無情的待遇，則將使人人發覺到人生的究竟不但

〔註 1〕　《陶淵明集》（里仁書局，民國71年），卷一〈命子〉詩，頁29。

是虛空的，而且是殘酷的，如果蕭條慘淡的老境活現在個個壯年人的眼前，則使壯年人所得到的警覺，不是頹廢，就是自暴自棄趨向於反社會的行爲。因此，他們設想到養老一層，正是與其鼓勵壯年努力的理論互相呼應的建議。這建議也是把人生的結束階段如意修飾，使活著的人們有個美麗的希望留在後頭。禮記中，有許多是荀子一派的言論，他們主張藉人類的能力來補救天然的缺憾。慈愛之心是天然的，然而孝悌之行，則是用人類的理性來彌補天然之所以不足，這樣才能使人類不全受天然的控制而跳出動物的生活圈子，趨向於美滿的人生。」〔註2〕王先生所言確稱高論，而羅師宗濤更從另一個角度加以補充，謂「慈幼是向下延伸的倫理，孝親則是向上推展的倫理，雙向溝通，更加周密，上下交通，應該益爲安泰。」〔註3〕將父子之間倫理親情的實際需要揭示得一目了然。確實以慈幼的天然之心培育後代，再輔以孝親的後天修爲安養父母的晚年，正是最圓融的人生境界。

　　唐詩之中，或感念親恩、承歡膝下；或爲人父母、生育喜樂，內容豐富，充分顯示了唐人父子倫理的面貌。以下我分別從父對子的慈幼之愛，以及子對父的孝養之情兩個部分來探討。

第一節　慈幼之愛

一、盼　子

　　「不孝有三，無後爲大」是中國宗法制度下最重要的理念，由於強調香煙的承繼不斷，造成了「重男輕女」的普遍現象。生男曰弄璋，寶貴如金玉；生女稱弄瓦，惟以女紅相期，又子生則射桑弧蓬矢以告四方，三月孩而名之，十年出外就傅，勤加導訓，孔子雖欲遠於鯉也，

〔註2〕《名著與名人》（中央月刊社，民國70年），頁57～58。
〔註3〕羅師宗濤〈中國人之倫理意識－以中國詩歌所表現之倫理觀爲中心－〉，文收入《現代社會與傳統道德論文集》（韓國高麗大學校民族文化研究所，1986年），頁110。

而猶教之以詩禮，皆所以相承先而重後嗣也。因為男孩在家族中有承繼香火的重要地位，因此以「無子」、「盼子」為感的詩篇，也就自然而然源源不斷地出現於詩人筆下。無子之歎，著在篇什，最具代表的是白居易，他集中往往對沒有後嗣，付以輕輕的喟歎，雖然頻頻以身後無憂強自寬解，但掩不住內心的無奈與遺憾，如〈閑坐〉：

> 煖擁紅爐火，閒搔白髮頭。百年慵裏過，萬事醉中休。有室同摩詰，無兒比鄧攸。莫論身在日，身後亦無憂。〔註4〕

〈題文集櫃〉則不免感慨志業無傳人，不得不分付女兒：

> 破柏作書櫃，櫃牢柏復堅。收貯誰家集，題云白樂天。我生業文字，自幼及老年。前後七十卷，小大三千篇。誠知終散失，未忍遽棄捐。自開自鎖閉，置在書帷前。身是鄧伯道，世無王仲宣。只應分付女，留與外孫傳。〔註5〕

至於〈老來生計〉：

> 老來生計君看取，白日遊行夜醉吟。陶令有田唯種黍，鄧家無子不留金。人間榮耀因緣淺，林下幽閑氣味深。煩慮漸銷虛白長，一年心勝一年心。〔註6〕

及〈足疾〉：

> 足疾無加亦不瘳，綿春歷夏復經秋。開顏且酌樽中酒，代步多乘池上舟。幸有眼前衣食在，兼無身後子孫憂。應須學取陶彭澤，但委心形任去留。〔註7〕

都大有任由命運安排，不再去爭去求的意味，白日遊行夜醉吟，只求莫較人間榮耀與是非。雖如此，然而一旦看到別家得男，仍不禁艷羨之情，如〈崔侍御以孩子三日示其所生詩見示，因以二絕和之〉：

> 洞房門上掛桑弧，香水盆中浴鳳雛。還似初生三日魄，嫦娥滿月即成珠。

〔註4〕唐白居易《白居易集》（漢京文化事業有限公司，民國73年），卷十九，頁427。
〔註5〕前揭書，卷三〇，頁682。
〔註6〕前揭書，卷三三，頁739～740。
〔註7〕前揭書，卷三五，頁800。

　　愛惜肯將同寶玉，喜歡應勝得王侯。弄璋詩句多才思，愁

　　煞無兒老鄧攸。〔註8〕

〈見李蘇州示男阿武詩，自感成詠〉：

　　遙羨青雲裏，祥鸞正引雛。自憐滄海畔，老蚌不生珠！〔註9〕

〈題元十八溪亭（原註：亭在廬山東南五老峯下）〉：

　　怪君不喜仕，又不遊州里。今日到幽居，了然知所以。宿

　　君石溪亭，潺溪聲滿耳。飲君螺盃酒，醉臥不能起。見君

　　五老峯，益悔居城市。愛君三男兒，始歎身無子。余方鑪

　　峯下，結室為居士。山北與山東，往來從此始。〔註10〕

若是遇見俱各無兒的朋友，更往往引同病而相憐，如〈夜招周協律兼

答所贈〉：

　　滿眼雖多客，開眉復向誰。少年非我伴，秋夜與君期。落

　　魄俱耽酒，殷勤共愛詩。相憐別有意，彼此老無兒。〔註11〕

白居易與元稹本為神交至友，兩人在「老而無子」的境況上更引為彼

此互慰的同調知己，在他們互相唱和的詩中歷歷可尋，如白居易〈醉

封詩筒寄微之〉：

　　一生休戚與窮通，處處相隨事事同。未死又鄰滄海郡，無

　　兒俱作白頭翁。展眉只仰三杯後，代面唯憑五字中。為向

　　兩川郵吏道，莫辭來去遞詩筒。〔註12〕

元稹〈郡務稍簡因得整比舊詩並連綴焚削封章繁委篋笥僅逾百軸，偶

成自歎，因寄樂天〉：

　　近來章奏小年詩，一種成空盡可悲。書得眼昏朱似碧，用

　　來心破髮如絲。催身易老緣多事，報主深恩在幾時？天遣

　　兩家無嗣子，欲將文集與它誰？〔註13〕

〔註 8〕　前揭書，卷二三，頁 526。
〔註 9〕　前揭書，卷二○，頁 450。
〔註10〕　前揭書，卷七，頁 136。
〔註11〕　前揭書，卷二○，頁 447。
〔註12〕　前揭書，卷二三，頁 505。
〔註13〕　唐元稹《元稹集》（漢京文化事業有限公司，民國 72 年），卷二二，
　　　　　頁 247。

白居易閱詩後乃〈酬微之〉：

> 滿裹填箱唱和詩，少年爲戲老成悲。聲聲麗曲敲寒玉，句
> 句妍辭綴色絲。吟玩獨當明月夜，傷嗟同是白頭時。由來
> 才命相磨折，天遣無兒欲怨誰？〔註14〕

或許惟有「才命相磨折」才能勉強撫平他們心中「天道無親」的傷怨
吧！白居易寫完這首詩還是覺得有滿腹的心事不吐不快，於是〈餘思
未盡，加爲六韻，重寄微之〉云：

> 海內聲華併在身，篋中文字絕無倫。遙知獨對封章草，忽
> 憶同爲獻納臣。走筆往來盈卷軸，除官遞互掌絲綸。制從
> 長慶辭高古，詩到元和體變新。各有文姬才稚齒，俱無通
> 子繼餘塵。琴書何必求王粲，與女猶勝與外人。〔註15〕

白居易與元稹同年科第後即結爲莫逆，兩人詩文往來唱和多達數百
篇，當代無出其右者，兩人詩名又皆高振詩壇，被稱爲元和體。然而
上天竟讓兩家同時無子，而又各有聰慧伶俐的女兒，既有女比文姬總
勝傳外人，故樂天從這個角度又爲元稹打了一劑強心。元稹接書，又
有〈酬樂天餘思不盡加爲六韻之作〉：

> 律呂同聲我爾身，文章君是一伶倫。眾推賈誼爲才子，帝
> 喜相如作侍臣。次韻千言曾報答，直詞三道共經綸。元詩
> 駁雜眞難辨，白樸流傳用轉新。蔡女圖書雖在口，于公門
> 戶豈生塵？商瞿未老猶希冀，莫把籯金便付人。〔註16〕

提氣振拔，自恃爲政多陰德，子孫必有興者，故尙希冀老來得子，而
勸白居易也別急著把貴重如黃金滿籯的一生著作隨便託付給外人
了，從元稹癡心不絕的盼望，我們可以看到「有子承家門」在唐代社
會仍是何等被看重的事，而白居易雖有時會以悟道超然的姿態說出
「金玉滿堂非己物，子孫委蛻是他人」〔註17〕這樣的話，但他也並未

〔註14〕《白居易集》，卷二三，頁503。

〔註15〕同前註。

〔註16〕《元稹集》，卷二二，頁247～248。

〔註17〕《白居易集》，卷三七〈讀道德經〉，頁857。

真能如此豁達，畢竟能夠生一個傳家繼志的兒子，才是中國倫理思想中的圓滿，無怪乎詩人直至白頭仍不忘翹首企盼了。

二、撫　愛

　　父精母血合而孕子，一個孩子的誕生，乃是無盡的神奇與奧秘，爲人父母者對於自己所創造出的小生命，自然而然湧出不悔的愛憐。誠如朱熹所言：

> 人之所以有此身者，受形於母而資始於父，雖有強暴之人，見子則憐，至於襁褓之兒，見父則笑，是果何爲而然哉？
> 初無所爲而然，此父子之道所以爲天性而不可解也。〔註18〕

父子關係誠爲一段不可解釋的夙世緣份，一旦做了父母，沒有不是傾付全部心思，拼盡一切力氣去疼護自己的骨肉。在孩子身上可以看到未來，看到希望，看到生命的延續之美。孟郊有〈子慶詩〉道出了得子的歡慶無涯：

> 王家事已奇，孟氏慶無涯。獻子還生子，羲之又有之。鳳兮且莫歎，鯉也會聞詩。小小豫章甲，纖纖玉樹姿。人來唯仰乳，母抱未知慈。我欲揀其養，放麑者是誰？〔註19〕

看到懷抱中這個除了吃奶什麼都還不懂的小東西，就是整個香火志業的傳人，眞是歡喜不能自勝，就好像天庭裏放出的一隻小仙鹿，無意中爲我所揀養，對老天爺充滿了感激。

　　這種得子的欣喜，在老而無子苦盼多時今朝喜獲麟兒的情形下表現得尤爲徹底，如白居易在五十八歲那年終於盼得一子，而同樣沒有後嗣的元稹在同年也獲一子，其歡喜之情就更溢於言表了。有詩〈予與微之老而無子，發爲詠歎，著在詩篇。今年冬各有一子，戲作二什，一以相賀，一以自嘲〉：

> 常憂到老都無子，何況新生又是兒，陰德自然宜有慶，皇

〔註18〕見《晦庵先生朱公文集》（大化書局，民國74年），卷十二，頁187。
〔註19〕《全唐詩》（明倫出版社，民國60年），卷三八〇〈孟郊九〉，頁4263～4264。

天可得道無知。一圍水竹今爲主，百卷文章更付誰。莫慮
鸂鶒無浴處，即應重入鳳凰池。

五十八翁方有後，靜思堪喜亦堪嗟。一珠甚小（少）還慚
蚌，八（九）子雖多不羨鴉。秋月晚生丹桂實，春風新長
紫蘭芽。持杯祝願無他語，慎忽頑愚似汝爺。〔註20〕

兩人多年飢渴一朝解慰，正是此樂無極。元稹之子取名道保，居易愛
兒則喚崔兒，元稹於道保生三日時，曾有詩歎子幼父老；居易答以〈和
微之道保生三日〉寬慰之：

相看鬢似絲，始作弄璋詩。且有承家望，誰論得力時？莫
興三日嘆，猶勝七年遲。我未能忘喜，君應不合悲。嘉名
稱道保，乞姓號崔兒。但恐持相並，蒹葭瓊樹枝。〔註21〕

蓋居易較微之長七歲，而同年得子，算來微之已較之略勝，故居易云：
「君應不合悲」。居易〈阿崔〉詩又云：

謝病臥東都，羸然一老夫。孤單同伯道，遲暮過商瞿。豈
料鬢成雪，方看弄掌珠。已衰寧望有？雖晚亦勝無。蘭入
前春夢，桑懸昨日弧。里閭多慶賀，親戚共歡娛。膩剃新
胎髮，香繃小繡襦。玉芽開手爪，蘇顆點肌膚。弓冶將傳
汝，琴書勿墜吾。未能知壽夭，何暇慮賢愚？乳氣初離殼，
啼聲漸變雛。何時能反哺？供養白頭烏。〔註22〕

老來得子，且喜復憂，看見孩子一片天真未鑿的模樣，不禁期盼他長
大之後能成大器不墜家聲。然而翻然轉想孩子還這麼小，也不知是壽
是夭，七早八早掛慮他成不成材似乎操心太過。話雖如此，看到孩子
一點一點地長大，仍然心中竊喜，不知他那一天能反哺回饋，奉養我
這老頭子呢。白居易對崔兒疼惜有加，時時撫弄，大是一副有子萬事
足的滿意，〈晚起〉云：

爛熳朝眠後，頻伸晚起時。煖爐生火早，寒鏡裏頭遲。融
雪煎香茗，調蘇煮乳糜。慵饞還自哂，快活亦誰知？酒性

〔註20〕　《白居易集》，卷二八，頁631。
〔註21〕　前揭書，卷二八，頁641。
〔註22〕　前揭書，卷二八，頁632。

溫無毒，琴聲淡不悲。榮公三樂外，仍弄小男兒。〔註23〕

喝茶、飲酒，彈琴快意人生，而撫弄小兒又憑添一種樂趣，此中況味怕不是外人所能體會的。

劉長卿也是晚年得子，而且連生二子，眞是慶幸不已，〈戲題贈二小男〉云：

異鄉流落頻生子，幾許悲歡併在身。欲並老容羞白髮，每看兒戲憶青春。未知門戶誰堪主，且免琴書別與人。何幸暮年方有後，舉家相對却霑巾。〔註24〕

承家有後，舉家相對竟然喜極而泣了。

雖然兒子跟女兒在家族的身份地位有極大的差別，但是不管是男是女，終歸自己的骨肉，在憐愛的心情上並無軒輊，例如韋莊〈與小女〉：

見人初解語嘔啞，不肯歸眠戀小車。一夜嬌啼緣底事，爲嫌衣少縷金花？〔註25〕

面對一夜嬌啼的女兒，這個做父親的又急又疼却束手無策，東猜西猜竟想到是否家貧無金縷華裳之故，實在是憨癡的爲父心腸。戴叔倫〈少女生日感懷〉：

五逢晬日今方見，置爾懷中自惘然。乍喜老身辭遠役，翻悲一笑隔重泉。欲教針線嬌難解，暫弄琴書性已便。還有蔡家殘史籍，可能分與外人傳。〔註26〕

五歲的女兒今方初見，嬌憨的模樣使人又愛又憐，欲教針線，暫弄琴書，雖然女兒但也當成兒子一般盡心教誨，因爲迄無子嗣，滿笥詩文可能要付予這個女兒來傳了。白居易晚婚，年近四十始得一女，他既憐復憂，〈金鑾子晬日〉云：

行年欲四十，有女曰金鑾。生來始周歲，學坐未能言。慚

〔註23〕前揭書，卷二八，頁641。

〔註24〕《全唐詩》，卷一五一〈劉長卿五〉，頁1563。

〔註25〕唐韋莊撰、李誼校注《韋莊集校注》（四川省社會科學出版社，1986年），〈補遺〉，頁419。

〔註26〕《全唐詩》，卷二七四〈戴叔倫二〉，頁3115。

　　　　非達者懷，未免俗情憐。從此累身外，徒云慰目前。若無
　　　　天折患，則有婚嫁牽。使我歸山計，應遲十五年。〔註27〕

憐的是目前聊足慰情，憂的是生長途中夭折之患乃至長大之後操心
婚嫁，因為生了這個女兒，預計退休的日期起碼得往後延個十五年。
這樣憐憂摻半的心情正是每一個父母的心聲，生養子女本就是只求
付出不能問回報的一件事，儘管拉拔一個孩子成長勢必耗去青春，
然而正也因此換得了另一個生命的青春，因此，縱然過程中艱苦備
嘗，仍然不能阻擋為人父母撫稚成人的決心。

　　金鑾子生在元和四年，然而不到三歲便夭折了，元和十年秋，居
易被貶江州司馬，在那裏住了三年多，生了三個女兒，其〈自到潯陽，
生三女子，因詮眞理，用遣妄懷〉：

　　　　宦途本自安身拙，世累由來向老多。遠謫四年徒已矣，晚
　　　　生三女擬如何？預愁嫁娶眞成患，細念因緣盡是魔，賴學
　　　　空王治苦法，須拋煩惱入頭陀。〔註28〕

因緣實魔雖然的確是眞理，却非人情，在這三個女兒裏面，只有阿羅
順利養大了，在白居易作品中有不少阿羅成長的消息，〈羅子〉：

　　　　有女名羅子，生在繞兩春。我今年已長，日夜二毛新。顧
　　　　念嬌啼面，思量老病身。直應頭似雪，始得見成人。〔註29〕

對於還只會哭鬧，未解人意的小嬰孩，白居易似乎還沒什麼耐性，只
一逕窮愁如何才能將之教養成人，但稍大些，如〈弄龜羅〉：

　　　　有姪始六歲，字之為阿龜。有女生三年，其名曰羅兒。一
　　　　始學笑語，一能誦歌詩。朝戲抱我足，夜眠枕我衣。汝生
　　　　何其晚？我年行已衰。物情小可念，人意老多慈。酒美竟
　　　　須壞，月圓終有虧。亦如恩愛緣，乃是憂惱資。舉世同此
　　　　累，吾安能去之？〔註30〕

恩愛雖曰俗情，然居易性情中人，並不能獨外於此，因此當孩子日裏

―――――――――――――――――――――――――
〔註27〕《白居易集》，卷九，頁173。
〔註28〕前揭書，卷十七，頁370〜371。
〔註29〕前揭書，卷十六，頁348。
〔註30〕前揭書，卷七，頁140。

抱己足而嬉戲，夜裏枕己衣而熟睡之際，滿足幸福之情當油然而生，而愈益甜蜜則愈加感歎己年已衰，子生何晚，父女之間戀戀不捨之情已不知不覺中加深加濃。

又其〈官舍〉詩云：

> 高樹換新葉，陰陰覆地隅。何言太守宅，有似幽人居。太守臥其下，閑慵兩有餘。起嘗一甌茗，行讀一卷書。早梅結青實，殘櫻落紅珠。稚女弄庭果，嬉戲牽人裾。是日晚彌靜，巢禽下相呼。噴噴護兒鵲，啞啞母子烏。豈唯云鳥爾，吾亦引吾雛。〔註31〕

巢禽引雛爲樂，居易亦弄女在庭，一幅天倫美景，而居易〈吾雛〉詩更仔仔細細描繪了當時嬉戲身畔的獨生女羅子的種種嬌態：

> 吾雛字阿羅，阿羅纔七齡。嗟吾不才子，憐爾無弟兄！撫養雖嬌駭，性識頗聰明。學母畫眉樣，效吾詠詩聲。我齒今欲墮，汝齒昨始生。我頭髮盡落，汝頂髻初成。老幼不相待，父衰汝孩嬰。緬想古人心，慈愛亦不輕。蔡邕念文姬，于公數緹縈。敢求得汝力，但未忘父情。〔註32〕

孩子聰明伶俐，畫眉讀詩有樣學樣，哄得老父心花怒放，然思及父老子幼不知能否相待，輾轉思量之際，正悟道慈愛已自不輕，居易未敢奢望羅子如文姬、緹縈鼎力爲父，但求不要忘記爲父的一片深情。

羅子十九歲嫁給監察御史談弘謩之後，不久，生一女引珠，後又生一子玉童〔註33〕，約在會昌元、二年，談弘謩卒，羅子帶著孩子回娘家過活，白居易疼愛極了小外孫，〈談氏小外孫玉童〉詩云：「外公七十孫三歲，笑指琴書欲遺傳……東牀空後且嬌憐」，而當時居易已老，生活起居多賴羅子照料，〈病中看徑，贈諸道侶〉詩云：「月上新歸伴病翁」自註云：「時適談女子自太原初歸，維摩詰有女名月上也」

〔註31〕前揭書，卷八，頁 157。

〔註32〕前揭書，卷八，頁 158。

〔註33〕參顧學頡〈白居易世系、家族考〉，文收入氏著《顧學頡文學論集》（中國社會科學出版社，1987 年），頁 16～52。

可見這個女兒的確絲毫未曾辜負父親自幼對她的撫愛之情，能承歡膝下，侍奉他以終老。

　　孩子在長成過程中難免調皮搗蛋，惹得父母又氣又惱，但是不管如何，孩子依然是父母心上的一塊肉。盧仝〈示添丁〉詩云：

> 春風苦不仁，呼逐馬蹄行人家。慚愧癡氣卻憐我，入我憔悴骨中為生涯。數日不食強強行，何忍索我抱看滿樹花。不知四體正困憊，泥人啼哭聲呀呀。忽來案上翻墨汁，塗抹詩書如老鴉。父憐母惜摑不得，卻生癡笑令人嗟。宿春連曉不成米，日高始進一椀茶。氣力龍鍾頭欲白，憑仗添丁莫惱爺。〔註34〕

做父親的一身老骨頭正苦於病腳，偏偏遇著了一個混世小霸王，一會兒央求父親抱著看樹上的花，一會兒玩得一身哭得唏哩嘩啦。轉眼不留神，他爬到書桌上來了，打翻了墨汁，把書本塗得黑鴉鴉，雖然讓人氣得火冒三丈，但小傢伙一臉無辜，實在也讓人打不下手。這下子他玩得開心了又吃吃地發笑，真拿他沒法兒。盧仝為家計忙得焦頭爛額，不禁將滿腔無奈訴之於詩，期盼自己的寶貝兒子莫再折騰人了。這首詩是極真實的父母經，將父母教養孩子過程中的辛酸無奈寫得很真實。添丁是盧仝的幼子，儘管給盧仝添了不少麻煩，仍受寵愛的，連離家在外時也不忘叮嚀大兒子抱孫好好對待小弟。〈寄男抱孫〉詩中云：「……任汝惱弟妹，任汝惱姨舅。姨舅非吾親，弟妹多老醜。莫惱添丁郎，淚子作面垢。莫引添丁郎，赫赫日裏走。添丁郎小小，別吾來久久。脯脯不得吃，兄兄莫搦搜。他日吾歸來，家人若彈糾。一百放一下，打汝九十九。」〔註35〕不許大兒欺負小兒，甚至以責打警告，老來偏憐最小兒的心情洩露無遺。

　　孩子的舉手投足，嬌憨自然，本性流露，做父母如果仔細觀察，往往為孩子的世界那份任真自得會心一笑，彷彿又回到無憂無慮的童

〔註34〕《全唐詩》，卷三八七〈盧仝一〉，頁4368～4369。
〔註35〕前揭書，卷三八七〈盧仝一〉，頁4369。

年時代，這該可算是生兒育女最大的一種享受了。路德延〈小兒詩〉：

> 情態任天然，桃紅兩頰鮮。乍行人共看，初語客多憐。臂
> 膊肥如瓠，肌膚軟勝綿。長頭纏覆額，分角漸垂肩。散誕
> 無塵慮，逍遙占地仙。排衙朱閣（榻）上，喝道畫堂前。
> 合調歌楊柳，齊聲踏採蓮。走堤行細雨，奔巷趁輕煙。嫩
> 竹乘爲馬，新蒲折（掉）作鞭。鶯雛金鏇繫，貓（狸）子
> 綵絲牽。擁鶴歸晴島，驅鵝入暖泉。楊花爭弄雪，榆葉先
> 收錢。錫鏡當胸挂，銀珠對耳懸。頭依蒼鶻裹，袖學柘枝
> 揎。酒滯丹砂暖，茶催小玉煎。頻邀籌箸挣（插），時乞繡
> 針穿。寶匣挈紅豆，妝奩拾翠鈿。戲袍披按褥，岁（尖）
> 帽戴靴氈。展畫趨三聖，開屏笑七賢。貯懷青杏小，垂額
> 綠荷圓。驚滴霑羅淚，嬌流污錦涎。倦書饒婭姹，憎藥巧
> 遷延。弄帳鸞綃映，藏衾鳳綺纏。指敲迎使鼓，筋撥賽神
> 弦。簾拂魚鉤動，箏推雁柱偏。棋圖添路畫，笛管欠聲鐫。
> 惱客初酣睡，驚僧半入禪。尋蛛窮屋瓦，探雀遍樓椽。拋
> 果忙開口，藏鉤亂出拳。夜分圍榾柮，朝聚打鞦韆。折竹
> 裝泥燕，添絲放紙鳶。互誇輪水碓，相教放風旋。旗小裁
> 紅絹，書幽截碧牋。遠鋪張鴿網，低控射蠅弦。話（吉）
> 語時時道，謠歌處處傳。匼窗眉乍曲，遮路臂相連。鬭草
> 當春徑，爭毬出晚田。柳傍慵獨坐，花底困橫眠。等鵲前
> 籬畔，聽蛩伏砌邊。傍枝粘舞蝶，隈樹捉鳴蟬。平鳥誇趫
> 上，層崖逞捷緣。嫩苔車跡小，深雪履痕全。競指雲生岫，
> 齊呼月上天。蟻窠尋逕隙，蜂穴繞階填。樵唱迴深嶺，牛
> 歌下遠川。疊柴爲屋木，和土作盤筵。險砌高臺石，危跳
> 峻塔磚。忽陞隣舍樹，偷上後池船。項橐稱師日，甘羅作
> 相年。明時方任（在）德，勸爾減狂顛。〔註36〕

小傢伴長得人見人愛，那知道把戲一籮筐，本詩細膩描寫了小孩子豐
富有趣的生活天地。那些遊玩的方式，大人看來或可笑或可氣，或担
憂或讚歎，只有孩子一逕樂在其中，渾不知世上其餘，遊戲便是他生

〔註36〕前揭書，卷七一九〈路德延〉，頁8255～8256。

活的全部，莫怪父親在賞訝之餘要未雨綢繆地說「明時方任德，勸爾減狂顛」勸他早一點收拾玩心了。

　　李商隱〈驕兒詩〉雖亦寫小兒情態，却更鮮活，為父的心境呈顯得更多：

> 袞師我驕兒，美秀乃無匹。文葆未周晬，固已知六七。四歲知名姓，眼不視梨果。交朋頗窺觀，謂是丹穴物。前朝尚器（氣）貌，流品方第一。不然神仙姿，不爾燕鶴骨。安得此相謂，欲慰衰朽質。青春妍和月，朋戲渾甥姪。繞堂復穿林，沸若（石）金鼎溢。門有長者來，造次請先出。客前問所須，含意不吐實。歸來學客面，闌敗秉爺笏。或謔張飛胡，或笑鄧艾吃。豪鷹毛崲戾，猛馬氣佶傈。截得青筼簹，騎走恣唐突。忽復學參軍，按聲換蒼鶻。又復紗燈旁，稽首禮夜佛。仰鞭罥蛛網，俯首飲花蜜。欲爭蛺蝶輕，未謝柳絮疾。階前逢阿姊，六甲頗輸失。凝走弄香奩，拔脫金屈戌。抱持多反側，威怒不可律。曲躬牽窗網，衉唾拭琴漆。有時看臨書，挺立不動膝。古錦請裁衣，玉軸亦欲乞。請爺書春勝，春勝宜春日。芭蕉斜卷箋，辛夷低過筆。爺昔好讀書，懇苦自著述。顦顇欲四十，無肉畏蚤蝨。兒慎勿學爺，讀書求甲乙。穰苴司馬法，張良黃石術。便為帝王師，不假更纖悉。況今西與北，羌戎正狂悖。誅赦兩未成，將養如癰疾。兒當速成大，探雛入虎穴。當為萬戶侯，勿守一經帙。〔註37〕

雖然知道朋友的讚美多半是為了哄慰做父親的心，然而聽了仍然甜在心頭，受用無窮，左瞧右瞧自己的寶貝兒子實在美秀無匹，堪稱人中龍鳳。在父母眼中，孩子的頑皮惡作劇正適足以顯出他機伶多智，倔強好強也十足令人憐惜，一顰一笑率皆牽動為人父母的心，世上，沒有比自己的孩子更得父母的歡心的了，商隱的〈驕兒詩〉正是此中明證。

〔註37〕唐李商隱撰、葉蔥奇疏注《李商隱詩集疏注》（里仁書局，民國 76年），卷下，頁657～658。

　　孩子的模仿力最強，前路德延〈小兒詩〉及商隱〈驕兒詩〉已見一斑，施肩吾〈幼女詞〉也是極生動的一個畫面：

　　　　幼女纔六歲，未知巧與拙。向夜在堂前，學人拜新月。〔註38〕

七夕即景，才六歲的小女兒，根本還不懂得何謂巧何謂拙，當然更不明白大人乞巧究竟乞的是什麼，但是也煞有介事地專心在那兒學著拜月亮，一片童心盎然滿紙。

　　唐代仍有官蔭制度，品官子孫皆可授與官階，往往孩年尚幼小即已官誥加身，杜荀鶴有詩〈賀顧雲侍御府主與子弟奏官（原註：敕下時，年七歲）〉：

　　　　青桂朱袍不賀兄，賀兄榮是見兒榮。《孝經》始向堂前徹，
　　　　官誥當從幕下迎。戲把藍袍包果子，嬌將竹笏惱先生。自
　　　　慚世亂無知己，弟姪鞭牛傍隴耕。〔註39〕

這種仕官人家的孩子「戲把藍袍包果子，嬌將竹笏惱先生」固然充滿了歡笑，但是事實上「弟姪鞭牛傍隴耕」也並不一定就沒有樂趣，對某些個性放曠的人來說，山林之間正足適情，而孩子在大自然中成長也再幸福不過，如元結〈將牛何處去〉：

　　　　將牛何處去，耕彼西陽城。叔閑修農具，直者伴我耕。（自
　　　　註：叔閑，漫叟韋氏甥；直者，漫叟長子也。）〔註40〕

又〈將船何處去〉：

　　　　將船何處去，釣彼大回中。叔靜能鼓栧，正者隨弱翁。（自
　　　　註：叔靜，漫叟李氏甥；正者，漫叟次子也。）〔註41〕

親子相伴，山間水涯，正此樂何極也。而李郢〈南池〉一詩更洋溢一片天倫的歡笑聲：

　　　　小男供餌婦搓絲，溢榼香醪倒接羅。日出兩竿魚正食，一
　　　　家歡笑在南池。〔註42〕

〔註38〕《全唐詩》，卷四九四〈施肩吾〉，頁5588。
〔註39〕前揭書，卷六九二〈杜荀鶴二〉，頁7953。
〔註40〕前揭書，卷二四〇〈元結一〉，頁2699。
〔註41〕同前註。
〔註42〕前揭書，卷五九〇〈李郢〉，頁6855。

試問世上富貴榮華與天倫相較，又值幾何？

　　撫養子女誠然苦樂摻雜，而時光飛逝，孩子在抱的日子其實並不長，轉眼已自成人，那當兒做父母的心情又是一番不習慣，盧肇〈嘲小兒〉即是：

> 貪生只愛眼前珍，不覺風光度歲頻。昨日見來騎竹馬，今朝早是有年人。〔註43〕

既覺失落又復歡喜，終於仍是欣慰不已的，古代養育孩子能不半途夭折而順利長大的，已足堪慶幸，至於賢愚反是其次的問題了。父母養育子女最終的責任是照顧到他們各自男婚女嫁，因此男未婚女未嫁，做父母的多不敢輕言退休，如白居易〈早飲醉中除河南尹敕到〉：

> 雪擁衡門水滿池，溫爐卯後煖寒時。綠醅新酎嘗初醉，黃紙除書到不知。厚俸自來誠忝濫，老身欲起尚遲疑。應須了卻丘中計，女嫁男婚三遷資。〔註44〕

即便心早無意仕進，然女嫁男婚養老的費用尚須籌措，故身未敢退也。如若宦途中斷，回歸田園，而年已衰力已疲，則未免愁煩生計，困躓終日，沈千運〈濮中言懷〉：

> 聖朝優賢良，草澤無遺匿。人生各有命（志），在余胡不淑（激）。一生但區區，五十無寸祿。衰退當棄捐，貧賤招毀（時，禍）讟。栖栖去人世，屯躓日窮迫。不如守田園，歲晏望豐熟。壯年失宜盡，老大無筋力。始覺（愴）前計非，將（方）貽後生福。童兒新學稼（穡），少（小）女未能織。顧此煩知己，終日求衣食。〔註45〕

最寬心莫過兒輩男婚女嫁了，無事活神仙，如白居易〈詠懷〉：

> 隨緣逐處便安閒，不入（住）朝廷不入（住）山。心似虛舟浮水上，身同宿鳥寄林間。尚平婚嫁了無累，馮翊符章封卻還（自註：時阿羅初嫁，及同州官吏放歸）。處分貧家

〔註43〕前揭書，卷五五一〈盧肇〉，頁6386。
〔註44〕《白居易集》，卷二八，頁643。
〔註45〕《全唐詩》，卷二五九〈沈千運〉，頁2888。

殘活計，匹（正）如身後莫相關。〔註46〕

王績〈獨坐〉也同樣是責任了却之作：

> 問君樽酒外，獨坐更何須？有客談名理，無人索地租。三
> 男婚令族，五女嫁賢夫。百年隨分了，未羨陟方壺。〔註47〕

爲人父母能夠扶持子女到畢婚嫁，則當再無牽掛。然而並不是人間事
事皆如常理，有的老人家始終不能夠抽身享清福，操心完兒女又操心
孫子，惟恐自己一脈的香煙不濟，盧綸〈村南逢病叟〉就對這樣的老
病叟寄予無限同情：

> 雙膝過頤頂在肩，四鄰知姓不知年。臥驅鳥雀惜禾黍，猶
> 恐諸孫無社錢。〔註48〕

老人家如此一片疼護子孫的心腸，如何教人不由哀喟歎這做父母的憨
心肝？父子之緣既結，終生難解，情至處，即令亡故，魂夢猶自依依，
如開元中有幽州衙將姓張者，妻孔氏，生五子而卒，後娶妻李氏，悍
妒，虐遇五子，日鞭箠之，五子不堪其苦，哭于母墓前，母忽于家中
出，撫其子，悲慟久之，因以白布巾題詩贈張，令五子呈其父，連帥
上聞，勅李氏決一百，流嶺南，張停所職，其贈夫詩三首云：

> 不忿成故人，掩涕每盈巾。死生今有隔，相見永無因。匣
> 裏殘妝粉，留將與後人。黃泉無用處，恨作冢中塵。有意
> 懷男女，無情亦任君。欲知腸斷處，明月照孤墳。〔註49〕

爲人母者深愛子女，竟至至死不渝，人間親情的力量，實在大可感佩。

在養育子女的過程中，其實是如倒吃甘蔗漸入佳境的，幼時裸抱
提攜極盡辛苦，孩子漸長，能懂得承歡娛親，已見欣慰意。如若子孫
綿延，共遶膝前，那又錦上添花，福氣加倍。權德輿一生豁然大度，
夫妻恩愛相敬，子女也都塊然成材，這首〈新月與兒女夜坐，聽琴舉

〔註46〕《白居易集》，卷三二，頁735。
〔註47〕《全唐詩》，卷三七〈王績〉，頁482。
〔註48〕唐盧綸撰、劉初棠校注《盧綸詩集校注》（上海古籍出版社，1989
年），卷二，頁204。
〔註49〕《全唐詩》，卷八六六，頁9796。

酒〉正是他家裏的天倫即景：

> 泥泥露凝葉，騷騷風入林。以茲皓月圓，不厭良夜深。列
> 坐屏輕箋，放懷弦素琴。兒女各冠笄，孫孩遶衣襟。乃知
> 大隱趣，宛若滄海心。方結偕老期，豈憚華髮侵。笑語向
> 蘭室，風流傳玉音。愧君袖中字，價重雙南金。〔註50〕

兒女皆成長，孩童悉遶膝，放意琴弦，有酒頻斟，深情意趣，堪稱世
上無雙，價比南金，即便白髮頻添，復何憚焉？其〈覽鏡見白髮數莖，
光鮮特異〉一詩正是達人自足之樂：

> 秋來皎潔白鬚光，試脫朝簪學酒（舞）狂。一由酣歌還自
> 樂，兒孫嬉笑挽衣裳。〔註51〕

是的，世上還有什麼快樂能比與兒孫共聚一堂，笑樂怡怡更令人羨慕
的？

三、訓　示

　　父母對於兒女，不僅撫愛有加，照顧周至，同時盡心啓發其心
智，無論貧富，悉竭盡所能教育之，以期成人。家庭教育的作用不
僅影響子弟的一生，亦且對家祚的承傳、家運的興衰具有莫大的決
定性，故自古重之。而家庭教育的內容究竟爲何？我們可就南北朝
維繫了數百年而不墜的士族家庭做個探討，客觀的制度與特殊的社
會地位向爲後人論此一時代門第之著眼點，然錢穆超越政治上之特
種優勢與經濟上之特種憑藉而直指當時門第中人之生活實況及其內
心想像，終抉發了此時代之共同精神所在，原來門第的維繫在於「上
有賢父兄，下有佳子弟」，他們期望門人的有兩大要目，一則希望其
能具孝友之內行，一則希望其能有經籍文史學業之修養。此兩種希
望，并合爲當時共同之家教，其前一項之表現則或爲家風，後一項
表現則成爲家學〔註52〕。也就是說因爲有了良好的家教，賢父兄教

〔註50〕前揭書，卷三二九〈權德輿十〉，頁3679。
〔註51〕前揭書，卷三二〇〈權德輿一〉，頁3606。
〔註52〕參錢穆〈略論魏晉南北朝學術文化與當時門第之關係〉，氏著《中國

育出芝蘭玉樹的佳子弟，整個家族乃能有不絕的生命力，在時代的
更替淘汰中源遠流長，而這種家風與家學并合成的家教也正如「遺
子黃金滿籯，不如教子一經」的說法，超越了物質，著重在人格才
質的培養，承繼了中國文化的好傳統，流風所及也爲後代家教立下
極好的榜樣。

　　由上可知，父母教育子女，不外兩端，一是人格塑成，二是才學
的培養，以下便就這兩部份來看唐人對其子女的訓示與教誨：

（一）人格塑成

　　孝乃我傳統文化之根本，「君子務本，本立而道生，孝弟也者，
其爲人之本歟。」李唐立國，雖重佛老，然儒學傳統亦未偏廢，尤其
由於政治的作用，於孝道的推廣尤爲積極，刻意要造成「以孝治天下」
的雍睦氣象，特別是玄宗，先後兩次親自注解孝經，上風下靡，孝經
遂成爲家家必備人人必讀的經典。孝，大則治國，小則齊家，故不惟
孝經，童稚啓蒙書如《太公家教》、《嚴父教》、《李翰蒙求》、《古賢集》、
《千字文》之類，婦女教育書籍如《女孝經》、《女論語》等咸以行孝
道、明人倫爲本，孝的觀念在唐代社會仍居百行之首、德性之冠，深
深地植根在人們性靈的深處，唐人教子，自然也看重這興家立本的德
性，詩中往往見其叮嚀，如杜甫〈孟氏〉：

　　　孟氏好兄弟，養親惟小園。承顏胼手足，坐客強盤飧。負
　　米夕葵外，讀書秋樹根。卜鄰慙近舍，訓子學先門。〔註53〕

著筆之處孟氏一門養親怡怡之樂，將一幅隱君子養母圖寫得極情盡
致，令人讚、令人羨，末云卜鄰教子，大有深意在也。杜牧〈留誨曹
師等詩〉教兒子以孝友誠實爲做人根本，必須紮得深厚實在，才能枝
繁葉茂：

　　　萬物有醜好，各一姿狀分。唯人即不爾，學與不學論。學

　　　學術思想史論叢（三）》（東大圖書公司，民國70年），頁155～171。
〔註53〕唐杜甫撰、清楊倫箋注《杜詩鏡銓》（華正書局，民國70年），卷十
　　　六，頁793。

　　非探其花，要自撥其根。孝友與誠實，而不忘爾言。根本
　　既深實，柯葉自滋繁。念爾無忽此，其以慶吾門。〔註54〕

不僅寄望曹師等卓爾有成，而且將光完耀祖，改換門庭的責任也交付
予他了。

　　讀書人仁厚傳家，忍讓爲懷，對於爭名攘利的世俗恩怨往往不願
涉足，他們教子也以此爲出發點，例如楊玢自蜀歸唐，長安舊居多爲
鄰里侵占，子弟欲詣府訴其事，以狀白玢，玢批紙尾曰：

　　四鄰侵我我從伊，畢竟須思未有時。試上含元殿基望，秋
　　風秋草正離離。〔註55〕

其子弟見之，乃不敢復云。而白居易〈閑坐看書貽諸少年〉也將他人
生的經驗，授與後生晚輩：

　　雨砌長寒蕪，風庭落秋果。窗間有閒叟，盡日看書坐。書
　　中見往事，歷歷知禍福；多取終厚亡，疾驅必先墮。勸君
　　少干名，名爲錮身鎖。勸君少求利，利是焚身火。我心知
　　己久，吾道無不可。所以雀羅門，不能寂寞我。〔註56〕

既自知名利之禍，乃不致爲外物遷，縱門可羅雀，也不自以爲可悲可
憫可寂寞，誠爲可貴的人生精粹。居易云「吾道無不可」自行於如如
之境，不違心意，此乃由於他深明剛強與柔弱的分寸，拿捏得宜故能
行於所當行，恒保終吉，其〈遇物感興，因示子弟〉即對後輩耳提面
命：

　　聖擇狂夫言，俗信老人語。我有老狂詞，聽之吾語汝。吾
　　觀器用中，劍銳鋒多傷。吾觀形骸內，勁骨齒先亡。寄言
　　處世者，不可苦剛強。龜性愚且善，鳩心鈍無惡。人賤拾
　　支林，鵙欺擒暖腳。寄言立身者，不得全柔弱。彼因罹禍
　　難，此未免憂患。于何保終吉。強弱剛柔間。上遵周孔訓，
　　旁鑒老莊言；不唯鞭其後，亦要軛其先。〔註57〕

〔註54〕《全唐詩》，卷五二四〈杜牧五〉，頁5995。
〔註55〕前揭書，卷七六○，頁8632～8633。
〔註56〕《白居易集》，卷三六，頁823。
〔註57〕前揭書，卷三六，頁819～820。

出入於儒、道之間，既要能瞻前又要能顧後，這是白居易的處世哲學；既不能過於剛強，也不一味柔弱，其間自有奧妙處，雖言訓示，但若無真實的人生經驗也體會不到，然而已頗足供兒女閒吟玩味。

在日常生活中，也處處充滿了好教材，譬如樹雞柵這件小事，有心人也能就中演繹出人生的道理，以之教示兒女，杜甫〈催宗文樹雞柵〉：

> 吾衰怯行邁，旅次展崩迫。愈風傳烏雞，秋卵方漫喫。自春生成者，隨母向百翻。驅趁制不禁，喧呼山腰宅。課奴殺青竹，終日憎赤幘。蹋藉盤案翻，塞谿使之隔。牆東有隙地，可以樹高柵。避熱時來歸，問兒所為跡。織籠曹其內，令入不得擲。稀間可突過，觜爪還污席。我寬螻蟻遭，彼免狐貉厄。應宜各長幼，自此均勍敵。籠柵念有修，近身見損益。明明領處分，一一當剖析。不昧風雨晨，亂離減憂戚。其流則凡鳥，其氣心匪石。倚賴窮歲晏，撥煩去冰釋。未似尸鄉翁，拘留蓋阡陌。〔註58〕

樹柵織籠本奴僕事，而杜甫命其長子宗文課督，順便將樹雞柵的用意，一一盡陳，誠如盧文子所言：

> 雞柵本一小事，杜公說來便見仁至義盡之意。念其生成，春卵不食，仁也；人禽有別，驅諸柵籠，義也；螻蟻可全，狐狸亦免，義中之仁；長幼不混，勍敵亦均，仁中之義。於課柵一事，直抉出至理如許，可謂善勗其子矣。〔註59〕

杜甫對孩子教育的苦心，是寓於日常的生活中，連小小一件樹雞柵的事，也成了灌輸仁民愛物觀念的好機會，其襟懷性情自然流露，當給宗文立下了極好的榜樣。

（二）才學的培養

克紹箕裘是最普遍的父母心情，尤其以詩書傳家者，莫不期望在漫漫學海中能教育出一個出於藍而勝於藍的傳家子弟，淵明有：

〔註58〕《杜詩鏡銓》，卷十三，頁621～623。
〔註59〕同前註。

「夙興夜寐，願爾斯才。爾之不才，亦已焉哉」〔註60〕的感慨，面
對不曾遺傳到他的一點讀書細胞的五個兒子，自怨自艾地道：「白髮
披兩鬢，肌膚不復實。雖有五男兒，總不好紙筆。阿舒已二八，懶
惰固無匹。阿宣行志學，而不愛文術。雍端年十三，不識六與七。
通子垂九齡，但覓梨與栗。天運苟如此，且進杯中物。」〔註61〕實
在充分顯現了望子承衣鉢的天下父母心。詩人杜甫一生困阨，百憂
煎集，詩中頻頻出現「癡兒不知父子禮，叫怒索飯啼東門」、「多年
布衾冷似鐵，驕兒惡臥踏裏裂」的衣食窘況，甚至悲哀到「入門聞
號咷，幼子餓已卒」〔註62〕慘絕人寰的地步。像這樣的時局，這樣
的經濟狀況，自然也無暇顧及孩子的教育，杜甫詩中多次提到「失
學從愚子，無家任老身」、「失學從兒懶，家貧任婦愁」〔註63〕可見
他也是極在意孩子的學業的，他的〈遣興〉詩：

> 陶潛避俗翁，未必能達道。觀其著詩集，頗亦恨枯槁。達
> 生豈是足？默識蓋不早。有子賢與愚，何其挂懷抱。〔註64〕

雖寫淵明，實寄之以自我解嘲，〔註65〕究竟杜甫是怎樣教他的兒子的
呢？大曆三年杜甫有〈元日示宗武〉詩：

> 汝啼吾手戰，吾笑汝身長。處處逢正月，迢迢滯遠方。飄
> 零還柏酒，衰病只藜牀。訓諭青衿子，名慚白首郎。賦詩
> 猶落筆，獻壽更稱觴。不見江東弟，高歌淚數行。〔註66〕

〈又示宗武〉：

> 覓句新知律，攤書解滿牀。試吟青玉案，莫帶紫羅囊。假
> 日從時飲，明年共我長。應須飽經術，已似愛文章。十五

〔註60〕同註1。
〔註61〕前揭書，卷三〈責子〉詩，頁106。
〔註62〕參《杜詩鏡銓》，卷八〈百憂集行〉，頁367、〈茅屋爲秋風所破歌〉，
　　　　頁364；卷三〈自京赴奉先縣詠懷五百字〉，頁111。
〔註63〕參前揭書，卷十五〈不離西閣二首〉，頁725；卷九〈屏跡三首〉，
　　　　頁389。
〔註64〕前揭書，卷五，頁234～235。
〔註65〕同前註。
〔註66〕前揭書，卷十八，頁896。

男兒志，三千弟子行。曾參與游夏，達者得升堂。〔註67〕

孩子漸漸長大，看他造的詞句已頗成韻律，也懂得翻閱書籍了，不由令白髮頻添的父親心中暗喜。他期望兒子「試吟青玉案，莫帶紫羅囊」，要他飽讀經術，用力文章，舉孔門中的曾參與游夏三位在孝行文學上有造詣者爲其榜樣，在在都流露詩家本色。再看〈宗武生日〉：

小子何時見？高秋此日生。自從都邑語，已伴老夫名。詩是吾家事，人傳世上情。熟精文選理，休覓綵衣輕。彫瘵筵初秩，欹斜坐不成。流霞分片片，涓滴就徐傾。〔註68〕

更是明確的表明了「以詩傳家」的用心，而昭明文選似乎是杜甫寫好詩的不二法門，所以叮嚀兒子務須熟且精。

「文起八代之衰」的韓愈，苦讀以成名，他所期望於自己兒子的就在勿忘先人的寒微出身，努力保持這好不容業掙來的功名志業與家聲，〈示兒〉一詩云：

始我來京師，止攜一束書。辛勤三十年，以有此屋廬。此屋豈爲華，於我自有餘。中堂高且新，四時登牢蔬。前榮饌賓親，冠婚之所於。庭內無所有，高樹八九株。有藤婁絡之，春華夏陰敷。東堂坐見山，雲風相吹噓。松果連南亭，外有瓜芋區。西偏屋不多，槐榆翳空虛。山鳥旦夕鳴，有類澗谷居。主婦治北堂，膳服適戚疏。恩封高平君，子孫從朝裾。開門問誰來，無非卿大夫。不知官高卑，玉帶懸金魚。問客之所爲，峨冠講唐虞。酒食罷無爲，棋槊以相娛。凡此座中人，十九持鈞樞。又問誰與頻，莫與張樊如。來過亦無事，考評道精麤。蹌蹌媚學子，牆屏日有徒。以能問不能，其蔽且可祛。嗟我不修飾，事與庸人俱。安能坐如此，比肩於朝儒。詩以示兒曹，其無迷厥初。〔註69〕

而欲繫家聲於不墜，又如其〈符讀書城南〉一詩所云：

木之就規矩，在梓匠輪輿。人之能爲人，由腹有詩書。詩

〔註67〕前揭書，卷十八，頁896～897。

〔註68〕前揭書，卷九，頁413～414。

〔註69〕《全唐詩》，卷三四二〈韓愈七〉，頁3836。

　　書勤乃有，不勤腹空虛。欲知學之力，賢愚同一初。由其
　　不能學，所入遂異閭。兩家各生子，孩提巧相如。少長聚
　　嬉戲，不殊同隊魚。年至十二三，頭角稍相疏。二十漸乖
　　張，清溝映汙渠。三十骨骼成，乃一龍一豬。飛黃騰踏去，
　　不能顧蟾蜍。一爲馬前卒，鞭背生蟲蛆。一爲公與相，潭
　　潭府中居。問之何因爾，學與不學歟。金璧雖重寶，費用
　　難貯儲。學問藏之身，身在則有餘。君子與小人，不繫父
　　母且。不見公與相，起身自犁鉏。不見三公後，寒饑出無
　　驢。文章豈不貴，經訓乃菑畬。橫潦無根源，朝滿夕已除。
　　人不通古今，馬牛而襟裾。行身陷不義，況望多名譽。時
　　秋積雨霽，新涼入郊墟。燈火稍可親，簡編可卷舒。豈不
　　旦夕念，爲爾惜居諸。恩義有相奪，作詩勸躊躇。〔註70〕

蓋唐以科舉取士，故布衣可致公卿，而真才實學正爲最可靠的晉昇之
憑藉，韓詩中多所對照，而勸其子符爲學務早務勤，乃能奠下日後騰
踏成龍的基礎。雖然如此，但是爲了苦讀而教兒子異地而居，暫屏人
跡住在城南的別墅，也實在難免日日想念之情，這種恩義相奪，不能
兼顧的情形，真是叫人爲難。不過韓符似乎並未辜負其父一腔熱切的
期盼，我們由韓愈的至交好友孟郊這首〈喜符郎詩有天縱〉可以窺得
一些端倪：

　　念符不由級，屹得文章階。白玉抽一毫，綠珉已難排。偷
　　筆作文章，乞墨潛磨揩。海鯨始生尾，試擺蓬壺渦。幸當
　　禁止之，勿使恣狂懷。自悲無子嗟，喜妒雙啌啌。〔註71〕

韓符初試文章已露鋒芒，如海鯨擺尾，意得風發，看來韓家一脈書香
已不愁無人傳繼，迄今無子的孟郊，一則爲老友高興，一則也不由妒
意中生。

　　盧仝〈寄男抱孫〉則不僅在書法、文章、讀書各方面加以督促，
也對田園耕事、行爲襟懷多所叮囑：

〔註70〕前揭書，卷三四一〈韓愈六〉，頁3822。
〔註71〕前揭書，卷三八〇〈孟郊九〉，頁4266。

　　別來三得書，書道違離久。書處甚麤殺，且喜見汝手。殷
十七又報，汝文頗新有。別來纔經年，囊盎未合斗。當是
汝母賢，日夕加訓誘。《尚書》當畢功，禮記速須剖。嘍囉
兒讀書，何異催枯朽。尋義低作聲，便可養年壽。莫學村
學生，麤氣強叫吼。下學偷功夫，新宅鋤蓻莠。乘涼勸奴
婢，園裏樗蔥韭。遠籬編榆棘，近眼栽桃柳。引水灌竹中，
蒲池種蓮藕。撈鹿蛙蠛腳，莫遣生科斗。竹林吾最惜，新
筍好看守。萬撑苞龍兒，攢迸溢林藪。吾眼恨不見，心腸
痛如搗。宅錢都未還，債利日日厚。撑龍正稱冤，莫殺入
汝口。丁寧囑託汝，汝活撑龍否？殷十七老儒，是汝父師
友。傳讀有疑誤，輒告諮問取。兩手莫破拳，一吻莫飲酒。
莫學捕鳩鴿，莫學打雞狗。小時無大傷，習慣防以後。頑
發苦惱人，汝母必不受。任汝惱弟妹，任汝惱姨舅。姨舅
非吾親，弟妹多老醜。莫惱添丁郎，淚子作面垢。莫引添
丁郎，赫赤日裏走。添丁郎小小，別吾來久久。脯脯不得
喫，兄兄莫撚搜。他日吾歸來，家人若彈糾。一百放一下，
打汝九十九。〔註72〕

一位出門在外的父親，切盼兒子用心寫字，文章有進益，讀書勤快，
行為端莊，課奴耕耨，並且幫忙看守新筍，幫助生息以攢聚宅錢，告
誡他不可以打架、飲酒，要受護動物以養成仁厚的習性，對於幼弟添
丁尤其要疼惜，處處可見儒者耕讀的本色。至於翁承贊〈書齋謾興二
首〉直是一幅人間美景，所謂讀書樂，可樂終生，以此傳子，但復陶
然：

　　池塘四五尺深水，籬落兩三般樣花。過客不須頻問姓，讀
書聲裏是吾家。

　　官事歸來衣雪埋，兒童燈火小茅齋。人家不必問貧富，唯
有讀書聲最佳。〔註73〕

其自足自樂，一片不與物爭的平和境界，直可為傳世的家訓。

─────────────

〔註72〕同註35。
〔註73〕前揭書，卷七○三，頁8091。

　　讀書人不僅僅著力於文籍的鑽研，對於琴棋書畫各種相關的藝事亦多兼而能之，前已見盧仝教其子書道不可違離。對於讀書人而言，書法確是不可忽略的部份，尤其唐代講究美學，書學的發展達於空前的高峯，君王醉心於上，流風及於下，蔚為一股熱潮。柳宗元及劉禹錫就同樣以教子學書為樂，柳宗元〈殷賢戲批書後，寄劉連州并示孟崙二童〉：

　　　　書成欲寄庾安西，紙背應勞手自題。聞道近來諸子弟，臨
　　　　池尋已厭家雞。〔註74〕

劉連州即劉禹錫，孟、崙為連州二子，柳詩頗有責二子競好新奇，不由規矩之意，而劉禹錫〈酬柳柳州家雞之贈〉答云：

　　　　日日臨池弄小雛，還思寫論付官奴。柳家新樣元和腳，且
　　　　盡薑芽斂手徒。〔註75〕

柳宗元得詩又答，〈重贈二首〉云：

　　　　聞說將雛向墨池，還思寫論付官奴。如今試遣隈牆問，已
　　　　道世人那得知。

　　　　世人悠悠不識真，薑芽盡是捧心人。若道柳家無子弟，往
　　　　年何事乞西賓。〔註76〕

夢得得詩再答，〈答前篇〉云：

　　　　小兒弄筆不能嗔，浣壁書牕且賞勤。聞彼夢熊猶未兆，女
　　　　中誰是衛夫人？

〈答後篇〉云：

　　　　昔日慚工記姓名，遠勞辛苦寫西京。近來漸有臨池興，為
　　　　報元常欲抗行。〔註77〕

柳宗元見此，又再答了兩首，〈疊前〉云：

　　　　小學新翻墨沼波，羨君瓊樹散枝柯，左家弄土唯嬌女，空

〔註74〕　唐柳宗元撰、吳文治校點《柳宗元集》（漢京文化事業有限公司，民
　　　　國 71 年），卷四二，頁 1175～1176。
〔註75〕　同前註。
〔註76〕　前揭書，卷四二，頁 1177～1178。
〔註77〕　同前註，頁 1178～1179。

覺庭前鳥跡多。

〈疊後〉云：

> 事業未成耻藝成，南宮起草舊連名，勸君火急添功用，趁
> 取當時二妙聲。[註78]

小孩學書本自塗鴉而已，對柳、劉二人而言却灌注了無比的耐心，在他們身上也許可以找到那個時代的影子。

教子讀書最怕就是孩子不用心，下面這個父親就是在氣急敗壞的情況下寫了這首詩，坎曼爾〈教子〉：

> 小子讀書不用心，不知書中有黃金。早知書中黃金貴，高
> 照明燈念五更。[註79]

畢竟圖書傳授，端賴男兒，如權德輿〈南亭曉坐，因以示璩〉詩云：

> 隱几日無事，風交松桂枝。園廬含曉霽，草木發華姿。跡
> 似南山隱，官從小宰移。萬殊同野馬，方寸即靈龜。弱質
> 常多病，流年近始衰。圖書傳授處，家有一男兒。[註80]

權氏之子名璩，頗能承繼衣鉢，當他及第時，老父無限慶慰，有詩〈酬南園新亭宴會，璩新第慰慶之作，時任賓客〉：

> 南亭煙景濃，平視終南峯。官閒似休沐，盡室來相從。日
> 抱漢陰甕，或成蝴蝶夢。樹老欲連雲，竹深疑入洞。歡言
> 交羽觴，列坐儼成行。歌吟不能去，待此明月光。好逑蘊
> 明識，內顧多慚色。不厭梁鴻貧，常譏伯宗直。予壻信時
> 英，諫垣金玉聲。男兒纔弱冠，射策幸成名。偃放斯自如，
> 脩然去營欲。散水固無堪，虛舟常任觸。大隱本吾心，喜
> 君流好音。相期懸車歲，此地即中林。[註81]

兒子得第，人生的責任了却了一大半，不免與妻子怡然自樂，正好官閒似休沐，也就樂得大隱於市朝了。〈璩授京兆府參軍，戲書以示，

[註78] 同前註，頁1179～1180。

[註79] 王重民、孫望、童養年輯錄《全唐詩外編》（木鐸出版社，民國72年），第四編〈全唐詩續補遺〉，卷八，頁467。

[註80] 《全唐詩》，卷三二〇〈權德輿一〉，頁3606～3607。

[註81] 前揭書，卷三二九，頁3680。

兼呈獨孤郎〉一詩更具體地表現了他對兒子及第任官的欣喜難掩：

> 見爾府中趨，初官足慰吾。老牛還舐犢，凡鳥亦將雛。喜
> 至翻成感，癡來或欲殊。因慚玉潤客，應笑此非夫。〔註82〕

除了讀書之外，因爲唐世多征伐，所以如杜甫〈後出塞〉詩中所云「男兒生世間，及壯當封侯，戰伐有功業，焉能守舊邱」的觀念亦盛極一時，如韋莊就有〈勉兒子〉一詩：

> 養爾逢多難，常憂學已遲。辟彊爲上相，何必待從師。〔註83〕

從辟彊可爲上相的利祿觀點，鼓勵兒子參戰立功。

至於忠義傳家的家庭，對孩子的訓誨就不著眼在厚祿可得了，如隰城丞元曖早卒，其妻林氏博涉五經，有母儀令德，訓其子彥輔、彥國、彥偉、彥雲及姪據、摠、播，並登進士第，衣冠榮之，堪稱教義有方，一門濟濟，由林氏〈送男彥輔左貶〉一詩可以看出她教子以忠，正是成功的關鍵：

> 他日初投杼，勤王在飲冰。有辭期不罰，積毀竟相仍。謫
> 宦今何在，銜冤猶未勝。天涯分越徼，驛騎速毘陵。腸斷
> 腹非苦，書傳寫豈能。淚添江水遠，心劇海雲蒸。明月珠
> 難識，甘泉賦可稱。但將忠報王，何懼點青蠅。〔註84〕

勉子以「一片冰心在玉壺」，謫宦雖委屈，但莫要氣餒，仍要秉持一貫的忠心以報國，不必害怕讒言相污蔑，講來一片理直氣壯，充滿了解與鼓勵之情，真是明智賢達的好母親。

陳元光教子則勉以文武合一，〈示珦〉詩云：

> 恩銜楓陛渥，策向桂淵弘。載筆沿儒習，持弓纘祖風。拔
> 災剿猛虎，溥德翊飛龍。日閱書開士，星言駕勸農。勤勞
> 思命重，戲謔逐時空。百粵霧紛滿，諸戎澤普遍。願言加
> 壯努，勿坐鬢霜蓬。〔註85〕

〔註82〕前揭書，卷三二〇，頁3607。
〔註83〕《韋莊集校注》，〈補遺〉，頁407。
〔註84〕《全唐詩》，卷七九九，頁8983～8984。
〔註85〕前揭書，卷四五，頁551。

珣即元光子，他希望自己的兒子秉厚德愛民怯敵，勤加努力，莫空負了少年頭。

唐代道教昌盛，燒丹煉砂蔚爲風氣，執迷其中者亦有以此傳家的，如翁承贊〈寄示兒孫〉：

> 力學燒丹二十年，辛勤方得遇眞仙。便隨羽客歸三島，旋聽霓裳適九天。得路自能酬造化，立身何必戀林泉。予家藥鼎分明在，好把仙方次第傳。〔註86〕

一心欲羽化登仙，蟬蛻而去，便傳藥鼎於子孫，由此可知古人所謂「家有敝帚，享之千金」，一個人的人生觀、價值觀決定了他的一生，多半也大大影響了子孫。

至於對女兒的訓誨，最平常易見的就是在臨出嫁之際，教以爲人媳之道，如劉長卿〈別李氏女子〉：

> 念爾嫁猶近，稚年那別親。臨岐方教誨，所貴和六姻。俛首戴荊釵，欲拜淒且頻。本來儒家子，莫恥梁鴻貧。漢川若可涉，水清石磷磷。天涯遠鄉婦，月下孤舟人。〔註87〕

劉長卿的「李氏女子」即嫁給李穆的女兒〔註88〕，由詩中可知李穆家境似乎並不好，因此他叮嚀女兒「莫恥梁鴻貧」。他的另一個女兒則嫁給崔眞甫，〈送子壻崔眞甫歸長城〉一詩，頻頻以幼女爲託，充滿了不放心：

> 送君卮酒不成歡，幼女辭家事伯鸞。桃葉宜人誠可詠，柳花如雪若爲看。心憐稚齒鳴環去，身愧衰顏對玉難。惆悵暮帆何處落，青山無限水漫漫。〔註89〕

韋應物〈送楊氏女〉一詩，更是仔細叮嚀再三，詩云：

> 永日方感感，出門復悠悠。女子今有行，大江沂輕舟。爾輩況無恃，撫念益慈柔。幼爲長所育，兩別泣不休。對此結中腸，義往難復留。自小闕內訓，事姑貽我憂。賴茲託

<hr>

〔註86〕前揭書，卷七〇三，頁8089～8090。
〔註87〕前揭書，卷一四八，頁1527。
〔註88〕同前註，劉長卿另有詩〈登遷仁樓酬子壻李穆〉可證。
〔註89〕前揭書，卷一五一，頁1562。

令門，仁恤庶無尤。貧儉誠所尚，資從豈待周。孝恭遵婦
道，容止順其猷。別離在今晨，見爾當何秋？居閒始自遣，
臨感忽難收。歸來視幼女，零淚緣纓流。〔註90〕

韋妻早故，前章已見論述，女兒也因早失恃而乏內訓，臨嫁之際，做
父親的百感交集，既不捨朝夕相依的女兒離去，又耽心她不懂得事奉
翁姑，因此一再交代盼望她孝恭遵禮，容止順從，謹守貧儉之風，做
個稱職的好媳婦。

四、離　思

　　爲人父母者對兒女的愛從不斷絕，不得已要分離，總是難捨難
分，茲由別離、相思及重逢三個角度來看父子之間不容分割的牽繫。
　　別離之際，兒童雖未解事，大人哪能無感，杜牧〈別家〉詩云：

初歲嬌兒未識爺，別爺不拜手吒叉。扮頭一別三千里，何
日迎門却到家。〔註91〕

在失意落拓之際，與骨肉相離，那更是情何以堪，元稹〈別毅郎〉：

爾爺只爲一杯酒，此別那知生與死。兒有何辜才七歲，亦
教兒作瘴江行。

愛惜爾爺唯有我，我今顦顇望何人。傷心自比籠中鳥，翦
盡翅翎愁到身。〔註92〕

己遭貶謫遠行，但憂稚子無人愛惜，其情衰颯不已。即便是要出門取
功名覓前程，能像李白這樣狂肆得意的也並不多見，其〈南陵別兒童
入京〉詩云：

白酒新熟山中歸，黃雞啄黍秋正肥。呼童烹雞酌白酒，兒
女嬉笑牽人衣。高歌取醉欲自慰，起舞落日爭光輝。游說
萬乘苦不早，著鞭跨馬涉遠道。會稽愚婦輕買臣，余亦辭
家西入秦。仰天大笑出門去，我輩豈是蓬蒿人。〔註93〕

〔註90〕 前揭書，卷一八九，頁 1937。
〔註91〕 前揭書，卷五二四，頁 5996。
〔註92〕 《元稹集》，卷二一，頁 239。
〔註93〕 唐李白撰、瞿蛻園等校注《李白集校注》，卷十五，頁 947。

然而我們由詩中「高歌取醉欲自慰」仍能嗅出他在離別之際深重的愁緒，只有靠著高歌狂飲掩飾與自我寬慰。

　　做父親的不唯遠行難捨骨肉，孩子要離家時，同樣萬分牽掛，張說〈岳州別子均〉正是這種心境：

　　離筵非燕喜，別酒正銷魂。念汝猶童孺，嗟予隔遠藩。津
　　亭拔心草，江路斷腸猿。他日將何見，愁來獨倚門。〔註94〕

所別愈久，思念愈甚，倚門依閭，頻頻望歸，對於節候的變化，歲月馳騁分外覺得敏感，許渾〈憶子詩〉云：

　　自爾出門去，淚痕常滿衣，家貧爲客早，路遠得書稀，文
　　字何人賞，煙波幾日歸，秋風正搖落，秋鴈又南飛。〔註95〕

一幅慈父望兒歸的眞實畫面。而離家在外，行旅漂泊的人父更不能不思念家庭的溫暖，兒女的嬌態，像李白如此意氣洋洋出門去的人，仍不能免於思念之情的翻攪，李白自從天寶五年去東魯而南，就不斷思念女兒平陽及稚子伯禽，每遇有人要往東魯，一定託他前往探視，〈送楊燕之東魯〉：

　　關西楊伯起，漢日舊稱賢。四代三公族，清風播人天。夫
　　子華陰居，開門對玉蓮。何事歷衡霍，雲帆今始還。君坐
　　稍解顏，爲我歌此篇。我固侯門士，謬登聖主筵。一辭金
　　華殿，蹭蹬長江邊。二子魯門東，別來已經年。因君此中
　　去，不覺淚如泉。〔註96〕

〈送蕭三十一之魯中，兼問稚子伯禽〉：

　　六月南風吹白沙，吳牛喘月氣成霞。水國鬱蒸不可處，時
　　炎道遠無行車。夫子如何涉江路，雲帆嫋嫋金陵去。高堂
　　依門望伯魚，魯中正是趨庭處。我家寄在沙丘旁，三年不
　　歸空斷腸。君行既識伯禽子，應駕小車騎白羊。〔註97〕

〈贈武十七諤〉序云「門人武諤，深於義者也。質木沈悍，慕要離之

〔註94〕《全唐詩》，卷八七，頁951。
〔註95〕前揭書，卷五二八，頁6041。
〔註96〕《李白集校注》，卷十七，頁1037。
〔註97〕前揭書，卷十七，頁1040。

風。潛釣川海，不數數於世間事。聞中原作亂，西來訪余。余愛子伯
禽在魯，許將冒胡兵以致之。酒酣感激，援筆而贈」，詩如下：

> 馬如一匹練，明日過吳門。乃是要離客，西來欲報恩。笑
> 開燕匕首，拂拭竟無言。狄犬吠清洛，天津成塞垣。愛子
> 隔東魯，空悲斷腸猿。林回棄白璧，千里阻同奔。君爲我
> 致之，輕齎涉淮源。精誠合天道，不愧遠遊魂。〔註98〕

《莊子》裏記載林回棄千金之璧，負赤子而趨，或曰：爲其布歟？赤
子之布寡矣，爲其累與？赤子之累多矣，棄千金之璧，負赤子而趨何
也？林回曰：彼以利合，此以天屬也〔註99〕。李白以武諤不顧危險，
冒胡兵以致其子，感激不已，乃比之林回，由上面這幾首詩我們不難
發覺在李白飛揚跋扈的形象背後，蘊涵的是何其溫柔的父愛。再看他
另一首〈寄東魯二稚子〉就更直接了：

> 吳地桑葉綠，吳蠶已三眠。我家寄東魯，誰種龜陰田。春
> 事已不及，江行復茫然。南風吹歸心，飛墮酒樓前。樓東
> 一株桃，枝葉拂青煙。此樹我所種，別來向三年。桃今與
> 樓齊，我行尚未旋。嬌女字平陽，折花倚桃邊。折花不見
> 我，淚下如流泉。小兒名伯禽，與姊亦齊肩。雙行桃樹下，
> 撫背復誰憐。念此失次第，肝腸日憂煎。裂素寫遠意，因
> 之汶陽川。〔註100〕

孩子雙雙的身影，時刻浮在詩人眼中，可憐父親不在身邊，沒有人慈
祥愛撫，每一思及此，中心失次第，肝腸也鎮日爲憂愁所煎熬，父子
天性，誠然難改移。

　　天寶年間安史之亂不知隔絕了多少天倫，像杜甫就飽受亂離之
苦，他秉耿耿之忠，先將家小送到鄜州安頓，羸服奔行在，陷於賊中，
又竄歸鳳翔，很長一段時間與家人天涯兩隔，他最想念的莫過於幼子

〔註98〕前揭書，卷十一，頁714。

〔註99〕黃錦鋐註譯《新譯莊子讀本》（三民書局，民國70年），〈山木篇〉，
　　　　頁232～233。

〔註100〕《李白集校注》，卷十三，頁858。

宗武，〈憶幼子〉詩云：

> 驥子春猶隔，鶯歌暖正繁。別離驚節換，聰慧與誰論。澗
> 水空山道，柴門老樹村。憶渠愁只睡，炙背俯晴軒。〔註101〕

〈遣興〉詩云：

> 驥子好男兒，前年學語時。問知人客姓，誦得老夫詩。世
> 亂憐渠小，家貧仰母慈。鹿門攜不遂，雁足繫難期。天地
> 軍麾滿，山河戰角悲。儻歸免相失，見日敢辭遲。〔註102〕

詩中一再提及驥子，亦即宗武是何等聰明解事，言容笑貌依稀夢中，
而以戰亂阻隔，愁不得見，唯盼早歸尋見，一償思念。杜甫長子宗文，
小名熊兒，亦時在念中，〈得家書〉一詩云：

> 去憑遊客寄，來為附家書。今日知消息，他鄉且定居。熊
> 兒幸無恙，驥子最憐渠。臨老羈孤極，傷時會合疏。二毛
> 趨帳殿，一命待鸞輿。北闕妖氛滿，西郊白露初。涼風新
> 過雁，秋雨欲生魚。農事空山裏，眷言終荷鋤。〔註103〕

杜甫時初授拾遺，而安慶緒方熾，雖因思家念子而有終思歸隱的念
頭，終其一生却始終不棄拳拳之忠，不過，他對兒子的思念亦可謂
極矣。此後杜甫四處播遷，或携家眷或否，而兒子逐日成長，他在
思念之餘，也頻頻透露歲月無情，年少催老之感慨，〈熟食日示宗文
宗武〉：

> 消渴遊江漢，羈棲尚甲兵。幾年逢熟食，萬里逼清明。松
> 柏邛山路，風花白帝城。汝曹催我老，回首淚縱橫。〔註104〕

〈又示兩兒〉：

> 令節成吾老，他時見汝心，浮生看物變，為恨與年深，長
> 葛書難得，江州涕不禁，團圓思弟妹，行坐白頭吟。〔註105〕

如若將孩子託養他處，這時為父母者必然更時刻掛念，孟郊〈寄

〔註101〕《杜詩鏡銓》，卷三，頁130。
〔註102〕前揭書，卷三，頁131。
〔註103〕前揭書，卷三，頁141。
〔註104〕前揭書，卷十五，頁748。
〔註105〕同前註。

義興小女子〉：

> 江南莊宅淺，所固惟疏籬，小女未解行，酒弟老更癡，家
> 中多吳語，教爾遙可知，山怪夜動門，水妖時弄池，所憂
> 癡酒腸，不解委曲辭，漁妾性崛強，耕童手皴釐，想茲爲
> 襁褓，如鳥拾柴枝，我詠元魯山，胸臆流甘滋，終當學自
> 乳，起坐常相隨。〔註106〕

　　由詩意看當是女兒尚在襁褓就託在江南弟弟家中，至於個中原
因極可能是妻亡自己無法照料，不得不遠送他鄉，然而他又耽心嗜
酒的弟弟憨直不懂得哄膩女娃兒，耽心僕妾性強，耕童粗魯不會照
顧嬌嫩的嬰兒，最後，由哀感到實在應該自己學著餵哺孩子，才能
日夕呵護，起坐相隨。

　　李商隱於大中五年妻子王氏卒後，即赴西川推獄，其子袞師時方
五、六歲，就寄在長安，商隱隻身西遊，境況哀慘，大中七年遇楊本
勝，說曾於長安見其子，乃感慨成篇〈楊本勝說於長安見小男阿袞〉
詩云：

> 聞君來日下，見我最嬌兒。漸大啼應數，長貧學恐遲。寄
> 人龍種瘦，失母鳳雛癡。語罷休邊角，青燈兩鬢絲。〔註107〕

這位在〈驕兒詩〉中爲商隱所豔稱，既聰明又調皮的袞師，既失母又
且寄人，伶俜的身影思之已令人惜，由最寶愛他的父親看來更覺心
痛，故而唯黯然任青燈映絲鬢而已。

　　行旅之中，兒女的可愛最易縈魂繞夢，韋莊〈憶小女銀娘〉：

> 睦州江上水門西，蕩槳揚帆各解攜。今日天涯夜深坐，斷
> 腸偏憶阿銀犁。〔註108〕

馬雲奇〈途中憶兒女之作〉：

> 髮爲思鄉白，形因泣淚枯。爾曹應有夢，知我斷腸無？〔註109〕

〔註106〕《全唐詩》，卷三七八，頁4238。
〔註107〕《李商隱詩集疏注》，卷上，頁104。
〔註108〕《韋莊集校注》，〈補遺〉，頁423。
〔註109〕《全唐詩外編》，第二編〈敦煌唐人詩集殘卷〉，頁59。

歷經別離，最盼重逢，杜牧〈歸家〉：

> 稚子牽衣問，歸來何太遲。共誰爭歲月，贏得鬢邊絲。〔註110〕

小孩子天眞的問題，可見詩人離家的時日長久，惹人無限辛酸，只想自此莫再相離。另杜甫〈羌村〉詩尤爲千古重逢詩的絕唱，其中第二首更寫出了孩稚依依的神情：

> 晚歲迫偷生，還家少歡趣。嬌兒不離膝，畏我復却去。憶昔好追涼，故繞池邊樹。蕭蕭北風勁，撫事煎百慮。賴知禾黍收，已覺糟牀注。如今足斟酌，且用慰遲暮。〔註111〕

「羌村」爲杜甫拜左拾遺後，以上疏救房琯，忤肅宗，墨制放還鄜州省妻子，抵達家門所作，其雖鎩羽歸來，報國之忱未泯，故金聖歎批道：「嬌兒心孔千靈，眼光百利，早見此歸非是本意，于是繞膝慰留，畏爺復去，曲寫萬不欲歸一段幽恨。」〔註112〕在親情難捨之餘，復拈出了杜甫「致君堯舜上」的謀國情操。

五、傷　悼

　　十月懷胎，乃孕生子，對於孩子呵護疼惜，猶恐不週，然而壽夭無定，世緣難測，父母不一定能有福氣見到兒女成家立業，爲己送終。往往事與願違，白髮人送黑髮人，眼看自己一點一滴拉拔漸長的小生命，就此玉殞香消，那種痛苦更有甚於生產時的拉心扯肺，故賢如子夏喪子因而喪明，誠知此痛天下人所難忍。做父母的往往難以置信，以爲分明還在，試喚便來，然而千呼萬喚亦追不回了，其時方知巴猿肝腸寸斷的滋味，顧況〈悼稚〉：

> 稚子比來騎竹馬，猶疑只在屋東西。莫言道者無事悲，曾聽巴猿向月啼？〔註113〕

又其〈傷子〉：

〔註110〕《全唐詩》，卷五二四，頁5996。

〔註111〕《杜詩鏡銓》，卷四，頁158。

〔註112〕清金聖歎《金聖歎撰批杜詩》（東南書局，民國46年），卷一，頁37。

〔註113〕《全唐詩》，卷二六七，頁2971。

> 老夫哭愛子，日暮千行血。聲逐斷猿悲，跡隨飛鳥滅。老
> 夫已七十，不作多時別。〔註114〕

哀啼不止竟成千行血，其傷心之甚可見，而末句竟有從死之志，實
哀痛已極，據《唐才子傳》記載：「況暮年一子，即亡，追悼哀切……。
其年又生一子，名非熊。三歲，始言在冥漠中，聞父吟苦，不忍，
乃來復生。非熊後及第，自長安歸慶，已不知況所在。或云得長生
訣仙去矣。」〔註115〕其事雖奇，然而可見顧況哭子之哀傳揚極廣，
震動當世之情況。他又有另一首〈大茅嶺東新居憶亡子從真〉：

> 谷鳥猶呼兒，山人夕霑襟。懷哉隔生死，悵矣徒登臨。東
> 門憂不入，西河遇亦深。古來失中道，偶向經中尋。大象
> 無停輪，倏忽成古今。其夭非不幸，鍊形由太陰。凡欲攀
> 雲階，譬如火鑄金。虛室留舊札，洞房掩閒琴。泉源登方
> 諸，上有空青林。彷彿通寢寐，蕭寥邈微音。軟草被汀洲，
> 鮮雲略浮沈。頹景宜疊麗，紺波響飄淋。石窟含雲槳，迢
> 迢耿南岑。悲恨自茲斷，情塵詎能侵。真靜一時變，坐起
> 唯從心。〔註116〕

此則寫得極含蓄自制，可能時日已隔，憶來唯覺肝腸痛盡，再無淚可
流，而由悲怨到逐漸寬解，經書的疏解開通功不可沒，經過沈潛，他
已能真靜以待，坐起從心，而情塵不侵了。

　　劉兼〈偶有下殤，因而自遣〉詩云：

> 彭壽殤齡兩共空，幻泡緣影夢魂中。缺圓宿會長如月，飄
> 忽浮生疾似風。修短百年先後定，賢愚千古是非同。南柯
> 太守知人意，休問陶陶塞上翁。〔註117〕

全詩說理迂迴，強自寬解，而小心翼翼絲毫不敢切入主題事件，益發
顯得心弦緊繃，彷似稍一碰觸，就要為之崩潰。

〔註114〕前揭書，卷二六四，頁2932。
〔註115〕元辛文房撰、周本淳校正《唐才子傳校正》（文津出版社，民國77
　　　　年），卷三，頁89。
〔註116〕《全唐詩》，卷二六四，頁2939。
〔註117〕前揭書，卷七六六，頁8696～8697。

　　喪子固痛，喪女猶然，其中尤以韓愈小女道死於貶潮途中最是可悲，韓愈在貶潮途中，愛女病死〈去歲自刑部侍郎以罪貶潮州刺史，乘驛赴任，其後家亦譴逐，小女道死，殯之層峰驛旁山下，蒙恩還朝，過其墓，留題驛梁〉詩云：

　　　　數條藤束木皮棺，草殯荒山白骨寒。驚恐入心身已病，扶
　　　　舁沿路眾知難。繞墳不暇號三匝，設祭惟聞飯一盤。致汝
　　　　無辜由我罪，百年慚痛淚闌干。〔註118〕

官場失意，愛女道死，屋漏偏逢連夜雨，行旅之中，一切不週，惟草草就地掩埋，連祭祀都只有白飯一盤，思之慚痛淚下。

　　白居易晚婚，年近四十始生一女名金鑾子，居易對他憐愛非常，已見本節「撫愛」部份之論述，然而不到三歲竟行夭折，時居易方病，心緒惡劣，有〈病中哭金鑾子〉詩：

　　　　豈料吾方病，翻悲汝不全。臥驚從枕上，扶哭就燈前。有
　　　　女誠爲累，無兒豈免憐？病來纏十日，養得已三年。慈淚
　　　　隨身迸，悲腸遇物牽。故衣猶架上，殘藥尚頭邊。送出深
　　　　村巷，看封小墓田。莫言三里地，此別是終天。〔註119〕

女兒的小墓田在村外三里之地，然而從此已是天人永隔，非僅三里之遙了，一片慈父難捨之情溢於言表。金鑾子死後三年，居易的傷感原已平復，奈因見舊乳母又復觸景傷情，〈念金鑾子二首〉云：

　　　　衰病四十身，嬌癡三歲女；非男猶勝無，慰情時一撫。一
　　　　朝捨我去，魂影無處所。況念夭化時，嘔啞初學語。始知
　　　　骨肉愛，乃是憂悲聚。唯思未有前，以理遣傷苦。忘懷日
　　　　已久，三度移寒暑。今日一傷心，因逢舊乳母。

　　　　與爾爲父子，八十有六旬。忽然又不見，爾來三四春。形
　　　　質本非實，氣聚偶成身。恩愛元是妄，緣合暫爲親。念茲
　　　　庶有悟，聊用遣悲辛。暫將理自奪，不是忘情人。〔註120〕

〔註118〕前揭書，卷三四四，頁 3862。
〔註119〕《白居易集》，卷十四，頁 286。
〔註120〕前揭書，卷十，頁 191。

儘管「恩愛元亡，緣合暫親」之理說得頭頭是道，彷彿可以翻然有悟，逐遣悲辛，然而理自理，人非草木，仍自不能忘情。其後居易貶江州司馬，在任內連生三個女兒，卻連連夭折，只有阿羅長成，因此居易有詩〈重傷小女子〉：

> 學人言語憑牀行，嫩似花房脆似瓊。纔知恩愛迎三歲，未辨東西過一生。汝異下殤應殺禮，吾非上聖詎忘情？傷心自歎鳩巢拙，長墮春雛養不成。〔註121〕

接連的夭折使居易深受打擊，而自比鳩鳥不善築巢，常使小鳩墮地而亡。

元稹也有幾首哭女兒的詩，〈哭小女降眞〉：

> 雨點輕漚風復驚，偶來何事去何情。浮生未到無生地，暫到人間又一生。〔註122〕

小生命匆匆來去短暫的一生，猶如驚鴻一瞥，挽留無計。另一首〈哭女樊〉則極言悲慟之切，腸已斷，無由再哭：

> 秋天淨綠月分明，何事巴猿不贖鳴。應是一聲腸斷去，不容啼到第三聲。〔註123〕

又〈哭女樊四十韻〉：

> 逝者何由見，中人未達情。馬無生角望，猿有斷腸鳴。去伴投遐徼，來隨夢險程。四年巴養育，萬里硤回縈。病是他鄉染，魂應遠處驚。山魈邪亂逼，沙虱毒潛嬰。母幼看寧辨，余慵療不精。欲尋方次第，俄值疾充盈。燈火徒相守，香花祇浪擎。蓮初開月梵，蕣已落朝榮。魄散雲將盡，形全玉尚瑩。空垂兩行淚，深送一枝瓊。祕祝休巫覡，安眠放使令。舊衣和篋施，殘藥滿甌傾。乳媼閒於社，醫僧愧似醒。憐渠身覺膡，訐佛力難爭。騎竹癡猶子，牽車小外甥。等長迷過影，遙戲誤啼聲。涴紙傷餘畫，扶牀念試行。獨留呵面鏡，誰弄倚牆箏。憶昨工言語，憐初妙長成。

〔註121〕前揭書，卷十五，頁303。
〔註122〕《元稹集》，卷九，頁104～105。
〔註123〕前揭書，卷九，頁105。

撩風妒鸚舌，凌露觸蘭英。翠鳳與眞女，紅蕖捧化生。祇
憂嫌五濁，終恐向三清。宿惡諸葷味，懸知眾物名。環從
枯樹得，經認寶函盛。慍怒偏憎數，分張雅愛平。最憐貪
栗妹，頻救懶書兄。爲古嬌饒分，良多眷戀誠。別常回面
泣，歸定出門迎。解怪還家晚，長將遠信呈。說人偸罪過，
要我抱縱橫。騰躑遊江舫，攀緣看樂棚。和蠻歌字拗，學
妓舞腰輕。迢遞離荒服，提攜到近京。未容誇伎倆，唯恨
枉聰明。往諸心千結，新絲鬢百莖。暗窗風報曉，秋幌雨
聞更。敗槿蕭疏管，衰楊破壞城。此中臨老淚，仍自哭孩
嬰。〔註124〕

元稹這個女兒嬌饒伶俐，善解人意，一朝染病，羣醫束手，他費了相
當的筆墨，強欲將女兒的一顰一笑縷縷紀存，最後喟歎「未容誇伎倆，
唯恨枉聰明」，雖則呼天，又有何益。

李羣玉有〈傷小女癡（凝）兒〉：

哭爾春日短，支頤長歎嗟。不如半死樹，猶吐一枝花。〔註125〕

又〈哭小女癡（凝）兒〉：

平生未省夢熊羆，稚女如花墜曉枝。條蔓縱橫輸葛藟，子
孫蕃育羨蚣斯。方同王衍鍾情切，猶念商瞿有慶遲。負爾
五年恩愛淚，眼中惟有洄泉知。〔註126〕

年老無子，連女兒亦夭折，則哭女無異哭子。在宗法社會重香煙繼承
的情況下，對做父母最大的凌遲莫過於年老無子，好不容易生了一個
老來子，却旋即夭折，彼時呼天搶地未足以形容其絕望。孟郊年老無
後，連產三子，不數日，輒失之，悲痛無已，好友韓愈，作〈孟東野
失子〉詩，推天假其命以喻之：

失子將何尤，吾將上尤天。女實主下人，與奪一何偏。彼
於女何有，乃令蕃且延。此獨何罪辜，生死旬日間。上呼
無時聞，滴地淚到泉。地祇爲之悲，瑟縮久不安。乃呼大

〔註124〕前揭書，卷九，頁 105～106。
〔註125〕《全唐詩》，卷五七〇，頁 6606。
〔註126〕前揭書，卷五六九，頁 6601。

靈龜，騎雲款天門。問天主下人，薄厚胡不均。天曰天地
人，由來不相關。吾懸日與月，吾繫星與辰。日月相噬齧，
星辰踏而顛。吾不女之罪，知非女由因。且物各有分，孰
能使之然。有子與無子，禍福未可原。魚子滿母腹，一一
欲誰憐。細腰不自乳，舉族常孤鰥。鴟梟啄母腦，母死子
始翻。蝮蛇生子時，坼裂腸與肝。好子雖云好，未還恩與
勤。惡子不可說，鴟梟腹蛇然。有子且勿喜，無子固勿歎。
上聖不待教，賢聞語而遷。下愚聞語惑，雖教無由悛。大
靈頓頓愛，即日以命還。地祇謂大靈，女往告其人。東野
夜得夢，有夫玄衣巾。闖然入其戶，三稱天之言。再拜謝
玄夫，收悲以歡忻。〔註127〕

韓愈惜東野過傷，作此詩以寬解，申明天地人由來不相關，物各有
分，無人能操縱，有子無子也沒有禍福之因可以追究，同時不管好
子惡子皆未能酬償父母撫育的辛勞，故有子可以勿喜，無子也不必
悲歎，於此揭露天道無親的眞象，祈東野能茅塞頓開，歡喜解脫。
看完這首詩明白緣由始末後，我們再來看孟郊痛不欲生的傷悼詩〈杏
殤〉其序云：「杏殤，花乳也，霜翦而落，因悲昔嬰，故作是詩」：

凍手莫弄珠，弄珠珠易飛。驚霜莫翦春，翦春無光輝。零
落小花乳，斕斑昔嬰衣。拾之不盈把，日暮空悲歸。

地上空拾星，枝上不見花。哀哀孤老人，戚戚無子家。豈
若沒水黿，不如拾巢鴉。浪鷇破便飛，風雛裏相誇。芳嬰
不復生，向物空悲嗟。

應是一線淚，入此春木心。枝枝不成花，片片落翦金。春
壽何可長，霜哀亦已深。常時洗芳泉，此日洗淚襟。

兒生月不明，兒死月始光。兒月兩相奪，兒命果不長。如
何此英英，亦爲市蒼蒼。甘爲墜地塵，不爲末世芳。

踏地恐土痛，損彼芳樹根。此誠天不知，翦棄我子孫。垂
枝有千落，芳命無一存。誰謂生人家，春色不入門。

〔註127〕前揭書，卷三三九，頁3799。

洌洌霜殺春，枝枝疑纖刀。木心既零落，山竅空呼號。班班落地英，點點如明膏。始知天地間，萬物皆不牢。

哭此不成春，淚痕三四斑。失芳蝶既狂，失子老亦屏。且無生生力，自有死死顏。靈鳳不銜訴，誰爲扣天關。

此兒自見災，花發多不諧。窮老收碎心，永夜抱破懷。聲死更何言，意死不必喈。病叟無子孫，獨立獨束柴。

霜似敗紅芳，剪啄十數雙。參差呻細風，喭喝沸淺紅。泣凝不可消，恨壯難自降。空遺舊日影，怨彼小書窗。〔註128〕

此一組九首詩層層逼進，初兩首睹花乳思昔嬰，「悲歸」、「悲嗟」的字眼點出神情恍惚的自傷自歎。第三首開始以「淚」湧出內心的傷痛；四到六首開始對造物懷疑、叩詢，直至知道天地不仁，善未必善報，乃價值觀劇烈動搖，呼號不止；第七首只餘微弱的哭聲，叫天不應，心冷欲死；八首痛至極反趨落寞，至於聲死意死，心懷破碎，無限淒涼；第九首結以哭不止、恨不消，終生耿耿，空遺舊恨。

于鵠的兒子也是襁褓之中即行夭折，他有〈悼孩子〉一詩：

年長始一男，心亦頗自娛。生來歲未周，奄然却歸無。裸送不以衣，瘞埋於中衢。乳母抱出門，所生亦隨呼。嬰孩無哭儀，禮經不可踰。親戚相問時，抑悲空歎吁。襁褓在舊牀，每見立踟躕。靜思益傷情，畏老爲獨夫。〔註129〕

孩子未周晬即亡，依禮未有哭儀，因此親戚來慰問時，只能抑悲忍痛而唯空自歎嗟，舊物在牀，睹之傷情，年漸催，始得子而忽又失之，只恐臨老孤獨以終。

元稹獨子已養到學齡竟卒，乃有〈哭子十首〉：

維鵜受刺因吾過，得馬生災念爾冤。獨在中庭倚庭樹，亂蟬嘶噪欲黃昏。

纔能辨別東西位，未解分明管帶身。自食自眠猶未得，九重泉路託何人。

〔註128〕前揭書，卷三八一，頁4275～4276。

〔註129〕前揭書，卷三一○，頁3510。

爾母溺情連夜哭，我身因事不時悲。鐘聲欲絕東方動，便
是尋常上學時。

蓮花上品生真界，兜率天中離世途。彼此業緣多障礙，不
知還得見兒無。

節量梨栗愁生疾，教示詩書望早成。鞭朴校多憐校少，又
緣遺恨哭三聲。

深嗟爾更無兄弟，自歎予應絕子孫。寂寞講堂基址在，何
人車馬入高門。

往年鬢已同潘岳，垂老年教作鄧攸。煩惱數中除一事，自
茲無復子孫憂。

長年苦境知何限，豈得因兒獨喪明。消遣又來緣爾母，夜
深和淚有輕聲。

烏生八子今無七，猿叫三聲月正孤。寂寞空堂天欲曙，拂
簷雙燕引新雛。

頻頻子落長江水，夜夜巢邊舊棲處。若是愁腸終不斷，一
年添得一聲啼。〔註130〕

同樣是哭子，元稹這十首就較孟郊〈杏殤〉冷靜得多，首言得馬生災
致死；次耽心尚未能自己照料自己，不知該託付何人；三言妻子溺情，
我聞上學鐘聲亦感傷不已；四言父子緣淺，業障叢生，不知尚復得見
否；五悔昔日訓責多過憐愛，如今空遺憾恨；六自歎無子，縱講堂宏
偉，無望子孫高車肆馬而入；七以無子故無憂，強自寬舒；八以長年
苦境，尚能堪承失子之痛，唯妻子夜來哭聲，又引來一陣心頭翻攪；
九以拂簾雙燕引新雛振作起希望無限；十自勉愁腸須斷，啼聲當止。
其另一首〈感逝〉當為十首之外又一章，詩云：

頭白夫妻分無子，誰令蘭夢感衰翁。三聲啼婦臥床上，一
寸斷腸埋土中。蜩甲暗枯秋葉墜，燕雛新去夜巢空。情知
此恨人皆有，應與暮年心不同。〔註131〕

〔註130〕《元稹集》，卷九，頁107。
〔註131〕前揭書，卷九，頁108。

　　白居易五十八歲得一子名崔兒，正在歡喜不迭，欣慰傳家有望之
際，不意命運暗中捉弄，不過三歲旋又夭折，這時居易已是年過六旬
的老頭子了，失子對他而言更不啻晴天霹靂，美夢盡碎，我們從下面
的詩裏可以了解他忍抑不住的老淚縱橫，〈哭崔兒〉：

> 掌珠一顆兒三歲，鬢雪千莖父六旬。豈料汝先爲異物，常
> 憂吾不見成人。悲腸自斷非因劍，喧眼加昏不是塵。懷抱
> 又空天默默，依前重作鄧攸身。〔註132〕

〈初喪崔兒報微之晦叔〉：

> 書報微之晦叔知，欲題崔字淚先垂。世間此恨偏敦我，天
> 下何人不哭兒？蟬老悲鳴抛蛻後，龍眠驚覺失珠時。文章
> 十帙官三品，身後傳誰庇廕誰。〔註133〕

這種心魂俱散，啞啞失聲的悲苦之調，任誰見了都不能不爲之黯然，
樂天好友劉禹錫便曾爲詩慰勸，其〈吟白樂天哭崔兒二篇，愴然寄贈〉
詩云：

> 吟君苦調我霑纓，能使無情盡有情。四望車中心未釋，千
> 秋亭下賦初成。庭梧已有棲雛處，池鶴今無子和聲。從此
> 期君比瓊樹，一枝吹折一枝生。〔註134〕

劉禹錫並不敢勸居易認命釋懷，接受無子的殘酷事實，而是鼓勵他再
接再勵再生子，然而居易見詩除了感其慰問之意外，對他的建議只有
報之搖頭苦笑，〈府齋感懷酬夢得〉詩云：

> 府伶呼喚爭先到，家醞提攜動輒隨。合是人生開眼日，自
> 當年老斂眉時。丹砂鍊作三銖土，玄髮看成一把絲。勞寄
> 新詩遠安慰，不聞枯樹再生枝。〔註135〕

詩裏看來雖似頗有禪悟，自能解脫，但又教人耽心是否志意消沈，不
再有望，以此劉禹錫又再爲詩相勸，〈答樂天所寄詠懷，且釋其枝樹
之歎〉詩云：

〔註132〕《白居易集》，卷二八，頁646。
〔註133〕同前註。
〔註134〕《全唐詩》，卷三六○，頁4064～4065。
〔註135〕《白居易集》，卷二八，頁646。

　　　　衙前有樂饌常精，宅內連池酒任傾。自是官高無狎客，不
　　　　論年長少歡情。驪龍頷被探珠去，老蚌胚還應月生。莫羨
　　　　三春桃與李，桂花成實向秋榮。〔註136〕

言失子雖如驪龍頷珠被探去，然老蚌之胚當還應月而生，得子雖遲，
但只要不羨慕春天的桃李結子成蕈，則或許如同桂花一般遲至秋日始
自成實。

　　男人面對喪子，誠然悲痛，但究竟比十月懷胎的妻子來得理智而
能排遣，往往他們在傷痛之餘，還要分神來勸慰那做母親的自己的
妻，如元稹〈妻滿月日相唁〉：

　　　　十月辛勤一月悲，今朝相見淚淋漓。狂花落盡莫惆悵，猶
　　　　勝因花壓折枝。〔註137〕

辛苦懷胎生下來的嬰旋夭折了，思之誠令人淚下，然而狂風掃落花尚
留得枝健在，足堪慶幸，言只要妻子尚平安，不因此而毀骨傷身，則
未來子孫滿堂仍自可期。

　　但若妻子身弱心弱則做丈夫的難免避重就輕，連安慰的話也不敢
多說，例如南唐後主夙以情愁見稱，仲宣卒，哀甚，然恐重傷昭惠，
常默坐飲泣而已；因爲詩以寫志，吟詠數四，左右爲之泣下，〈悼詩〉
云：

　　　　永念難消釋，孤懷痛自嗟。雨深秋寂寞，愁引病增加。咽
　　　　絕風前思，昏濛眼上花。空王應念我，窮子正迷家。〔註138〕

其悲涼淒咽，確令聞者霑巾。

第二節　孝養之情

　　中國社會是男性社會，傳統家庭制度亦是以男子爲本位的父系
家庭，而此父權制度的維繫，完全賴於孝道的基礎，爲人子需生養

〔註136〕《全唐詩》，卷三六○，頁4065。
〔註137〕《元稹集》，卷九，頁108。
〔註138〕《全唐詩》，卷八，頁72～73。

死祭，無微不至〔註139〕。雖然孝確實不是與生俱來的天性，比起痛愛子女，反哺孝親需要經過後天的教化與修爲，但孝道在中國文化中遠比慈幼更受重視，《孝經》云：「夫孝，德之本也，教之所由生也。」〔註140〕儒家提倡道德教育，目的在提倡感情教育，例如宰我嫌三年之喪過長，以爲期年可也，孔子便責備他對父母無情。〔註141〕而后透過情感教育來維持一般人的道德水準。如此數千年的教化浸潤，滲透到了中國人的日常生活裏，孝道成爲家庭的核心，不斷在承傳延續，使中國的家族成爲世界上格外受人注目的一個部份。

唐詩裏專言父母之恩、孝養之情的篇章，數量上雖不算多，但是「孝」卻是唐世社會格外受人重視的德性，不管是從政治、教育、法律各方面探究，都可以發現這個重要的事實，茲分述如下：

（一）政治方面

天子明白「孝治天下」的好處，故倡導孝道不遺餘力，尤其玄宗二次親注孝經，頒於天下，詔家藏一本，又刻石於長安太學，此舉不僅確實使孝經廣泛普及，成爲家家必備、人人必讀，也使玄宗因而聲名大噪，爲全國上下所稱道。例如敦煌〈新集孝經十八章皇帝感〉有云：

> 新歌舊曲遍州鄉，未聞典籍入歌場。新合孝經皇帝感，聊談聖德奉賢良。開元天寶親自注，詞中句句有龍光。〔註142〕

又〈新合千文皇帝感辭〉頌云：

> 言語四海貴諸賓，黃金滿屋未爲珍。雖然某乙無才學，且聽歌裏說千文。天寶聖主明三教，追尋隱士訪才人。金聲玉管恒常妙，近來歌舞轉加新。御注孝經先公唱，又談千

〔註139〕參蔡文輝《社會學與中國研究》（東大圖書公司，民國70年），〈六・家庭制度之演變〉，頁78。

〔註140〕《十三經注疏・孝經》（藝文印書館，民國71年），卷一，頁10。

〔註141〕《十三經注疏・論語》，卷十七〈陽貨第17〉，頁157～158。

〔註142〕此轉引自鄭師阿財《敦煌孝道文學研究》（文化大學中研所博士論文，1982），頁21。

　　　　字獻明君。〔註143〕

此類頌揚之聲不絕，足見玄宗確實因此達到了他的政治目的，而後世十三經注疏《孝經》部份即採玄宗御注，凡此皆可看出唐世王朝推行孝道的用心與成績。

（二）教育方面

　　李唐繼兩漢而稱盛世，教育風氣則更為發達。官學部份，國家考試必考《孝經》，連童子科亦不例外。民間教育亦以教孝為主要內容，《孝經》實童蒙誦習之最重要教材，這由唐俗文學中可得證明，例如敦煌詞有〈歎五更〉云：

　　　　一更初，自恨長養枉生軀。耶娘小來不教授，如今爭識文
　　　　與書。二更深，《孝經》一卷不曾尋。之乎者也都不識，如
　　　　今嗟歎始悲吟。三更半，到處被他筆頭算。縱然身達得官
　　　　職，公事文書爭處斷。四更長，晝夜常如面向牆。男兒到
　　　　此屈折地，悔不《孝經》讀一行。五更曉，作人已來都未
　　　　了。東西南北被驅使，恰如盲人不見道。〔註144〕

〈舜子至孝變文〉亦云：

　　　　舜即歸來書堂裏，先念《論語》、《孝經》，後讀《毛詩》、《禮
　　　　記》。〔註145〕

可以確定《孝經》實為兒童初學的重要教材。同時，其它流行的童蒙書，如《太公家教》、《嚴父教》、《蒙求》、《古賢集》、《千字文》等教人立身行事之要的書，也莫不以孝為重要內容，如《太公家教》：

　　　　事君盡忠，事父盡孝……孝子事父，晨省暮參，知飢知渴，
　　　　知暖知寒，憂則共戚，樂則同歡，父母有疾，甘美不飡，
　　　　食無求飽、居無求安，聞樂不樂，聞戲不看，不修身體，
　　　　不整衣冠，父母疾癒，整亦不難……孝是百行之本，故云

〔註143〕同前註，頁22。
〔註144〕張璋、黃畬編《全唐五代詞》（文史哲出版社，民國75年），卷七，
　　　　頁931～932。
〔註145〕潘師重規編著《敦煌變文集新書》（中國文化大學中文研究所，民
　　　　國72年），頁953。

其大者乎。〔註146〕

《古賢集》則以古賢懿行、孝悌楷模垂訓世人：

> 曾參至孝存終始，一日三省普天知，王寄三牲猶不孝，慈
> 母愁懷鎮抱飢，孟宗冬筍供不闕，郭巨夫妻生葬兒，董永
> 賣身葬父母，感得天女助機絲，高柴泣血傷脾骨，蔡順哀
> 號火散離，思之可念復思之，孝順無過尹伯奇。〔註147〕

　　唐代的婦女教育亦極受重視，唯除宮廷習藝館外，未有正式的制
度，一般民間婦女識字知書，習詩能文者率由私學所教。女教著作計
唐太宗長孫皇后所作《女則》三十卷、陳邈妻鄭氏所作《女孝經》十
八章，宋若華所撰《女論語》十二章，其中以《女孝經》及《女論語》
最風行。《女孝經》顧名思義，要旨歸本於孝，《女論語》則在教誡婦
女貞節柔順、和睦爲貴、孝順爲先，不僅承侍父母亦要擴而及之事奉
翁姑。此外民間之流行一名爲《崔氏夫人要女文》的婦女婚前教育規
誡，內容在教示女子如何在夫家承歡翁姑、營家居處。如此看來唐代
教育婦女，以德行爲本，而以孝順爲先。

　　由此可知，唐代教育，不論官學或私學，成人或兒童，男子或婦
女咸以行孝道明人倫爲基本。

（三）法律方面

　　《孝經五刑章》云：「五刑之屬三千，而罪莫大於不孝。」中國
文化既然向來重孝道，法律即爲人情道德之反映，因此對於不孝者都
有嚴厲的懲罰。在中國法律的歷史上，唐律是今存最古者，內容以律
爲主，而以令、格、式三者輔之，甚爲察備，宋、元、明、清以後皆
承其則而稍加損益，其價值自無庸置言。

　　我們考察《唐律疏議》中與孝有關之條文，當便能推知唐代對孝
道之重視程度。唐律中對於不孝行爲所加之懲處極爲嚴酷，「十惡」

〔註146〕羅振玉著《羅雪堂先生全集・三編》（文華出版公司，民國 58 年），
　　　　頁 1859～1872。
〔註147〕同註 143，頁 27。

之罪，死罪不得上請，流罪以下，不得減罪，而其中即有「不孝」及
「惡逆」為孝道所立，「不孝」之文如下：

> 七曰不孝。謂告言詛罵祖父母、父母。及祖父母、父母在，
> 別籍異財。若供養有闕。居父母喪，身自嫁娶。若作樂。
> 釋服從吉。聞祖父母、父母喪，匿不舉哀。詐稱祖父母、
> 父母死。〔註148〕

「惡逆」之文如下：

> 四曰惡逆：謂毆及謀殺祖父母、父母、殺伯叔父母、姑、
> 兄、姊、外祖父母、夫、夫之祖父母、父母者。〔註149〕

以上罪狀皆各有懲處，凡服父母喪而有釋服從吉或忘哀作樂者均所不
許，在父母喪中嫁娶或服中生子而怠忽慎終之義務者均有嚴重制裁。
若對父母惡言惡語相向，處以絞刑，且列入「十惡」不赦之列，至於
子孫反抗祖父、父母並毆打者更列入十惡中之「惡逆」，處以死罪中
之最酷斬刑，其餘有關法律極為繁瑣，不一一贅列。〔註150〕然凡此
數端已足看出唐代法律對於孝道的重視，藉嚴厲的規定來抑止不孝行
為，期能正風移俗，正導視聽。

　　正因為不論從政治、教育、法律的角度來看唐代都是一個有承有
啟，以孝道為基礎的倫理社會，因而藉詩的歌詠更能應證一個蓬勃社
會的精神面。

　　孝雖然屬於後天修為的德性，但是推究父母與子女之間的關係却
是與生俱來的骨肉之親，《呂氏春秋》有一段記載，就說明了親子之
間那份莫名的牽繫：「周有申喜者，亡其母。聞乞人歌於門下而悲之，
動於顏色，謂門者內乞人之歌者，自覺而問焉，曰『何故而乞？』與
之語，蓋其母也。故父母之於子也，子之於父母也，一體而兩分，同

〔註148〕唐長孫無忌等撰《唐律疏議》(弘文館出版社，民國75年)，卷一，
　　　　頁12。
〔註149〕前揭書，卷一，頁8。
〔註150〕參《敦煌孝道文學》，第二章第三節〈唐代之孝道與法律〉，頁29
　　　　～37。

氣而異息，若草莽之有華實也，若樹木之有根心也，雖異處而相通；隱志相及，痛疾相救，憂思相感，生則相歡，死則相哀，此之謂骨肉之親。」〔註151〕正因為親情是人類最早最深刻的感情，因此早在《詩經》時代就不斷地被歌誦，行旅在外的遊子以不得養親為歎，父母早逝的人更自傷樹欲靜而風不止，子欲養而親不待，人們早就體會到父母鞠育恩深「欲報之德，昊天罔極」。

在唐代更是重視親子倫理，據羅師宗濤《敦煌變文社會風俗事物考》所研究，當時維繫家族的主要力量是親子之間的恩情，夫婦情感反屬次要。變文中一力主張孝慈而不強調夫妻情感，如八相變：「若說世間恩愛，不過父子情深，細論世上恩情，莫論親生男女。」婦女對丈夫固當忠貞不二，如〈韓朋賦〉、〈秋胡變文〉等，但做丈夫的却每以細故犧牲妻子，成全孝道而倍受讚揚。〔註152〕連盜賊遇見採桑甚奉親的蔡順，知是孝子，也軟了心腸不殺他。俗文學裏勸孝教孝的風氣如此之甚，詩人們也每於詩中致其意，如白居易〈燕詩示劉叟〉以燕為比喻，描述父母對子女無微不至的關愛與辛勞，勸導人們一旦自立，不要拋棄父母，遠走高飛，傷父母的心，自注云：「叟有愛子，背叟逃去，叟甚悲念之，叟少年時亦嘗如是，故作燕詩以諭之。」，詩云：

> 梁上有雙燕，翩翩雄與雌。銜泥兩椽間，一巢生四兒。四兒日夜長，索食聲孜孜。青蟲不易捕，黃口無飽期。嘴爪雖欲敝，心力不知疲。須臾千來往，猶恐巢中饑。辛勤三十日，母瘦雛漸肥。喃喃教言語，一一刷毛衣。一旦羽翼成，引上庭樹枝。舉翅不回顧，隨風四散飛。雌雄空中鳴，聲盡呼不歸。却入空巢裏，啁啾終夜悲。燕燕爾勿悲，爾當反自思。思爾為雛日，高飛背母時。當時父母念，今日爾應知。〔註153〕

〔註151〕秦呂不韋著《呂氏春秋》（世界書局，民國61年），卷九〈季秋紀·審己〉，頁93。

〔註152〕參羅師宗濤《敦煌變文社會風俗事物考》（文史哲出版社，民國63年）。

〔註153〕唐白居易《白居易集》（漢京文化事業有限公司，民國73年），卷一，頁19。

此詩兼詠父母之愛，而居易另一首〈慈烏夜啼〉則藉慈烏失母夜啼來
寫孝子失母之悲並痛陳母恩未報之憾：

> 慈烏失其母，啞啞吐哀音。晝夜不飛去，經年守故林。夜
> 夜夜半啼，聞者爲霑襟。聲中如告訴，未盡反哺心。百鳥
> 豈無母，爾獨哀怨深。應是母慈重，使爾悲不任。昔有吳
> 起者，母歿喪不臨。嗟哉斯徒輩，其心不如禽。慈烏復慈
> 烏，鳥中之曾參。〔註154〕

慈烏雖爲禽類，而知哭母，若吳起之輩，母歿猶且不知奔喪，可謂尚
不如禽，居易藉著讚揚慈烏而痛責天下不孝之輩，用意自深。除了詠
親恩，詩人也詠孝子，對他們的行爲多所稱揚，如王建〈宋氏五女〉
讚許宋處士廷棻的五個女兒若華、若昭、若倫、若憲、若茵能貞孝自
持，晨昏侍親，詩云：

> 五女誓終養，貞孝內自持。兔絲自縈紆，不上青松枝。晨
> 昏在親傍，閒則讀詩書。自得聖人心，不因儒者知。少年
> 絕音華，貴絕父母詞。素釵垂兩髦，短窄古時衣。行成聞
> 四方，徵詔環珮隨。同時入皇宮，聯影步玉墀。鄉中尚其
> 風，重爲修茅茨。聖朝有良史，將此爲女師。〔註155〕

平常女子在豆蔻年華莫不思春盼嫁，宋氏五女則飽讀詩書，共誓終
養，簡衣素服，樂在其中，其孝行與學問爲鄉里所聞，更達於宮中，
乃詔入宮，王建慶幸聖朝有良史，使野無遺賢，五女俱爲女師。劉彎
〈虹縣嚴孝子墓〉嘉嚴孝子終身爲父母守喪之孝行，詩云：

> 至性教不及，因心天所資。禮聞三年喪，爾獨終生期。下
> 由骨肉恩，上報父母慈。禮聞哭有卒，爾獨哀無時。前有
> 松柏林，荊蓁結朦朧。墓門白日閉，泣血黃泉中。草服蔽
> 枯骨，垢容戴飛蓬。舉聲哭蒼天，草木皆悲風。〔註156〕

嚴孝子終其生爲父母守喪，至草服蓬首而卒，其人確如劉彎所言「至

〔註154〕前揭書，卷一，頁18～19。
〔註155〕《全唐詩》（明倫出版社，民國60年），卷二九七，頁3369～3370。
〔註156〕前揭書，卷一九六，頁2012。

性教不及，因心天所資」，夙性純孝，常人當悲嗟而歎的「其愚不可及也」。韓愈有一首〈嗟哉董生行〉則揭露了一位隱居行義，不爲世所知的君子人的生活，並用以諷刺世上不孝不悌之人，詩云：

> 淮水出桐柏山，東馳遙遙千里不能休。泌水出其側，不能千里，百里入淮流。壽州屬縣有安豐，唐貞元時，縣人董生召南隱居行義於其中，刺史不能薦，天子不聞名聲，爵祿不及門。門人惟有吏，日來徵租更索錢。嗟哉董生朝出耕，夜讀古人書。盡日不得息，或山于樵，或水于漁。入廚具甘旨，上堂問起居。父母不慼慼，妻子不咨咨。嗟哉董生孝且慈。人不識，惟有天翁知。生祥下瑞無休期，家有狗乳出求食。雞來哺其兒，啄啄庭中拾蟲蟻。哺之不食鳴聲悲，彷徨躑躅久不去。以翼來覆待狗歸，嗟哉董生誰將與儔。時之人夫妻相虐，兄弟爲讐，食君之祿而令父母愁。亦獨何心，嗟哉董生無與儔。〔註157〕

本詩極力讚揚董生孝行，對於腐吏不惟不能舉其賢，且日日收括斂聚提出了嚴厲的控訴。珠藏於淵，玉埋於山，惟令識者怏怏不能平。

養親是爲人子者義之所在，當然必行的。但是一踏上宦途，往往又南北播遷，不能長守膝前，日日承歡，因此在仕宦與侍親之間，往往存在著相當的矛盾，夙性至孝的張九齡這首〈將發還鄉示諸弟〉道盡了爲人子的無奈：

> 歲陽亦頹止，林意日蕭摵。云胡當此時，緬邈復爲客。至愛孰能捨，名義來相迫。負德良不賞，輸誠靡所惜。一木逢厦構，纖塵願山益。無力主君恩，寧利客卿璧。去去榮歸養，憮然歎行役。

《禮記祭義》言孝云：「大孝尊親，其次弗辱，其下能養。」〔註158〕奉養父母雖是最基本的，然而在時難年荒，求告無門的情況下，遊子四處遊歷，覓生計以養其親卻往往困難重重，洵非易事，王維有

〔註157〕前揭書，卷三三七，頁3783。
〔註158〕《十三經注疏‧禮記》，卷四八，頁820。

一首〈觀別者〉充滿了悲憫與慨歎，詩云：

> 青青楊柳陌，陌上別離人。愛子遊燕趙，高堂有老親。不
> 行無可養，行去百憂新。切切委兄弟，依依向四鄰。都門
> 帳飲畢，從此謝親賓。揮淚逐前侶，含悽動征輪。車徒望
> 不見，時見起行塵。吾亦辭家久，看之淚滿巾。〔註159〕

人間兩難「不行無可養，行去百憂新」，遊子的心境堪稱尷尬不已，
誰願意違鄉辭親呢，這之間有太多的無可奈何了，詩人看在眼中，想
到自己也離家許久，不禁同其情而淚滿襟了。此爲從軍燕趙，藉以養
親，有些人則投官求仕，或進入科場，其心境則如下，李栖筠〈投宋
大夫〉：

> 十歲投人九處違，家鄉萬里又空歸。嚴霜昨夜侵人骨，誰
> 念高堂未授衣？〔註160〕

空手歸鄉，傷天寒地凍而慈母猶未有能力爲家人備置多衣，此中心
酸，更何可待言。杜荀鶴〈下第東歸，將及故園有作〉詩云：

> 平生操立有天知，何事謀身與志違。上國獻詩還不遇，故
> 國經亂又空歸。山城欲暮人煙斂，江月初寒釣艇歸。且把
> 風寒作閒事，懶能和淚拜庭闈。〔註161〕

落第心怯，因而既懶也難於面對堂上二老。爲了養親，許多士子都放
棄了不慕功名的清高理想而委身求職，例如孟浩然就因親老，故不擇
官而仕，其〈書懷貽京邑同好〉云：

> 維先自鄒魯，家世重儒風。詩禮襲遺訓，趨庭紹末躬。晝
> 夜常自強，詞賦頗亦工。三十既成立，嗟吁命不通。慈親
> 向羸老，喜懼在深衷。甘脆朝不足，簞瓢夕屢空。執鞭慕
> 夫子，捧檄懷毛公。感激遂彈冠，安能守固窮。當途訴知
> 己，投刺匪求蒙。秦楚貌離異，翻飛何月同。〔註162〕

說明了爲慈親羸老，求甘旨之奉而不能守固窮的原因。白居易自幼

〔註159〕《全唐詩》，卷一二五，頁1245。
〔註160〕前揭書，卷二一五，頁2246。
〔註161〕前揭書，卷六九二，頁7969～7970。
〔註162〕前揭書，卷一五九，頁1619～1620。

家貧，十五六歲，始知有進士，苦節讀書「二十以來，畫課賦，夜課書，間又課詩，不遑寢息矣，以至于口舌成瘡，手肘生胝，既壯而膚革不豐盈，未老而齒髮早衰白，瞥瞥然如飛蠅垂珠在眸子中也，動以萬數。」〔註163〕然遲至二十七歲始應鄉試，二十九歲以第四名中進士第，旋東歸覲省，其時心境實應了那句「十年寒窗無人曉，一舉成名天下聞」因其父已卒，他第一個想報好消息的就是高堂老母了，〈及第後歸覲留別諸同年〉：

> 十年常苦學，一上謬成名。擢第未爲貴，賀親方始榮。時
> 輩六七人，送我出帝城。軒車動行色，絲管舉離聲。得意
> 減別恨，半酣輕遠程。翩翩馬蹄疾，春日歸鄉情。〔註164〕

再大的榮耀，若不與慈親分享，就黯然失色了，無怪乎居易春風得意馬蹄疾，即刻便啓程了。中舉後並未即刻授官，貞元十八年居易三十一歲，試書判拔萃科及第，至次年春方始授校書郎，從此居易租居於長安常樂里，而母親仍在洛陽，這段時間，雖然是初爲官，然而事母至孝的他仍然掛念著老母，眷然有思歸之意，〈思歸〉一詩云：

> 養無晨昏膳，隱無伏臘資。遂求及親祿，僶勉來京師。薄
> 俸未及親，別家已經時。冬積溫席戀，春違採蘭期。夏至
> 一陰生，稍稍夕漏遲。塊然抱愁者，夜長獨先知。悠悠鄉
> 關路，夢去身不隨。坐惜時節變，蟬鳴槐花枝。〔註165〕

此詩作於貞元十九年夏日，可能因爲居易思親太切，貞元二十年春乃徙家於秦，卜居渭上，距長安約百里。後來居易罷校書郎，授盩厔縣尉，又調充京兆府考官，而后授翰林學士，再授左拾遺，居不定所，仍未能盡人子之養。又到了元和五年，左拾遺任滿，當改官，上謂崔羣曰：「居易官卑俸薄，拘於資地，不能超等，其官可聽自便奏來。」居易奏曰：「臣聞姜公輔爲內職，求爲京府判司，爲奉親也，臣有老

〔註163〕《白居易集》，卷四五〈與元九書〉，頁962。
〔註164〕前揭書，卷五，頁103。
〔註165〕前揭書，卷九，頁178。

母，家貧養薄，乞如公輔例。」於是除京兆府戶曹參軍。〔註166〕仍充翰林學士。然而居易五月上任，隔年四月，其母陳氏即卒於宣平里第，居易乃罷官丁憂居渭村，哀哀孝子至此欲報無由。

出外在家的遊子，格外能體會父母的深情，特別是對母親的懷念與歌詠特別多，比較起來歌詠父愛的作品就很少見了，此中原因，據葉慶炳先生推測，可能由於在古代社會中，一位父親和一位母親在人子心目中的形象有較大的差異，父親的形象往往和學問、道德、事功連想在一起，母親則是愛的化身，所謂嚴父慈母，子女對父親敬畏有加，說到愛的交流，父子之間遠不及母子之間來得暢通自然。〔註167〕下面我們就來看這首膾炙人口的〈遊子吟〉，孟郊自註云：「迎母漂上作」：

> 慈母手中線！遊子身上衣。臨行密密縫，意恐遲遲歸。誰言寸草心，報得三春暉。〔註168〕

作者抓住了做母親最普遍最常做的一個縫衣服的鏡頭，而將時間鎖定在遊子臨行之際，那一針一線綿綿密密的都充滿了離情依依，而遊子將這作衣服穿在身上也就倍感溫馨，母親的慈愛如同三春的陽光，子女以寸草之心，如何報答得了。尤信雄博士曾對這首詩深入剖析道：

> 郊以為父母子女間之倫理，最為崇高嚴肅，亦最為感人，當母愛親情在遊子之寒衣上，不時散發出來，遊子所感受到之愛心，其偉大、感人，視春天之陽光更為溫馨可愛，亦更加和煦動人，如此偉大之母愛，絕非人子所能報答得盡，如此充滿孺慕之情之深摯作品，竟是孟郊五十歲時之作品，真乃孝思不匱，終身為人子之賢者。〔註169〕

〔註166〕 後晉劉昫等《舊唐書》（鼎文書局，民國74年），卷一六六〈白居易傳〉，頁4344。

〔註167〕 參葉慶炳〈推廣古典詩歌、滋潤倫理親情〉，文收入《傳統文化與現代生活研討會論文集》（民國71年），頁264。

〔註168〕 《全唐詩》，卷三七二，頁4179。

〔註169〕 尤信雄《孟郊研究》，此轉引自羅師宗濤〈中國人之倫理意識—以

對於此詩精粹，其誠然深得之。

聶夷中亦有〈遊子吟〉一首云：

> 萱草生堂階，遊子行天涯。慈親倚門望，不見萱草花。〔註170〕

相較之下，的確不如孟郊之作來得凝聚力強，扣人心弦，這正是孟詩之所以能流傳千餘年而歷久彌新的原因。

雙親健在是人子至盼，孟子云君子三樂，有「父母俱存，兄弟無故」之目，確實，能夠像老萊子那樣，一把年紀了，猶有綵衣娛親、承歡膝下的幸福的人並不多，因此「父母在，不遠遊」成了人子之誠，即便不得已遠行，也莫不刻刻盼歸，如李中〈下蔡春暮旅懷〉云：

> 柳過春霖絮亂飛，旅中懷抱獨悽悽。月生淮上雲初散，家在江南夢去迷。髮白每慚清鑑啓，心孤長怯子規啼。拜恩爲養慈親急，願向明朝捧紫泥。〔註171〕

李中爲九江人，此時人在下蔡，夜夜夢裏迴旋的盡是江南，爲了供養雙親，他決定向聖上乞歸。乞歸得許，李中又有〈捧宣頭許歸侍養〉一詩，云：

> 泥書捧處聖恩新，許覲庭闈養二親。螻蟻至微寧足數，未知何處答穹旻。〔註172〕

他感激聖上恩准返鄉，正興沖沖預備出發，反思以人子螻蟻之微意，如何報答得盡雙親如穹旻浩廣之深恩。李中此次返鄉，最大的原因可能在慈親染恙，因此一路歸心似箭，馬不停蹄，其〈途中作〉註云：「逢舊識，聞老親所患不至加甚」詩云：

> 煙波涉歷指家林，欲到家林却懼深。得信慈親疴療減，當時寬勉採蘭心。〔註173〕

得知最耽心的事，也就是母親的病已無大礙，頓時宛如心上一塊石頭

中國詩歌所表現之倫理觀爲中心一〉，文收入《現代社會與傳統道德論文集》（韓國高麗大學校民族文化研究所，1986），頁108。

〔註170〕《全唐詩》，卷六三六，頁7301。

〔註171〕前揭書，卷七四八，頁8527。

〔註172〕同前註。

〔註173〕同前註。

落了地，心頭安穩得多了。孟浩然〈夕次蔡陽館〉也是歸途中作：

> 日暮馬行疾，城荒人住稀。聽歌知近楚，投館忽如歸。魯
> 堰田疇廣，章陵氣色微。明朝拜嘉慶，須著老萊衣。〔註174〕

首句已洩露了作者心頭急於趕路，一句句逼出歸途中的旅人對人情風
物逐漸熟稔的感受，末兩句才點出明日可以抵家，換上老萊之衣，便
是世上無可比擬的幸福人。

　　從征僵場，遊於塞外的人子，歸程遠，乞假尤難，他們珍視那難
得返鄉探親的假更是溢於言表，薛能有一首〈乞假歸題侯館〉：

> 僕帶雕弓馬似飛，老萊衣上著戎衣。郵亭不暇吟山水，塞
> 外經年皆未歸。〔註175〕

馬行如飛心亦飛，雖著戎衣心實老萊，經年塞外未曾歸，對雙親的濃
厚思念早已讓沿途山水容色驟失，魅力盡消，而無暇理會，只盼早一
天能在父母跟前歡承膝下：

　　歡承膝下，是世上人子同樣的盼願，唐中期以后，頻年征伐徵兵，
不知拆散了多少骨肉天倫，在鄉的人守著空空的宅子，一無所歡一無
所慰，反而羨慕起那父兄連袂沙場同行的人，起碼起夠天天與親人在
一起，劉駕這首〈樂邊人〉就是戰爭的世代，人類親情絕處求生的情
形，詩云：

> 在鄉身亦勞，在邊腹亦飽。父兄若一處，任向邊頭老。〔註176〕

　　不能養親終老，不惟禮法輿論所抨擊，即人子本身，夜來反思，
亦當忐忑難安，薛準〈臨終詩〉云：

> 舊國深恩不易酬，又離繼母出他州。誰知天怒無因息，積
> 愧終身乞速休。〔註177〕

棄離繼母遠走他鄉，捫心亦自不當，繼母雖非生身，然養育之恩，恩
不可沒，忽而不報，惶疚積愧必終生隨之，從這首臨終懺悔之作來看，

〔註174〕前揭書，卷一六○，頁1653。
〔註175〕前揭書，卷五六一，頁6510。
〔註176〕前揭書，卷五八五，頁6778。
〔註177〕前揭書，卷七一五，頁8221。

人實不能違離人倫情義的網絡。

　　老萊子七十幾歲，猶且依於父母膝前，父母是人類終生依戀終生信靠的對象，所以父喪云失怙，母喪云失恃，《詩蓼莪》說得好：「無父何怙，無母何恃，出則銜恤，入則靡至」那種哀傷悵然，惘惘若失的感受是天下失親人永恒的缺憾，陳去疾有一首〈西上辭母墳〉〔註178〕云：

　　　　高蓋山頭日影微，黃昏獨立宿禽稀。林間滴酒空垂淚，不
　　　　見叮嚀囑早歸。〔註179〕

往昔辭親，總有慈柔的叮嚀，或勸加餐，或噓寒暖，或盼早歸，如今惟日影橫斜，黃昏無語，慈親人杳，復追何及？即便像陳元光〈太母魏氏半徑題石〉：

　　　　喬岳標仙蹟，玄扃安壽姬。烏號非嶺海，鶴仰向京師。繫
　　　　牒公侯裔，懸孤將相兒。清貞蜚簡籍，規範肅門楣。萬里
　　　　提兵路，三年報母慈。劍埋龍守壙，石臥虎司碑。憂闕情
　　　　猶結，祥回禪居期。竹符忠介凜，桐杖孝思淒。許史峋嶙
　　　　篆，曹侯感舊詩。鴻濛山暝啓，駿彩德昭垂。華表瑤池冥，
　　　　清漳玉樹枝。昭題盟岳瀆，展墓慶重熙。〔註180〕

將母親的慈德清貞題刻於墓石之上，也無補於事，因為再如何歌頌，母親也是不可能再回來的了。然而人的年壽有限，雙親再怎樣長命，終究有離子女而去的一日，那就無怪乎古人有言「生而願為人兄，得奉養之日長。」細玩其味，也是一片孝子心腸。

　　天下的父母率多慈愛，但是在注重孝道的中國文化社會裏，這並不是子女湧泉以報的必然條件。相反的，歷史上有許多的孝子，反而因父母昏瞶或貪虐而更留名青史。如舜父昏瞶無能稱為瞽叟，後母偏

〔註178〕王重民、孫望、童養年輯錄《全唐詩外編》（木鐸出版社，民國 72
　　　　年），第四編〈全唐詩續補遺〉卷七，此詩題作〈拜母氏墳〉，作者
　　　　題歐陽詹。
〔註179〕《全唐詩》，卷四九○，頁 5553。
〔註180〕前揭書，卷四五，頁 551。

愛己子，三番兩次欲加害於舜；又如晉獻公爲驪姬所惑，竟下令殺世子申生；再如唐變文中流傳最廣的目蓮救母故事中，目蓮之母生前貪吝，連行乞之人亦不垂憐，皆並非有什麼德性可以稱道，或對子女疼憐有加值得讚揚的典型。然而儒家的文化一再強調父子之間不責善，認爲「父爲子隱，子爲父隱」才是生命本質自然而順暢的表現，因此不管父母賢或不善，行孝仍是人子所必。當然，這不問是非，但順其意以承其歡的想法，此時我們來看，實屬荒謬。然而若探求立言者的初心，仍不難發現，生養不易，爲對天下父母聊表一番敬意，他們才會鼓勵爲人子女者不計其惡，務報其恩。

雖然如此，我們也實在不應避開令人憂傷的人間陰暗面，發生在唐朝的事，可能發生在任何一個朝代，爲了爭權奪利，不惜拿自己的孩子做爲犧牲品，在歷史上是絕對招人非議的，俗云「虎毒尚不食子」，何況人呢？武則天就算治理天下確有其幹才，但是連殺二個親生骨肉，却讓她淪爲禽獸之比，永遠不得翻身。初，武氏殺太子弘，改立李賢，即章懷太子，李賢字明允，容止端莊，自幼聰慧，讀書一覽輒不忘，立爲皇太子後，嘗詔集諸儒張大安等注《後漢書》，然而武后以明崇儼爲盜所殺之事，疑出太子之謀，遂誣構而廢之，賢冀能自全，然無由敢言，乃作〈黃臺瓜辭〉命樂工歌之，冀武后聞而感悟，其辭云：

> 種瓜黃臺下，瓜熟子離離。一摘使瓜好，再摘使瓜稀。三摘猶自可，摘絕抱蔓歸。〔註181〕

如此委婉曲折，向自己的母親乞求活命，誠然爲天倫噩夢，但是儘管做兒子的苦心以諫，武后却一點也聽不進去，在權勢慾的熾熱燒灼之下，她硬狠了心腸，在登上王位，掌握天下之後，斬絕了所有可能成爲他的障礙的人，連自己的兒子也不能逃過這場浩劫，章懷太子就這樣遇害了，留下並未發揮任何作用的〈黃臺瓜辭〉千古令人感歎歔欷。

〔註181〕前揭書，卷六，頁65。

附論：叔姪、舅甥、翁婿、祖孫之倫理

在父子關係的外緣，延伸出的尚有叔姪、舅甥、翁婿乃至祖孫的類似關係，他們之間的感情往往也擬同於父子，是家庭倫理生活中重要的一環，以下便逐一探討如下：

一、叔　姪

在宗法制度下，叔伯與姪兒間，即令不住在一起，仍有家族的向心力，將他們緊密黏繫。更何況唐型家庭基本上是人口眾多數代同堂的型態，唐律高度反映了已婚兄弟與其子女同居共財，甚至兄弟亡故，伯叔與子姪依然同居共財的現象，上代猶在，子孫便不准別異，斬衰期間也不准別異，強令分戶的話，將罪及父母。所以尊長猶在，子孫合籍、同居、共財而三代同堂的情形是很普徧的，否則至少也有一個兒子的小家庭和父母同住。〔註182〕在這種情形下，叔姪之間同在一個屋簷下朝夕相處的機會極大，故他們之間的感情自然可能更深刻。

此外縱有原因使兄弟各分東西，而致叔姪生疏，但往往若有機會相遇，敘起同宗之誼，沒有不分外親熱的。如果再在詩文上成爲知己，或積同僚爲官之誼，或在宦途上推助援引，那又可蘊釀出另一種亦師亦友的情誼。

此處我們便從叔姪詩的內涵，分別歸納如下：

（一）關愛同樂

自姪兒幼時即付出相當的感情者如白居易，居易爲下邽白氏第一個進士，深爲寒素的家族所仰賴，而居易的同輩兄弟又多不壽，留下的孀婦孤兒往往便由他扶養，居易一生爲扶養族屬而生存，這關係他的情操及文學生活至鉅。〔註183〕至於同胞兄弟的子嗣，他更是竭其

〔註182〕參杜正勝〈編戶齊民－傳統的家族與家庭〉，文收入《中國文化新論・社會篇－吾土與吾民》（聯經出版事業公司，民國71年），頁27～30。

〔註183〕參王夢鷗先生〈白樂天之先祖及後嗣問題〉，《國立政治大學學報》，第十期，頁137。

心力撫育長成，其兄名幼文，中年即卒，〈祭浮梁大兄文〉云：「宅相
癡小，居易無男，撫視之間，過於猶子」〔註184〕當時居易已經四十
六歲，膝下惟有初生的女兒阿羅〔註185〕，不久其弟行簡偕眷自東川
至江州，並隨居易遷忠州，在忠州阿羅已三歲，而行簡一子龜兒則為
六歲，兩個小娃兒天真爛漫、繞膝承歡，帶給他莫大的安慰，〈弄龜
羅〉詩云：

> 有姪始六歲，字之為阿龜。有女生三年，其名曰羅兒。一
> 始學笑語，一能誦歌詩。朝戲抱我足，夜眠枕我衣。汝生
> 何其晚，我年行已衰。物情稍可念，人意老多慈。酒美竟
> 須壞，月圓終有虧。亦如恩愛緣，乃是憂惱資。舉世同此
> 累，吾安能去之。〔註186〕

〈官舍閒題〉：

> 職散優閒地，身慵老大時。送春唯有酒，銷日不過棋。祿
> 米麕牙稻，園蔬鴨腳葵。飽餐仍晏起，餘暇弄龜兒。〔註187〕

〈聞龜兒詠詩〉：

> 憐渠已解詠詩草，搖膝支頤學二郎。莫學二郎吟太苦，縷
> 年四十鬢如霜。〔註188〕

這個可愛的小男孩，深深攫獲了居易的心。到長慶二年居易由中書舍
人出為杭州刺史，竟因未帶龜兒同行，而一路懸念不已，乃至淚落不
已，〈路上寄銀匙與阿龜〉詩云：

> 謫宦心都慣，辭鄉去不難。緣留龜子住，涕淚一闌干。小
> 子須嬌養，鄒婆為好看。銀匙封寄汝，憶我即加餐。〔註189〕

這時阿龜約已十歲左右，居易如此捨不得他，可見得平日放下了多深

〔註184〕唐白居易撰《白居易集》（漢京文化事業有限公司，民國 73 年），
　　　　卷四○，頁 896。
〔註185〕時元和十二年（817），居易在江州司馬任，參朱金城《白居易年譜》
　　　　（上海古籍出版社，1982 年），頁 83。
〔註186〕《白居易集》，卷七，頁 140。
〔註187〕前揭書，卷十六，頁 328。
〔註188〕前揭書，卷十七，頁 358。
〔註189〕前揭書，卷二○，頁 430。

的感情。寶曆元年白居易在蘇州刺史任，行簡時遷主客郎中，加朝散大夫，曾書報居易龜兒及臘娘的消息，居易乃作〈見小姪龜兒詠燈詩，并臘娘製衣，因寄行簡〉：

> 已知臘子能裁服，復報龜兒解詠燈。巧婦才人常薄命，莫教男女苦多能。〔註190〕

臘娘爲行簡的女兒，這首詩顯見居易與行簡兩家人互相關愛，不分彼此，自然流露著眞情。寶曆二年冬，白行簡卒，居易遂完全負起照顧孤兒寡母的責任，他在〈和微之詩二十三首〉中有〈和晨興因報問龜兒〉一詩云：

> 冬日寒慘澹，雲日無晶輝。當此歲暮感，見君晨興詩。君詩亦多苦，苦在兄遠離。我苦不在遠，纏綿肝與脾。西院病孀婦，後牀孤姪兒。黃昏一慟哭，夜半十時起。病眼兩行血，衰鬢萬莖絲。咽絕五臟脈，瘦削百骸脂。雙目失一目，四肢斷兩肢。不如溘然逝，安能半活爲。誰爲茶藥苦，茶藥甘如飴。誰謂湯火熱，湯火冷如澌。前時君寄詩，憂念問阿龜。喉噪聲氣室，經年無報辭。及覩晨興句，未吟先涕垂。因茲連泗際，一吐心中悲。茫茫四海間，此苦惟君知。去我四千里，使我告訴誰。仰頭向青天，但見雁南飛。憑雁寄一語，爲我達微之。弦絕有續膠，樹斬可接枝。唯我中腸斷，應無連得期。〔註191〕

龜兒是居易的「猶子」，也是他心中的寶貝，如今寶貝失去了最親愛的爹爹，居易也失去了最親愛的手足，彼痛與此痛實不相上下，整首詩傷痛難耐，但是「西院病孀婦，後牀孤姪兒」後來實在都是由他一手包攬，撫恤教養的。

居易與家族關係如此密切，生活裏弟姪的比重相對的大，他們歡聚笑樂，打成一片，如〈歲日家宴戲示弟姪等，兼呈張侍郎二十八丈，殷判官二十三兄〉就是形骸潦倒，極情盡興的一個畫面：

〔註190〕前揭書，卷二四，頁552。
〔註191〕前揭書，卷二二，頁487。

　　弟妹妻孥小姪甥，嬌癡弄我助歡情。歲盞後推藍尾酒，春
　　盤先勸膠牙餳。形骸潦倒雖堪歎，骨肉團圓亦可榮。猶有
　　誇張少年處，笑呼張丈喚殷兄。〔註192〕

　此外，李嘉祐〈送從叔陽冰祇召赴都〉云：

　　自小從遊慣，多由戲笑偏。常時矜禮數，漸老荷優憐……

　〔註193〕

云叔姪之間，平時矜於禮數，不敢表露情感，年老了才反而能像小時
那樣無禁忌地見憐寵。李羣玉〈校書叔遺暑服〉由贈衣見叔父的關愛：

　　翠雲箱裏疊穰櫳，楚葛湘紗淨是空。便著清江明月夜，輕
　　涼與掛一身風。〔註194〕

　叔姪之間往往也看得到類似反哺的感情，如杜甫〈示姪佐〉：

　　多病秋風落，君來慰眼前。自聞茅屋趣，只想竹林眠。滿
　　谷山雲起，侵籬澗水懸。嗣宗諸子姪，早覺仲容賢。〔註195〕

又〈佐還山後寄〉：

　　山晚黃雲合，歸時恐路迷。澗寒人欲到，林黑鳥應棲。野
　　客茅茨小，田家樹木低。舊諳疏懶叔，須汝故相攜。

　　白露黃粱熟，分張素有期。已應舂得細，頗覺寄來遲。味
　　豈同金菊，香宜配綠葵。老人他日愛，正想滑流匙。

　　幾道泉澆圃，交橫慢落坡。葳蕤秋葉少，隱映野雲多。隔
　　沼連香芰，通林帶女蘿。甚聞霜薤白，重惠意如何？〔註196〕

卜居草堂的杜甫疏懶而拙於生計，幸賴姪佐來相慰問，杜佐還山後，
杜甫更是迫不及待寫信，專望他寄來黃粱及霜薤。

　　至於叔姪同樂除前見白居易詩外，如韋應物〈晦日處士叔園林燕
集〉：

〔註192〕前揭書，卷二四，頁540。
〔註193〕《全唐詩》（明倫出版社，民國60年），卷二○六，頁2158。
〔註194〕前揭書，卷五七○，頁6609。
〔註195〕唐杜甫撰、清楊倫箋注《杜詩鏡銓》（華正書局，民國70年），卷
　　　　六，頁266。
〔註196〕前揭書，卷六，頁266～267。

遠看蕚葉盡，坐闕芳年賞。賴此林下期，清風滌煩想。始萌動新煦，佳禽發幽響。嵐嶺對高齋，春流灌蔬壤，罇酒遺形跡，道言履開獎。幸蒙終夕歡，聊用稅歸秧。〔註197〕

又〈奉酬處士叔見示〉：

挂纓守貧賤，積雪臥郊園。叔父親降趾，壺醑攜到門。高齋樂宴罷，清夜道心存。即此同疏氏，可以一忘言。〔註198〕

盧綸〈九日同司直九叔崔侍御登寶雞南樓〉：

把菊嘆將老，上樓悲未還。短長新白髮，重疊舊青山。霜氣清襟袖，琴聲引醉顏。竹林唯七友，何幸亦攀登。〔註199〕

又〈酬趙少尹戲示請姪元陽等，因以見贈〉：

八龍三虎儼成行，瓊樹花開鶴翼張。且請同觀舞鸑鷟，何須竟哂食檳榔。歸時每愛懷朱橘，戲處常聞佩紫囊。謬入阮家逢慶樂，竹林因得奉壺觴。〔註200〕

皆是敘叔姪同樂之情景。

（二）教誨期勉

白居易一生淡泊自樂，教導姪兒們也一本初哀，傳授淡泊名利的人生哲學，他常在生活裏，利用機會教育他們，如〈新構亭臺示諸弟姪〉一詩云：

平臺高數尺，台上結茅茨。東西疏二牖，南北開兩扉。蘆簾前後捲，竹簟當中施。清冷白石枕，疏涼黃葛衣。開襟向風坐，夏日如秋時。嘯傲頗有趣，窺臨不知疲。東窗對華山，三峯碧參差。南簷當渭水，臥見雲帆飛。仰摘枝上果，俯折畦中葵。足以充飢渴，何必慕甘肥。況有好羣從，日夕相追隨。〔註201〕

〔註197〕《全唐詩》，卷一八六，頁1899。

〔註198〕前揭書，卷一九○，頁1948。

〔註199〕唐盧綸撰、劉初棠校注《盧綸詩集校注》（上海古籍出版社，1989年），卷四，頁421。

〔註200〕前揭書，卷二，頁142～143。

〔註201〕《白居易集》，卷六，頁117。

又〈狂言示諸姪〉：

> 世欺不識字，我乔攻文筆。世欺不得官，我乔居班秩。人
> 老多病苦，我今幸無疾。人老多憂累，我今婚嫁畢。心安
> 不移轉，身泰無牽率。所以十年來，形神閒且逸。況當垂
> 老歲，所要無多物。一裘煖過冬，一飯飽終日。勿言舍宅
> 小，不過寢一室。何用鞍馬多，不能騎兩匹。如我優幸身，
> 人中十有七。如我知足心，人中無百一。傍觀愚亦見，當
> 已賢多失。不敢論他人，狂言示諸姪。〔註202〕

同樣教他們知足常樂，莫爲外物所遷的道理。事實上居易還很留心姪
兒們的學問進程，他在太和二年所寫的〈祭郎中弟文〉就說：「龜兒
頗有文性，吾每自教詩書，三二年間，必堪應舉……宅相得彭澤官場，
各知平善……他日及吾文集，同付龜羅收傳。」〔註203〕可知他親自
教誨龜兒，同時早就把龜兒視作他的衣鉢傳人，這樣的用心用情，實
不輸給親生的父母。

杜甫〈醉歌行〉則安慰姪兒落榜，鼓勵他再接再勵：

> 陸機二十作〈文賦〉，汝更小年能綴文。總角草書又神述，
> 世上兒子徒紛紛。驊騮作駒已汗血，鷙鳥舉翮連青雲。詞
> 源倒流三峽水，筆陣獨掃千人軍。只今年纔十六七，射策
> 君門期第一。舊穿楊葉眞自知，暫蹶霜蹄未爲失。偶然擢
> 秀非難取，會是排風有毛質。汝身已見唾成珠，汝伯何由
> 髮如漆？春光潭沱奏東亭，渚蒲芽白水荇青。風吹客衣日
> 杲杲，樹攪離思花冥冥。酒盡沙頭雙玉瓶，眾賓皆醉我獨
> 醒。乃知貧賤別更苦，吞聲躑躅涕淚零。〔註204〕

這是天寶十四年春天在長安所作，原註云：「別從姪勤落第歸」，杜甫
臨別贈詩，爲落第的姪兒打氣。首段讚揚杜勤平日才華洋溢，中段慰
勉考場失意，言馬前失蹄，非人力所能掌握，末段則敍離情別意兼發
抒滿腸的辛酸淒楚。據考杜甫在開元廿三年（735），時年二十四歲，

〔註202〕前揭書，卷三○，頁689～690。
〔註203〕前揭書，卷六九，頁1454～1455。
〔註204〕《杜詩鏡銓》，卷二，頁61～62。

赴京趕考，即曾遭落榜的命運，他的說法是「忤下考功第，獨辭京尹堂」〔註205〕，是因文章不中主考官之意，才名落孫山的，二十年後姪兒跟他同境遇，他自然格外能體恤，格外勸他繼續努力，重拾雄心與信心，「偶然擢秀非難取，會是排風有毛質」，只要是人才，不怕不脫穎而出。於此他復感歎自身的落魄失意，抱著滿腔「致君堯舜上，再使風俗淳」的理想來到京城，可是蹉跎了十年〔註206〕，始終到處碰壁，窮途潦倒而一無所成，這正是他「吞聲躑躅涕淚零」的原因。

權德輿七歲即喪父，他有詩〈伏蒙十六叔寄示喜慶感懷三十韻，因獻之〉可見其叔父對他教誨也甚殷勤：

> 受氏自有殷，樹功緬前秦。圭田接土宇，侯籍相紛綸。道義集天爵，菁華極人文。握蘭中臺並，折桂東堂春。祖德蹈前哲，家風播清芬。先公秉明義，大節逢艱屯。獨立挺忠孝，至誠感神人。命書備追錫，跡遠道不伸。小生諒無似，積慶遭昌辰。九年西掖忝，五轉南宮頻。司理因曠職，曲臺仍禮神。愧非夔龍姿，忽佐堯舜君。內惟負且乘，徒以弱似仁。豈足議大政，所憂玷彝倫。叔父貞素履，含章窮典墳。百氏若珠貫，九流皆蕈分。黃鐘蘊聲調，白玉那磷磷。清論坐虛室，長謠宜幅巾。開關接人祠，支策無俗賓。種杏當暑熱，烹茶含露新。井徑交碧鮮，軒窗棲白雲。飛沈禽魚樂，芬馥蘭桂薰。經術弘義訓，息男茂嘉聞。筮仕就色養，宴居忘食貧。四方有軺車，上國有蒲輪。行當反招隱，豈得常退身。秦吳路杳杳，朔海望沄沄。侍坐馳夢想，結懷積晨昏。發函捧新詩，慈誨情殷勤。省躬日三復，拜首書諸紳。〔註207〕

杜牧〈冬至日寄小姪阿宜詩〉因在盛誇家世學統之餘，竟勉姪兒努力求學，以便「取官如驅羊」，詩云：

> 小姪名阿宜，未得三尺長。頭圓筋骨緊，兩眼明且光。去

〔註205〕前揭書，卷十四〈壯遊〉，頁698。
〔註206〕按杜甫於天寶五年在魯郡和李白分手，即西到長安。
〔註207〕《全唐詩》，卷三二二，頁3620。

年學官人，竹馬遶四廊。指揮群兒輩，意氣何堅剛。今年
始讀書，下口三五行。隨兄旦夕去，斂手整衣裳。去歲冬
至日，拜我立我旁。祝爾願爾貴，仍且壽命長。今年我江
外，今日生一陽。憶爾不可見，祝爾傾一觴。陽德比君子，
初生甚微茫。排陰出九地，萬物隨開張。一似小兒學，日
就復月將。勤勤不自已，二十能文章。仕宦至公相，致君
作堯湯。我家公相家，劍佩嘗丁當。舊第開朱門。長安城
中央。第中無一物，萬卷書滿堂。家集二百編，上下馳皇
王。多是撫州寫，今來五紀強。尚可與爾讀，助爾爲賢良。
經書括根本，史書閱興亡。高摘屈宋豔，濃薰班馬香。李
杜泛浩浩，韓柳摩蒼蒼。近者四君子，與古爭強梁。願爾
一祝後，讀書日日忙。一日讀十紙，一月讀一箱。朝廷用
文治，大開官職場。願爾出門去，取官如驅羊。吾兄苦好
古，學問不可量。晝居府中治，夜歸書滿牀。後貴有金玉，
必不爲汝藏。崔昭生崔芸，李兼生窟郎。堆錢一百屋，破
散何披猖。今雖未即死，饑凍幾欲僵。參軍與縣尉，塵土
驚劻勷。一語不中治，笞箠身滿瘡。官罷得絲髮，好買百
樹桑。稅錢未輸足，得米不敢嘗。願爾聞我語，懽喜入心
腸。大明帝宮闕，杜曲我池塘。我苦自潦倒，看汝爭翱翔。
總語諸小道，此詩不可忘。〔註208〕

這就不免令人詫異。但是不妨我們進一步看，杜家在其祖杜佑死後就
由盛而衰，而杜牧的父親杜從郁不多久也繼祖父之後亡故，經濟情形
一直困擾著他，〈上宰相求湖州第三啓〉一文曾有清楚的自述：「某幼
孤貧，安仁舊第，置於開元末，某有屋三十間。去元和末，酬償息錢，
爲他人有，因此移去。八年中，凡十徙其居，奴婢寒餒，衰老者死，
少壯者當面逃去，不能呵制。有一豎，戀戀憫歎，挈百卷書隨而養之。
奔走困苦，無所容庇，歸死延福私廟，支柱欹壞而處之。長兄以驢遊
丐於親舊，某與弟顗食野蒿藋，寒無夜燭，默所記者，凡三週歲，遭

〔註208〕前揭書，卷五二○，頁5941～5942。

遇知己，各及第得官。」〔註209〕登第之後，杜顗失明之前，家計尚可維持，然而爲治杜顗目病，又把杜牧搞得焦頭爛額。從開成二年（837）杜顗始病，至寫詩的此刻會昌二年（842）他已經撐了五年，心力交疲之餘，願家中早出高官，一掃經濟的壓力，這種心態是可以想見的。而在現實的逼迫下，到了大中四年（850），他甚至不得不再三上書宰相求爲湖州刺史。從一個世家子弟淪落至此，是無怪乎他要說「我苦自潦倒，看汝爭翱翔」，將重振家風的責任交給下一輩了。

《全唐詩補逸》中還收有范質〈誡兒姪八百字〉一詩，自註云：「昨得謝課書，希於京帙之中更與遷轉，余以諸兒輩生長以來，未諳外事，艱難損益，懵然莫因，抒古詩一章曉之。」，詩云：

> 去年初釋褐，一命到蓬丘。青袍春草色，白紵棄如仇。適會龍飛慶，王澤天下流。爾得六品階，無乃爲太優。凡登進士第，四選昇校讎。歷官十五考，敍階與爾儔。何如志未滿，竟欲凌雲遊。若言品位卑，寄書來我求。省之再歎，不覺淚盈眸。吾家本寒素，門地寡公侯。先子有令德，樂道尚優遊。生逢世多僻，委任信沈浮。仕宦不喜達，更隱同莊周。積善有餘慶，清白爲貽謀。伊余奉家訓，孜孜務進修。夙夜事勤肅，言行思悔尤。出門擇交友，防慎畏薰蕕。省躬常懼玷，恐掇庭闈羞。童年志於學，不墮爲箕裘。二十中甲科，頹尾化爲虬。三十入翰苑，步武向瀛州。四十登宰輔，貂冠侍冕旒。備位行一紀，將何助帝猷。既非救旱雨，豈是濟川舟。天子未遐棄，日益素餐憂。黃河潤千里，草木皆浸漬。吾宗凡九人，繼踵昇官次。門內無白丁，森森朱綠紫。鵷行泊內職，亞尹州從事。府椽監省官，高低皆清美。悉由僥倖升，不由資考至。朝廷懸爵秩，命之曰公器。才者祿及身，功者賞於世。非才及非功，安得專厚利。寒衣內府帛，飢食太倉米。不蠶復不穡，未嘗勤四體。雖然一家榮，豈塞眾人議。顯顯四目窺，齦齦千

〔註209〕清董誥等編、陸心源補輯拾遺《全唐文及拾遺》（大化書局，民國76年），卷七五三，頁3503。

人指。借問爾與吾，如何不自愧。戒爾學立身，莫若先孝
弟。怡怡奉親長，不敢生驕奢。戰戰復兢兢，造次必於是。
戒爾學干祿，莫若勤道藝。嘗聞諸格言，學而優則仕。不
患人不知，惟患學不至。戒爾遠恥辱，恭則近乎禮。自卑
而尊人，先彼而後己。相鼠與茅鴟，宜鑒詩人刺。戒爾勿
放曠，放曠非端士。周孔垂名教，齊梁尚清議。南朝稱八
達，千載穢青史。戒爾勿嗜酒，狂藥非佳味。能移謹厚性，
化爲凶險類。古今傾敗者，歷歷皆可記。戒爾勿多言，多
言者眾忌。苟不慎樞機，災危從此始。是非毀譽間，適足
爲身累。舉世重交遊，擬結金蘭契。忿怨容易生，風波當
時起。所以君子心，汪汪淡如水。舉世好承奉，昂昂增意
氣。不如奉承者，以爾爲玩戲。所以古人疾，籧篨與戚施。
舉世重任俠，呼俗爲氣義。爲人赴急難，往往陷刑死。所
以馬援書，殷勤戒諸子。舉世賤清素，奉身好華侈。肥馬
衣輕裘，揚揚過閭里。雖得市童憐，還爲識者鄙。我本羈
旅臣，遭逢堯舜理。位重才不充，戚戚還憂畏。深淵與薄
冰，蹈之唯恐墜。爾曹當憫我，勿使增罪戾。閉門斂蹤跡，
縮頭避名勢。名勢不久居，畢竟何足恃。物盛必有衰，有
隆還有替。速成不堅牢，亟走多顛躓。灼灼園中花，早發
還先萎。遲遲澗畔松，鬱鬱含晚翠。賦命有疾徐，青雲難
力致。寄語謝諸郎，躁進徒爲爾。〔註210〕

范質爲後唐長興四年進士，歷任後晉漢周各朝，宋太祖受禪，更加兼
侍中，封魯國公，成爲宋初名臣，其事蹟見於宋史，其中記載：「從
子校書郎杲求奏遷秩，質作詩曉之，時人傳誦，以爲勸戒。」〔註211〕
此詩果然是一位忠厚長者，在閱人歷事大半輩子之後，所琢磨出的獨
到人生哲學，他絕不只看平步青雲的假象，也忌憚災患危厄的先兆，
「速成不堅牢，亟走多顛躓」還不如按部就班，腳踏實地吧！

〔註210〕王重民、張望、童養年輯錄《全唐詩外編》（木鐸出版社，民國 72
　　　　年），第三編〈全唐詩補逸〉，卷十六，頁 248～250。
〔註211〕元脫脫等撰《宋史》（鼎文書局，民國 74 年），卷二四九〈范質傳〉。

此外叔姪之間切磋詩文，相互鑑賞者如王建〈酬從姪再看詩本〉：

眼暗沒功夫，慵來翦刻麤。自看花樣古，稱得年少無。〔註212〕

這是做叔叔的年紀大了，怕作的詩不入時，不免轉師年少的姪兒。

齊己〈示諸姪〉則自述歸山隱居之志：

莫問年將朽，加餐已不多。形容渾瘦削，行止強牽拖。死也何憂惱，生而有詠歌。侯門終謝去，却掃舊松蘿。〔註213〕

以上這些詩都證明叔姪之間的情感往往介乎師友之間，彼此影響，彼此教益。

（三）宦途照應

有唐一代，干謁之風甚盛，問鼎宦途，如果適巧有同族長輩爲強有力的後盾，將是莫大的助益，在叔姪詩裏，自然少不了求援或期勉的內容，如李端〈送別駕赴晉陵即舍人叔之兄〉：

諸宗稱叔父，從子亦光輝。謝眺中書直，王祥別乘歸。江帆衝雨上，海樹隔潮微。南阮貧無酒，唯將淚溼衣。〔註214〕

司空曙〈下第日書情上叔父〉：

微才空覺滯京師，未學曾爲叔父知。雪裏題詩偏見賞，林間飲酒獨令隨。遊客盡傷春色老，貧居還惜暮陰移。欲歸江海尋山去，願報何人得桂枝。〔註215〕

李羣玉〈投從叔〉：

可惜出群蹄，毛焦久臥泥。孫陽如不顧，騏驥向誰嘶。〔註216〕

杜荀鶴〈投從叔補闕〉：

吾宗不謁謁詩宗，常仰門風繼國風。空有篇章傳海內，更無親族在朝中。其來雖愧源流淺，所得須憐雅頌同。三十年吟到今日，不妨私薦亦成公。〔註217〕

〔註212〕《全唐詩》，卷三〇一，頁3423。
〔註213〕前揭書，卷八三九，頁9462。
〔註214〕前揭書，卷二八五，頁3256。
〔註215〕前揭書，卷二九二，頁3319。
〔註216〕前揭書，卷五七〇，頁6607。
〔註217〕前揭書，卷六九二，頁7953。

韓愈〈贈徐州族姪〉則寄無限期勉：

> 我年十八九，壯氣起胸中。作書獻雲闕，辭家逐秋蓬。歲
> 時易遷次，身命多厄窮。一名雖云就，片祿不足充。今者
> 復何事，卑棲寄徐戎。蕭條資用盡，濩落門巷空。朝眠未
> 能起，遠懷方鬱悰。繫門者誰子，問言乃吾宗，自云有奇
> 術，探妙知天工，既往悵何及，將來喜還通，期我語非佞，
> 當爲佐時雍。〔註218〕

高適〈又送族姪式顏〉：

> 惜君才未遇，愛君才若此。世上五百年，吾家一千里。俱
> 遊帝城下，忽在梁園裏。我今行山東，離憂不能已。〔註219〕

至於對已登上仕途者的叔或姪，則在達與厄時，分別有讚頌與慰勉兩種聲，讚頌者如王昌齡〈上同州使君伯〉：

> 大賢本孤立，有時起絲綸。伯父自天稟，元功載生人。〔註220〕

權德輿〈送從翁赴任長子縣令〉：

> 家風本鉅儒，吏職化雙鳧。啓事才方愇，臨人政自殊。地
> 雄韓上黨，秩比魯中郎。拜首春郊夕，離杯莫向隅。〔註221〕

李白〈贈清漳明府姪聿〉：

> 我李百萬葉，柯條布中州。天開青雲器，日爲蒼生憂。小
> 邑且割刀，大刀佇烹牛。雷聲動四境，惠與清漳流。絃歌
> 詠唐堯，脫落隱簪阻。心和得天眞，風俗猶太谷。牛羊散
> 阡陌，夜寢不扃户。問此何以然，賢人宰吾土。舉邑樹桃
> 李，垂陰亦流芬。河堤繞淥水，桑柘連青雲。趙女不治容，
> 提籠晝成羣。繅絲鳴雞杼，百里聲相聞。訟息鳥下階，高
> 臥披道帙。蒲鞭挂簷枝，示恥伙撲扶。琴清月當户，人寂

〔註218〕前揭書，卷三四五，頁3870。

〔註219〕唐高適撰、劉開揚編年箋註《高適詩集編年箋註》（漢京文化事業
　　　　有限公司，民國72年），第一部份〈編年詩〉，頁104～105，高適
　　　　另有〈宋中送族姪式顏時張大夫貶括州使人召式顏遂有此作〉（頁
　　　　102），亦同類之作。

〔註220〕《全唐詩》，〈全唐詩逸〉，卷上，頁10176。

〔註221〕《全唐詩》，卷三二三，頁3632。

風入室。長嘯無一言，陶然上皇逸。白玉壺冰水，壺中見底清。清光洞毫髮，皎潔照羣情，趙北美嘉政，燕南播高名。過客覽行謠，因之誦德聲。〔註222〕

慰勉者則如韋應物〈示從小河南尉班〉并序云：「永泰中余任洛陽丞，以撲抶軍騎，時從子河南尉班亦以剛直爲政。俱見訟於居守，因詩示意，府縣好我者，豈曠斯文」，惺惺相惜，慰姪亦且自慰，詩云：

拙直余恒守，公方爾所存。同占朱鳥剋，俱起小人言。立政思懸棒，謀身類觸藩。不能林下去，祗戀府庭恩。〔註223〕

盧綸〈送從叔牧永州〉立意在驅散由長安出牧永州的從叔心頭百般愁悶：

五侯軒蓋行何疾，零陵太守登車日。零陵太守淚盈巾，此日長安方欲春。虎符龍節照岐路，何苦愁爲江海人。彼方韶景無時節，山水諸花恣開發。客投津戍少聞猿，雁過瀟湘更逢雪。郡齋無事好閒眠，秔稻油油綠滿川。浪裏爭迎三蜀貨，日中喧泊九江船。今朝小阮同夷老，欲問明君借幾年。〔註224〕

王建〈送姪擬赴江陵少尹〉以江陵少尹雖爲閒官，但不妨權且做做，既懷長才，終不會長久委屈勸慰姪兒：

江陵少尹好閒官，親故皆來勸自寬。無事日長貧不易，有才年少屈終難。沙頭欲買紅螺盞，渡口多呈白角盤，應向章華臺下醉，莫衝雲雨夜深寒。〔註225〕

顧非熊〈送從叔尉澠池〉則不禁爲從叔爲官大半生，白首仍爲一尉抱屈了：

同第登科皆清列，尚愛東畿一尉閒。雖有田園供海畔，且無宗黨在朝班。甘貧只爲心知道，晚達多緣性好山。白首

〔註222〕唐李白撰、瞿蛻園等校注《李白集校注》（里仁書局，民國70年），卷九，頁642。

〔註223〕《全唐詩》，卷一八七，頁1903。

〔註224〕《盧綸詩集校注》，卷一，頁62～63。

〔註225〕《全唐詩》，卷三〇〇，頁3403。

> 青衫猶未換，又騎贏馬出函關。〔註226〕

鄭谷〈從叔郎中誠輟自秋曹分符安陸屬，羣盜倡熾，流毒江壖，竟以援兵不來，城池失守，例削今任，却敘省銜，退居荊漢之間，頗得琴尊之趣，因有寄獻〉一詩除爲從叔的境遇不平，也欣慰「塞翁失馬，焉知非福」：

> 華省稱前任，何慚削一麾。滄海失孤壘，白髮出重圍。苦節翻多難，空山自喜歸。悠悠清漢上，漁者日相依。〔註227〕

（四）別情依依

　　叔姪之間雖未必長聚，但送行別離仍不免兒女情長，相顧依依，如錢起〈送族姪赴任〉：

> 林下不成興，仲容微祿牽。客程千里遠，別念一帆懸。欲歡卑棲去，其如勝趣偏。雲山深郡郭，花木淨潮田。坐嘯帷應下，離居月復圓。此時知小阮，相憶綠尊前。〔註228〕

又〈九日寄姪檢箕等〉：

> 采菊偏相憶，傳香寄便風。今朝竹林下，莫使桂尊空。〔註229〕

韓愈〈河之水二首寄子姪老成〉：

> 河之水，去悠悠，我不如，水東流，我有孤姪在海陬，三年不見兮使我生憂。日復日，夜復夜，三年不見，使我鬢髮未衰而先化。

> 河之水，悠悠去，我不如，水東注，我有孤姪在海浦，三年不見兮使我心苦。采蕨於山，緡魚於淵，我徂京師，不遠其還。〔註230〕

韓愈三歲喪父，從此爲長兄韓會所育，然韓愈十四歲，韓會又卒，嫂鄭氏乃一肩挑起養育小叔及向韓介過繼的四歲兒子老成之責，韓愈與老成同承鄭氏之教，相依爲命，名爲叔姪，而情似兄弟，所謂「兩世

〔註226〕前揭書，卷五〇九，頁5791。
〔註227〕前揭書，卷六七四，頁7706。
〔註228〕前揭書，卷二三八，頁2653。
〔註229〕前揭書，卷二三九，頁2684。
〔註230〕前揭書，卷三三八，頁3785。

一身，形單影隻」、「零丁孤苦，未嘗一日相離也」〔註231〕，韓愈仕宦後，遂別，這二首〈河之水〉敘相思之意，極盡其情，及老成亡故，韓愈悲痛不勝，〈祭十二郎文〉眞情流露，被視爲千古至文。

（五）悲悼傷懷

〈全唐詩續補遺〉收有無名氏〈哭從伯祭酒〉：

> 剖符馮翊次，以疾拜司成。義重疎皆友，仁深怨不生。昔居南比省，長話水雲情。吟諷資高興，絲綸發重名。經秋漳浦臥，一旦逝川聲。自古誰迴得，重泉獨往程。明靈辭魏闕，冬日冷秦宮。孝子號天護，銘旌引柩行。門闌容足跡，章句許才清。劣薄無因報，恩知豈謂輕。捫膺詞莫吐，奠酒淚先傾。從此階前石，何人肯念貞？〔註232〕

追懷從伯的崇高人品、文名，以及對自己的知己恩深。

以上探討叔姪的密切關係僅限於詩中所表現者，由這類詩作之多，可以看出唐人家族觀念的深厚，同時由直接寫給叔伯的詩作數量遠超過給父親之作，也可發現，同爲父執輩，由於關係略遠，嚴父的權威頓滅，而摻揉進更多之豐富的如師如友的感情內涵，顯得更寬闊、自由。

二、舅　甥

唐承六朝門第觀念的餘緒，在婚姻制度上嚴守門當戶的原則，連帶的其世代相承的譜系也重婦女地位，族譜裏清楚地有書婚姻、書妻、書郡望等項目，娶妻、繼娶、再繼娶也都一體直書〔註233〕，尤其是高尙門第的外家，那當然更值得大書特書了。

外家既然在唐代社會占著重要的地位，舅甥之禮、舅甥之情自然

〔註231〕唐韓愈撰、馬通伯校注《韓昌黎文集校注》（華正書局，民國71年），卷五〈祭十二郎文〉，頁196。

〔註232〕《全唐詩外編》，第四編〈全唐詩續補遺〉，卷二一，頁697。

〔註233〕參陳捷先〈唐代族譜略述〉，文收入《第一屆國際唐代學術會議論文集》（學生書局，民國78年），頁868。

也絕不偏廢，唐人舅甥之詩數量雖比不上叔姪詩，但是仍具相當價值，對於探討唐人甥舅關係，是不可或缺的材料，以下便由這些詩來看甥舅關係：

（一）培植鼓勵

外家是母親生長之所，有難時第一個投奔之所，外甥往往亦寄住舅家，相依成長。例如白居易之女羅子於其夫談弘謩去世後，便帶著女兒引珠、兒子玉童回到娘家過活。〔註234〕又如盧綸，據他自己說：「秉命孤且賤，少為病所嬰」同時也說道：「衰榮同族少，生長外家多」〔註235〕是在外家長大的，又其〈送姨弟裴均尉諸暨〉詩云：「相悲得成長，同是外家恩」〔註236〕可見不僅盧綸，連其姨弟也都是由外家韋氏扶養成人的。在唐代社會，這種情形應該算是很平常的。

即便不是外家養大的，但是若與外家往返頻密，接觸的機會大，往往耳濡目染，也受到一些薰陶，如王建〈送韋處士老舅〉詩：

> 憶昨癡小年，不知有經籍。常隨童子遊，多向外家劇。偷花
> 入鄰里，弄筆書牆壁。照水學梳頭，應門未穿幘。人前賞文
> 性，梨果蒙不惜。賦字詠新泉，探題得幽石……。〔註237〕

敘述小時候在舅家癡小貪玩渾不知經籍，而舅氏卻一再誘導，當著別人的面誇讚他有詩書的資質，又不惜以梨果做為獎勵，教他為文學詩的情形。

王維也因為外甥懂得書法而對他勉勵有加，〈戲題蕭氏外甥〉：

〔註234〕 參顧學頡〈白居易世系、家族考〉，文收入氏著《顧學頡文學論集》（中國社會科學出版社，1987年），頁40～41。

〔註235〕 參《盧綸詩集校注》，卷二〈綸與吉侍郎中系、司空郎中曙、苗員外發、崔補闕峒、耿拾遺湋、李校書端風塵追遊、向三十載、數公皆負當時，盛稱榮耀，未幾俱沈下泉。暢博士當感懷前蹤，有五十韻見寄，輒有所酬以申悲舊，兼寄夏侯侍御審、侯倉曹釗〉，頁188；卷一〈赴池州拜覲舅氏留上考功郎中舅〉，頁116。

〔註236〕 前揭書，卷一，頁9。

〔註237〕 《全唐詩》，卷二九七，頁3371。

憐爾解臨池，渠爺未學詩。老夫何足似，弊宅倘因之？蘆
尹穿荷葉，菱花冒雁兒。郄公不易勝，莫著外家欺。〔註238〕

杜甫〈李潮八分小篆歌〉：

蒼頡鳥跡既茫昧，字體變化如浮雲。陳倉石鼓又已訛，大
小二篆生八分。秦有李斯漢蔡邕，中間作者絕不聞。嶧山
之碑野火焚，棗木傳刻肥失真，苦縣光和尚骨立，書貴瘦
硬方通神。惜哉李蔡不復得，吾甥李潮下筆親，尚書韓擇
木，騎曹蔡有鄰，開元以來數八分，潮也奄有二子成三人。
況潮小篆逼秦相，快劍長戟森相向。八分一字直百金，蛟
龍盤挐肉屈強。吳郡張顛誇草書，草書非古空雄壯。豈如
吾甥不流宕，丞相中郎丈人行。巴東逢李潮，逾月求我歌，
我今衰老才力薄，潮乎潮乎奈汝何。〔註239〕

盛讚其甥李潮八分小篆的造詣精妙，可與尚書韓擇木、騎曹蔡有鄰比
而為三，趙明誠《金石錄》云：「唐慧義寺彌勒象碑，李潮八分書也，
潮書初不見重，當時獨杜詩盛稱之。」〔註240〕杜此詩亦云：「巴東逢
李潮，逾月求我歌」可見此詩之作以「打知名度」的作用為大，雖難
免「家有敝帚，享之千金」之嫌，然而站在鼓勵外甥繼續堅持，繼續
努力，見稱於時，揚名立萬的角度，我們看到的是為舅的一片用心良
苦。

錢起的外甥懷素上人是唐代知名的草書家，對於這位慧根獨具的
外甥，他真是欣賞有加，稱之為「吾家寶」，〈送外甥懷素上人歸鄉侍
奉〉云：

釋子吾家寶，神清慧有餘。能翻梵王字，妙盡伯英書。遠
鶴無前侶，孤雲寄太虛。狂來輕世界，醉裏得真如。飛錫
離鄉久，寧親喜臘初。故池殘雪滿，寒柳霽煙疏。壽酒還
嘗藥，晨餐不薦魚，遙知禪誦外，健筆賦閒居。〔註241〕

〔註238〕前揭書，卷一二六，頁1280。
〔註239〕《杜詩鏡銓》，卷十五，頁716～717。
〔註240〕同前註。
〔註241〕《全唐詩》，卷二三八，頁2662。

不僅稱讚他的佛學素養、草書造詣，而且對他的狂醉性格、矯健詩筆也頗神往。

　　盧綸的舅舅韋渠牟見外甥頗有文才，十分欣慰，〈覽外生盧綸詩，因以示此〉詩云：

> 衛玠清談性最強，明時獨拜正員郎。關心珠玉曾無價，滿手瓊瑤更有光。謀略久參花府盛，才名常帶粉闈香。終期內殿聯詩句，共汝朝天會柏梁。〔註242〕

其時韋渠牟得幸德宗，正是搏扶搖直上，潛力雄厚之際，這首詩給了盧綸莫大的鼓舞，〈敬酬太府二十四舅覽詩卷因以見示〉即可見他不勝感激之情：

> 郡公憐鬖亦憐愚，忽賜金盤徑寸珠。徹底碧潭滋涸溜，壓枝紅豔照枯株。九門洞啟延高論，百辟聯行挹大儒。顧己文章非酷似，敢將幽劣俟洪爐。〔註243〕

據《舊唐書》載，韋渠牟於貞元十二年四月，因參與儒道釋三教辯說，得到德宗的寵信「渠牟枝詞游說，捷口水注，上謂其講耨有素，聽之意動，數日，轉秘書郎，奏詩七十首，旬日，遷右補闕，內供奉。……歲終遷右諫議大夫」〔註244〕，後又再遷太府卿，賜金紫，轉太常卿，貞元十七年卒。他在得寵之後「頗張恩勢以招趨向者，門庭填委」〔註245〕，《劉賓客嘉話錄》也載：「貞元末，太府卿韋渠牟，金吾李齊遠、度支裴延齡、京兆尹嗣道王實，皆承恩寵事，荐人多得名位」〔註246〕，盧綸既是他的外甥，當然也就愛到推薦。《舊唐書盧簡辭傳》載「太府卿韋渠牟得幸于德宗，綸即渠牟之甥也，數稱綸之才，德宗召之內殿，令和御制詩，超拜戶部郎中，方欲委

〔註242〕前揭書，卷三一四，頁3533。

〔註243〕《盧綸詩集校注》，卷二，頁178。

〔註244〕後晉劉昫等撰《舊唐書》（鼎文書局，民國74年），卷一三五〈韋渠牟傳〉，頁3728～3729。

〔註245〕同前註。

〔註246〕參宋李昉等撰《太平廣記》（明倫書局），卷一八八〈權倖〉韋渠牟條引。

之掌誥，居無何卒。」〔註247〕可見韋渠牟果然踐履了「終期內殿聯詩句，共汝朝天會柏梁」的諾言，將外甥引薦給德宗，而盧綸也因此超拜戶部郎中，只是他無福消受，約在貞元十四、十五年間就去世了，甚至比其舅還要早卒。

高適〈別從甥萬盈〉也讚許外甥爲寧家魏舒，要他善加琢磨，莫廢苦修：

> 諸生曰萬盈，四十乃知名。宅相予偏重，家丘人莫輕。美才應自料，苦節豈無成。莫以山田薄，今春又不耕。〔註248〕

李端〈酬丘拱外甥覽余舊文見寄一詩〉以投甎贈綺表達自己舊文不過爾爾，但願外甥青出於藍而勝於藍的願望：

> 丘遲本才子，始冠即周旋。舅乏郄鑒愛，君如衛玠賢。禮將金友等，情向玉人偏。鄙俗那勞似，龍鍾却要憐。投甎聊取笑，贈綺一何妍。野坐臨黃菊，溪行踏綠錢。巖高雲反下，洞墨水潛穿。僻嶺猿偷栗，枯池雁啄蓮。身居霞外寺，思發月明田。猶恨紫塵網，昏昏過歲年。〔註249〕

除詩文書藝方面甥舅之間有相敦促培植之益，人生的志向上頭，往往也相互影響，李涉〈和尚書舅見寄〉云：

> 欲隨流水去幽棲，喜伴歸雲入虎溪。深謝陳蕃憐寂寞，遠飛芳宇警沈迷。〔註250〕

李涉號清溪子，早歲客梁園，數逢兵亂，避地南來，樂佳山水，卜隱匡廬香爐峰下石洞間，〔註251〕此詩當是隱匡廬之際，舅氏有所寄示，渤感激如陳蕃之知遇，使幽棲之志頓成沈迷之思，後來他徙居終南，又從陳許辟命從事行軍，或與此不無關係。

權德輿〈寄侍御從舅〉自註：「初免職山東」對免官的舅舅出塵

〔註247〕《舊唐書》，卷一六三，頁4268。

〔註248〕《高適詩集編年箋註》，第一部份〈編年詩〉，頁79。

〔註249〕《全唐詩》，卷二八六，頁3274。

〔註250〕前揭書，卷四七七，頁5434。

〔註251〕元辛文房撰、周本淳校正《唐才子傳校正》（文津出版社，民國77年），卷五，頁135～136。

之姿，林間之志充滿仰慕：

> 靡靡南軒蕙，迎風轉芳滋。落落幽澗松，百尺無附枝。世
> 物自多故，達人心不羈。偶陳幕中畫，未負林間期。感恩
> 從慰薦，循性難縶維。野鶴無俗質，孤雲多異姿。清冷松
> 露泫，照灼巖花遲。終當稅塵駕，來就東山嬉。〔註252〕

在一個尚征伐的時代，少不得謀策赴邊，追尋戰功的人，詩人李
白〈送從甥鄭灌從軍三首〉一片慷慨之氣：

> 六博爭雄好采來，金盤一擲萬人開。丈夫賭命報天子，當
> 斬胡頭衣錦回。
>
> 丈八蛇矛出隴西，彎弧拂箭白猿啼。破胡必用龍韜策，積
> 甲應將熊耳齊。
>
> 日蝕西方破敵時，及瓜歸日未應遲。斬胡血變黃河水，梟
> 首當懸白鵲旗。〔註253〕

而孟浩然的〈送莫甥兼諸昆弟從韓司馬入西軍〉則有更多的不放心，
祈求亂事不戰自寧：

> 念爾習詩禮，未嘗離戶庭。平生早偏露，萬里更飄零。坐
> 弃三冬業，行觀八陣形。飾裝辭故里，謀策赴邊庭。壯志
> 吞鴻鵠，遙心伴鶺鴒。所從文與武，不戰自應寧。〔註254〕

舅甥之間既相勵志，落拓失意之際，也引為傾訴衷腸的好知己，
李白〈贈別從甥高五〉：

> 魚目高泰山，不如一璵璠。賢甥即明月，聲價動天門。能
> 成吾宅相，不減魏陽元。自顧寡籌略，功名安所存？五木
> 思一擲，如繩繫窮猿。樞中駿馬空，堂上醉人喧。黃金久
> 已罄，爲報故交恩。聞君隴西行，使我驚心魄，與爾共飄
> 颻，雲天各飛翻。江水流或卷，此心難具論。貧家羞好客，
> 語拙覺辭繁。三朝空錯莫，對飯却懃冤。自笑我非夫，生
> 事多契闊。積蓄萬古憤，向誰得開豁？天地一浮雲，此身

〔註252〕《全唐詩》，卷三二二，頁3625。
〔註253〕《李白集校注》，卷十七，頁1019。
〔註254〕《全唐詩》，卷一六○，頁1660。

乃毫末。忽見無端倪，太虛可包括。去去何足道，臨岐空復愁。肝膽不楚越，山河亦衾幬。雲龍若相從，明主會見收。成功解相訪，溪水桃花流。〔註255〕

又〈醉後贈從甥高鎮〉：

馬上相逢揖馬鞭，客中相見客中憐。欲邀擊筑悲歌飲，正值傾家無酒錢。江東風光不借人，枉殺落花空自春。黃金逐手快意盡，昨日破產今朝貧。丈夫何事空嘯傲？不如燒却頭上巾。君爲進士不得進，我被秋霜生旅鬢。時清不及英豪人，三尺兒童唾廉藺。匣中盤劍裝鰌魚，閑在腰間未用渠。且將換酒與君醉，醉中託宿吳專諸。〔註256〕

皆是相見訴懷，澆心中魄壘之作。

（二）同遊同樂

至於舅甥們平日往返交接，同遊共處的情形又如何呢？王維〈春過賀遂員外藥園〉：

前年櫂籬故，新作藥欄成。香草爲君子，名花是長卿。水穿磐石透，藤繫古松生。畫畏開廚走，來蒙倒屣迎。蔗漿菰米飯，蒟醬露葵羹。頗識灌園意，於陵不自輕。〔註257〕

賀遂爲王維外甥，〔註258〕此是王維過訪其藥園，見一片新氣象，又受到外甥以禮接待，倒屣相迎，以菰米飯和露葵羹饗侍，顯得十分滿意。

韋應物與外甥們感情極好，尤其在灃上善福精舍辭官閑居的日子，有數位外甥從居，其〈答僩奴重陽二甥〉詩云：

棄職曾守拙，玩幽遂忘喧。山澗依硊碏，竹林蔭清源。貧居煙火湮，歲熟梨棗繁。風雨飄茅屋，蒿草沒瓜園。羣屬相歡悦，不覺過朝昏。有時看禾黍，落日上秋原。飲酒任眞性，揮筆肆狂言。……〔註259〕

〔註255〕《李白集校注》，卷十，頁680～681。
〔註256〕前揭書，卷十，頁703。
〔註257〕《全唐詩》，卷一二七，頁1291。
〔註258〕參前揭書，卷一二六王維〈送賀遂員外外甥〉，頁1272。
〔註259〕前揭書，卷一九〇，頁1951。

自註云:「個奴,趙氏生伉;重陽,崔氏甥播」,他回憶與外甥們那段山村貧居、同遊共樂、飲酒賦詩的好時光,而〈灃上精舍答趙氏外生伉〉更仔細描寫外甥擔書從遊,携手川行,對榻夜話的相契之情:

> 遠跡出塵表,寓身雙樹林。如何小子伉,亦有超世心。擔書從我遊,攜手廣川陰。雲開夏郊綠,景晏青山沈。對榻遇清夜,獻詩合雅音。所推苟禮數,於性道豈深。隱拙在沖默,經世昧古今。無爲率爾言,可以致華簪。〔註260〕

他另有幾首詩也是寫與外甥相逢相敘,同遊勝景的惬意,〈示全真元常〉註云:「元常,趙氏甥」,詩云:

> 余辭郡符去,爾爲外事牽。寧知風雨夜,復此對牀眠。始話南池飲,更詠西樓篇。無將一會易,歲月坐推移。〔註261〕

〈西澗即事示盧陟〉〔註262〕

> 寢扉臨碧澗,晨起澹忘情。空林細雨至,圓文遍水生。永日無餘事,山中伐木聲。知子塵暄久,暫可解煩纓。〔註263〕

〈與盧陟同遊永定寺北池僧齋〉:

> 密竹行已遠,子規啼更深。綠池芳草氣,閒齋春樹陰。晴蝶飄蘭逕,遊蜂繞花心。不遇君攜手,誰復此幽尋。〔註264〕

　　杜甫與舅家來往頻密,自言「舅氏多人物」,又誇讚道:「賢良歸盛族,吾舅盡知名」〔註265〕,因此詩中每見讚譽酬送之作。其中有頌語,有時事悲感,有離情別緒,却很難看到同遊共處的真貌。倒是在天寶十五年(756)五月曾挈家小至白水往依舅氏崔十九翁,有〈白水崔少府十九翁高齋三十韻〉記舅家待客之熱誠與山居之適人情性:

> 客從南縣來,浩蕩無與適。旅食白日長,況當朱炎赫。高

〔註260〕前揭書,卷一九○,頁1949。
〔註261〕前揭書,卷一八八,頁1922。
〔註262〕盧陟亦韋應物甥,《全唐詩》卷一八八有應物〈簡陟、巡、建三甥(原註:盧氏生)〉詩。
〔註263〕《全唐詩》,卷一八八,頁1924。
〔註264〕前揭書,卷一九二,頁1977。
〔註265〕參《杜詩鏡銓》,卷十三〈贈崔十三評事公輔〉,頁611;卷二○〈奉送二十三舅錄事之攝郴州〉,頁1014。

齋坐林杪，信宿遊衍闃。清晨隨躋攀，傲睍俯峭壁。崇崗
相枕帶，曠野迴千尺。始知賢主人，贈此遣岑寂。危階根
青蔆，曾冰生漸瀝。上有無心雲，下有欲落石。泉聲聞復
息，動靜隨所激。鳥呼藏其身，有似懼彈射。吏隱適其性，
茲焉其窟宅。白水見舅氏，請翁乃仙伯。杖藜長松下，作
尉窮谷僻。爲我炊彫胡，逍遙展良覿。⋯⋯〔註266〕

又其〈客至〉一詩註云：「喜崔明府相過」，崔明府即其舅氏，這是舅
氏臨門，殷勤相迎，盡心款待，而醉樂陶然的畫面：

舍南舍北皆春水，但見羣鷗日日來。花徑不曾緣客掃，蓬
門今始爲君開。盤飧市遠無兼味，樽酒家貧只舊醅。肯與
鄰翁相對飲，隔籬呼取盡餘杯。〔註267〕

（三）相思相念

如王昌齡〈送十五舅〉：

深林秋水近日空，歸棹演漾清陰中。夕浦離觴意何已，草
根寒露悲鳴蟲。〔註268〕

與外甥情交尤好的韋應物，別離之後，相思之作源源，如〈簡陟巡建
三甥〉註云：「盧氏生」，其詩曰：

忽羨後生連榻話，獨依寒燭一齋空。時流歡笑事從別，把
酒吟詩待爾同。〔註269〕

共同歡笑的過去，正是別後思念的根源，以昔日之歡，更襯出今時寂
寞，〈寄盧陟〉云：

柳葉遍寒塘，曉霜凝高閣。累日此流連，別來成寂寞。〔註270〕

〈途中寄楊邈、裴緒示褱子〉：

上宰領淮右，下國屬星馳。霧野騰曉騎，霜竿裂凍旗。蕭
蕭陟連崗，莽莽望空陂，風截雁嘹唳，雲慘樹參差。高齋

〔註266〕前揭書，卷三，頁116。
〔註267〕前揭書，卷八，頁342。
〔註268〕《全唐詩》，卷一四三，頁1449。
〔註269〕前揭書，卷一八八，頁1921。
〔註270〕前揭書，卷一八八，頁1922。

明月夜，中庭松桂姿，當睽一酌恨，況此兩旬期。〔註271〕

甥子即其沈氏甥全真。又有〈答趙氏甥伉〉：

暫與雲林別，忽陪鴛鷺翔。看山不得去，知爾獨相望。〔註272〕

又〈答僴奴重陽二甥〉：

……一朝忝蘭省，三載居遠藩。復與諸弟子，篇翰每相敦。西園休習射，南池對芳樽。山藥經雨碧，海榴凌霜翻。念爾不同此，悵然復一論。重陽守故家，僴子旅湘沅。俱有織中藻，惻惻動離魂。不知何日見，衣上淚空存。〔註273〕

又〈答重陽〉：

省札陳往事，愴憶數年中。一身朝北闕，家累守田農。望山亦臨水，暇日每來同。性情一疏散，園林多清風。忽復隔淮海，夢想在灃東。病來經時節，起見秋塘空。城郭連榛嶺，烏雀噪溝叢。坐使驚霜鬢，撩亂已如蓬。〔註274〕

以上皆韋應物憶甥念甥之作，其聚時攜手同遊，別時念念不已的感情，實非一般應酬泛泛之輩可比。

盧綸〈赴池州拜覲舅氏，留上考功郎舅〉註云：「時舅氏初貶官池州」，詩作於大曆十二年（777）受元載王縉案牽累而停務之後，〔註275〕因與舅氏韋渠牟同遭遇，故詩意頗淒惻：

孤賤易蹉跎，其如酷似何。衰榮同族少，生長外家多。別國桑榆在，沾衣血淚和。應憐失雁行，霜霰寄煙波。〔註276〕

張祜〈送外甥〉因年衰姪少故倍見關心：

衰年生姪少，唯爾最關心。偶作魏舒別，聊為殷浩吟。白波舟不定，黃葉路難尋。自此尊中物，誰當更共斟。〔註277〕

《全唐詩外編》收錄敦煌唐人詩集殘卷有一首〈非所寄王都護姨夫〉

〔註271〕前揭書，卷一八八，頁1922。
〔註272〕前揭書，卷一九〇，頁1949。
〔註273〕前揭書，卷一九〇，頁1951。
〔註274〕同前註。
〔註275〕參《盧綸詩集校注》，卷一，頁116。
〔註276〕同前註。
〔註277〕《全唐詩》，卷五〇一，頁5799。

則是在縲絏之中，猶念念不忘姨夫，聲切意苦：

> 敦煌數度訪來人，握手千回問懿親。蓬轉已聞過海畔，莎
> 居見說傍河津。戎庭事事皆違意，虜口朝朝計苦辛。縲絏
> 儻逢恩降日，宿心言豁在他宸。〔註278〕

（四）傷　悼

甥舅詩中有黃滔〈傷翁外甥〉

> 江頭去時路，歸客幾紛紛。獨在異鄉歿，若為慈母聞。青
> 春成大夜，新雨壞孤墳。應作芝蘭出，泉臺月桂分。〔註279〕

劉商〈弔從甥〉：

> 日晚河邊訪悍獨，衰柳寒蕪遠茅屋，兒童驚走報人來，孀
> 婦開門一聲哭。〔註280〕

一從慈母，亦即作者的姊妹將會多傷心著手，一從孀婦的啼哭襯出悲涼無限。

　　以上即唐詩中所見之甥舅關係，由此，我們可以看出外家實是唐人家庭倫理生活之重要部份，甥舅間親愛的關係，絲毫不遜於叔姪，可知雖非同姓，血緣的牽繫卻不容割斷。

三、翁　壻

　　女壻如同半子，關係甚是密切。在唐代有幾則記載翁壻關係的文字都脫不開一個主題，就是婦翁對子壻的偏愛與在政治上的提拔。例如玄宗開元十四年封禪泰山，丞相張說任封禪使，其壻鄭鎰亦隨行，封禪後，張說利用職權連升鄭鎰四級，玄宗在宴會上發現鄭鎰官服突然變了顏色，乃問緣由，宮人黃幡綽妙答云：「此泰山之力也。」，玄宗心照不宣，予以默默。〔註281〕又張垍、張均兄弟俱在翰林，垍以尚主，獨賜珍玩，以夸于均，均笑曰：「此乃婦翁與女壻，固非天子

〔註278〕《全唐詩外編》，第二編〈敦煌唐人詩集殘卷〉，頁54。
〔註279〕《全唐詩》，卷七〇四，頁8105。
〔註280〕前揭書，卷三〇四，頁3465。
〔註281〕唐段成式撰《酉陽雜俎》（新文豐書局），卷十二。

賜學士也。」〔註282〕可見婦翁對子壻的宦途往往具提拔推移之功。

　　另一方面子壻常常也因爲自己的才幹受知於丈人。李商隱受知於王茂元，成爲幕僚後乃婚王女；又如盧儲投卷於李翱，終於成爲佳壻〔註283〕；獨孤郁登進士第後，權德輿乃「登君於門，歸以其子」〔註284〕，因此彼此間的相知相得往往成爲締結良姻的媒介。

　　《全唐詩》中可見的翁壻情誼之作，除了以女託付一類的叮嚀，也常見知己式的關懷，以下我們一一來看。

　　劉長卿集中有數首酬贈子壻之詩，例如〈登遷仁樓酬子壻李穆〉：

> 臨風敞麗譙，落日聽吹鐃。歸路空迴首，新章已在腰。非才受官謗，無政作人謠。儉歲安三戶，餘年寄六條。春蕪生楚國，古樹過隋朝。賴有東林客，池塘免寂寥。〔註285〕

據《唐才子傳》云：「淮南李穆有清才，公之壻也」〔註286〕，可見李穆爲淮南人，亦頗具詩才，由長卿此詩與之談論官場得失，爲宦滄桑以及「池塘免寂寥」一句，可知兩人相知甚深，除此詩外，另有數首他們兩人互贈之詩，如李穆〈寄妻父劉長卿〉：

> 處處雲山無盡時，桐廬南望轉參差。舟人草道新安近，欲上潺湲行自遲。〔註287〕

劉長卿〈酬李穆見寄〉：

> 孤舟相訪至天涯，萬轉雲山路更賒。欲掃柴門迎遠客，青苔黃葉滿貧家。〔註288〕

〔註282〕唐李肇撰《國史補》（新文豐書局），卷上。

〔註283〕參宋計有功撰《唐詩紀事》（鼎文書局，民國67年），卷五二〈盧儲〉條，頁825～826。

〔註284〕參《韓昌黎文集校注》，卷六〈唐故秘書少監贈絳州刺史獨孤府君墓誌銘〉，頁258～259。

〔註285〕《全唐詩》，卷一四八，頁1527。

〔註286〕《唐才子傳校正》，卷二〈劉長卿〉條，頁44。

〔註287〕《全唐詩》，卷二一五，頁2248；此詩一作嚴維詩，題作〈發桐廬寄劉員外〉。

〔註288〕前揭書，卷一五〇，頁1557。

〈送李穆歸淮南〉：

> 揚州春草新年綠，未去先愁去不歸。淮水問君來早晚，老
> 人偏畏過芳菲。〔註289〕

李穆生平雖不可考，然而以長卿「清才冠世，頗凌浮俗，性剛多忤權
門，故兩逢遷斥，人悉冤之」〔註290〕這種性情來看，所擇之壻當亦
非騰達利口之人，其〈別李氏女子〉詩勸誡女兒「俛首戴荊釵，欲拜
淒且頻，本來儒家子，莫恥梁鴻貧」〔註291〕更可見李穆清貧儒家子，
高士梁鴻志的背景。

　　劉長卿另有一壻爲崔眞父，〈送子壻崔眞父歸長城〉一詩對幼女
遠嫁頗不放心，可見崔眞父爲幼女壻：

> 送君厄酒不成歡，幼女辭家事伯鸞。桃葉宜人誠可詠，柳
> 花如雪若爲看。心憐稚齒鳴環去，身愧衰顏對玉難。惆悵
> 暮帆何處落，青山無限水漫漫。〔註292〕

又有〈送子壻崔眞甫李穆往揚州四首〉：

> 渡口發梅花，山中動泉脈。蕪城春草生，君作揚州客。
>
> 半遷鶯滿樹，新年人獨還。落花逐流水，共到茱萸灣。
>
> 雁還空渚在，人去落潮翻。臨水獨揮手，殘陽歸掩門。
>
> 狎鳥攜稚子，釣魚終老身。殷勤囑歸客，莫話桃源人。〔註293〕

劉長卿對女壻們的離去，每有寂寞惆悵之感，詩中云：「狎鳥攜稚子，
釣魚終老身」又自稱桃源中人，可見其時已致仕隱居，又參酌其〈戲
題贈二小男〉詩云：「何幸暮年方有後，舉家相對却霑巾」〔註294〕則
長卿二女已嫁而二子尚幼是實情，或即以此之故，他把許多的心事感
情都寄託在「半子」的女壻們身上了。

〔註289〕前揭書，卷一五○，頁1561。
〔註290〕同註286。
〔註291〕《全唐詩》，卷一四八，頁1527。請參見本論文第三章〈慈幼之愛〉
　　　　三、訓示一節所論。
〔註292〕前揭書，卷一五一，頁1562。
〔註293〕前揭書，卷一四七，頁1481。
〔註294〕前揭書，卷一五一，頁1563。

　　權德輿之壻獨孤郁乃常州刺史贈禮部侍郎憲公及之之次子,貞元十四年(798)年二十四及進士第,時權德輿爲中書舍人,知制誥,望臨一時,而妻之以女,自謂「時惟憲公,先友是敦,既以聲子之舊,復茲載侯之親」〔註295〕。元和元年(806)郁應才識兼茂明於體用科,對詔策,中第三,拜右拾遺,二年兼職史館,四年遷右補闕,五年遷起居郎,爲翰林學士,愈被親信。權公既相,以嫌自列,改尙書考功員外郎復史館職,權公去相,復入翰林,九年以疾罷,尋遷秘書少監,十年正月,病遂殆。〔註296〕卒以四十之英年而早逝。

　　權德輿對此壻賞識有加,郁死,有〈祭子壻獨孤少監文〉極盡哀感,他稱讚女壻爲時之令德「自誠而明,必協於極,前殿大對,諫垣正色,中臺有聲,東觀以直,訓辭溫雅,視草宥密,當時之選,必居第一」〔註297〕,同時對於十五年的翁壻情誼懷念不已,他說「歡言戾止,十五年矣,始遇弱冠,今纔強仕,會朝方駕,居室同里,愛我以德,忠言在耳」〔註298〕可見兩人同朝爲官,住得又近,時相往來,於公於私都常相敦勉,感情十分融洽。《唐國史補》甚至記載:獨孤郁爲權相子壻,歷掌內職綸詔,有美名,憲宗嘗歎曰:「我女壻不如德輿女壻」〔註299〕。這一對佳翁姝壻連皇帝見了都羨慕不已,其情可知。

　　權氏詩中屢及家事親人,往往亦及愛壻,如〈酬南園新亭宴會,璩新第慰慶之作,時任賓客〉:

　　　　南宮煙景濃,平視中南峯。官閒似休沐,盡室來相從。日抱漢陰甕,或成蝴蝶夢。樹老欲連雲,竹深疑入洞。歡言交羽觴,列坐儼成行。歌吟不能去,待此明月光。好述蘊明識,內顧多慚色。不厭梁鴻貧,常識伯宗直。予壻信時

〔註295〕《全唐文及拾遺》,卷五○九,頁2326。
〔註296〕同註284。
〔註297〕同註295。
〔註298〕同前註。
〔註299〕《國史補》,卷上。

英，諫垣金玉聲。男兒纔弱冠，射策幸成名。偃放斯自足，
脩然去營欲。散水固無堪，虛舟常任觸。大隱本吾心，喜
君流好音，相期懸車歲，此地即中林。〔註300〕

元和二年，德輿子璩登進士第，一家人歡聚慶賀，時郁已於前一年對
詔策拜右拾遺，其年更兼職史館，年輕有爲，正是前途未可限量之際，
難怪權氏一一唱名數來，妻賢、壻美，子亦秀，人生此外夫復何求。
又如〈璩授京兆府參軍，戲書以示，兼呈獨孤郎〉：

見爾府中趨，初官足慰吾。老牛還舐犢，凡鳥亦將雛。喜
至翻成感，癡來或欲殊。因慚玉潤客，應笑此非夫？〔註301〕

至權璩授京兆府參軍，權氏更是喜不自勝，並將這種快樂而致百感難
耐的心情讓女壻分享，就怕秀異過人的女壻，要爲自己這種激動的情
緒感到好笑哩！足見權氏對女壻一直是寵譽有加，「深慶得人」的。

　　唐人留下子壻關係之作實在不多，以上所敘的爲翁壻關係良好
者，但亦有例外，如《雲谿友議卷五》載：崔涯妻雍氏，乃揚州總效
之女，儀質閒雅，夫妻相處甚睦，雍族以崔郎甚有詩名，資贍每厚，
然涯却略不加敬，於妻父但呼雍老，雍不能忍，終勃然仗劍呼女出，
立命其女削髮爲尼，崔涯雖悲泣謝過，終不能止，夫婦遂因此別離，
臨別崔涯贈詩曰：

隴上泉流隴下分，斷腸嗚咽不堪聞。嫦娥一入宮中去，巫
峽千秋空白雲。〔註302〕

雖是別妻之作，但中含著對翁壻感情未能好好維繫的萬般悔恨，事屬
荒謬而終有其事。

四、祖　孫

　　父子關係水平延伸有叔姪、甥舅、翁壻等，垂直延伸則爲祖孫的
關係。唐人對於承繼香煙看得十分重要，得子之餘，抱孫的盼望也隨

〔註300〕《全唐詩》，卷三二九，頁3681。
〔註301〕前揭書，卷三二〇，頁3607。
〔註302〕前揭書，卷五〇五，頁5741。

之而來，故往往有直接其子曰「抱孫」者〔註303〕，而在唐人詩中發現，詩人儘管一逕地歎老嗟卑，但是有福氣含飴弄孫的人實在不多，就中以權德輿、白居易較著。

　　權德輿有詩〈覽鏡見白髮數莖光鮮特異〉：

　　　　秋來皎潔白鬚光，試脫朝簪學酒狂。一曲酣歌還自樂，兒
　　　　孫嬉笑挽衣裳。〔註304〕

又〈七夕見與諸孫題乞巧文〉：

　　　　外孫爭乞巧，內子共題文。隱映花匳對，參差綺席分。鵲
　　　　橋臨片月，河鼓掩輕雲。羨此嬰兒輩，歡呼徹曙聞。〔註305〕

詩雖不是專對兒孫而發，却將兒孫遶膝的幸福快樂表現得淋漓盡致，所謂「人在天倫圖畫中」正是此景，德輿對孫輩的慈愛亦正可見於一斑。唯不管內孫、外孫，往往夭殤頻頻。可知的有內孫進馬，名順孫，小字文昌，坐十三年以元和十年十一月二十一日夭〔註306〕；內孫法延師，元和十二年夭〔註307〕；外孫某，元和九年夭〔註308〕；外孫女妹妹，元和十二年夭〔註309〕，給他帶來極大的傷痛，幾篇墓誌及祭文寫得傷痛欲絕，云：「信宿之間，幽明已隔，犙告惝恍，如狂如癡，呼天不聞，此痛何極……豈吾之薄怙，有忤神明，復爾之稟命，不可踰越，理遣不去，情鍾奈何……」〔註310〕與前所見詩之歡樂同戲直令人不忍對比。

　　白居易一生為無子而苦，自然再無抱內孫的希望，因此聽到老朋

〔註303〕　參《全唐詩》，卷三八七，盧仝有〈寄男抱孫〉詩，抱孫為盧仝長子，又同卷盧仝有〈示添丁〉詩，添丁為其幼子，生子而名以抱孫添丁，可見其期盼家門人丁興旺以繼香煙的殷切。
〔註304〕　前揭書，卷三二○，頁3607。
〔註305〕　前揭書，卷三二九，頁3681。
〔註306〕　《全唐文及拾遺》，卷五○六〈殤孫進馬墓誌銘并序〉，頁2313。
〔註307〕　前揭書，卷五○九〈祭孫男法延師文〉，頁2326。
〔註308〕　前揭書，卷五○四〈獨孤氏亡女墓誌銘并序〉，有「元和十年……，長男前一歲未成童而夭」云云，頁2302。
〔註309〕　參前揭書，卷五○九〈祭外孫女文〉，頁2326。
〔註310〕　同前註。

友頻歎鬢髮漸衰，孫子催老更益發感慨，有詩〈同夢得和思黯見贈，來詩中先敘三人同讌之歡，次有歎鬢髮漸衰，嫌孫子催老之意，因繼妍唱，兼吟鄙懷〉云：

> 醉伴騰騰白與劉，何朝何夕不同遊。留連燈下明猶飲，斷送樽前倒即休。催老莫嫌孫稚長，加年且喜鬢毛秋。教他伯道爭存活，無子無孫亦白頭。〔註311〕

是說有孫尚嫌孫子催老，如己之無子無孫仍且滿頭白髮，則如何活得下去？居易無子却早就有將詩文集交給女兒，傳給外孫的意思，〈題文集櫃〉詩云：「身是鄧伯道，世無王仲宣。只應分付女，留與外孫傳」〔註312〕，後來女兒阿羅嫁給談弘謩，不久生了一個女孩，居易高興之餘，有〈小歲日，喜談氏外孫女孩滿月〉詩：

> 今旦夫妻喜，他人豈得知？自嗟生女晚，敢訝見孫遲？物以稀爲貴，情因老更慈。新年逢吉日，滿月乞名時。桂燎燻花果，蘭湯洗玉肌。懷中有可抱，何必是男兒？〔註313〕

居易爲外孫女取名引珠，抱在懷中雖有些遺憾不是男孩，却仍歡喜不已。會昌元年（841），阿羅又生了一個男孩，居易更加歡喜，〈談氏外孫生三日，喜是男，偶吟成篇，兼戲呈夢得〉詩云：

> 玉芽珠顆小男兒，羅薦蘭湯浴罷時。茉莒春來盈女手，梧桐老去長孫枝。慶傳媒氏燕先賀，喜報談家烏先知，明日貧翁具雞黍，應須酬賽引雛詩。〔註314〕

註云：「前年談氏外孫女初生，夢得有賀詩云：『從此引鴛雛』今幸是男，前言似有徵，故云」，是居易欣喜之餘，欲置備雞黍，前去酬謝夢得的好詩果然讓他添了小外孫。

其後白壻談弘謩卒，阿羅攜幼女幼子返娘家定居，小外孫格外讓他憐愛，這除了「情因老更慈」之外，主要還是希望文章志業有個傳

〔註311〕《白居易集》，卷三四，頁780。
〔註312〕前揭書，卷三〇，頁682。
〔註313〕前揭書，卷三四，頁766。
〔註314〕前揭書，卷三五，頁798。

人，〈談氏小外孫玉童〉一詩云：

> 外孫七十孫三歲，笑指琴書欲遣傳。自念老夫今耄矣，因
> 思稚子更茫然。中郎餘慶鍾羊祜，子幼能文似馬遷。才與
> 不才爭料得？東床空後且嬌憐。〔註315〕

〈池上早夏〉詩云：

> 水積春塘晚，陰交夏木繁。舟船如野渡，籬落似江村。靜
> 拂琴牀席，香開酒庫門。慵閒無一事，時弄小嬌孫。〔註316〕

失去了父親的小娃兒，又兼是自己琴書所付的繼承者，居易弄孫之
際，顯得感觸良深了。

　　居易惟有一女，但集中另有親家，〈皇甫郎中親家翁赴任絳州，
宴送出城贈別〉詩且有：「新婦不嫌貧活計，嬌孫同慰老心情」之句
〔註317〕，恐是姪輩如龜兒或臘娘亦結婚生子，故〈二年三月五日，
齋畢開素，當食偶吟，贈妻弘農郡君〉一詩才有「嬌騃三四孫，索哺
遶我旁」〔註318〕那種羣孫遶膝的畫面。

　　居易晚年過著含飴弄孫的悠閒生活，有「婢僕遣他嘗藥草，兒孫
與我拂衣巾」〔註319〕，滿足不已，到他七十五歲那年〈自詠老身，
示諸家屬〉一詩頗能看出他在一輩子辛苦為家族生計操心之後，享受
到的福氣晚景，那應可說是他耕耘一生所收穫的，詩云：

> 壽及七十五，俸霑五十千。夫妻偕老日，甥姪聚居年。粥
> 美嘗新米，袍溫換故緜。家居雖濩落，眷屬幸團圓。置榻
> 素屏下，移爐青帳前。書聽孫子讀，湯看侍兒煎。走筆還
> 詩債，抽衣當藥錢。支分閒事了，把背向陽眠。〔註320〕

　　其餘祖孫關係之詩僅有杜甫與從孫三首，李白與從孫一首，韓愈
與姪孫四首，茲分述如下：

〔註315〕前揭書，卷三六，頁840。
〔註316〕同註314。
〔註317〕前揭書，卷三五，頁796。
〔註318〕前揭書，卷三六，頁825。
〔註319〕前揭書，卷三七〈能無愧〉詩，頁854。
〔註320〕前揭書，卷三七，頁855。

　　從孫爲兄弟之孫，雖然稍隔一層，究竟還是祖孫的關係，由杜甫詩中尤其可以感受關係雖疏，情誼則故的心情，〈示從孫濟〉詩云：

> 平明跨驢出，未知適誰門。權門多噂沓，且復尋諸孫。諸孫貧無事，客舍如荒村。堂前自生竹，堂後自生萱。萱草秋已死，竹枝霜不蕃。淘米少汲水，汲多井水渾。刈葵莫放手，放手傷葵根。阿翁懶惰久，覺兒行步奔。所來爲宗族，亦不爲盤飧。小人利口實，薄俗難具論。勿受外嫌猜，同姓古所敦。〔註321〕

此詩乃天寶十年（751）杜甫在長安，貧無以爲活，乃賣藥於市，時寄食於朋友以度日的背景下，寫給從孫的，通篇舉同姓相敦之義以勗，蓋借萱竹以傷宗支零落，又引汲水刈葵以明族有宗勿疏之之義，末有感小人利口實之薄俗，令勿受嫌羞。杜甫在寄食之際，常遭冷眼相待，此詩即感而作。〔註322〕又〈吾宗〉：

> 吾宗老孫子，質朴古人風。耕鑿安時論，衣冠與世同。在家常早起，憂國願年豐。語及君臣際，經書滿腹中。〔註323〕

此乃贈衛倉曹杜崇簡，爲杜甫大歷二年（767）在夔州瀼西所作，杜崇簡隱居山中，個性眞朴，杜甫深以有此從孫爲榮。同年杜甫移東屯，又有詩〈寄從孫從簡〉：

> 嵯峨自帝城東西，南有龍湫北虎溪。吾孫騎曹不記馬。業學尸鄉常養雞。龐公隱時盡室去，武陵春樹他人迷。與汝林居未相失，近身藥裹酒長攜，牧豎樵童亦無賴，莫令斬斷青雲梯。〔註324〕

欲與從孫偕隱而勉其有終也。〔註325〕此兩詩俱是在亂世中賞其操守行爲，而讚譽慕從之作。李白〈贈從孫義興宰銘〉也是同樣讚其治郡才幹的詩：

〔註321〕《杜詩鏡銓》，卷一，頁39。
〔註322〕參王實甫撰《杜甫年譜》（西南書局，民國67年），頁51。
〔註323〕《杜詩鏡銓》，卷十六，頁794。
〔註324〕前揭書，卷十七，頁847。
〔註325〕參《杜甫年譜》，頁240。

　　天子思茂宰，天枝得英才。朗然清秋月，獨出映吳臺。落筆生綺繡，操刀振風雷。蟻屈雖百里，鵬騫望三台。退食無外事，琴臺向山開。綠水寂以閑，白雲有時來。河陽富奇藻，彭澤縱名杯。所恨不見之，猶如仰昭回。〔註326〕

有慕而不見，翹首望之之意。

　　韓愈與姪老成情如手足，老成卒後，其子湘由韓愈撫成，愈左遷至藍關，湘來相送，因有詩〈左遷至藍關，示姪孫湘〉：

　　一封朝奏九重天，夕貶潮州路八千。欲爲聖朝除弊事，肯將衰朽惜殘年。雲橫秦嶺家何在，雪擁藍關馬不前。知汝遠來應有意，好收吾骨瘴江邊。〔註327〕

及宿曾江口，又有詩示湘云：

　　雲昏水奔流，天水溔相圍。三江滅無口，其誰識涯圻。暮宿投民村，高處水半扉。犬雞俱上屋，不復走與飛。篙舟入其家，瞑聞屋中唏。問知歲常然，哀此爲生微。海風吹寒晴，波揚眾星輝。仰視北斗高，不知路所歸。

　　舟行忘故道，屈曲高林間。林間無所有，奔流但潺潺。嗟我亦拙謀，致身落南灣。茫然失所詣，無路何能還？〔註328〕

傾吐了貶謫的無限苦悶。湘落魄不羈，有出塵之志，愈強之婚宦，不聽，學仙道去，愈謫藍關，湘來逆，同傳舍，愈仍留之，並作詩勸之，詩云：

　　才爲世用古來多，如子雄文世誰過。好待功名成就日，却收身去臥煙蘿。

而湘答云：

　　與世都爲名利醉，伊子獨向道中醒。他時定是飛昇去，衝破秋空一點青。〔註329〕

到底祖孫二人志不同，道不合，韓湘仍選擇了他求道成仙之路。

〔註326〕《李白集校注》，卷十，頁687。
〔註327〕《全唐詩》，卷三四四，頁3859。
〔註328〕前揭書，卷三四一〈宿曾江口示姪孫湘二首〉，頁3827。
〔註329〕前揭書，卷八六〇，頁9723。

第四章　兄弟倫理詩的內容分析

《顏氏家訓兄弟篇》論兄弟之間的密切關係云：

> 夫有人民而後有夫婦，有夫婦而後有父子，有父子而後有
> 兄弟，一家之親，此三者而已矣。自茲以往至於九族，皆
> 本於三親焉，故於人倫為重者也，不可不篤。兄弟者，分
> 形連氣之人也，方其幼也，父母左提右挈，前襟後裾，食
> 則同案，衣則傳服，學則連業，遊則共方，雖有悖亂之人，
> 不能不相愛也。〔註1〕

的確，兄弟同胞，依依同生，所謂「託體為昆弟，骨脈相牽援」〔註
2〕實在有著不可斬絕的奇妙聯繫，李華〈弔古戰場文〉云：「誰無兄
弟，如手如足」將兄弟關係方之手足，常德志則更進一步闡釋道：「夫
兄弟者，同天共地，均氣連形，方手足而猶輕，擬山岳而更重，雲
蛇可斷，兄弟之道無分，鶺鴒載飛，急難之情斯切」〔註3〕力主兄
弟情份天生，不可析離異居，其說云：「夫兄弟之情也，受之於天性，
生之於自然，不假物以成親，不因言而結愛，鬩牆不妨於禦侮，踰

〔註1〕　北齊顏之推撰、王利器集解《顏氏家訓集解》（明文書局，民國71
　　　　年），卷一〈兄弟第三〉，頁37～38。
〔註2〕　清方履籛〈送季嫻妹于歸〉詩，此轉引自丁敏〈中國的倫理詩〉，文
　　　　收入《中國詩歌研究》（中央文物供應社，民國74年），頁390。
〔註3〕　清董誥等編、陸心源補輯拾遺《全唐文及拾遺》（大化書局，民國
　　　　76年），卷九五三，常德志〈兄弟論并序〉，頁4443。

里猶惜於伐樹，馭朽則須洛而歌，彎弓則涕泣而道，斯乃情存於不捨，義形於惻隱，豈如悠悠良辰，從容永歎而已，是以四鳥禽也，不能無離別之聲，三荊木也，不能忍分張之痛，矧在人流，有覿面目，析枝分骨，如何勿傷？」〔註4〕此篇〈兄弟論〉目的在駁斥「牉合為同穴之親，昆季有異居之道」這種重夫妻之情而輕兄弟之義的觀念，而認為「溺於情者薄於義，寡於私者豐於道」，對流俗褊狹自私的想法提出糾正云：「若以骨肉遠而為疏，即手足無腹心之用，牉合近而為重，即衣裘為血親之屬，若衣裘附體而可離，手足遠身而可絕，斯則室家之不侔於兄弟，固亦明矣。」〔註5〕將夫妻關係比做衣裘，雖附體切膚而實則隨時可離；而兄弟關係則如手足，雖離身稍遠却為血屬之親不能片刻斷絕，故此絕不能「親卿膩卿」而棄廢了手足的情份。

常德志這篇文章正足以代表他所處的唐代對手足之情的重視，在前一章我們已經提到唐人對親子倫理的重視遠超過夫妻倫理，許多孝順的兒子常常為了父母，以細故出妻。同樣的，手足親情在唐人眼中仍是比夫妻重要，如累代義居的劉君良，兄弟雖至四從，皆如同氣，尺布斗粟，人無私焉，後其妻設計勸其分家，待君良知其計，乃召諸昆弟，哭以告之，並即棄其妻，更與諸兄弟同居處，情契如初，頗為世人所咨嗟讚歎，貞觀六年，詔加旌表〔註6〕。可知唐人之不以夫妻恩愛凌越手足情義。至於張公藝九世同居，固然為當政所慰撫旌表，而其他閭巷褊草之民，數世同居受天子旌表門閭，賜粟帛，州縣存問，復賦稅甚至授以官者亦多至數百家。〔註7〕唐世不僅以旌表賞賜的方式鼓勵家族和睦團結，法律也高度反映家族

〔註4〕同前註。
〔註5〕同前註。
〔註6〕參後晉劉昫等撰《舊唐書》(鼎文書局，民國74年)，卷一八八〈孝友・劉君良傳〉，頁4919。
〔註7〕參宋歐陽修、宋祁撰《新唐書》(鼎文書局，民國74年)，卷一九五〈孝友傳〉序，頁5577。

的統一性不容破壞的社會觀念。《唐律、戶婚律》〈子孫別籍異財〉
條云：

　　諸祖父母，父母在，而子孫別籍異財者，徒三年。〔註8〕

原註「別籍、異財不相須。」《疏議》曰：「曾、高在亦同。」可見上
代猶在，子孫便不准別異。又云：

　　若祖父母、父母令別籍……者，徒二年，子孫不坐。〔註9〕

強令分戶，罪及父母，可見唐律重視一個家族的完整性，夫婦有義、
父子有親之外，手足的和睦親愛也不容分析，即使是父母也沒有權力
要子孫分家。同時在唐代一般家庭多以大功親為同居共財的範圍，實
際地生活在一起〔註10〕，如此強力黏合的「唐型家庭」〔註11〕格外凸
顯了「兄友弟恭」的傳統美德之重要性，表現在唐詩裏也明晰可見。
非惟同胞手足間的勉勵扶持，即從兄弟、再從兄弟，乃至於同族同姓
的兄弟皆有極密切的聯繫。

　　其次，唐人婚姻重視門第，因而外家往往也成為他們倫理生活
中重要的一部份。關於這一點，我們可以從唐人的族譜兼重婦女外
家看得出來，唐人族系婚戚皆能登譜，而中表、甥姪也都視同家人
〔註12〕，可見不同姓間因婚姻產生關係後，彼此密不可分的關係，
而在實際生活中妻兄弟、表兄弟的交往也常不比同姓同族同胞的兄
弟來得生疏。然而從中國宗法觀念來看，外家終究仍是外家，因此
本章把這部份列於附論探討，而將重點擺在同姓同族，特別是同胞
手足的身上。茲分歡聚親愛、勸勉教導、臨別依依、千里懷人及無

〔註8〕　唐長孫無忌等撰《唐律疏議》（弘文館出版社，民國75年），卷十二，
　　　　頁236。

〔註9〕　同前註。

〔註10〕　參杜正勝〈傳統家族試論〉，《大陸雜誌》（民國71年），六五卷二期。

〔註11〕　參杜正勝〈編戶齊民─傳統的家族與家庭〉，文收入〈中國文化新論‧
　　　　社會篇─吾土與吾民〉（聯經出版事業公司，民國71年），頁27～
　　　　30。

〔註12〕　參陳捷先〈唐代族譜略述〉，文收入《第一屆國際唐代學術會議論文
　　　　集》（學生書局，民國78年），頁866～868。

盡傷痛五節逐一探討。

第一節　歡聚親愛

　　兄弟相聚為人生至樂之事，唐明皇帝曾作〈鶺鴒頌〉一首，充滿怡然之情，詩云：

> 伊我軒宮，奇樹青蔥，藹周廬兮。冒霜停雪，以茂以悅，恣卷舒兮。連枝同榮，吐綠含英，曜春初兮。蓐收御節，寒露微結，氣清虛兮。桂宮蘭殿，唯所息宴，樓雍渠兮。行搖飛鳴，急難有情，情有餘兮。顧惟德涼，夙夜兢惶，慚化疏兮。上之所教，下之所效，實在予兮。天倫之性，魯衛分政，親賢居兮。爰遊爰處，爰笑爰語，巡庭除兮。觀此翔禽，以悅我心，良史書兮。〔註13〕

身為一國之君，其所行所為，皆世人所仿效，〈鶺鴒頌〉之作實寓有相當的教化意味，前有序曰：「朕之兄弟，惟有五人，比為方伯，歲一朝見，雖載崇藩屏，而有睽談笑，是以輟牧人而各守京職。每聽政之後，延入宮掖，申友于之志，詠棠棣之詩，邑邑如，怡怡如，展天倫之愛也。秋九月辛酉，有鶺鴒千數，棲集於麟德殿之庭樹竟旬焉。飛鳴行搖，得在原之趣，昆季相樂，縱目而觀者久之，逼之不懼，翔集自若，朕以為常鳥，無所志懷。左清道率府長史魏光乘，才雄白鳳，辯壯碧雞，以其宏達博識，召至軒檻，預觀其事，以獻其頌，夫頌者，所以揄揚德業，褒讚成功，顧循虛昧，誠有負矣，美其彬蔚，俯同頌云：」可見是左清道率府長史魏光乘先有是作，明皇俯而同之。鶺鴒千數集於麟德殿，或果有其事，或僅虛構，然其化同百姓，敦悌睦之情，意甚明焉，而兄弟之間果能爰遊爰處，爰笑爰語，則實亦如鶺鴒相歡，飛鳴行搖，得在原之趣，有無限幸福。

　　兄弟歡聚的詩又分期歸、喜至、同樂、饋贈、難別，一一敘述。

〔註13〕《全唐詩》（明倫出版社，民國60年），卷三，頁41～42。

一、期　歸

　　歡會可期，甚至是從送行之際便頻頻催促速去速回，如杜甫〈舍弟觀歸藍田迎新婦送示兩篇〉：

　　　　汝去迎妻子，高秋念却迴。即今螢已亂，好與雁同來。東望西江水，南遊北戶開。卜居期靜處，會有故人杯。

　　　　楚塞難爲路，藍田莫滯留。衣裳判白露，鞍馬信清秋。漢峽重江水，開帆八月舟。此時同一醉，應在仲宣樓。〔註14〕

盼其早歸之意畢現，接著他接到弟弟已經到了江陵的消息，歡喜之餘，又寄了三首詩，一片欣喜在望，〈舍弟觀赴藍田取妻子，到江陵，喜寄三首〉：

　　　　汝迎妻子達荊州，消息眞傳解我憂。鴻雁影來連峽內，鶺鴒飛急到沙頭。嶢關險路今虛遠，禹鑿寒江正穩流。朱紱即當隨綵鷁，青春不假報黃牛。

　　　　馬度秦關雪正深，北來肌骨苦寒侵。他鄉就我生春色，故國移居見客心。謄欲提攜如意舞，喜多行坐白頭吟。巡簷索共梅花笑，冷蕊疏枝半不禁。

　　　　庾信羅含俱有宅，春來秋去作誰家。短牆若在從殘草，喬木如存可假花。卜築應同蔣詡徑，爲園須似邵平瓜。比年病酒開涓滴，弟勸兄酬何怨嗟。〔註15〕

只要弟弟一路順風，取得妻子歸來，弟勸兄酬的歡樂又可再得。

二、喜　至

　　從知道兄弟不久即將相會，那心情已漸沸騰，如杜甫〈續得觀書迎就當陽居正，正月中旬定出三峽〉又云：

　　　　自汝到荊府，書來數喚吾。頌椒添諷詠，禁火卜歡娛。舟楫因人動，形骸用杖扶。天旋夔子國，春近岳陽湖。發日排南喜，傷神散北吁。飛鳴還接翅，行序密銜蘆。俗薄江

〔註14〕唐杜甫著、清楊倫箋注《杜詩鏡銓》（華正書局，民國70年），卷十六，頁783～784。

〔註15〕前揭書，卷十八，頁890～892。

山好，時危草木蘇。馮唐雖晚達，終覬在皇都。〔註16〕

觀回秦接眷，算算行程，寒食日定可相聚，實感欣慰。杜甫一生遭逢離亂，兄弟四散，其時留滯夔州，先前杜觀自中都來夔探省，復回秦接眷，故有送示之作，而觀之初來，杜甫尤其顯得欣喜難掩，其〈得舍弟觀自中都已達江陵，月末行李合到夔州，悲喜相兼，賦詩即事，情見乎詞〉詩云：

爾過江陵府，何時到峽州。亂離生有別，聚集病應瘳。颯颯開啼眼，朝朝上水樓。老身須付託，白骨更何憂。〔註17〕

又〈喜觀即到復題短篇二首〉云：

巫峽千山暗，終南萬里春。病中吾見弟，書到汝爲人。意答兒童問，來經戰伐新。泊船悲喜後，款款話歸秦。

待爾嗔烏鵲，拋書示鶺鴒。枝間喜不去，原上急曾經。江閣嫌津柳，風帆數驛亭。應論十年事，愁絕始星星。〔註18〕

相見前一刻諸多揣想，待相見，元稹〈喜五兄自泗州至〉：

眼中三十年來淚，一望南雲一度垂。慚愧臨淮李常侍，遠教形影暫相隨。〔註19〕

竇鞏〈歲晚喜遠兄弟至書情〉：

幾年滄海別，相見意多違。鬢髮緣愁日，音書爲懶稀。新詩徒有贈，故國未同歸。人事那堪問，無言是與非。〔註20〕

則是經年闊違，相見之際，感慨難遣的寫照。李渤亦有〈喜弟淑再至爲長歌〉：

前年別時秋九月，白露吹霜金吹烈。離鴻一別影初分，淚袖雙揮心哽咽。別來幾度得音書，南岳知□□□□。廬山峨峨倚天碧，捧排空崖千萬尺。社牓長題高士名，食堂每

〔註16〕前揭書，卷十八，頁897～898。
〔註17〕前揭書，卷十五，頁749。
〔註18〕前揭書，卷十五，頁749～750。
〔註19〕唐元稹撰《元稹集》（漢京文化事業有限公司，民國72年），卷二一，頁240。
〔註20〕《全唐詩》，卷二七一，頁3049～3050。

記雲山跡。我本開雲此山住，偶爲名利相縈誤。自負心機
四十年，羞聞社客山中篇。憂時魂夢憶歸路，覺來疑在林
中眠。昨日亭前烏鵲喜，果得今朝爾來此。吾吟行路五十
篇，盡說江南數千里。自憐兄弟今五人，共縈儒素家尚貧。
雖然廩餼各不一，就中總免拘常倫。長兄年少曾落托，拔
劍沙場隨衛霍。口裏雖譚周孔文，懷中不舍孫吳略。次兄
一生能苦節，夏聚流螢冬映雪。非論疾惡志如霜，更覺臨
泉心似鐵。第三之兄更奇異，昂昂獨負青雲志。下看金玉
不如泥，肯道王侯身可貴。却愁清逸不干時，高縱大器無
人知。倘逢感激許然諾，必能萬古留清規。念爾年來方二
十，夙夜孜孜能獨立。卷中筆落星漢搖，洞裏丹靈鬼神泣。
嗟余流浪心最狂，十年學劍逢時康。心中不解事拘束，世
間談笑多相妨。廣海青山殊未足，逢著高樓還醉宿。朝走
安公櫪上駒，暮倫陶令籬邊菊。近來詩思殊無況，苦被時
流不相放。雲騰浪走勢未衰，鶴膝蜂腰豈能障。送爾爲文
殊不識，貴從一一傳胸臆。若到湖南見紫霄，會須待我同
攀陟。〔註21〕

李渤一生孤貞力行，操尚不苟合，早年與仲兄涉偕隱廬山，〔註22〕因
其父殿中侍御史李鈞以母喪不時舉，流于施州，渤恥其家污，堅苦不
仕，勵志於文學，不從科舉，〔註23〕雖朝廷徵召，仍託疾不赴，唯附
章疏陳論朝政得失，後詔曰：「特降新恩，用清舊議。」於是赴官。
其爲官亦以切直敢言著稱，《舊唐書》論曰：「闟茸之流，非其沽激，
至於以言擯退，終不息言，以救時病，服名節者重之。」〔註24〕此詩
當是出山之後所作，由詩中不惟可見李氏一門五兄弟各各的性情學
問，也充分讓人感受到平日雖各自天涯，但心相繫念，一旦相見，情
溢乎辭，遂源源而出不知所止了。同樣的杜甫有〈狂歌行贈四兄〉也

〔註21〕　前揭書，卷四七三，頁 5368。
〔註22〕　《新唐書》，卷一一八〈李渤傳〉，頁 4281。
〔註23〕　《舊唐書》，卷一七一〈李渤傳〉，頁 4437。
〔註24〕　前揭書，卷一七一，頁 4442。

藉相會的當兒,大吐胸臆之氣,詩云:

> 與兄行年校一歲,賢者是兄愚者弟。兄將富貴等浮雲,弟
> 切功名好權勢。長安秋雨十日泥,我曹鞴馬聽晨雞。公卿
> 朱門未開鎖,我曹已到肩相齊。吾兄睡穩方舒膝,不襪不
> 巾踏曉日。男啼女哭莫我知,身上須繪腹中實。今年思我
> 來嘉州,嘉州酒香花滿樓。樓頭喫酒樓下臥,長歌短詠迭
> 相酬。四時八節還拘禮,女拜弟妻男拜弟。幅巾鑿帶不掛
> 身,頭脂足垢何曾洗。吾兄吾兄巢許倫,一生喜怒常任眞。
> 日斜枕肘寢已熟,啾啾唧唧爲何人?〔註25〕

詩人一介小官而祿祿奔忙,日日早朝,比較起其兄富貴等浮雲,自睡
到天大亮的灑脫適志,的確顯得可悲復可憫,而相會之日歡飲放意,
情態自然流露,尤其讓詩人羨慕感喟,頓覺世上嚷嚷所爲何來,不若
一任天眞來得高明。而盧綸〈喜從弟激初至〉亦充滿讚許歡欣之情,
詩云:

> 儒服策羸車,惠然過我盧。敘年慚己長,稱從意何疏。作
> 吏清無比,爲文麗有餘。應嗟受恩者,頭白讀兵書。〔註26〕

即使是從兄弟,仍感激其惠然肯來,親不親故鄉水、同姓人,皆彌足
珍貴。

非惟兄弟來喜,己赴兄弟處亦欣然有感,杜甫〈乘雨入行軍六弟
宅〉:

> 曙角凌雲亂,春城帶雨長。水花分塹弱,巢燕得泥忙。令
> 弟雄軍佐,凡材污省郎。萍漂忍流涕,衰颯近中堂。〔註27〕

杜甫赴行軍司馬六弟杜位宅,既歡其弟雄軍之佐,復傷己爲凡材惟充
省郎,值離亂之際,更覺意態蕭索。

千里相會,同宿談心,其樂陶陶,白居易〈湖亭與行簡宿〉云:

> 潯陽少有風情客,招宿湖亭盡即回。水檻虛涼風月好,夜

〔註25〕《杜詩鏡銓》,卷十二,頁564～565。
〔註26〕唐盧綸著、劉初棠校注《盧綸詩集校注》(上海古籍出版社,1989
　　　　年),卷三,頁346～347。
〔註27〕《杜詩鏡銓》,卷十八,頁911。

深唯共阿連來。〔註28〕

張籍〈弟蕭遠雪夜同宿〉：

數卷新遊蜀客詩，長安僻巷得相隨。草堂雪夜攜琴宿，說
是青城館裏時。〔註29〕

白居易〈冬夜示敏巢〉：

爐火欲銷燈欲盡，夜長相對百憂生。他時諸處重相見，莫
忘今宵燈下情。〔註30〕

三、同　樂

兄弟歡聚、宴遊之樂，李白〈春夜宴從弟桃李園序〉可謂曲盡其
情「……會桃李之芳園，叙天倫之樂事。羣季俊秀，皆爲惠連。吾人
詠歌，獨慚康樂。幽賞未已，高談轉清。開瓊筵以坐花，飛羽觴而醉
月。不有佳詠，何申雅懷？如詩不成，罰依金谷酒數。」〔註31〕邀月
賞花，吟詩飲酒，一片天倫融融，不管任何煩惱不快，均不妨拋諸腦
後，李賀〈示弟〉詩云：

別弟三年後，還家十日餘。醲醁今夕酒，緗帙去時書。病
骨猶能在，人間底事無。何須問牛馬，拋擲任梟盧。〔註32〕

這是失意歸家之作，〔註33〕惟期在天倫撫慰之下，以酒澆愁，忘却三
年在外的成敗與窮通。

白居易〈對酒示行簡〉更直述官祿可微，鄉國可遠，惟願兄弟二
人終老不離的心境：

今旦一尊酒，歡暢何怡怡。此樂從中來，他人安得知。兄

〔註28〕唐白居易撰《白居易集》（漢京文化事業有限公司，民國73年），卷
　　　　十七，頁366。
〔註29〕《全唐詩》，卷三八六，頁4357。
〔註30〕《白居易集》，卷十三，頁268。
〔註31〕唐李白撰、瞿蛻園等校注《李白集校注》（里仁書局，民國70年），
　　　　卷二七，頁1590。
〔註32〕唐李賀撰、葉葱奇校注《李賀詩集》（里仁書局，民國71年），卷一，
　　　　頁8～9。
〔註33〕同前註，葉葱奇說。

> 弟唯二人，遠別恒悲苦。今春自巴峽，萬里平安歸。復有
> 雙幼妹，笄年未結縭。昨日嫁娶畢，良人皆可依。憂念兩
> 消釋，如刀斷羈縻。身輕身無繫，忽欲凌空飛。人生苟有
> 累，食肉常如飢。我心既無苦，飲水亦可肥。行簡勸爾酒，
> 停杯聽我辭。不歎鄉國遠，不嫌官祿微。但願我與爾，終
> 老不相離。〔註34〕

白居易有兄曰幼文，弟行簡及金剛奴，金剛奴早夭，幼文亦於元和十
二年，居易四十六歲時卒，他有〈祭浮梁大兄文〉述哀痛之意，其時
居易在江州司馬任內，行簡則參東川節度使盧坦幕，次年，行簡自東
川至，居易既歡復感，即有此作。除此之外，逢年過節喜慶之事，居
易也習慣與家人兄弟同遊共宴，例〈新構亭臺，示諸弟姪〉詩云：

> 平臺高數尺，臺上結茅茨。東西疏二牖，南北開二扉。蘆
> 簾前後卷，竹簟當中施。清冷白石枕，疏涼黃葛衣。開衿
> 向風坐，夏日如秋時。嘯傲頗有趣，窺臨不知疲。東窗對
> 華山，三峰碧參差。南簷當渭水，臥見雲帆飛。仰摘枝上
> 果，俯折畦中葵。足以充飢渴，何必慕甘肥。況有好羣從，
> 日夕相追隨。〔註35〕

新落成的亭臺縱千般好，最好却莫過於弟姪日夕相追隨的快樂滿足。
〈九日登西原宴望〉註云：「同諸兄弟作」：

> 病愛枕席涼，日高眠未輟。弟兄呼我起，今日重陽節。起
> 登西原望，懷抱同一豁。移座就菊叢，餚酒前羅列。雖無
> 絲與管，歌笑隨情發。白日未及傾，顏酡耳已熱。酒酣四
> 向望，六合何空闊。天地自久長，斯人幾時活。請看原下
> 村，村人死不歇。一村四十家，哭喪無虛月。指此各相勉，
> 良辰且歡悅。〔註36〕

九日與諸兄弟登高宴望，雖無絲竹管弦，然歌笑皆隨情隨興，直喝得
臉紅耳熱，歡悅不已，念及人生有限，尤其不能不及時相樂。而〈歲

〔註34〕《白居易集》，卷七，頁144～145。
〔註35〕前揭書，卷六，頁117～118。
〔註36〕前揭書，卷六，頁115。

日家宴戲示弟姪，兼呈張侍卿二十八丈殷判官二十三兄〉更是一片酣
然沈醉於天倫歡樂之中：

> 弟妹妻孥小姪甥，嬌癡弄我助歡情。歲盞後推藍尾酒，春
> 盤先勸膠牙餳。形骸潦倒雖堪歎，骨肉團圓亦可榮。猶有
> 誇張少年處，笑呼張丈喚殷兄。〔註37〕

又如張九齡〈與弟遊家園〉：

> 定省榮君賜，來歸是晝遊。林鳥飛舊里，園果讓新秋。枝
> 長南庭樹，池臨北澗流。星霜屢爾別，蘭麝爲誰幽。善積
> 家方慶，恩深國未酬。棲棲將義動，安得久情留。〔註38〕

以人臣任重，故君賜定省回家亦只能匆匆晝遊，難免遺憾，而手足親
情，非但人臣重之，人主亦不能自外，例如作鶺鴒頌的明皇帝〈暇日
與兄弟同遊興慶宮作〉自序云：「暇日與兄弟同遊興慶宮，登勤政務
本及華萼相輝之樓，所以觀風俗而勸人，崇友于而敦睦，詩以言志，
歌以永言，情發於衷，率題此什」詩云：

> 代邸青門石，離宮紫陌隈。庭如過沛日，水若渡江時。綺
> 觀連雞岫，朱樓接雁池。從來敦棣萼，今此茂荊枝。萬葉
> 傳餘慶，千年志不移。憑軒聊屬目，輕輦共追隨。務本方
> 崇訓，相輝保羽儀。時康俗易漸，德薄政難施。鼓吹迎飛
> 蓋，弦歌送羽厄。所希覃率士，孝弟一同規。〔註39〕

張說〈奉和聖製暇日與兄弟同遊興慶宮作應制〉詩云：

> 漢武橫汾日，周王宴鎬年。何如造區夏，復此睦親賢。巢
> 鳳新成闕，飛龍舊躍泉。棣華歌尚在，桐葉戲仍傳。禁籞
> 氛埃隔，平臺景物連。聖慈良有裕，王道固無偏。問俗兆
> 人阜，觀風王教宣。獻圖開益地，張樂奏鈞天。侍酒衢尊
> 滿，詢芻諫鼓懸。永言形友愛，萬國共周旋。〔註40〕

一片熙睦，堪稱堪頌，可見兄弟情深，不惟百姓，人主亦同。李嘉祐

〔註37〕 前揭書，卷二四，頁540。
〔註38〕 《全唐詩》，卷四九，頁605。
〔註39〕 前揭書，卷三，頁39。
〔註40〕 前揭書，卷八八，頁967。

〈與從弟正字從兄兵曹宴集林園〉：

> 竹窗松戶有佳期，美酒茶香慰所思。輔嗣外生還解易，惠
> 連羣從總能詩。簷前花落春深後，谷裏鶯啼日暮時。去路
> 歸程仍待月，垂鞭不控馬行遲。〔註41〕

是多教人羨慕的一幅兄弟同樂圖。而戴叔倫〈族兄各年八十餘見招遊洞〉更見其雖年老而絲毫不減興致：

> 鶴髮婆娑鄉里親，相邀共看往年春。擬將兒女歸來住，且
> 是茅山見老人。〔註42〕

兄弟間促膝談心，亦屬一樂，韋應物〈話舊〉詩序云：「亭中對兄妹話蘭陵、崇賢、懷眞以來故事，泫然而作」詩云：

> 存亡三十載，事過悉成空。不惜霑衣淚，併話一宵中。〔註43〕

家宴的歡樂氣氛令人感動，即便有事不能赴會，也不禁嚮往遺憾之意，如武元衡〈聞相公三兄小園置宴，以元衡寓直，因寄上兼呈中書三兄〉：

> 休沐限中禁，家山傳勝遊。露寒潘省夜，木落庾園秋。蘭
> 菊迴幽步，壺觴洽舊儔。位高天祿閣，詞異畔牢愁。孤思
> 琴先覺，馳暉水競流。明朝不相見，清祀在圜丘。〔註44〕

及杜牧〈十九兄郡樓有宴，病不赴〉：

> 十二層樓敞畫簷，連雲歌盡草纖纖。空堂病怯階前月，燕
> 子喧垂一竹簾。〔註45〕

四、饋　贈

　　一份禮物，不論輕重厚薄，都傳達手足間一份由衷的關愛之情，元稹〈三兄以白角巾寄遺，髮不勝冠，因有感歎〉詩云：

> 病瘴年深渾禿盡，那能勝置角頭巾。暗梳蓬髮羞臨鏡，私

〔註41〕前揭書，卷二〇七，頁 2165。
〔註42〕前揭書，卷二七四，頁 3108。
〔註43〕前揭書，卷一九一，頁 1967。
〔註44〕前揭書，卷三一七，頁 3569。
〔註45〕前揭書，卷五二四，頁 6007。

戴蓮花恥見人。白髮過於冠色白，銀釘少校領中銀。我身
四十猶如此，何況吾兄六十身。〔註46〕

感慨自己頭禿鬢髮皆白，實不能再戴白角巾，復反懸念及年長於己的
兄弟，一片垂詢深意。而劉兼有〈從弟舍人惠茶〉一詩：

曾求芳茗貢蕪詞，果沐頒霑味甚奇。龜背起紋輕炙處，雲
頭翻液乍烹時。老丞倦悶偏宜矣，舊客過從別有之。珍重
宗親相寄惠，山亭水閣自攜持。〔註47〕

那是每泡一甌香茗，就要想念及從弟一片珍重寄惠的好意的。

五、難　別

歡樂聚，苦離別，直希望留住今宵的兒女態，詩人的心是憨癡得
可愛又可笑的，如白居易〈送敏中歸邠寧幕〉：

六十衰翁兒女悲，傍人應笑爾應知。弟兄垂老相逢日，杯
酒臨歡欲散時。前路加餐須努力，今宵盡醉莫推辭。司徒
知我難為別，直過秋歸未訝遲。〔註48〕

此詩為居易六十歲時所作，從祖弟敏中是年自殿中侍御史出為邠寧節
度使掌書記，故云司徒，時居易胞弟行簡已卒，由詩中可知，居易將
他滿腔對弟弟的熱愛都貫注在這後起之秀的堂弟身上，難為別，直相
留，苦苦盼他留到秋。

第二節　勸勉教導

兄弟間既有親愛之情亦有勸勉之義，對人生路途中種種的遭遇，
或賀讚或安慰或勉勵，為人兄弟者常常是最及時的分享者，本節將兄
弟間的敦促慰勉，依內容的性質分學問功名、修身做人、宦途昇黜及
日常生活幾部份，一一加以析論。

〔註46〕　《元稹集》，卷二〇，頁230。
〔註47〕　《全唐詩》，卷七六六，頁8698。
〔註48〕　《白居易集》，卷二五，頁576。

一、學問功名

勉勵讀書自強，學以潤身的有杜荀鶴〈和舍弟題書堂〉：

兄弟將知大自強，亂時同茸讀書堂。巖泉遇雨多還鬧，溪
竹唯風少即涼。藉草醉吟花片落，傍山閒步藥苗香。團圓
便是家肥事，何必盈倉與滿箱。〔註49〕

〈題弟姪書堂〉：

何事居窮道不窮，亂時還與靜時同。家山雖在干戈地，弟
姪常修禮樂風。窗竹影搖書案上，野泉聲入硯池中。少年
辛苦終身事，莫向光陰惰寸功。〔註50〕

又〈喜從弟雪中遠至有作〉：

深山大雪懶開門，門徑行蹤自爾新。無酒禦寒雖寡況，有
書供讀且資身。便均情愛同諸弟，莫更生疏似外人。晝短
夜長須強學，學成貧亦勝他貧。〔註51〕

杜荀鶴生值晚唐，末代亂世之中，而能以讀書積富教導弟姪，勉以居
窮道不窮，亂時亦不改靜時操尚，堪稱一時風標。

文章詩詞固學問餘事，然亦學之深，養之厚自然發散於外的，唐
文風萃盛，詩詞文章的承續不墜，詩人筆下出現不少與兄弟講論互勉
的作品，所謂「文章千古事，得失寸心知」，兄弟則可以說是最直接
的良師與益友，如楊巨源〈贈從弟茂卿〉：

吾家驥足楊茂卿，性靈且奇才甚清。海內方微風雅道，鄴
中更有文章盟。扣寂由來在淵思，搜奇本自通禪智。王維
證時符水月，杜甫狂處遺天地。流水東西岐路分，幽州迢
遞舊來聞。若爲向北驅疲馬，山似寒空塞似雲。〔註52〕

李頎〈放歌行答從弟墨卿〉：

小來好文恥學武，世上功名不解取。雖沾寸祿已後時，徒
欲出身事明主。柏梁賦詩不及宴，長楸走馬誰相數。斂迹

〔註49〕《全唐詩》（明倫出版社，民國60年），卷六九二，頁7971。
〔註50〕前揭書，卷六九二，頁7968。
〔註51〕前揭書，卷六九二，頁7969。
〔註52〕前揭書，卷三三三，頁3717。

　　　　倦眉心自甘，高歌繫節聲半苦。由是蹉跎一老夫，養雞牧
　　　　豕東城隅。空歌漢代蕭相國，肯事霍家馮子都。徒爾當年
　　　　聲籍籍，濫作詞林兩京客。故人斗酒安陵橋，黃鳥春風洛
　　　　陽陌。吾家令弟才不羈，五言破的人共推。興來逸氣如濤
　　　　湧，千里長江歸海時。別離短景何蕭索，佳句相思能間作。
　　　　舉頭遙望魯陽山，木葉紛紛向人落。〔註53〕

都是盛讚兄弟詩才，勉勵有加之作。而兄弟間往往又新作互呈，爲詩
唱和，不僅傾訴情誼也藉機互賞奇文，共探時新，如韋莊〈寄湖州舍
弟〉：

　　　　半年江上愴離襟，把得新詩喜又吟。多病似逢秦氏藥，久
　　　　貧得如顧家金。雲煙但有穿楊志，塵土都無作吏心。何況
　　　　別來詞轉麗，不愁明代少知音。〔註54〕

又如齋己〈還族弟卷〉：

　　　　豈要私相許，君詩自入神。風騷何句出，瀑布一聯新。□
　　　　若長如此，多須遠逐身。開齋舒復卷，留滯忽經旬。〔註55〕

徐鉉〈京使迴自臨川，得從兄書寄詩，依韻和〉：

　　　　珍重還京使，殷勤話故人。別離常挂夢，寵祿不關身。趣
　　　　向今成道，聲華舊絕塵。莫嗟客鬢老，詩句逐時新。〔註56〕

　　　讀書人以淑世報國爲志，兄弟實自知己，李涉有〈與弟渤新羅劍
歌〉氣壯山河，正望待時而用：

　　　　我有神劍異人與，暗中往往精靈語。識者知從東海來，來時
　　　　一夜陰風雨。長河臨曉北斗殘，秋水露背青蟝寒。昨夜大梁
　　　　城下宿，不借跌跌光顏看。刃邊颯颯塵沙缺，瘢痕半是蛟龍
　　　　血。雷煥張華久已無，沈冤知向何人說。我有愛弟都九江，
　　　　一條有氣今無雙。青光好去莫惆悵，必斬長鯨須少壯。〔註57〕

〔註53〕前揭書，卷一三三，頁1349。
〔註54〕唐書莊撰、李誼校注《韋莊集校注》（四川省社會科學院出版社，1986
　　　　年），卷七，頁349～350。
〔註55〕《全唐詩》，卷八四一，頁9491。
〔註56〕前揭書，卷七五五，頁8587。
〔註57〕前揭書，卷四七七，頁5425。

李白〈贈從弟冽〉則是抑挫之後的惆悵人語：

> 楚人不識鳳，重價求山雞。獻主昔云是，今來方覺迷。自
> 居漆園北，久別咸陽西。風飄落日去，節變流鶯啼。桃李
> 寒未開，幽關豈來蹊。逢君發花萼，若與青雲齊。及此桑
> 葉綠，春蠶起中閨。日出布穀鳴，田家擁鋤犁。顧余乏尺
> 土，東作誰相攜。傅說降霖雨，公輸造雲梯。羌戎事未息，
> 君子悲塗泥。報國有長策，成功羞執珪。無由謁明主，杖
> 策還蓬藜。他年爾相訪，知我在磻溪。〔註58〕

在唐朝這樣一個進士社會，科舉既屬最重要的仕進之門，所以即便像
李白那樣不得意的人，仍然鼓勵他的兄弟前往一試，〈魯中送二從弟
赴舉之西京〉：

> 魯客向西笑，君門若夢中。霜凋逐臣髮，日憶明光宮。復
> 羨二龍去，才華冠世雄。平衢騁高足，逸翰凌長風。舞袖
> 拂秋月，歌筵聞早鴻。送君日千里，良會何由同。〔註59〕

應舉的成敗悲歡懸殊，先看落第時兄弟間相聞問的詩，朱可名〈應
舉日寄兄弟〉：

> 廢刈鏡湖田，上書紫閣前。愁人久委地，詩道未聞天。不
> 是燒金手，徒拋釣月船。多慚兄弟意，不敢問林泉。〔註60〕

一片愧疚滿懷。而盧綸〈與從弟瑾同下第後出關言別〉：

> 同作金門獻賦人，二年悲見故園春。到關不沾新雨露，還
> 家空帶舊風塵。
>
> 雜花飛盡柳陰陰，官路逶迤綠草深。對酒已成千里客，望
> 山空寄兩鄉心。
>
> 出關愁暮一沾裳，滿野蓬生古戰場。孤村樹色昏殘雨，遠
> 寺鐘聲帶夕陽。
>
> 誰憐苦志已三冬，卻欲躬耕學老農。流水白雲尋不盡，期

〔註58〕唐李白撰、瞿蛻園等校注《李白集校注》（里仁書局，民國70年），
　　　　卷十二，頁799～801。
〔註59〕前揭書，卷十七，頁1031～1032。
〔註60〕《全唐詩》，卷五五七，頁6466。

　　君何處得相逢。〔註61〕

大曆十才子之一的盧綸，科舉之途並不是那樣順利，據《新唐書文藝傳》云：盧綸「大曆初，數舉進士不入第」，而就此詩看，誠不誣也，當其下第之時與從弟瑾同爲失意落拓之人，遂不免惺惺相惜起來。邵謁〈送從弟長安下第南歸覲親詩〉則一再鼓勵其弟早日重整旗鼓，捲土再來：

　　白日不得照，戴天如戴盆。青雲未見路，丹車勞出門。採薇秦山鎮，養親湘水源。心中豈不切，其如行路難。爲文清益峻，爲心直且安。芝蘭未入用，馨香志獨存。他門種桃李，猶能蔭子孫。我家有棠陰，枝葉竟不繁。心醉豈因酒，愁多徒見萱。征途忽告歸，執袂殷勤論。在鳥終爲鳳，爲魚須化鯤。富貴豈長守，貧賤寧有根。丈夫志不大，何以佐乾坤。畫短疾於箭，早來獻天言。莫戀蒼梧畔，野煙橫破村。〔註62〕

貫休〈和李判官見新榜爲兄下第〉亦可見爲兄下第的慨歎之深：

　　失意荊枝滴淚頻，陟岡何翅不知春。心中歧路平如砥，天上文章妙入神。休說宋風迴鶂首，即看雷火燎龍鱗。從茲相次紅霞裏，留取方書與世人。〔註63〕

　　新榜高中，多年苦讀有了代價，那眞是悲喜交加，姚合〈成名後留別從兄〉：

　　一辭山舍廢躬耕，無事悠悠住帝城。爲客衣裳多不穩，和人詩句固難精。幾年秋賦唯知病，昨日春闈偶有名。却出關東悲復喜，歸尋弟妹別仁兄。〔註64〕

做兄長的人，見弟登科，那也是歡欣溢於言表，如白居易〈喜敏中及第，偶示所懷〉：

〔註61〕唐盧綸著、劉初棠校注《盧綸詩校注》（上海古籍出版社，1989年），卷一，頁56～58。
〔註62〕《全唐詩》，卷六〇五，頁6997。
〔註63〕前揭書，卷八三五，頁9410。
〔註64〕前揭書，卷五〇二，頁5713。

自知羣從爲儒少，豈料詞場中第頻。桂折一枝先許我，楊
穿三葉盡驚人（自註：始予進士及第，行簡次之，敏中又
次之）。轉於文墨須留意，貴向煙霄早致身。莫學爾兄年五
十，蹉跎始得掌絲綸。〔註65〕

白敏中於穆宗長慶元年（821）中進士第，對於這位從祖弟，白居易
一向疼愛有加，雖然兩人年紀相差頗懸殊，但是並無多少隔閡。白氏
本爲寒素家族，尚無人中進士，自居易先聲奪人桂折一枝後，行簡、
敏中竟皆繼踵而至，其驕傲安慰眞不可言喻，但他也不一味賀讚，而
更進一步叮嚀敏中留意文墨，致身早貴。是年，居易加朝散大夫轉上
柱國，始著緋，而行簡亦初授拾遺，可謂一門多慶，不過他希望敏中
青出於藍而甚於藍，比他更有成就。翁承贊〈喜弟承檢登科〉：

兩篇佳句敵瓊瑰，憐我三清道路開。荊璞獻多還得售，桂
堂恩在敢輕回。花繁不怕尋春客，榜到應傾賀喜杯。知爾
苦心功業就，早攜長策出山來。〔註66〕

中舉的榮耀，做兄弟的實與有榮焉。李商隱則在其弟中舉後，高興地
寫了一首詩感謝主考官，比之爲孔子陶鑄顏回，〈喜舍弟羲叟及第上
禮部魏公〉：

國以斯文重，公仍內署來。風標森太華，星象逼中台。朝
滿遷鶯侶，門多吐鳳才。寧同魯司寇，惟鑄一顏回。〔註67〕

二、宦途升黜

手足情深，人生路途中不論困阨或通達，總是時運使然，這時兄
弟的關愛，就成了繼續前進的推進器，在唐人詩中我們確實發現達時
有賀有誡，阨時有求援引之聲，也有由衷的寬慰救濟，而官職的升黜
似乎也成了達與阨最明顯的指標，因此我們可循此觀察。

〔註65〕唐白居易撰《白居易集》（漢京文化事業有限公司，民國73年），卷
十九，頁416。

〔註66〕《全唐詩》，卷七○三，頁8088。

〔註67〕唐李商隱撰、葉葱奇疏注《李商隱詩集疏注》（里仁書局，民國76
年），卷中，頁345～347。

　　白居易〈奉送三兄〉自慚官職卑晚，不能給哥哥更多榮耀與光彩：

　　　　少年曾管二千兵，晝聽笙歌夜研營。自反丘園頭盡白，每
　　　　逢旗鼓眼猶明。杭州暮醉連牀臥，吳郡春遊並馬行。自愧
　　　　阿連官職慢，只教兄作使君兄。〔註68〕

白居易家世寒微，略無援手，完全是以一人之力猛進前途而振作家
聲，貞元十六年初春，當其由宣州薦拔至長安應士舉，孑然一身，羈
旅京華，日見貴游子弟馳騁軒車，而笙歌不絕於耳，惟覺此繁華皆非
其分，只能孤館自弔其孤零身世，其〈長安早春旅懷〉詩所謂「軒車
歌吹諠都邑，中有一人向隅立」即自寫照，後〈與元九書〉亦云：「初
應進士時，中朝無緦麻之親，達官無半面之舊；策蹇步於利足之途，
張空拳於文戰之場」則衷心希冀者惟考試之至公，這可由他在貞元十
六年〈與陳給事中〉一信中詞氣之迫切悲壯看出〔註69〕。白居易終於
脫穎而出，二十九歲進士及第，同榜僅十七人，足見登第之難，而時
諺有「三十老明經，五十少進士」之說，蓋明經科登第易，三十歲考
上已嫌晚，但進士及第，五十歲也不遲，算來居易已是年少得意了〔註
70〕，而官職再如何慢，也當是家族歷史中首屈一指的，但居易此詩
的對象乃是曾為一介武官的白髮老兄，少不得要膨脹一下對方的年少
威風，讚其雖老而氣概猶存，則其慚愧之言可以想見是在哄哄哥哥開
心罷了。況白集詩文中在在顯現居易是一個安分淡泊，知足恬退的
人，「且慚身忝官階貴，未敢家嫌活計貧。柱國勳成私自問，有何功
德及生人」已自滿足，又云「我轉官階常自愧，君加邑號有何功。」
〔註71〕足見他視目前的生活為已屬逾份之享受，實在不是個汲汲於富
貴之輩。

〔註68〕　《白居易集》，卷二四，頁544。
〔註69〕　參前揭書卷十三〈長安早春旅懷〉，頁 267；卷四五〈與元九書〉，
　　　　　頁 963；卷四四〈與陳給事書〉，頁 949～950。
〔註70〕　參王夢鷗先生〈白樂天之先祖及後嗣問題〉，《國立政治大學學報》，
　　　　　第十期，頁 133～138。
〔註71〕　參《白居易集》，卷十九〈初如朝散大夫，又轉上柱國〉詩，頁 410；
　　　　　〈妻初授邑號告身〉詩，頁 411。

　　居易及第後七年，元和二年，其弟行簡亦成進士，至長慶元年授左拾遺，其時居易已五十歲，在主客郎中知制誥任，夏，加朝散大夫，轉上柱國，他有〈行簡初授拾遺，同早朝入閣，因示十二韻〉一詩表達無限欣慰之情：

> 夜色尚蒼蒼，槐陰夾路長。聽鐘出長樂，傳鼓到新昌。宿雨沙堤潤，秋風樺燭香。馬驕欺地軟，人健得天涼。待漏排閶闔，停珂擁建章。爾隨黃閣老，吾次紫薇郎。並入連稱籍，齊趨對折方。闢班花接萼，綽立雁分行。近職誠爲美，微才豈合當。綸言難下筆，諫紙易盈箱。老去何僥倖，時來不料量。唯求殺身地，相誓答恩光。〔註72〕

寶曆元年，行簡以主客郎中加朝散大夫，披上代表功名恩寵的緋服，白居易更是高興，有七律〈聞行簡恩賜章服，喜成長句贈之〉以見意：

> 吾年五十加朝散，爾亦今年賜章服。齒髮恰同知命歲，官銜俱是客曹郎。（自註：予與行簡俱年五十始著緋，皆是主客郎中）榮傳錦帳花聯萼，彩動綾袍雁趁行（自註：緋多以雁銜瑞莎爲之）。大抵著緋宜老大，莫嫌秋鬢數莖霜。〔註73〕

兄前弟後，雁行並進，著實令人稱羨。而從祖弟白敏中也毫不遜色，長慶二年中進士後，太和五年爲邠寧副史，太和七年丁母憂退居洛下，會昌初爲殿中侍御史，分司東都，尋遷戶部員外郎，在他榮返長安之前，白居易作了一首〈送敏中新授戶部員外郎西歸〉：

> 千里歸程三伏天，官新身健馬翩翩。行衝赤日加餐飯，上到青雲穩著鞭。長慶老郎惟我在，客曹故事望君傳。前鴻後雁行難續，相去迢迢二十年。〔註74〕

此詩亦有自註云：「長慶初，予爲主客郎中，知制誥，遷中書舍人，去今二十一年也。」足見他望弟成名爲時已久。從中唐以後進士制度逐漸確立鞏固，唐人自始即尊重進士及第者，稱之爲「登龍門」，甚至有「進

〔註72〕前揭書，卷十九，頁410。
〔註73〕前揭書，卷二四，頁535～536。
〔註74〕前揭書，卷三六，頁829。

士初擢第，頭上七尺焰光」之說〔註75〕更凸顯進士榮顯。蓋中唐以後較諸門閥背景，父祖餘蔭，進士及第實爲拜相捷徑，即便不曾登宰執的家族，一入此捷徑，即可有若干繼起者。白居易生逢其時，成爲下邽白氏進士之先進者，以鴻導雁，至而行簡、敏中亦相繼平步青雲，尤其敏中之尚書、同中書門下平章事、右僕射、司徒、司空等一連串頭銜，更堪稱貴極人臣。敏中於會昌二年爲翰林學士，兵部員外郎而加制誥，據《舊唐書白敏中傳》，他得爲翰林學士實有賴居易的餘蔭，因唐武宗久知白居易，即位時即欲重用，但他已屆七十高齡，宰相李德裕以爲不堪任使，乃薦白敏中以代之，居易詩中切盼的「客曹故事望君傳」終於實現了，下邽白氏也因此由寂寂無聞而噪盛一時。〔註76〕

其他對兄弟任官鼓舞賀慶之詩較零星，如杜甫〈送從弟亞赴河西判官〉：

> 南風作秋聲，殺氣薄炎熾。盛夏鷹隼擊，時危異人至。令弟草中來，蒼然請論事。詔書引上殿，奮舌動天意。兵法五十家，爾腹爲篋笥。應對如轉丸，疏通略文字。經綸皆新語，足以正神器。宗廟尚爲灰，君臣俱下淚。崆峒地無軸，青海天軒輊。西極最瘡痍，連山暗烽燧。帝曰大布衣，藉卿佐元帥。坐看清流沙，所以子奉使。歸常再前席，適遠非歷試。須存武威郡，爲畫長久利。孤峯石戴驛，快馬金纏彎。黃羊飫不羶，蘆酒多還醉。踴躍常人情，慘澹苦士志。安邊敵何有，反正計始遂。吾聞駕鼓車，不合用騏驥。龍吟迴其頭，夾輔待所致。〔註77〕

杜亞字次公，少涉學，善言歷代成敗事，肅宗在靈武，上書論時政，擢校書郎，其年杜鴻漸節度河西，辟爲從事，此即杜甫送行之作，盛讚其弟剛健之氣與英雄本色，時危乃現，更爲濟時慷慨赴邊，爲安邊

〔註75〕 參唐封演撰《封氏聞見記》（新文豐出版公司，民國69年），卷三〈貢舉條〉。

〔註76〕 參〈白樂天之先祖及後嗣問題〉，頁133～138。

〔註77〕 唐杜甫著、清楊倫箋注《杜詩鏡銓》（華正書局，民國70年），卷三，頁144～146。

反正慘澹經營，末句云杜亞才當不止於判官，回首京闕，應思夾輔之功。蔣弱六云此詩：「極意鼓舞，極意感動，使其竟日汗流，終夜膽戰，自不能不努力竭心，以爲誇祝之詞，失之千里。」〔註78〕誠爲得之。

竇庠〈勅目至，家兄蒙淮南僕射杜公奏，授秘校兼節度參謀，同書寄上〉：

> 朝市三千里，園廬二十春。步兵終日飲，原憲四時貧。桂樹留人久，蓬山入夢新。鶴書承重處，鵲語喜時頻。草奏才偏委，嘉謀事最親。榻因徐孺解，醴爲穆生陳。衛國今多士，荊州好寄身。煙宵定從此，非假問陶鈞。〔註79〕

代宗朝左拾遺竇叔向有五子常、牟、羣、庠、鞏，聯芳比藻，詞價靄然，法度風流，相距不遠，且俱陳力王事，膺寵清流，非懷玉迷津區區之比。〔註80〕是以後人名其集爲《竇氏聯珠集》，謂若五星然。《舊唐書》記載：「常字中行，大曆十四年登進士第，居廣陵之柳楊，結廬種樹，不求苟進，以講學著書爲事，凡二十年不出。貞元十四年，鎭州節度使王武俊聞其賢，遣人致聘，辟爲掌書記，不就。其年，杜佑鎭淮南，奏授校書郎，爲節度參謀。」〔註81〕當即竇庠爲此詩之背景，而所謂「家兄」即指竇常而言，詩中相勉爲國之意甚深，對於其兄能得杜佑賞識頗安慰，終信能一展長才，騰上煙霄。

張謂〈過從弟制疑官舍竹齋〉：

> 羨爾方爲吏，衡門獨晏如。野猿偷紙筆，山鳥污圖書。竹裏藏公事，花間隱使車。不妨垂釣坐，時膾小江魚。〔註82〕

則對方爲小吏的弟弟那穩士一般的鄉居生活寄無限羨慕之情，官雖小然遊樂晏然，眞可稱「既愜懷祿情，復協滄州趣」，兩相得意。

〔註78〕 同前註。
〔註79〕《全唐詩》，卷二七一，頁 3046。
〔註80〕 參元辛文房撰、周本淳校正《唐才子傳校正》（文津出版社，民國77 年），卷四〈竇常〉，頁 123。
〔註81〕 後晉劉昫等撰《舊唐書》（鼎文書局，民國 74 年），卷一五五，頁 4122。
〔註82〕《全唐詩》，卷一九七，頁 2019。

　　另外一種情形是對宦途抑挫或為政務憂煩的兄弟，詩人往往寄安撫慰勉之意，如劉長卿〈奉送從兄罷官之淮南〉：

> 何事浮溟渤，元戎棄鏌鋣。漁竿吾道在，鷗鳥世情賒。玄髮他鄉換，滄洲此路賒。沂沿隨桂檝，醒醉任松華。離別誰堪道，艱危更可嗟。兵鋒搖海內，王命隔天涯。鐘漏移長樂，衣冠接永嘉。還當拂氛祲，那復臥雲霞。溪路漫岡轉，夕陽歸鳥斜。萬艘江縣郭，一樹海人家。揮袂看朱紱，揚帆指白沙。春風獨迴首，愁思極如麻。〔註83〕

李白〈贈臨洺縣令皓弟〉：

> 陶令去彭澤，茫然太古心。大音自成曲，但奏無弦琴。釣水路非遠，連鼇意何深。終期龍伯國，與爾相招尋。〔註84〕

此詩註云：「時被訟停官」，而他另二首〈贈從弟南平太守之遙〉則註云：「南平時因飲酒過度，貶武陵」皆是慰勉之作。然而其中第一首幾全寫一己感慨：

> 少年不得意，落魄無安居。願隨任公子，欲釣吞舟魚。常時飲酒逐風景，壯心遂與功名疏。蘭生谷底人不鋤，雲在高山空卷舒。漢家天子馳駟馬，赤軍蜀道迎相如。天門九重謁聖人，龍顏一解四海春。彤庭左右呼萬歲，拜賀明主收沈淪。翰林秉筆回英眄，麟閣崢嶸誰可見。承恩初入銀臺門，著書獨在金鑾殿。龍鉤雕鐙白玉鞍，象牀綺席黃金盤。當時笑我微賤者，却來請謁為交歡。一朝謝病游江海，疇昔相知幾人在？前門長揖後門關，今日結交明日改。愛君山嶽心不移，隨君雲霧迷所為。夢得池塘生春草，使我長價登樓詩。別後遙傳臨海作，可見羊何共和之。〔註85〕

把世人趨炎附勢的醜態描寫得淋漓盡致，到第二首才真正寫到飲酒貶官的事，詩云：

> 東平與南平，今古兩步兵。素心愛美酒，不是顧專城。謫

〔註83〕　前揭書，卷一四九，頁1546。

〔註84〕　《李白集校注》，卷九，頁644～645。

〔註85〕　前揭書，卷十一，頁748～749。

官桃源去，尋花幾處行。秦人如舊識，出户笑相迎。〔註86〕

杜甫〈寄杜位〉：

近聞寬法離新州，想見懷歸尚百憂。逐客雖皆萬里去，悲君已是十年流。干戈況復塵隨眼，鬢髮還應雪滿頭。玉壘題書心緒亂，何時更得曲江遊。〔註87〕

原註「位京中宅近西曲江，詩尾有述」蓋杜位爲李林甫壻，林甫於天寶十一載卒，位以故貶官，至上元二年已十年，始離貶所，然位爲李黨，僅加貶謫，復得量移，故曰寬法。杜位貶新州，屬嶺南道，去京師路遠，終於得移，杜甫深繫悲憫之情。杜甫又有一首〈敬寄族弟唐十八使君〉：

與君陶唐後，盛族多其人。聖賢冠史籍，枝派羅源津。在今氣磊落，巧僞莫敢親。介立實吾弟，濟時肯殺身。物白諱受玷，行高無污眞。得罪永泰末，放之五溪濱。鸑鳳有鍛翮，先儒曾抱麟。雷霆劈長松，骨大却生筋。一失不足傷，念子孰自珍。泊舟楚宮岸，戀闕浩酸辛。除名配清江，厥土巫峽鄰。登陸將首途，筆札枉所申。歸朝躓病肺，敘舊思重陳。春風洪濤壯，谷轉頗彌旬。我能汎中流，搪突鼉獺嗔。長年已省柁，慰此貞良臣。〔註88〕

杜甫自撰〈萬年縣君京兆杜氏墓銘〉云：「其先系統於伊祁，分姓於唐杜」故推究起來唐、杜本一家，杜甫此詩在慰勉唐姓族弟遠謫清江，由「介立」、「濟時」等語可想見其弟志節，而所以遭貶實因誣謗。安慰他「一失不足傷」而奮不顧身之懷抱却令人感佩，末言己將出峽東下，親往致候。這首詩充滿無限知惜鼓舞，一位正在貶中的孤忠之臣看了必然爲之感激不已。

另有幾首慰問失意的兄弟詩，如韓翃〈家兄自山南罷歸，獻詩敘事〉：

〔註86〕前揭書，卷十一，頁751。
〔註87〕《杜詩鏡銓》，卷八，頁360～361。
〔註88〕前揭書，卷十八，頁908～909。

時輩已爭先，吾兄未著鞭。空嗟鑷鬢日，猶是屈腰年。不
以殊方遠，仍諭水地偏。裏橙隨客路，漢竹引歸船。雲木
巴東峽，林泉峴北川。池餘騎馬處，宅似臥龍邊。夜簟千
峯月，朝窗萬井煙。朱荷江女院，青稻楚人田。縣舍多瀟
灑，城樓入醉眠。黃苞柑正熟，紅樓鱠仍鮮。坐厭牽絲倦，
因從解綬旋。初辭五斗米，唯奉一囊錢。室好生虛白，書
耽守太玄。櫪中嘶款段，階下引潺湲。落照淵明柳，春風
叔夜弦。絳紗儒客帳，丹訣羽人篇。雅論承安石，新詩與
惠連。興清湖見底，襟豁霧開天。魏闕心猶繫，周才道豈
捐。一丘自無逸，三府會招賢。〔註89〕

敘其兄自偏遠的山南解綬歸來，一片隱士風情，而身雖退，心仍繫天
下事，故料想不久定因賢名受召。竇牟〈酬舍弟庠罷舉，從州辟書〉：

之荊且願依劉表，折桂終慚見卻詵。舍弟未應絲作鬢，園
公不用印隨身。〔註90〕

竇庠未舉進士，褚藏言〈竇庠傳〉云：「府君初應進士，感於知己一
言，遂從事於商洛，授國子主簿，未幾而罷，後吏部侍郎韓公出鎮武
昌，辟為節度副使。」〔註91〕。竇牟似乎頗引以為憾〔註92〕，對竇庠
不自應舉而願為人幕僚的選擇做了無奈的歎惋，也帶著輕微的責備，
到底竇氏一門皆人傑，竇牟很難想像自己的弟弟竟放棄登躍龍門的大
好機會。

張籍〈獻從兄〉則也是勸慰貶竄的兄長之作：

悠悠旱天雲，不遠如飛塵。賢達失其所，沈飄向眾人。擢
秀登王畿，出為良使賓。名高滿朝野，幼賤誰不聞。一朝
遇讒邪，流竄八九春。詔書近遷移，組綬未及身。冬井無
寒冰，玉潤難為焚。虛懷日迢遙，榮辱常保純。我念出游

〔註89〕《全唐詩》，卷二四五，頁2755。

〔註90〕前揭書，卷二七一，頁3038。

〔註91〕清董誥等編、陸心源補輯拾遺《全唐文及拾遺》（大化書局，民國
　　　　76年），卷七六一，頁3550。

〔註92〕參元辛文房撰、傅璇琮主編《唐才子傳校箋・第二冊》（北京中華書
　　　　局，1989年），卷四，頁236。

時，勿吟康樂文。願言靈溪期，聊欲相依因。〔註93〕

李賀〈奉和二兄罷使遣馬歸延州〉：

空留三尺劍，不用一丸泥。馬向沙場去，人歸故國來。笛
愁翻隴水，酒喜瀝春灰。錦帶休驚雁，羅衣尚鬥雞。還吳
已渺渺，入郢莫淒淒。自是桃李樹，何畏不成蹊。〔註94〕

二兄罷使，遣馬歸延而獨自返里，一方面歡喜他春日歸來，一方面歎
息空置長才，但還是勸二哥不必悲觀，既懷長才，何愁人不採用。

另外杜甫有〈臨邑舍弟書至，苦雨，黃河泛溢，堤防之患，簿領
所憂，因寄此詩用寬其意〉：

二儀積風雨，百谷漏波濤。聞道洪河坼，遙連滄海高。職
司憂悄悄，郡國訴嗷嗷。舍弟卑棲邑，防川領簿曹。尺書
前日至，版築不時操。難假黿鼉力，空瞻烏鵲毛。燕南吹
畎畝，濟上沒蓬蒿。螺蚌滿近郭，蛟螭乘九皋。徐關深水
府，碣石小秋毫。白屋留孤樹，青天失萬艘。吾衰同泛梗，
利涉想蟠桃。賴倚天涯釣，猶能掣巨鼇。〔註95〕

蓋開元二十九年七月，伊洛水溢，損居人廬舍及秋稼無遺，壞東都天
津橋及東西漕河，南北諸州皆漂溺，杜甫其弟爲簿領的齊州臨邑縣也
在水患之列，詩人先是聽聞水患，念舍弟擔此大任而掛慮不已。後接
獲來信，詳知黃河泛濫橋樑斷絕的種種無可奈何，乃轉筆用蟠桃巨鼇
事，言我雖泛梗無成，猶思垂釣東海以施掣鼇之力，水患豈足憂耶？
實乃戲爲大言以慰之，即題所云用寬其意也。〔註96〕

兄弟間對彼此的宦途升黜除了表現在詩裏的無限關懷之意外，
也往往付諸實際的行動，最有名的要算是王維與王縉兄弟了，他們
素相友愛，安祿山反，維爲賊得，以藥下利，陽瘖，祿山迫爲給事
中，大宴凝碧池，維爲詩痛悼，賊平下獄，時縉位已顯，請削官贖

〔註93〕《全唐詩》，卷三八三，頁4299。
〔註94〕唐李賀撰、葉蔥奇校注《李賀詩集》（里仁書局，民國71年），卷三，頁196。
〔註95〕《杜詩鏡銓》，卷一，頁8～9。
〔註96〕同前註，朱鶴齡說。

維罪，肅宗亦自憐之，且凝碧池詩風聞海內，乃僅下遷太子中允，又遷中庶子，三遷尚書右丞。後縉爲蜀州刺史未還，維乃上〈責躬薦弟表〉，自表「己有五短，縉五長，臣在省戶，縉遠方，願歸所任官，放田里，使縉得還京師。」議者不之罪，久之乃召縉爲左散騎長侍。〔註97〕像這樣兄弟間竭力互相維護扶助的友睦之情實在令人感動。

　　另有一種情形是自身遭逢困境時，往往向較騰達的弟兄尋求援引慰藉。李白〈贈從弟宣州長史昭〉：

　　淮南望江南，千里碧山對。我行倦過之，半落青天外。宗英佐雄郡，水陸相控帶。長川豁中流，千里瀉吳會。君心亦如此，包納無小大。搖筆起風霜，推誠結仁愛。訟庭垂桃李，賓館羅軒蓋。何意蒼梧雲，飄然忽相會？才將聖不偶，命與時俱背。獨立山海間，空老聖明代。知音不易得，撫劍增感慨。當結九萬期，中途莫先退。〔註98〕

又〈鞠歌行上新平長史兄粲〉：

　　幽谷稍稍振庭柯，涇水浩浩揚湍波。哀鴻酸嘶暮聲急，愁雲蒼慘寒氣多。憶昨去家此爲客，荷花初紅柳條碧。中宵出飲三百杯，明朝歸揖二千石。寧知流寓變光輝，明霜蕭颯繞客衣。寒灰寂寞憑誰暖，落葉飄揚何處歸。吾兄行樂窮曛旭，滿堂有美顏如玉。趙女長歌入彩雲，燕姬醉舞嬌紅燭。狐裘獸炭酌流霞，壯士悲吟寧見嗟。前榮後枯相翻覆，何惜餘光及棣華？〔註99〕

又〈贈從兄襄陽少府皓〉：

　　結髮未識事，所交盡豪雄。却秦不受賞，擊晉寧爲功？小節豈足言，退耕舂陵東。歸來無產業，生事如轉蓬。一朝烏裘敝，百鎰黃金空。彈劍徒激昂，出門悲路窮。吾兄青

〔註97〕參宋歐陽修、宋祁撰《新唐書》（鼎文書局，民國74年），卷二○二〈文藝・王維傳〉，頁5765。
〔註98〕《李白集校注》，卷十二，頁787。
〔註99〕前揭書，卷七，頁486。

雲士，然諾聞諸公。所以陳片言，片言貴情通。棣華儻不
接，甘與秋草同。〔註100〕

瞿蛻園評箋云：「此詩末云：『棣華儻不接，甘與秋草同』與〈幽歌行
上新平長史兄粲〉末云：『何惜餘光及棣華』語意相似，唐人干乞之
詞如此露骨，自是一時風氣，非後人所能解，然亦可見李白之生事艱
窘矣。」〔註101〕落拓盼援之意，令人心惻。

張祜〈投常州從兄中丞〉：

扁舟何所往，言入善人邦。舊愛鵬摶海，今聞虎渡江。士
因為政樂，儒為說詩降。素履冰容靜，新詞玉澗樅。金魚
聊解帶，畫鷁稍移樁。邀妓思逃席，留賓命倒缸。史才誰
是伍，經術世無雙。廣廈當宏構，洪鐘併待撞。成龍須講
邴，展驥莫先龐。應念中宗末，秋螢照一窗。〔註102〕

盧綸〈書情上大尹十兄〉：

紫陌絕纖埃，油幢千騎來。剖辭紛若雨，奔吏殷成雷。聖
澤初憂壅，羣心本在台。海鱗方潑刺，雲翼暫徘徊。芳室
芝蘭茇，春蹊桃李開。江湖餘派少，鴻雁遠聲哀。命厭蓍
龜誘，年驚弟姪催。磨鉛慚砥礪，揮策愧駑駘。玉管能喧
谷，金爐可變灰。應憐費思者，銜淚亦銜枚。〔註103〕

王昌齡〈上侍御七兄〉：

天人俟明路，益稷分堯心。利器必先舉，非賢安可任。吾
兄執原憲，時佐能釣深。〔註104〕

又〈宿灞上寄侍御璵弟〉：

獨飲灞上亭，寒山青門外。長雲驟落日，桑棗寂已晦。古
人驅馳者，宿此凡幾代。佐邑由東南，豈不知進退。吾宗
秉全璞，楚得璆琳最。茅山就一徵，柏署起三載。道契非
物理，神交無留礙。知我滄溟心，脫略腐儒輩。孟冬鑾輿

〔註100〕前揭書，卷九，頁594～595。
〔註101〕同前註，頁596。
〔註102〕《全唐詩》，卷五一一，頁5831。
〔註103〕《盧綸詩校注》，卷三，頁312。
〔註104〕日人上毛河世寧纂輯《全唐詩逸》（附《全唐詩》後），卷上，頁10176。

出，陽谷羣臣會。半夜馳道喧，五侯擁軒蓋。是時燕齊客，
獻術蓬瀛內。甚悅我皇心，得與王母對。賤臣欲干謁，稽
首期殞碎。哲弟感我情，問易窮否泰。良馬足尚跼，寶刀
光未淬。昨聞羽書飛，兵氣連朔塞。諸將多失律，廟堂始
追悔。安能召書生，願得論要害。戎夷非草木，侵逐使狼
狽。雖有屠城功，亦有降虜輩。兵糧如山積，恩澤如雨霈。
羸卒不可興，磧地無足愛。若用匹夫策，坐令軍圍潰。不
費黃金資，寧求白璧賚。明主憂既遠，邊事亦可大。荷寵
務推誠，離言深慷慨。霜搖直指草，燭引明光珮。公論日
夕阻，朝廷蹉跎會。孤城海門月，萬里流光帶。不應有尺
松，空老鍾山靄。〔註105〕

皆是在有志不能伸之際發抒的感慨，希望兄弟知解鼓勵，至而伸手援
引。

　　從以上諸詩，我們可以看出唐人對自己的兄弟宦途上的升黜之
關心與幫助，他們最終的盼望是能鶺行並列，承明晚下，雁序同歸，
乃眷家肥，無忘國命。摶扶搖直上在宦途一展所長，跗萼聯芳，鴻
雁接翼而興振家聲，流露同胞、同宗、同族的敦促提攜之義。

三、做人立志

　　兄弟承一門家教，而往往又兄長如父，有責善之義，做人處世每
多教益，如王勃〈自鄉遠貌〉：

　　人生忽如客，骨肉知何常，顧及百年內，花萼常相將，無
　　使棠棣廢，取譬人無良。〔註106〕

這首詩出自《詩話總龜後集》三孝義門引葛常之詩話，云「王福時
之子勔、勮、勃皆有才名，故杜易簡稱為三珠樹，其後助、劼、勸
又皆以文顯，勃於兄弟之間極友愛，自鄉遠貌詩云云，觀此語，豈
有兄弟不相能者耶，及觀戒功勁云欲不可縱，爭不可常，勿輕小忿，

〔註105〕《全唐詩》，卷一四〇，頁1424～1425。
〔註106〕王重民、孫望、童養年輯錄《全唐詩外編》（木鐸出版社，民國72
　　　　年），第四編〈全唐詩續補遺〉，卷一，頁342～343。

將成大殃，此二人者，似非處於禮樂之域者，棠棣廢之語，疑爲此二人而設也。」〔註107〕王勃對兄弟非僅友愛，且寄望期許頗高，除前面這首詩有明顯的誨訓之意外，他有一篇〈送劼赴太學序〉更見爲人兄的苦心教益。王勃爲隋大儒王通之後，素以家學爲尚，謂「吾家以儒輔仁，述作存者八代矣，未有不久於其道而求苟出者也，故能立經陳訓，刪書定禮，揚魁梧之風，樹清白之業，使吾子孫有所取也。」〔註108〕而歎曰：「吾被服家業，霑濡庭訓，切磋琢磨，戰兢惕屬者二十餘載矣，幸以薄伎，獲躅戎役，嘗恥道未成而受祿，恨不得如古君子四十強而仕也。而房族多孤，飦粥不繼，逼父兄之命，覩饑寒之切，解巾捧檄，扶老攜幼，今既至於斯矣，不蠶而衣，不耕而食，吾德何以當哉。」〔註109〕惟一安慰的是「至於竭小人之心，申猶子之道，飲食衣服，晨昏左右，庶幾乎令汝無反顧憂也。」〔註110〕可知王勃打年輕就負擔家計，役於官場，拉拔弟弟長大，照顧雙親，讓弟弟沒有後顧之憂，得以一心向學，循序漸進，最後他又叮嚀「行矣自愛，游必有方，離別咫尺，未足耿耿。嗟乎！不有居者，誰展色養之心，不有行者，孰就揚名之業，籩豆有踐，菽水盡心，盍各賦詩，敍離道意云爾。」〔註111〕更見爲人兄長的體貼照拂之週到，據此序末，知當時必有詩作，惜未流傳，然即此一序，已揭出多少兄弟相依的友愛及兄弟相勉的浩浩正當。

杜荀鶴〈友人贈舍弟，依韻戲和〉：

吾家此弟有何知，多愧君開道業基。不覺裹頭成大漢，昨來竹馬作童兒。還緣世遇兵戈閙，祇恐身修禮樂遲。及見和詩詩自好，碢公不到更何時。〔註112〕

〔註107〕同前註。
〔註108〕《全唐文及拾遺》，卷一八一，頁821。
〔註109〕同前註。
〔註110〕同前註。
〔註111〕同前註。
〔註112〕《全唐詩》，卷六九二，頁7958。

冀其身修禮樂。白居易〈江州赴忠州，至江陵以來，舟中示舍弟五十韻〉。

> 昔作咸秦客，常思江海行。今來仍盡室，此去又專城。典午猶爲幸，分憂固是榮。箅筐州乘送，艛艒驛船迎。共載皆妻子，同遊即弟兄。寧辭浪跡遠，且貴賞心幷。雲展帆高掛，飆馳櫂迅征。沂流從漢浦，循路轉荊衡。山逐時移色，江隨地改名。風光近東早，水木向南清。夏口煙孤起，湘川雨半晴。日煎紅浪沸，月射白砂明。北渚寒留雁，南枝暖待鶯。駢朱桃露萼，點翠柳含萌。亥市魚鹽聚，神林鼓笛鳴。壺漿椒葉氣，歌曲竹枝聲。繫纜憐沙靜，垂綸愛岸平。水淘紅粒稻，野茹紫花菁。甌汎茶如乳，臺黏酒似餳。膾長抽錦縷，藕脆削瓊英。容易來千里，斯須進一程。未曾勞氣力，漸覺有心情。臥穩添春睡，行遲帶酒醒。忽愁牽世網，便欲濯塵纓。早接文戰場，曾爭翰苑盟。掉頭稱俊造，翹足取公卿。且昧隨時義，徒輸報國誠。眾排恩易失，偏壓勢先傾。虎尾憂危切，鴻毛性命輕。燭蛾誰救護？蠶繭自纏縈。斂手辭雙闕，回眸望兩京。長沙拋賈誼，漳浦臥劉楨。鶪鵙鳴還歇，蟾蜍破又盈。年光同激箭，鄉思極搖旌。潦倒親知笑，衰羸舊識驚。烏頭因感白，魚尾爲勞楨。劍學當何用，丹燒竟不成。孤舟萍一葉，雙鬢雪千莖。老見人情盡，閒思物理精。如湯探冷熱，似博鬭輸贏。險路應須避，迷途莫共爭。此心知止足，何物要經營？玉向泥中潔，松經霜後貞。無妨隱朝市，不必謝寰瀛。但在前非悟，期無後患嬰。多知非景福，少語是元亨。晦即全身藥，明爲伐性兵。昏昏隨世俗，蠢蠢學黎甿。鳥以能言縛，龜緣入夢烹。知之一何晚，猶足保餘生。〔註113〕

白居易爲官之初頗切直，屢陳時政，如元和四年（809）請降繫囚、蠲租稅、放宮人、絕進奉、禁掠賣良人等，皆從之。又論「裴均違制進奉銀器一千五百餘兩」、「于頔不應暗進愛妾」、「宦官吐突承璀

〔註113〕《白居易集》，卷十七，頁374～375。

不當爲制將統領」等事亦多見聽，因而頗遭權倖者之忌。而其爲文亦遵「文章合爲時而著，歌詩合爲事而作」、「使下人之病苦聞於上」之宗旨大量創作了老嫗能解、敦促時政的「諷諭詩」。元和十年以太子左贊大夫上疏請急捕刺殺宰相武元衡之賊，以雪國恥，而宰相張弘靖、韋貫之惡居易以宮官而先諫官言事，素忌居易之權豪貴近及掌軍權的宦官復誣言居易母看花墜井死，而作賞花及新井詩，有傷名教，遂貶爲江州刺史，中書舍人王涯復上言「所犯狀迹，不宜治郡。」乃追詔改江州司馬，元和十三年十二月遷忠州刺史，此詩即赴忠州途中與同行的弟弟行簡慨言前事，無限感歎之意。就如詩中所言「路險應須避，迷途莫共爭」、「但在前非悟，期無後患嬰，多知非景福、少語是元亨」一場劫難過後，居易避禍遠嫌，居官常引病自免，不復諤諤直言，作詩態度亦有改變，諷諭之作漸少。驚弓之鳥的心情但求「昏昏隨世俗，蠢蠢學黎甿」不再露才揚己，而知止知足，希望知之雖晚而尚足保餘生，這首詩幾乎可以代表白居易中年以後的心態。他並不像陶淵明那樣灑脫，可以毅然脫離官場，不再爲五斗米折腰，這其中很重要的一個原因是下邽白氏族屬單寒，六兄死時「家無金帛，環堵之室不容弔客，稚齒之子不知哀戚」〔註114〕，甚待援手，而浮梁大兄遺下一子「宅相癡小，居易無男，撫視之間，過於猶子」居易爲族中第一個進士，責無旁貸的必須維持全族的瑣屑生計，若說其一生皆爲維持族屬而生存亦不爲過，即以此故，居易一生「不能忘情」於親族，從不曾任意率性的做一些孤注一擲的賭博，而寧可退一步保全局，這也正是他對行簡殷殷勸勉的苦心。

一生鬱鬱於官場，進退失據的李商隱有兩首詩勸兄長忘機歸隱，〈贈從兄閬之〉：

> 悵望人間萬事違，私書幽夢約忘機。荻花村裏魚標在，石
> 蘚庭中鹿跡微。幽徑定攜僧共入，寒塘好與月相依。城中

〔註114〕前揭書，卷四○〈祭符離六兄文〉，頁892。

猘犬憎蘭佩，莫損幽芳久不歸。〔註115〕

〈明禪師院酬從兄見寄〉：

貞客嫌茲世，會心馳本原。人非四禪縛，地絕一塵喧。霜
露欹高木，星河壓故園。斯遊儻爲勝，九折幸回軒。〔註116〕

官場波濤萬丈，起伏甚大，劉得仁〈贈從弟谷〉勸其弟莫標高獨
醒：

此世榮枯豈足驚，相逢惟要眼長青。從來不愛三閭死，今
日憑君莫獨醒。〔註117〕

張九齡爲有名的孝子，《新唐書》載「居父喪，哀毀，庭中木連
理」〔註118〕又載「遷工部侍郎，知制誥，數乞歸養，詔不許。以其
弟九皋、九章爲嶺南刺史，歲時聽給驛省家。遷中書侍郎，以母喪解，
毀不勝哀，有紫芝產坐側，白鳩、白雀巢家樹」〔註119〕可知他在從
官與侍親之間頗有過一番掙扎，據此則下面這首〈將發還鄉示諸弟〉
心境就很容易明瞭了：

歲陽亦頹止，林意日蕭摵。云胡當此時，緬邈復爲客。至
愛孰能捨，名義來相迫。負德良不貲，輸誠靡所惜。一木
逢廈構，纖塵願山益。無力主君恩，寧利客卿璧。去去榮
歸養，憮然歎行役。〔註120〕

至於那些歸隱還鄉的人，對兄弟自剖自陳時，又是一種什麼樣的
心情呢？王季友〈山中贈十四秘書兄〉：

出山秋雲曙，山木已再春。食我山中藥，不憶山中人。山
中誰余密，白髮日相親。雀鼠晝夜無，知我廚廩貧。依依
舍北松，不厭吾南鄰。有情盡捐棄，土石爲同身。夫子質
千尋，天澤枝葉新。余以不材壽，非智免斧斤。〔註121〕

〔註115〕《李商隱詩集疏注》，卷中，頁368。
〔註116〕前揭書，卷中，頁312。
〔註117〕《全唐詩》，卷五四五，頁6305。
〔註118〕《新唐書》，卷一二六〈張九齡傳〉，頁4424。
〔註119〕前揭書，卷一二六，頁4428。
〔註120〕《全唐詩》，卷四七，頁577。
〔註121〕前揭書，卷二五九，頁2889。

以不材故能壽，以非智故免斧斤之患，退隱山中全身養性，正是詩人夙志。許渾〈寄小弟〉：

> 有計自安業，秋風罷苦吟。買山兼種竹，對客更彈琴。煙起藥園晚，杵聲松院深。閒眠得眞性，惆悵舊時心。〔註122〕

亦以買山種竹，閒眠退隱爲得眞性。至於王維，早年喪父，辛苦支撐門戶之際，母親和妻子又先後謝世，他深感生命無常，早有出世之想，但弟妹尚幼，心事未了，就如〈偶然作〉一詩所云：「日夕見太行，沈吟未能去。問君何以然，世網嬰我故。小妹日成長，兄弟未有娶。家貧祿既薄，儲蓄非有素。幾回欲奮飛，踟躕復相顧。……」〔註123〕生活的重擔使一個無意宦途的文學藝術家不得不曲意邀寵，在宦海中無奈地沈浮著，熬到弟妹長大成人，這才得宋之問藍田別墅，輞水周於舍下，別漲竹洲花塢，與道友裴迪浮舟往來，彈琴賦詩，嘯詠終日。年事漸長，更戒絕羶腥，不衣文采，長齋奉佛，過著習靜修行的生活。下面兩首詩即是他在山中寫給從弟王綵的，〈贈從弟員外綵〉：

> 少年識事淺，強學干名利。徒聞躍馬年，苦無出人智。即事豈徒言，累官非不試。既寡遂性歡，恐招負時累。清冬見遠山，積雪凝蒼翠。浩然出東林，發我遺世意。惠連素清賞，夙語塵外事。欲緩攜手期，流年一何駛。〔註124〕

〈山中示弟〉：

> 山林吾喪我，冠帶爾成人。莫學嵇康懶，且安原憲貧。山陰多北戶，泉水在東隣。緣合妄相有，性空無所親。安知廣成子，不是老夫身。〔註125〕

而王縉事實上也親炙佛法，長年茹素，他有一首〈同王昌齡裴迪游青龍寺曇壁上人兄院集和兄維〉：

〔註122〕前揭書，卷五三二，頁6075。
〔註123〕前揭書，卷一二五，頁1253～1254。
〔註124〕前揭書，卷一二五，頁1237。
〔註125〕前揭書，卷一二七，頁1290。

　　林中空寂舍，階下終南山。高臥一牀上，迴看六合間。浮
　　雲幾處滅，飛鳥何時還？問義天人接，無心世界閒。誰知
　　大隱者，兄弟自追攀。〔註126〕

可以知道空山幽谷，冥虛太極之境，實爲王維兄弟共同的追尋。

　　肅宗時待詔翰林的張志和，其後不復仕進，居江湖，自稱「煙波
釣叟」，有〈漁父歌〉述志，與刺史顏眞卿及陸鴻漸、徐士衡、李成
矩倡和，其詞云：

　　西塞山前白鷺飛。桃花流水鱖魚肥。青篛笠，綠簑衣。斜
　　風細雨不需歸。

　　釣臺漁父褐爲裘。兩兩三三舴艋舟。能縱櫂，慣乘流。長
　　江白浪不曾憂。

　　雪溪灣裏釣漁翁。舴艋爲家西復東。江上雪，浦邊風。笑
　　著荷衣不歎窮。

　　松江蟹舍主人歡。菰飯蓴羹亦共餐。楓葉落，荻花乾。醉
　　宿漁舟不覺寒。

　　青草湖中月正圓。巴陵漁父櫂歌連。釣車子，橛頭船。樂
　　在風波不用仙。〔註127〕

而志和之兄張松齡見之，懼其放浪不返，乃爲築室越州東郭，和其詞
以招之，〈和答弟志和漁父歌〉云：

　　樂是風波釣是閒。草堂松徑已勝攀。太湖水，洞庭山，狂
　　風浪起且須還。〔註128〕

一片叮嚀催返之意，充分顯露爲人兄厚重的情意。

　　兄弟雖同父所生，而往往其志各異，但是不管怎樣，相互影響的
力量是很大的，由以上這些詩，我們可以看見兄弟間一本關懷友愛，
所展露做人立志的情操。

〔註126〕前揭書，卷一二九，頁 1310。
〔註127〕前揭書，卷三〇八，頁 3491。
〔註128〕前揭書，卷三〇八，頁 3492。

四、日常生活

兄弟之間的叮嚀，不一定是那麼嚴肅正式，往往只是柴米油鹽的瑣屑事務，如杜甫〈舍弟占歸草堂檢校，聊示此詩〉：

> 久客應吾道，相隨獨爾來。孰知江路近，頻爲草堂迴。鵝鴨宜長數，柴荊莫浪開。東林竹影薄，臘月更須栽。〔註129〕

鍾伯敬云：「家務瑣悉，有一片友愛在內，故只見其眞，不見其俚。」〔註130〕從數鵝鴨，閉柴荊，到栽東林之竹，一一皆是眞實親切的生活斷面，以兄囑弟，尤見其週到細緻。

> 白居易〈見小姪龜兒詠燈詩并臘娘製衣，因寄行簡〉
>
> 已知臘子能裁服，復報龜兒解詠燈。巧婦才人常薄命，莫教男女苦多能。〔註131〕

則是商酌教育子女的態度與方法。

《全唐詩》尚錄有五代十國時吳越湖州司法參軍陸濛妻蔣氏的一首〈答諸姊妹戒飲〉，蓋蔣氏善屬文，然嗜酒成疾，姊妹勸其節飲加餐，應聲吟答云：

> 平生偏好酒，勞爾觀吾餐。但得杯中滿，時光度不難。〔註132〕

其固執難移就像今時我們週遭可見者，而姊妹之勸，亦是最自然合理不過的人情。

而《全唐詩續補遺》錄唐末盧詔的〈寄弟詩〉則甚乖昆仲之禮，蓋盧議拾遺與鄭中舍延休作贅，三年不歸陝下，其兄盧詔以詩讓之，盧議呈其太山中舍，并女遣之，詩云：

> 三年作贅在京城，著箇緋衣倚勢行。夜夜貪憐紅粉女，朝朝渾忘白頭兄。親情別後幾寒死，僕使歸來氣宇生。世上可能容此事，算來天道不分明。〔註133〕

〔註129〕《杜詩鏡銓》，卷十，頁482～483。
〔註130〕同前註。
〔註131〕《白居易集》，卷二四，頁552。
〔註132〕《全唐詩》，卷七九九，頁8995。
〔註133〕《全唐詩外編》，第四編〈全唐詩續補遺〉，卷十七，頁622。

雖然一片怒氣沖沖有失敦厚，但出發點在一捧打醒夢中人，也就無可厚非了，難怪太山覽詩非惟不怒，且將其壻并女遣還。

第三節　臨別依依

　　手足兄弟因故而需各自飛，形影胡越，臨岐送別，心恒惻惻，推究造成分離的原因，可約如下：

一、求　仕

　　仕途難測難料，既有對未來的徬徨或期勉，也有對分離的難以適應，如杜荀鶴〈別舍弟〉：

　　　　欲住住不得，出門天氣秋。惟知偷拭淚，不忍更回頭。此日祇愁老，況身方遠遊。孤寒將五字，何以動諸侯？〔註134〕

又〈江上與從弟話別〉：

　　　　相逢盡說歸，早晚遂歸期。流水多通處，孤舟少住時。干人不得已，非我欲為之。及此終無愧，其如道在茲。〔註135〕

又〈入關因別舍弟〉：

　　　　吾今別汝汝聽言，去住人情足可安。百口度荒均食易，數年經亂保家難。莫愁寒族無人薦，但願春官把卷看。天道不欺心意是，帝鄉吾土一般般。〔註136〕

方干〈別從兄郜〉：

　　　　展翅開帆祇待風，吹噓成事古今同。已呼斷雁歸行裏，全勝枯鱗在轍中。若許死前恩少報，終期言下命潛通。臨岐再拜無餘事，願取文章達聖聰。〔註137〕

李咸用〈送從兄入京〉：

　　　　柳轉春心梅豔香，相看江上恨何長。多情流水引歸思，無

〔註134〕《全唐詩》（明倫出版社，民國60年），卷六九一，頁7931。
〔註135〕前揭書，卷六九一，頁7943。
〔註136〕前揭書，卷六九二，頁7973。
〔註137〕前揭書，卷六五〇，頁7461。

賴嚴風促別觴。大抵男兒須振奮，近來時事懶思量。雲帆高挂一揮手，目送煙霄雁斷行。〔註138〕

孟浩然〈送洗然弟進士舉〉：

獻策金門去，承歡綵服違。以吾一日長，念爾聚星稀。昏定須溫席，寒多未授衣。桂枝如已擢，早逐雁南飛。〔註139〕

陳季卿〈別兄弟〉：

謀身非不早，其奈命來遲。舊友皆霄漢，此身猶路歧。北風微雪後，晚景有雲時。惆悵清江上，區區趁試期。〔註140〕

二、遊　歷

　　唐人遊歷或為覽玩山水，搜羅風土，蘊釀詩思，或為廣結人緣，恃才求用。如王維〈送從弟蕃遊淮南〉：

詩書復騎射，帶劍遊淮陰。淮陰少年輩，千里遠相尋。高義難自隱，明時寧陸沈。島夷九州外，泉館三山深。席帆聊問罪，卉服盡成擒。歸來見天子，拜爵賜黃金。忽思鱸魚鱠，復有滄洲心。天寒蒹葭渚，日落雲夢林。江城下楓葉，淮上聞秋砧。送歸青門外，車馬去駸駸。惆悵新豐樹，空餘天際禽。〔註141〕

李頎〈送從弟遊江淮兼謁鄱陽劉太守〉：

都門柳色朝朝新，念爾今為江上人。穆陵關帶清風遠，彭蠡湖連芳草春。泊舟借問西林寺，曉聽猿聲在山翠。潯陽北望鴻雁回，滄水更流客心醉。須知聖代舉賢良，不使遺才滯一方。應見鄱陽虎符守，思歸共指白雲鄉。〔註142〕

張籍〈送從弟戴玄往蘇州〉：

楊柳閶門路，悠悠水岸斜。乘舟向山寺，著屐到漁家。夜

〔註138〕前揭書，卷六四六，頁7407。
〔註139〕前揭書，卷一六○，頁1642。
〔註140〕前揭書，卷八六八，頁9838。
〔註141〕前揭書，卷一二五，頁1243。
〔註142〕前揭書，卷一三三，頁1352。

月紅柑樹，秋風白藕花。江天詩景好，迴日莫令賒。〔註143〕

李頻〈江上送從兄礐玉校書東遊〉：

逍遙蓬閣吏，才子復詩流。墳籍因窮覽，江湖卻縱遊。眠波聽戍鼓，飯浦約魚舟。處處迎高密，先應掃郡樓。〔註144〕

岑參〈送二十二兄北遊尋羅中〉：

斗柄欲東指，吾兄方北遊。無媒謁明主，失計干諸侯。夜雪入穿屨，朝霜凝敝裘。遙知客舍飲，醉裏聞春鳩。〔註145〕

而李賀〈勉愛行二首送小季之廬山〉則是因爲李賀一人無能獨力瞻家，以致幼弟也不能不遠遊以謀升斗，情調便自十分淒涼了。詩云：

郊洛無俎豆，弊廐慚老馬。小雁過鑪峯，影落楚水下。長船倚雲泊，石鏡秋涼夜。豈解有鄉情，弄月聊嗚哑。

別柳當馬頭，官槐如兔月。欲將千里別，持此易斗粟。南雲北雲空脈斷，露臺經絡懸春線。青軒樹轉月滿床，下國飢兒夢中見。維爾之昆二十餘，年來持鏡頗有鬚。辭家三載今如此，索米王門一事無。荒溝古水光如刀，庭南拱柳生蠐螬。江干幼客眞可念，郊原晚吹悲號號。〔註146〕

無論遊歷原因爲何，做兄弟的總是千般掛慮，一心盼回。李遠〈及第後送家兄遊蜀〉：

人誰無遠別，此別意多違。正鵲雖言中，冥鴻不共飛。玉京煙雨斷，巴國夢魂歸。若過嚴家瀨，殷勤看釣磯。〔註147〕

李洞〈段秀才溪居送從弟遊涇隴〉：

抱疾寒溪臥，因循草木青。相留聞夏蜓，辭去見秋螢。朔雪寒侵雍，邊烽焰照涇。煙沈隴山色，西望涕交零。〔註148〕

劉商〈高郵送弟遇北遊〉：

〔註143〕前揭書，卷三八四，頁4313～4314。

〔註144〕前揭書，卷五八九，頁6835。

〔註145〕前揭書，卷二〇〇，頁2069。

〔註146〕唐李賀撰、葉蔥奇校注《李賀詩集》（里仁書局，民國71年），卷二，頁125～128。

〔註147〕《全唐詩》，卷五一九，頁5931。

〔註148〕前揭書，卷七二二，頁8282。

門臨楚國舟船路，易見行人易別離。今日送君心最恨，孤
帆水下又風吹。〔註149〕

又〈隋陽雁歌送兄南遊〉：

塞鴻聲聲飛不住，終日南征向何處。大漠窮陰多沍寒，分
飛不得長懷安。春去秋來年歲疾，湖南薊北關山難。寒飛
萬里胡天雪，夜度千門漢家月，去住應多兩地情，東西動
作經年別。南州風土復何如？春雁歸時早寄書。〔註150〕

熊孺登〈送舍弟孺復往廬山〉言景致再好亦不如在家好：

能騎竹馬辨西東，未省煙花暫不同。第一早歸春欲盡，廬
山好看過湖風。〔註151〕

王建〈留別舍弟〉有不捨亦有叮嚀告戒：

孤賤相長育，未曾爲遠遊。誰不重歡愛，晨昏闕珍羞。出
門念衣單，草木當窮秋。非疾有憂歎，實爲人子尤。世情
本難合，對面隔山丘。況復干戈地，懦夫何所投。與爾俱
長成，尚爲溝壑憂。豈非輕歲月，少小不勤修。從今解思
量，勉力謀善猷。但得成爾身，衣食寧我來。固合受此訓，
墮慢爲身羞。歲暮當懷歸，愼莫懷遠遊。〔註152〕

陳子昂〈合州津口別舍弟，至東陽峽，步趁不及，眷然有憶，作以示
之〉別離尙未一旬，已疑過了三個月那麼久：

江潭共爲客，洲浦獨迷津。思積芳庭樹，心斷白眉人。同
衾成楚越，別鳥類胡秦。林岸隨天轉，雲峯逐望新。遙遙
終不見，默默坐含嚬。念別疑三月，經遊未一旬。孤舟多
逸興，誰共爾爲鄰。〔註153〕

三、赴　任

兄弟因官職遷調，而背井離鄉者，既難捨，復多於臨行時期勉爲

〔註149〕前揭書，卷三〇四，頁3460。
〔註150〕前揭書，卷三〇三，頁3448。
〔註151〕前揭書，卷四七六，頁5421。
〔註152〕前揭書，卷二九七，頁3370。
〔註153〕前揭書，卷八四，頁914。

政多利民，如李嘉祐〈春日長安送從弟尉吳縣〉：

　　春愁能浩蕩，送別又如何。人向吳臺遠，鶯飛漢苑多。見花羞白髮，因爾憶滄波。好是神仙尉，前賢亦未過。〔註154〕

張籍〈送從弟濛赴饒州〉：

　　京城南去鄱陽遠，風月悠悠別思勞。三領郡符新寄重，再登科第舊名高。去程江上多看堠，迎吏船中亦帶刀。到日更行清靜化，春田應不見蓬蒿。〔註155〕

李洞〈送舍弟之山南〉言欲留無計：

　　南山入谷遊，去徹山南州。下馬雲未盡，聽猿星正稠。印茶泉遶石，封國角吹樓。遠宦有何興，貧兄無計留。〔註156〕

薛能〈送從兄之太原副史〉勉勵有加：

　　少載琴書去，須知暫佐軍。初程見西嶽，盡室渡橫汾。元日何州往，秋風宿館聞。都門送行處，青紫騎紛紛。〔註157〕

宋之問〈送許州宋司馬赴任〉以勤力為政期之：

　　潁郡水東流，荀陳兄弟遊。偏傷茲日遠，獨向聚星州。河潤在明德，人康非外求。當聞力為政，遙慰我心愁。〔註158〕

王維〈別弟縉後登青龍寺望藍田山〉有濃濃的不捨：

　　陌上新離別，蒼茫四郊晦。登高不見君，故山復雲外。遠樹蔽行人，長天隱秋塞。心悲宦遊子，何處飛征蓋。〔註159〕

李白〈尋陽送弟昌峒鄱陽司馬作〉：

　　桑落州渚連，滄江無雲煙。尋陽非剡水，忽見子猷船。飄然欲相近，來遲杳若仙。人乘海上月，帆落湖中天。一觀無二諾，朝歡更勝昨。爾則吾惠連，吾非爾康樂。朱紱白銀章，上官佐鄱陽。松門拂中道，石鏡迴清光。搖扇及干越，水亭風氣涼。與爾期此亭，期在秋月滿。時過或未來，

〔註154〕前揭書，卷二〇六，頁2154。
〔註155〕前揭書，卷三八五，頁4343。
〔註156〕前揭書，卷七二二，頁8285。
〔註157〕前揭書，卷五五八，頁6469。
〔註158〕前揭書，卷五二，頁637。
〔註159〕前揭書，卷一二五，頁1245。

兩鄉心已斷。吳山對楚岸，彭蠡當中州。相思定如此，有窮盡年愁。〔註160〕

又〈送族弟單父主簿凝攝宋城主簿，至郭南月橋，却回棲霞山留飲贈之〉：

吾家青萍劍，操割有餘閑。往來糾二邑，此去何時還。鞍馬月橋南，光輝岐路間。賢豪相追餞，却到棲霞山。羣花散芳園，斗酒開離顏。樂酣相顧起，征馬無由攀。〔註161〕

又〈登黃山凌歊臺送族弟溧陽尉濟充汎舟赴華陰〉：

鷙乃鳳之族，翱翔紫雲霓。文章輝五色，雙在瓊樹棲。一朝各飛去，鳳與鷙俱啼。炎赫五月中，朱曦爍河堤。爾從汎舟役，使我心魂棲。秦地無草木，南雲喧鼓鼙。君王減玉膳，早起思鳴雞。漕引救關輔，疲人免塗泥。宰相作霖雨，農夫得耕犂。靜者伏草間，羣才滿金閨。空手無壯士，窮居使人低。送君登黃山，長嘯倚天梯。小舟若鳬雁，大舟若鯨鯢。開帆散長風，舒卷與雲齊。日入牛渚晦，蒼然夕煙迷。相思在何許，杳在洛陽西。〔註162〕

韋應物〈奉送從兄宰晉陵〉：

東郊暮草歇，千里夏雲生。立馬愁將夕，看山獨送行。依微吳苑樹，迢遞竟陵城。慰此斷行色，邑人多頌聲。〔註163〕

又〈喜於廣陵拜覲家兄，奉送發還池州〉：

青青連枝樹，苒苒久別離。客遊廣陵中，俱到若有期。俯仰敍存歿，哀腸發酸悲。收情且為歡，累日不知飢。鳳駕多所迫，復當還歸池。長安三千里，歲晏獨何為。南出登閶門，驚飆左右吹。所別諒非遠，要令心不怡。〔註164〕

杜甫〈送十五弟侍御使蜀〉：

〔註160〕唐李白撰、瞿蛻園等校注《李白集校注》（里仁書局，民國70年），卷十八，頁1060。

〔註161〕前揭書，卷十七，頁999。

〔註162〕前揭書，卷十八，頁1086。

〔註163〕《全唐詩》，卷一八九，頁1933～1934。

〔註164〕前揭書，卷一八九，頁1929。

喜弟文章進，添余別興牽。數杯巫峽酒，百丈內江船。未
息豺狼鬥，空催犬馬年。歸朝多便道，搏擊望秋天。〔註165〕

顧況〈送從兄奉使新羅〉則充滿慷慨的意氣：

六氣銅渾轉，三光玉律調。河宮清奉賁，海嶽晏來朝。地
絕提封人，天平賜貢饒。揚威輕破虜，柔服恥征遼。曙色
黃金闕，寒聲白鷺潮。樓船非習戰，驄馬是嘉招。帝女飛
銜石，鮫人賣淚綃。管寧雖不偶，徐市儻相邀。獨鳥緣空
翠，孤霞上泬寥。蟾蜍同漢月，蟠蜦異秦橋。水豹橫吹浪，
花鷹迴拂霄。晨裝凌莽渺，夜泊記招搖。幾路通員嶠，何
山是沃焦。颶風晴汩起，陰火暝潛燒。鬢髮成新髻，人參
長舊苗。扶桑銜日近，析木帶津遙。夢向愁中積，魂當別
處銷。臨川思結網，見彈欲求鴞。共散義和曆，誰差甲子
朝。滄波伏忠信，譯語辨謳謠。疊鼓鯨鱗隱，陰帆鷁首飄。
南溟垂大翼，西海飲文鰩。指景尋靈草，排雲聽洞簫。封
侯萬里外，未肯後班超。〔註166〕

李端〈荊門雨歌送兄赴夔州〉爲其設想任所的風土：

余兄佐郡經西楚，餞行因賦荊門雨。霹霹熒熒聲漸繁，浦
裏人家收市喧。重陰點大過欲盡，碎浪柔文相與翻。雲間
悵望荊衡路，萬里青山一時暮。琵琶寺裏響空廊，熨斗陂
前溼荒戍。沙尾長檣發漸稀，竹竿草屨涉流歸。夷陵已遠
半成燒，漢上游倡始濯衣。船門相對多商估，葛服龍鍾篷
下語。自是湖州石燕飛，那關齊地商羊舞。曾爲江客念江
行，腸斷秋荷雨打聲。摩天古木不可見，住岳高僧空得名。
今朝拜首臨欲別，遙憶荊門雨中發。〔註167〕

又〈送從兄赴洪州別駕，兄善琴〉：

援琴兼愛竹，遙夜在湘沅。鶴舞月將下，烏啼霜正繁。亂

〔註165〕唐杜甫撰、清楊倫箋注《杜詩鏡銓》（華正書局，民國 70 年），卷
　　　　十六，頁 769。
〔註166〕《全唐詩》，卷二六六，頁 2957～2958。
〔註167〕前揭書，卷二八四，頁 3240～3241。

流喧橋岸，飛雪暗荊門。佐郡無辭屈，非如相府恩。〔註168〕

白居易〈別行簡〉乃送其弟辟盧坦劍南東川府所作：

> 漠漠病眼花，星星愁鬢雪。筋骸已衰憊，形影仍分訣。梓
> 州二千里，劍門五六月。豈是遠行時，火雲燒棧熱。何言
> 巾上淚，乃是腸中血。念此早歸來，莫作經年別。〔註169〕

則是更實際的擔憂，往梓州路途遙遠，又逢五六月正當酷暑，根本不
是適宜遠行的時節，然而又不得不行，做兄長的流淚巾上其實心內也
在泣血；居易對兄弟無限深情，別詩也格外率真動人。他另一首〈送
敏中歸鄜寧幕〉則是一個勁的留人：

> 六十衰翁兒女悲，傍人應笑爾應知。弟兄垂老相逢日，杯
> 酒臨歡欲散時。前路加餐須努力，今宵盡醉莫推辭。司徒
> 知我難爲別，直過秋歸未訝遲。〔註170〕

姚合〈送家兄赴任昭義〉那更魂夢隨之了：

> 早得白眉名，之官濠上城。別離浮世事，迢遞長年情。廣
> 陌垂花影，遙林起雨聲。出關春草長，過汴夏雲生。黠吏
> 先潛去，疲人相次迎。宴餘和酒拜，魂夢共東行。〔註171〕

以手足情深著稱的杜牧有〈送杜顗赴潤州幕〉：

> 少年才俊赴知音，丞相門欄不覺深。直道事人男子業，異
> 鄉加飯弟兄心。還須整理韋弦佩，莫獨矜誇玳瑁簪。若去
> 上元懷古處，謝安墳上與沈吟。〔註172〕

杜顗比杜牧小四歲，太和六年（832）二十六歲舉進士，爲試祕書正字，
軌使判官，太和八年李德裕由宰相出爲鎮海節度使，辟杜顗爲巡官，
杜牧贈此詩加以勉勵，由詩可見杜顗時一片意氣洋洋，年輕有爲。孰
料不過數年，即以三十一歲之年失明，直到四十五歲去世，十餘年間

〔註168〕前揭書，卷二八五，頁3254。
〔註169〕唐白居易撰《白居易集》（漢京文化事業有限公司，民國73年），
　　　　卷十，頁189。
〔註170〕前揭書，卷二五，頁576。
〔註171〕《全唐詩》，卷四九六，頁5620。
〔註172〕前揭書，卷五二四，頁6006。

杜牧為了給弟弟治病，想盡各種方法，始終無法挽救乃弟失明的厄運，但是可說已經極盡為人兄的責任了。尤其在經濟的沈重壓力下，他仍能一本初衷，照顧弟弟終生，更顯得其手足之情篤。人類品格的高下，正在這種生命中幾乎無法承受之重的負擔中彰顯出來，也因此惟有人文、倫理親情的長存永固，人類的歷史才見得到光明，見得到希望。

　　附帶一提的是杜家的手足情深非僅杜牧一代，蓋杜牧為杜佑之孫，杜佑三子杜師損、杜式方、杜從郁，從郁即杜牧之父，與式方感情彌篤，從郁體弱多病，式方「每躬自煎調，藥膳水飲，非經式方之手，不入於口，及從郁夭喪，終年號泣，殆不勝情，士友多之。」〔註173〕如此則杜牧於杜顗的深情照拂，或可稱為其來有自了。杜牧與杜顗出自名門，然因家道中落，一直孤貧落拓，「長兄以一驢遊丐於親舊，某與弟顗食野蒿藋」〔註174〕堪稱淒涼，而在環境逼迫與鞭策下更發憤讀書「寒無夜燭，默念所記者，凡三週歲，遭遇知己，各及第得官」〔註175〕則所稱知己可能即是此詩中所謂「知音」李德裕，果然杜顗對李德裕確能直言規諫，後來李德裕貶為袁州長史時云：「如杜巡官愛我之言，若門下人盡能出之，吾無今日。」〔註176〕而杜顗也在李德裕困頓中拒絕牛僧孺之辟，即前文中所謂「李公困謫遠地，未願仕」云云。〔註177〕

　　南唐後主李煜有〈送鄧王二十弟從益牧宣城〉：

　　　且維輕舸更遲遲，別酒重傾惜解攜。浩浪侵愁光蕩漾，亂山凝恨色高低。君馳檜楫情何極，我憑闌干日向西。咫尺煙江幾多地，不須懷抱重淒淒。〔註178〕

〔註173〕後晉劉昫等撰《舊唐書》（鼎文書局，民國74年），卷一四七，頁3984。

〔註174〕清董誥等編、陸心源補輯拾遺《全唐文及拾遺》（大化書局，民國76年），卷七五三杜牧〈上宰相求湖州第二啟〉，頁3502。

〔註175〕同前註。

〔註176〕同前註，〈上宰相求湖州第一啟〉，頁3502。

〔註177〕同前註。

〔註178〕《全唐詩》，卷八，頁72。

李煜另有詩序以送之，大意是說秋山滴翠，秋江澄空，愛君此行，高興可盡，暢乎遐覽，正此時也。勸其放寬心懷，率意且牧且遊，透露幾許豔羨之意。

　　送行的人固殷切叮嚀，遠行者亦復感慨萬端，如韋應物〈發廣陵，留上家兄，兼寄上長沙〉：

> 將違安可懷，宿戀復一方。家貧無舊業，薄宦各飄颻。執板身有屬，淹時心恐惶。拜言不得留，聲結淚滿裳。漾漾動行舫，亭亭遠相望。離晨苦須臾，獨往道路長。蕭條風雨過，得此海氣涼。感秋意已違，況自結中腸。推道固當遣，及情遣所忘，何時共還歸，與翼鳴春陽。〔註179〕

武元衡〈酬太常從兄留別〉：

> 鄉路自茲始，征軒行復留。張騫隨漢節，王濬守刀州。澤國煙花度，銅梁霧雨愁。別離無可奈，萬恨錦江流。〔註180〕

四、貶　謫

　　官場失意已自淒涼，別離在即，尤見傷懷，皇甫冉〈送從弟豫貶遠州〉：

> 何事成遷客，思歸不見鄉。遊吳經萬里，弔屈過三湘。山與荊巫接，山通鄢郢長。名嗟黃綬繫，才是白眉良。獨結南枝恨，應思北雁行。憂來沽楚酒，玄鬢莫凝霜。〔註181〕

柳宗元則是在貶謫所在別弟，一片黯然，〈別舍弟宗一〉：

> 零落殘紅倍黯然，雙垂別淚越江邊。一身去國六千里，萬死投荒十二年。桂嶺瘴來雲似墨，洞庭春盡水如天。欲知此後相思夢，長在荊門郢樹邊。〔註182〕

〔註179〕前揭書，卷一八七，頁1905。

〔註180〕前揭書，卷三一六，頁3548～3549，此詩詩題一作〈送太常十二兄罷冊南詔，卻赴上都〉。

〔註181〕前揭書，卷二四九，頁2807，詩題一作〈送從弟貶袁州〉，作者作劉長卿。

〔註182〕唐柳宗元撰《柳宗元集》（漢京文化事業有限公司，民國71年），卷四二，頁1173。

五、從　軍

唐多征伐，懷抱「男兒生世間，及壯當封侯。戰伐有功業，焉能守舊丘」〔註 183〕之志而從軍的情形頗盛，因而從軍送別之詩，往往也帶慷慨之氣，如李白〈送族弟凝至晏堌單父三十里〉：

> 雪滿原野白，戎裝出盤遊。揮鞭布獵騎，四顧登高丘。兔起馬足間，蒼鷹下平疇。喧呼相馳逐，取樂銷人憂。捨此戎禽荒，徵聲別齊謳。雞鳴發晏堌，別雁驚涑溝。西行有東音，寄與長河流。〔註 184〕

又〈送族弟綰從軍安西〉：

> 漢家兵馬乘北風，鼓行而西破犬戎。爾隨漢將出門去，剪虜若草收奇功。君王按劍望邊色，旄頭已落胡天空。匈奴繫頸數應盡，明年應入蒲桃宮。〔註 185〕

李洞〈送安撫從兄夷偶中丞〉：

> 奉詔向軍前，朱袍映雪鮮。河橋吹角凍，嶽月卷旗圓。僧救焚經火，人修著釣船。六州安撫後，萬戶解衣眠。〔註 186〕

孟浩然〈送莫甥兼諸昆弟從韓司馬入西軍〉則顯得較兒女情長：

> 念爾習詩禮，未曾違戶庭。平生早偏露，萬里更飄零。坐棄三牲養，行觀八陣形。飾裝辭故里，謀策赴邊庭。壯志吞鴻鵠，遙心伴鶺鴒。所從文旦武，不戰自應寧。〔註 187〕

六、歸　隱

這部份又有歸鄉與隱居之別

（1）歸　鄉

兄弟不得志而返鄉者如權德輿〈送從弟廣東歸絕句〉：

> 夏雲如火爍晨輝，款段羸車整素衣。知爾業成還出谷，今

〔註 183〕唐杜甫撰、清楊倫箋注《杜詩鏡銓》（華正書局，民國 70 年），卷三〈後出塞〉，頁 102。
〔註 184〕《李白集校注》，卷十六，頁 995。
〔註 185〕前揭書，卷十七，頁 1023。
〔註 186〕《全唐詩》，卷七二一，頁 8273。
〔註 187〕前揭書，卷一六〇，頁 1660。

朝莫愴斷行飛。〔註188〕

張籍〈贈從弟刪東歸〉：

> 雲水東南兩月程，貪歸慶節馬蹄輕。春橋欲醉攀花別，野路閒吟觸雨行。詩價已高猶失意，禮司曾賞會成名。舊山風月知應好，莫向秋時不到京。〔註189〕

皆寓勉勵重來之意。

也有對兄弟返鄉寄無限羨慕之意者，如孟浩然〈早春潤州送從弟還鄉〉：

> 兄弟遊吳國，庭闈戀楚關。已多新歲感，更儉白眉還。歸泛西江水，離筵北固山。鄉園欲有贈，梅柳著先攀。〔註190〕

李嘉祐〈送從弟歸河朔〉：

> 故鄉那可到，令弟獨能歸。諸將矜旄節，何人重布衣。空城流水在，荒澤舊村稀。秋日平原路，蟲鳴桑葉飛。〔註191〕

吳融〈送弟東歸〉：

> 偶持麟筆侍金閨，夢想三年在故溪。祖竹定欺簷雪折，稚杉應拂棟雲齊。謾勞筋力趨丹鳳，可有文詞詠碧雞。此別更無閑事囑，北山高處謝猿啼。〔註192〕

（2）歸　隱

劉禹錫〈奉送家兄歸王屋山隱居二首〉：

> 洛陽天壇上，依稀似玉京。夜分先見日，月靜聞遠笙。雲路將雞犬，丹臺有姓名。古來成道者，兄弟亦同行。

> 春來山事好，歸去亦逍遙。水淨苔莎色，露香芒朮苗。登臺吸瑞景，飛步翼神飆。願薦塡篪曲，相將學玉簫。〔註193〕

滿懷羨慕，意欲同行追攀。許渾〈送從兄歸隱藍溪二首〉：

〔註188〕前揭書，卷三二三，頁3633。

〔註189〕前揭書，卷三八五，頁4334。

〔註190〕前揭書，卷一六〇，頁1639。

〔註191〕前揭書，卷二〇六，頁2153。

〔註192〕前揭書，卷六八六，頁7887。

〔註193〕前揭書，卷三五七，頁4012～4013。

名高猶素衣，窮巷掩荊扉。漸老故人少，久貧豪客稀。塞
雲橫劍望，山月抱琴歸。幾日藍溪醉，藤花拂釣磯。

京洛多高蓋，憐兄劇斷蓬。身隨一劍老，家入萬山空。夜
憶蕭關月，行悲易水風。無人知此意，甘臥白雲中。〔註194〕

就透露著為兄長懷才不遇萬分抱屈之意了。

七、求　婚

李白〈送族弟凝之滁求婚崔氏〉：

與爾情不淺，忘筌已得魚。玉臺挂寶鏡。持此意何如。坦
腹東牀下，由來志氣疎。遙知向前路，擲果定盈車。〔註195〕

八、不明原因

大量的兄弟送別之詩並不易看出為何事而相別，却充滿了濃濃
的離情別緒，茲選錄如下：于季子〈南行別弟〉：

萬里人歸去，三春雁北飛。不知何歲月，得與爾同歸。〔註196〕

李白〈送舍弟〉：

吾家白額駒，遠別臨東道。他日相思一夢君，應得池塘生
春草。〔註197〕

孟郊〈留弟郢不得，送之江南〉：

剛有下水船，白日留不得。老人獨自歸，苦淚滿眼黑。〔註198〕

趙嘏〈江上與兄別〉：

楚國湘江雨渺瀰，暖川晴雁背帆飛。人間別離盡堪哭，何
況不知何日歸。〔註199〕

歐陽詹〈泉州赴上都，留別舍弟及故人〉：

〔註194〕前揭書，卷五二八，頁6043。

〔註195〕《李白集校注》，卷十六，頁973。

〔註196〕《全唐詩》，卷八〇，頁872；此詩一作楊師道詩，或作韋承慶〈南
中詠雁〉。

〔註197〕《李白集校注》，卷十八，頁1055。

〔註198〕《全唐詩》，卷三七九，頁4252。

〔註199〕前揭書，卷五五〇，頁6371。

天長地闊多岐路，身即飛蓬共水萍。匹馬將驅豈容易，弟
兄親故滿離亭。〔註200〕

三維〈靈雲池送弟〉：

金杯緩酌清歌轉，畫舸輕移艷舞迴。自歎鶺鴒臨水別，不
同鴻雁向池來。〔註201〕

武元衡〈送七兄赴歙州〉：

車馬去憧憧，都門聞曉鐘。客程將日遠，離緒與春濃。流
水踰千里，歸雲隔萬重。玉杯傾酒盡，不換慘悽容。〔註202〕

李咸用〈送從兄坤載〉：

忍淚不敢下，恐兄情更傷。別離當亂世，骨肉在他鄉。語
盡意不盡，路長愁更長。那堪回首處，殘照滿衣裳。〔註203〕

盧象〈八月十五日象自江東止田園移莊慶會，未幾歸汶上，小弟幼妹
尤嗟其別，兼賦是詩三首〉：

謝病始告歸，依然入桑梓。家人皆佇立，相候衡門裏。疇
類皆長年，成人舊童子。上堂家慶畢，願與親姻迤。論舊
或餘悲，思存且相喜。田園轉蕪沒，但有寒泉水。衰柳日
蕭條，秋光清邑里。入門乍如客，休騎非便止。中飲顧王
程，離憂從此始。

兩妹日成長，雙鬟將及人。已能持寶瑟，自解掩羅巾。念
昔別時小，未知疏與親。今來識離恨，掩淚方殷勤。

小弟更孩幼，歸來不相識。同居雖漸慣，見人猶默默。宛
作越人語，殊鄉甘水食。別此最為難，淚盡有餘憶。〔註204〕

杜甫〈送舍弟穎赴齊州三首〉：

岷嶺南蠻北，徐關東海西。此行何日到，送汝萬行啼。絕
域惟高枕，清風獨杖藜。時危暫相見，衰白意都迷。

〔註200〕前揭書，卷三四九，頁3911。
〔註201〕前揭書，卷一二八，頁1307。
〔註202〕前揭書，卷三一六，頁3557。
〔註203〕前揭書，卷六四五，頁7391。
〔註204〕前揭書，卷一二二，頁1221～1222；第一首或題〈休假還舊業〉，
二、三首或題云〈別弟妹〉。

風塵暗不開，汝去幾時來？兄弟分離苦，形容老病催。江通一柱觀，日落望鄉臺。客意長東北，齊州安在哉？

諸姑今海畔，兩弟亦山東。去傍干戈覓，來看道路通。短衣防戰地，匹馬逐秋風。莫作俱流浪，長瞻碣石鴻。〔註205〕

白居易〈送兄弟迴雪夜〉：

日晦雲氣黃，東北風切切。時從村南還，新與弟兄別。離襟淚猶霑，迴馬嘶未歇。欲歸一室坐，天陰多無月。夜長火消盡，歲暮雨凝結。寂寞滿爐灰，飄零上階雪。對雪畫寒灰，殘燈明復滅。灰死如我心，雪白如我髮。所遇皆如此，頃刻堪愁絕。迴念入坐忘，轉憂作禪悅。平生洗心法，正為今宵設。〔註206〕

又〈別舍弟後月夜〉：

悄悄初別夜，去住兩盤桓。行子孤燈店，居人明月軒。平生共貧苦，未必日成歡。及此暫為別，懷抱已憂煩。況是庭葉盡，復思山路寒。如何為不念，馬瘦衣裳單。〔註207〕

此詩元稹有和作〈和樂天別弟後月夜作〉：

聞君別愛弟，明月照夜寒。秋雁拂簷影，曉琴當砌彈。悵望天淡淡，因思路漫漫。吟為別弟操，聞者為辛酸。況我兄弟遠，一身形影單。江波浩無極，但見歲時闌。〔註208〕

詩人與兄弟相別，如忍痛割肉一般，甚至只要看到別人的別弟詩也要為之黯然自傷，感惻不已，足見手足之情於人們牽繫之深。《全唐詩》載七歲女子為武后召見，應聲而就〈賦送兄詩〉，詩如下：

別路雲初起，離亭葉正飛，所嗟人異雁，不作一行歸。〔註209〕

情意真摯，意象準確，絲毫不輸大詩人之作。連小小的女孩兒也知道為兄長的離去傷懷呢！

〔註205〕《杜詩鏡銓》，卷十一，頁542～543。

〔註206〕《白居易集》，卷十，頁187。

〔註207〕前揭書，卷九，頁172～173。

〔註208〕唐元稹撰《元稹集》（漢京文化事業有限公司，民國72年），卷六，頁67。

〔註209〕《全唐詩》，卷七九九，頁8983。

　　從兄弟送別的詩可見不管以什麼原因致兄弟必須相離，場面都是牽掛不捨，百感難陳的。有時既勉他去，又感己孤，兩相煎熬，卒以情勝。雖知「憂思成疾疢，無乃兒女仁」，但是實際則充分表現「倉卒骨肉情，能不懷苦辛」的黯然。〔註210〕

第四節　千里懷人

　　臨別儘管依依不捨，詩作豐富，但實仍及不上分隔兩地，時空的距離之下產生的感觸萬端。無論是旅人思念家中的兄弟，或是家人懷念遠方的兄弟，抑或分散各地的手足互相惦記的作品，數量上十分可觀，內容也極為豐富，幾乎很難找出一個適當的方法再為這些作品做更進一步的分類，僅分述如下：

一、世亂傷別離

　　在世亂中傷兄弟離別的詩以杜甫最多，杜甫有四個弟弟：穎、觀、豐、占，安史之亂之後，除了占跟在身邊以外，其餘都南北乖違，生死莫測，每一念及，總是憂心如焚，表現在詩裏，更是一片淒苦之調，如〈月夜憶舍弟〉：

　　　　戍鼓斷人行，邊秋一雁聲。露從今夜白，月是故鄉明。有
　　　　弟皆分散，無家問死生。寄書長不達，況乃未休兵。〔註211〕

這首詩是乾元二年（759）杜甫在秦州避亂所作，由耳目所及的淒涼景象戍鼓雁聲渲染戰爭中道路阻隔的死氣沈沈，而時節流轉已是白露，明月當空令人想念故鄉的月，主觀情緒作祟，使他認定故鄉月最明亮最美麗，下半寫家破人散，生死未卜，一片傷心折腸，令人不忍卒讀，概括了安史之亂時人民飽經憂患的普遍遭遇。另〈寓同谷縣作

〔註210〕逯欽立輯校《先秦漢魏晉南北朝詩》（木鐸出版社，民國72年），
　　　　　卷七，〈贈白馬王彪詩〉，頁453。
〔註211〕唐杜甫撰、清楊倫箋注《杜詩鏡銓》（華正書局，民國70年），卷
　　　　　六，頁247。

歌七首〉其中兩首也爲懷念弟妹而作：

> 有弟有弟在遠方，三人各瘦何人強。生別輾轉不相見，胡
> 塵暗天道路長。前飛駕鵝後鶖鶬，安得送我置汝旁。嗚呼
> 三歌兮三發，汝歸何處收兄骨。

> 有妹有妹在鍾離，良人早歿諸孤癡。長淮浪高蛟龍怒，十
> 年不見來何時。扁舟欲往箭滿眼，杳杳南國多旌旗。嗚呼
> 四歌兮四奏，林猿爲我啼清晝。〔註212〕

前首歎無計相見，也許連我葬身何處，你們也不得而知，無法收屍歸
葬。語極沈痛，而詩人最後果然病死耒陽，弟弟們也果眞無法爲他歸
葬，眞是不幸而言中。後一首想到妹壻早死，留下幾個孤兒仍甚癡幼，
眞是叫人懸念，而山長路遠，十年未曾相見，滿眼戰火，寸步難行，
却又徒呼奈何，感慨神傷連林猿也要爲我悲啼了。這些詩充滿了血淚
深情，將手足之愛盡情抒發，感人至深。其它如〈五盤〉：

> ……東郊尚格鬪，巨猾何時除。故鄉有弟妹，流落隨邱墟。
> 成都萬事好，豈若歸吾廬。〔註213〕

〈恨別〉：

> 洛城一別四千里，胡騎長驅六七年。草木變衰行劍外，兵
> 戈阻絕老江邊。思家步月清宵立，憶弟看雲白日眠。聞道
> 河陽近乘勝，司徒急爲破幽燕。〔註214〕

〈村夜〉：

> 蕭蕭風色暮，江頭人不行。村春雨外急，鄰火夜深明。胡
> 羯何多難，漁樵寄此生。中原有兄弟，萬里正含情。〔註215〕

〈野望〉：

> ……海內風塵諸弟隔，天涯涕淚一身遙……〔註216〕

〈遣愁〉：

〔註212〕前揭書，卷七，頁297～298。
〔註213〕前揭書，卷七，頁305。
〔註214〕前揭書，卷七，頁334～335。
〔註215〕前揭書，卷八，頁338。
〔註216〕前揭書，卷八，頁374。

養拙蓬爲戶，茫茫何所開。江通神女館，地隔望鄉臺。漸
惜容顏老，無由弟妹來。兵戈與人事，回首一悲哀。〔註217〕

都與那個兵連禍結的年代，人們手足離散之苦息息相關。

　　天寶以後，唐王朝內憂外患不斷，德宗建中四年十月，涇原節度
史姚令言叛亂，犯京師，接著朱泚又反，韋應物對頻仍了二十餘年仍
未止息的戰禍發言感喟〈京師叛亂寄諸弟〉詩云：

弱冠遭世亂，二紀猶未平。羈離官遠郡，虎豹滿西京。上
懷犬馬戀，下有骨肉情。歸去在何時，流淚忽霑纓。憂來
上北樓，左右但軍營。函谷絕人行，淮南春草生。鳥鳴田
野間，思憶故園行。何當四海晏，甘與齊民耕。〔註218〕

如實刻劃戰爭帶來的緊張氣氛，而一腔柔情俠骨，非但憂國復思兄弟
骨肉，期盼那一日海晏河清，過著平靜的生活。他另一首〈寄諸弟〉
則如其自註所云：「建中四年十月三日，京師兵亂，自滁州間道遣使，
明年興元甲子歲五月九日使還作」是爲了打探弟弟們的消息，花了半
年多的時間，終於接到回音，不禁喜極而泣了：

歲暮兵戈亂京國，帛書間道訪存亡。還信忽從天上落，惟
知彼此淚千行。〔註219〕

　　白居易〈自河南經亂，關內阻饑，兄弟離散，各在一處，因望月
有感，聊書所懷，寄上浮梁大兄、於潛七兄、烏江十五兄，兼示符離
及下邽弟妹〉一詩則是因爲德宗貞元十五年（799）春，宣武節度使
董晉死後，部下叛變，接著申、光、蔡等州節度使吳少誠又叛亂，唐
中央遣十六道兵馬去攻打，戰事大都發生在河南境內，當時南方漕運
主要經過河南輸到關內，由於河南經亂、交通阻絕，加上旱荒頻仍，
關內饑饉十分嚴重，就在這一年秋天，白居易爲宣州刺史所貢，第二
年春在長安中進士，旋即東歸省親，詩大約作於此時：

時難年荒世業空，弟兄羈旅各西東。田園寥落干戈後，骨

〔註217〕前揭書，卷十四，頁667。
〔註218〕《全唐詩》（明倫出版社，民國60年），卷一八八，頁1920。
〔註219〕同前註。

肉流離道路中。弔影分爲千里雁，辭根散作九秋蓬。共看
明月應垂淚，一夜鄉心五處同。〔註220〕

居易故鄉就在河南，在戰火蹂躪之下，祖傳家業蕩然一空，兄弟姊
妹拋家尋業，羈旅天涯各一方，如同分飛千里的孤雁，唯能弔影自
憐，又像斷根的蓬草，在秋日隨西風四散，舉頭遙望明月，相信這
樣的夜裏，流散五處的兄弟也同樣在殷切思家。白居易這首詩以白
描手法寫得自然動人，向爲歷代所傳頌，確有其高明之處。《全唐詩》
載黃巢之亂僖宗幸蜀，有北省官避地江左，而元昆屭躓在蜀，因寄
詩：

涉江今日恨偏多，援筆長吁欲奈何。倘使流淚西去得，便
應添作錦江波。〔註221〕

擔心兄長的安危而淚如泉湧，如果這些淚水可以向西流去，定然會爲
錦江添萬丈波濤，深情傾洩不能自已。

高駢〈塞上寄家兄〉則是赴邊所作，尤見悲涼：

棣萼分張信使稀，幾多鄉淚溼征衣。笳聲未斷腸先斷，萬
里胡天鳥不飛。〔註222〕

懷念亂離中流散的弟妹，病中尤甚，即便名醫也醫不好那心中耿介，
韋莊〈賊中與蕭韋二秀才同臥重疾，二君尋愈，余獨加焉，恍惚中因
有題〉詩云：

與君同臥疾，獨我漸彌留。弟妹不知處，兵戈殊未休。胸
中疑晉豎，耳下鬭殷牛。縱有秦醫在，懷鄉亦淚流。〔註223〕

思念弟妹堪稱病入膏肓了。女道士元淳亦有〈寄洛中諸姊〉之作，爲
萬里烽火之外的姊妹憂慮至白了頭髮：

舊國經年別，關河萬里思。題詩憑雁翼，望月想蛾眉。白

〔註220〕唐白居易撰《白居易集》（漢京文化事業有限公司，民國73年），卷十三，頁267。
〔註221〕《全唐詩》，卷七八四，頁8847。
〔註222〕前揭書，卷五九八，頁6923。
〔註223〕唐韋莊撰、李誼校注《韋莊集校注》（四川省社會科學院，1986年），卷二，頁102。

髮愁偏覺，歸心夢獨知。誰堪離亂處，掩淚向南枝。〔註224〕

二、佳節倍思親

　　佳節是團聚的日子，彷彿在平靜的水面颳起一陣風，無端又掀起離別手足的心頭波浪，這一類詩最有名的要算王維的〈九月九日憶山東兄弟〉了：

　　　獨在異鄉爲異客，每逢佳節倍思親。遙知兄弟登高處，遍
　　　插茱萸少一人。〔註225〕

這首詩原註云：「時年十七」爲王維十七歲時之作品，當時王維獨個兒在長安求功名，兄弟們都在故鄉蒲州即今山西永濟，位於華山之東，故題稱「憶山東兄弟」。一顆年少敏銳的心靈在備嘗舉目無親的孤單滋味後，每到節日都分外想家，九月九日重陽節，依俗要登高並佩掛茱萸，詩人不直說自己未能參與的遺憾，却由反面設想家鄉兄弟團聚之際，却發現少了一個人，似乎獨在異鄉的況味不值一提，兄弟們的缺憾才須體貼，經此轉折，更形深刻。

　　丘爲〈冬至下寄舍弟，時應赴入京〉則是家中兄長對離家赴舉的弟弟一番鼓舞慰勉之詞：

　　　去去未知遠，依依甚初別。他鄉至下心，昨夜階前雪。終日
　　　讀書仍少孤，家貧兄弟未當途。適遠繞過宿舂料，相隨唯一
　　　平頭奴。男兒出門事四海，立身世業文章在。莫漫憶柴扉，
　　　駟馬高車朝紫微。江南驛使不曾斷，迎前爲爾非春衣。〔註226〕

　　韋應物是一位深情多感的詩人，他作有大量寄兄弟的詩，每到一地赴任，每對時節流易均有萬端感懷要訴與兄弟，佳節在前，又那能無詩？韋應物性高潔，鮮食寡欲，在其仕宦途中曾於大曆十四年以疾辭櫟陽令，寓善福寺精舍，建中二年由前資除比部員外郎。〔註227〕，

〔註224〕《全唐詩》，卷八〇五，頁9060。
〔註225〕前揭書，卷一二八，頁1306。
〔註226〕前揭書，卷一二九，頁1320。
〔註227〕元辛文房撰、周本淳校正《唐才子傳校正》（文津出版社，民國77
　　　　年），卷四，頁118～119。

明年，出爲滁州刺史，〔註228〕於建中四年（783）首夏離長安，至秋
日已至滁，而其舊居及諸弟等尙在長安，〔註229〕興元元年（784）冬
罷任，閒居於滁，而在貞元元年（785）夏秋移刺江州。地雖僻遠，
然滁州山川清遠，多隱君子，應物風流豈弟，與其人覽觀賦詩，郡以
無事，人安樂之。〔註230〕而這段期間，他極端思念京師的兄弟們，
殷勤地寫詩，幾乎每逢節日都有詩寄訴懷抱，如〈冬至夜寄京師諸弟，
兼懷崔都水〉：

> 理郡無異政，所憂在素餐。徒令去京國，羈旅當歲寒。子
> 月生一氣，陽景極南端。已懷時節感，更抱別離酸。私燕
> 席云罷，還齋夜方闌。遙幕沈空宇，孤燈照牀單。應同茲
> 夕念，寧忘故歲歡。川途恍悠逖，涕下一闌干。〔註231〕

〈元日寄諸弟兼呈崔都水〉：

> 一從守茲郡，兩鬢生素髮。新正加我年，故歲去超忽。淮
> 濱益時候，了似仲秋月。川谷風景溫，城池草木發。高齋
> 屬多暇，惆悵臨芳物。日月昧還期，念君何時歇。〔註232〕

〈寒食日寄諸弟〉：

> 禁火曖佳辰，念離獨傷抱。見此野田花，心思杜陵道。聯
> 騎定何時，予今顏已老。〔註233〕

〈社日寄崔都水及諸弟羣屬〉：

> 山郡多暇日，社時放吏歸。坐閣獨成悶，行塘閱清輝。春
> 風動高柳，芳園掩夕扉。遙思里中會，心緒悵微微。〔註234〕

〈三月三日寄諸弟兼懷崔都水〉：

〔註228〕 參元辛文房撰、傅璇琮主編校箋《唐才子傳校箋・第二冊》（北京
　　　　　中華書局，1989 年），卷四，頁 174～175。

〔註229〕 參傅璇琮撰《唐代詩人叢考》（北京中華書局，1980 年），〈韋應物
　　　　　繫年考證〉，頁 303～307。

〔註230〕 同註 228。

〔註231〕 《全唐詩》，卷一八八，頁 1917。

〔註232〕 同前註。

〔註233〕 前揭書，卷一八八，頁 1918。

〔註234〕 同前註。

暮節看已謝，茲晨愈可惜。風澹意傷春，池寒花斂夕。對
酒始依依，懷人還的的。誰當曲水行，相思尋舊跡。〔註235〕

〈寒食寄京師諸弟〉：

雨中禁火空齋冷，江上流鶯獨坐聽。把酒看花想諸弟，杜
陵寒食草青青。〔註236〕

〈歲日寄京師諸季端武等〉：

獻歲抱深惻，僑居念歸緣。常患親愛離，始覺世務牽。少
事河陽府，晚守淮南壖。平生幾會散，已及蹉跎年。昨日
罷符竹，家貧遂留連。部曲多已去，車馬不復全。閒將酒
為偶，默以道自詮。聽松南巖寺，見月西澗泉。為政無異
術，當責豈望邊。終理來時裝，歸鑿杜陵田。〔註237〕

〈清明日憶諸弟〉：

冷食方多病，開襟一忻然。終令思故郡，煙火滿晴川。杏
粥猶堪食，榆羹已稍煎。唯恨乖親燕，坐度此芳年。〔註238〕

〈立夏日憶京師諸弟〉：

改序念芳辰，煩襟倦日永。夏木已成陰，公門晝恒靜。長
風始飄閣，疊雲纔吐嶺。坐想離人居，還當惜徂景。〔註239〕

每一首都滿含綢繆的情意，滁州風日縱美，在詩人眼中總不如故鄉兄
弟歡聚的和樂與溫馨。

　　杜甫則有〈元日寄韋氏妹〉乃是至德二年（757）所作，既懷念
妹氏又感傷京華之淪陷：

近聞韋氏妹，迎在漢鍾離。郎伯殊方鎮，京華舊國移。春
城回北斗，郢樹發南枝。不見朝正使，啼痕滿面垂。〔註240〕

朝正係唐朝元日朝賀之官，因其妹婿當時亦任三品以上之方鎮要職，
今長安已陷，無復元日朝賀之禮，不見妹丈入朝，遂不禁啼痕滿面也，

〔註235〕同前註。
〔註236〕前揭書，卷一八八，頁1923。
〔註237〕同前註。
〔註238〕前揭書，卷一九一，頁1958。
〔註239〕前揭書，卷一九一，頁1959。
〔註240〕《杜詩鏡銓》，卷三，頁127～128。

全是一片因家事而感到國難的真情語，〔註 241〕杜甫的二片孤忠耿耿
也在此詩中洩露無遺了。代宗寶應元年（762）杜甫五十一歲，人在
梓州〈九日登梓州城〉詩云：

> 伊昔黃花酒，如今白髮翁。追歡筋力異，望遠歲時同。弟
> 妹悲歌裏，乾坤醉眼中。兵戈與關塞，此日意無窮。〔註 242〕

遭亂又兼遠客，復弟妹離散，佳節裏登高，唯醉酒悲歌一途。他另有
〈九日〉詩也同樣在重陽日失魂落魄，藉酒澆愁，甚至因獨酌無興，
憤而輟飲，抱病登臺：

> 重陽獨酌杯中酒，抱病起登江上臺。竹葉於人既無分，菊
> 花從此不須開。殊方日落玄猿哭，故國霜前白雁來。弟妹
> 蕭條各何在，干戈衰謝兩相催。〔註 243〕

大曆三年（768）元日，杜甫有〈遠懷舍弟穎觀等〉詩，乃是接到觀
書，說迎妻子在荊南（即江陵）後所作，以從前元日團聚之歡樂，襯
出今時分隔之苦，詩云：

> 陽翟空知處，荊南近得書。積年仍遠別，多難不安居。江
> 漢春風起，冰霜昨夜除。雲天猶錯莫，花萼尚蕭疏。對酒
> 都疑夢，吟詩正憶渠。舊時元日會，鄉黨羨吾廬。〔註 244〕

是年正月中旬，杜甫就迫不及待的出三峽，到江陵與觀相聚，〔註 245〕
親情的召喚的確力量很大。

其他如武元衡〈八月十五酬從兄常望月有懷〉：

> 坐愛圓景滿，況茲秋夜長。寒光生露草，夕韻出風篁。地
> 遠驚金奏，天高失雁行。如何北樓望，不得共池塘。〔註 246〕

在月圓人圓的日子空憾兄弟不能團圓。歐陽詹〈除夜侍酒，呈諸兄示

〔註 241〕 參王實甫《杜甫年譜》（西南書局，民國 67 年），頁 82。

〔註 242〕 《杜詩鏡銓》，卷九，頁 416。

〔註 243〕 前揭書，卷十七，頁 840～841。

〔註 244〕 前揭書，卷十八，頁 897。

〔註 245〕 參本章第一節「歡聚親愛」（二）喜至引杜甫〈續得觀書迎就當陽
　　　　　居止，正月中旬定出三峽〉詩一段。

〔註 246〕 《全唐詩》，卷三一六，頁 3548。

舍弟〉：

> 莫歎明朝又一春，相看堪共賞茲身。悠悠寰宇同今夜，膝
> 下傳杯有幾人。〔註247〕

遙憶故鄉的兄弟，爲自己不能在膝下共樂而遺憾。白居易〈九日寄行簡〉：

> 摘得菊花攜得酒，繞村騎馬思悠悠。下邽田地平如掌，何
> 處登高望梓州。〔註248〕

作詩的那時，行簡在劍南盧坦幕，節日裏有酒有菊，可惜就是下邽的地勢平坦，竟找不到一塊可以登高遙望梓州的地方。居易將重陽的登高與思念兄弟的情緒摻揉在一起，看似平淺，却耐人尋味。又其〈除夜寄弟妹〉：

> 感時思弟妹，不寐百憂生。萬里經年別，孤燈此夜情。病
> 容非舊日，歸思逼新正。早晚重歡會，羈離各長成。〔註249〕

兄弟萬里相隔，已復染病在身，境況十分蕭索，而猶不失歡會重聚的盼望，且相信屆時已各自長成。

杜牧〈冬至日遇京使發寄舍弟〉噓寒問暖，備極關愛之情：

> 遠信初憑雙鯉去，他鄉正遇一陽生。尊前豈解愁家國，輦
> 下惟能憶弟兄。旅館夜憂姜被冷，暮江寒覺晏裘輕。竹門
> 風過還惆悵，疑是松窗打雪聲。〔註250〕

趙嘏〈重陽日示舍弟〉是驅馳大半生之後，感慨無成，不能提攜弟弟之詩，藉重陽節的酒，澆心中磈礧：

> 多少鄉心入酒杯，野塘今日菊花開。新霜何處雁初下，故
> 園窮秋首正迴。漸老向人空感激，一生驅馬傍塵埃。侯門
> 無路提攜爾，虛共扁舟萬里來。〔註251〕

李中則在寒食節日近時，盼與從弟高歌同醉，〈春晏寄從弟德潤〉：

〔註247〕前揭書，卷三四九，頁3913。
〔註248〕《白居易集》，卷十四，頁291
〔註249〕前揭書，卷十三，頁265。
〔註250〕《全唐詩》，卷五二四，頁5992～5993。
〔註251〕前揭書，卷五四九，頁6363。

　　相思禁煙近，樓上動吟魂。水國春寒在，人家暮雨昏。朱
　　橋通竹樹，香徑匝蘭蓀。安得吾宗會，高歌醉一尊。〔註252〕

他另一首〈鍾陵禁煙寄從弟〉則自傷交親不至踏青無侶：

　　落絮飛花日又西，踏青無侶草萋萋。交親書斷竟不到，忍
　　聽黃昏杜宇啼。〔註253〕

總之佳節相聚的日子最易讓人觸景傷別離，懷念的詩因此也就由胸臆
中源源而出了。

三、風物攪離腸

　　時節易流逝，離人的心是敏銳的，物換星移，花開葉落，蟬鳴雁
飛，無不時時刻刻提醒他們「歲月忽已晚」，那本已糾結的離腸，被
翻攪得更痛楚難耐。張九齡〈初秋憶金均兩弟〉：

　　江渚秋風至，他鄉離別心。孤雲愁自遠，一葉感何深。憂
　　喜嘗同域，飛鳴忽異林。青山西北望，堪作白頭吟。〔註254〕

又〈二弟宰邑南海，見羣雁南飛，因成詠以寄〉：

　　鴻雁自北來，嗷嗷度煙景。常懷稻梁惠，豈憚江山永。小
　　大每相從，羽毛當自整。雙鳧侶晨泛，獨鶴參宵警。爲我
　　更南飛，因書至梅嶺。〔註255〕

張九齡二弟九皋、九章曾爲嶺南刺史，此詩藉南飛羣雁寄書梅嶺，訴
離腸也。李白〈寄從弟宣州長史昭〉：

　　爾佐宣州郡，守官清且閑。常誇雲月好，邀我敬亭山。五
　　落洞庭葉，三江遊未還。相思不可見，一歎損朱顏。〔註256〕

五落洞庭葉仍未成行，詩人的感慨是可以想見的。韋應物〈秋夜南宮
寄灃上弟及諸生〉則感於秋風秋雨之淒涼衰颯而有是作：

　　暝夜起煙閣，沈抱積離憂。況茲風雨夜，蕭條梧葉秋。空

〔註252〕前揭書，卷七四八，頁8516。
〔註253〕前揭書，卷七四九，頁8534。
〔註254〕前揭書，卷四八，頁592。
〔註255〕前揭書，卷四七，頁577。
〔註256〕唐李白撰、瞿蛻園等校注《李白集校注》（里仁書局，民國70年），
　　　　卷十四，頁880。

宇感涼至，頹顏驚歲周。日夕遊闕下，山水憶同遊。〔註257〕
一年容易又秋天，官居南宮已有週歲，此當建中三年秋之作，〔註258〕
時復出，以前資除比部員外郎，居遊闕下，慣於山林之樂的他極思念
與弟弟昔日灃上之遊。其後出滁州刺史、移江州刺史一連串的寄弟之
作，更令人驚歎其情思之纏綿，手足之愛切，如〈途中書情寄灃上兩
弟，因送二甥却還〉：

　　莘簪豈足戀，幽林徒自違。遙知別後意，寂寞掩柴扉。迴
　　首昆池上，更羨爾同歸。〔註259〕

〈新秋夜寄諸弟〉：

　　兩地俱秋夕，相望共星河。高梧一葉下，空齋歸思多。方
　　用憂人瘼，況自抱微痾。無將別來近，顏鬢已蹉跎。〔註260〕

雖才初別，已顏鬢消損，思歸意多。〈郊園聞蟬寄諸弟〉：

　　去歲郊園別，聞蟬在蘭省。今歲臥南譙，蟬鳴歸路永。夕
　　響依山谷，餘悲散秋景。緘書報此時，此心方耿耿。〔註261〕

韋應物於建中四年（783）首夏離京師至滁，隔年夏日再聽到蟬鳴，
聲調雖同而聞者心情處境早異，由尚書省易地至滁州，由兄弟相聚變
爲孑然一身，是以詩人感慨不已。〈閒居寄諸弟〉：

　　秋草生庭白露時，故園諸弟益相思。盡日高齋無一事，芭
　　蕉葉上獨題詩。〔註262〕

〈郡齋感秋寄諸弟〉：

　　首夏辭舊國，窮秋臥滁城。方如昨日別，忽覺徂歲驚。高
　　閣收煙霧，池水晚澄清。戶牖已淒爽，晨夜感深情。昔遊
　　郎署間，是月天氣晴。授衣還西郊，曉露田中行。采菊投
　　酒中，昆弟自同傾。簪阻聊掛壁，焉知有世榮。一旦居遠

〔註257〕《全唐詩》，卷一八七，頁1913。
〔註258〕同註228。
〔註259〕《全唐詩》，卷一八七，頁1914。
〔註260〕前揭書，卷一八八，頁1916。
〔註261〕同前註。
〔註262〕前揭書，卷一八八，頁1919。

郡，山川間音形。大道庶無累，及茲念已盈。〔註263〕

在滁州已經過了一整年，念昔日在京師，授衣時節還西郊，兄弟同遊樂復何極，渾忘世上利祿榮名，一旦至此，山川阻隔，雖說大道無累，我卻滿心滿眼是兄弟的影子。就在這一年冬末，應物罷滁州刺史任，而仍在滁州閑居，至次年即貞元元年（785）秋日除爲江州刺史。〔註264〕〈登郡樓寄京師諸季淮南子弟〉：

> 始罷永陽守，復臥潯陽樓。懸檻飄寒雨，危堞侵江流。迨茲聞雁夜，重憶別離秋。徒有盈樽酒，鎮此百端憂。〔註265〕

即是初爲江州刺史之作。此外韋應物有〈答端〉詩兩首分別感亂蟬與雁來，而充滿對弟弟思念之情：

> 郊園夏雨歇，閒院綠陰生。職事方無効，幽賞獨違情。物色坐如見，離抱悵多盈。況感夕涼氣，聞此亂蟬鳴。〔註266〕

> 坐憶故園人已老，寧知遠郡雁還來。長瞻西北是歸路，獨上城樓日幾迴。〔註267〕

而〈曉至園中憶諸弟崔都水〉則是因爲不見心所愛，而面對美景無心賞玩：

> 山郭恒悄悄，林月亦娟娟。景清神已澄，事簡慮絕牽。秋塘徧衰草，曉露洗紅蓮。不見心所愛，茲賞豈爲妍？〔註268〕

看過韋應物如此大量的憶弟寄弟之作，我們更能了解他性情中的執著與繫念，而光是欣賞這些「風情不能自已」的詩作，已足夠令人感動，辛文房「應物馳驟建安以還，各有風韻，自成一家之體，清新雅麗，雖詩人之盛，亦罕其倫，甚爲時論所右」〔註269〕之論，實知音之言也。

〔註263〕前揭書，卷一八八，頁1917。
〔註264〕參〈韋應物繫年考證〉，《唐代詩人叢考》，頁310。
〔註265〕《全唐詩》，卷一八八，頁1924。
〔註266〕前揭書，卷一九〇，頁1949。
〔註267〕前揭書，卷一九〇，頁1951。
〔註268〕前揭書，卷一九一，頁1959。
〔註269〕《唐才子傳校箋·第二冊》，卷四，頁182。

竇庠〈洛下閒居夜晴觀雪寄四遠諸兄弟〉：

雲月相輝雲四開，終風助凍不揚埃。萬里瓊樹宮中接，一直銀河天上來。荊楚歲時知染翰，湘吳醇酊憶銜杯。強題縑素無顏色，鴻雁南飛早晚回。〔註270〕

竇庠兄羣、常，弟庠、鞏時分散四處，因此謂四遠諸兄弟，在冬夜觀雪，佳興正濃，忍不住要讓兄弟們也感染一下這盛景，於是援筆寫來，思念藏在末句，藉囑鴻雁勸早回。

李賀〈潞州張大宅病酒，遇江史，寄上十四兄〉：

秋至昭關後，當知趙國寒。繫書隨短羽，寫恨破長箋。病客眠清曉，疎桐墜綠鮮。城鴉啼粉堞，軍吹壓蘆煙。岸幘褰紗幌，枯塘臥折蓮。木窗銀跡畫，石磴水痕錢。旅酒侵愁肺，離歌繞懦絃。詩封兩條淚，露折一枝蘭。莎老沙雞泣，松乾瓦獸殘。覺騎燕地馬，夢載楚溪船。椒桂傾長席，鱸魴斫玳筵。豈能忘舊路，江島滯佳年。〔註271〕

寫客中臥病的一片淒涼，藉秋與寒的意象來敘述，並要兄長莫忘昔日歡聚而久滯江島不歸。另一首〈秋涼寄正字十二兄〉則是寫由春至秋三個多月的相別，思念極深，雖有通信却未能解相思之渴，連夢中也出現昔日歡聚笑樂的景象，十分感人：

閉門感秋風，幽姿任契闊。大野生素空，天地曠肅殺。露光泣殘蕙，蟲響連夜發。房寒寸輝薄，迎風絳紗折。披書古芸馥，恨唱華容歇。百日不相知，花光變涼節。弟兄誰念慮，箋翰既通達。青袍度白馬，草簡奏東闕。夢中相聚笑，覺來半牀月。長思劇循環，亂憂抵覃葛。〔註272〕

白居易〈寄江南兄弟〉則是秋日相別，經過七年而忽憶分首：

分散骨肉戀，趨馳名利牽。一奔塵埃馬，一泛風波船。忽憶分首時，憫默秋風前。別來朝復夕，積日成七年。花落

〔註270〕《全唐詩》，卷二七一，頁3037。
〔註271〕唐李賀撰、葉葱奇校注《李賀詩集》（里仁書局，民國71年），卷三，頁182。
〔註272〕前揭書，卷三，頁239。

> 城中地，春深江上天。登樓東南望，鳥滅煙蒼然。相去復
> 幾許？道里近三千。平地猶難見，況乃隔山川。〔註273〕

又其〈寄陳式五兄〉由自己長了兩三莖白髮，而想見比他大十歲的兄長如今應已滿鬢皆雪了：

> 年來白髮兩三莖，憶別君時髭未生。惆悵料君應滿鬢，當
> 初是我十年兄。〔註274〕

此詩的玄妙處又在「憶別君時髭未生」一句，點出了從一個髭鬢未生的小男孩，長到白髮兩三莖的中老年，這當初是多麼久遠的事了，別情惆悵，不言而令人歔欷。〈夢行簡〉則是天氣和暖而詩思因乏之春日招邀阿憐入夢來：

> 天氣妍和水色鮮，閒吟獨步小橋邊。池塘草綠無佳句，虛
> 臥春窗夢阿憐。〔註275〕

柳宗元〈過衡山見新花開却寄弟〉見花開季節雁回峯，自己也正在北返途中，貶謫蠻荒多年的滄桑隱然句外：

> 故國名園久別離，今朝楚樹發南枝。晴天歸路好相逐，正
> 是峯前回雁時。〔註276〕

風雨交迫最斷離人心腸，翁承贊〈對雨述懷示弟承檢〉詩云：

> 淋淋霢霢結秋霖，欲使秦城歎陸沈。曉勢遮回朝客馬，夜
> 聲滴破旅人心。青苔重疊封顏巷，白髮蕭疏引越吟。不有
> 惠連同此景，江南歸思幾般深。〔註277〕

李中〈海城秋夕寄懷舍弟〉由秋日的砧杵聲中，感受到趕製寒衣的溫暖，自顧流落邊州，不禁發願早日回鄉，與弟同著老萊侍親之服：

> 烏棲庭樹夜悠悠，枕上誰知淚暗流。千里夢魂迷舊業，一

〔註273〕《白居易集》，卷九，頁168～169。
〔註274〕前揭書，卷十四，頁275。
〔註275〕前揭書，卷二三，頁524～525。
〔註276〕唐柳宗元撰《柳宗元集》（漢京文化事業有限公司，民國71年），
　　　　卷四二，頁1148。
〔註277〕《全唐詩》，卷七〇三，頁8090。

城砧杵搗殘秋。窗間寂寂燈猶在,簾外瀟瀟雨未休。早晚
萊衣同著去,免悲流落在邊州。〔註278〕

趙防〈秋日寄弟〉則從涼風入戶,楊柳衰謝,蟋蛄長吟,雨聲雲色,
沛然而來的秋意想到年也不遠了,今年兄弟遠別,年酒無人共斟:

涼風颯庭戶,漸疑華髮侵。已經楊柳謝,猶聽蟋蛄鳴。雨
助灘聲出,雲連野色深。鶺鴒今在遠,年酒共誰斟。〔註279〕

四、鄉書和淚封

出門在外,再如何意氣飛揚,家,仍是旅人心中最軟弱最不堪碰
觸的一個字眼,每一憶及總有萬般溫馨萬般想念與萬般無奈互相摻
雜,紛至沓來而竟不辨其味,即使如王維一心想拋却紅塵俗累的人,
親情却仍是他再怎樣也割捨不下的,修禪之餘,他有〈山中寄諸弟
妹〉:

山中多法侶,禪誦自爲羣。城郭遙相望,唯應見白雲。〔註280〕

敘說自己在山中生活平靜,而料想弟妹在家必然懸念,從山下遙望此
處,當不過是白雲一片。內斂的感情,使得他的平安家信顯得冷靜理
智。孟浩然〈入峽寄弟〉則將千辛萬苦冒湍歷險的經驗傳示弟弟,完
全是「在家千日好,出門一日難」的感悟:

吾昔與爾輩,讀書常閉門。未嘗冒湍險,豈顧垂堂顏。自
此歷江湖,辛勤難具論。往來行旅弊,開鑿禹功存。壁立
千峯峻,漰流萬壑奔。我來凡幾宿,無夕不聞猿。浦上搖
歸戀,舟中失夢魂。淚沾明月峽,心斷鶺鴒原。離闊星難
聚,秋深露已繁。因君下南楚,書此示鄉園。〔註281〕

岑參〈太白東溪張老舍即事寄舍弟姪等〉:

渭上秋雨過,北風何騷騷。天晴諸山出,太白峯最高。主
人東溪老,兩耳生長毫。遠近知百歲,子孫皆二毛。中庭

〔註278〕前揭書,卷七四八,頁8524。
〔註279〕前揭書,卷七七五,頁8780。
〔註280〕前揭書,卷一二八,頁1303。
〔註281〕前揭書,卷一五九,頁1618。

　　井闌上，一架獼猴桃。石泉飯香梗，酒甕開新槽。愛茲田
　　中趣，始悟世上勞。我行有勝事，書此寄爾曹。〔註282〕

遊歷閱人之餘，將勝事書寄弟姪，這是比較沒有離情別緒的一封鄉
書。竇鞏的〈新營別墅寄家兄〉則是敘述遲歸的原委：

　　懶性如今成野人，行藏由興不由身。莫驚此度歸來晚，買
　　得西山正值春。〔註283〕

　　白居易十四歲即旅居蘇、杭，十五歲仍在越中，曾有〈江南送北
客，因憑寄徐州兄弟書〉寫稚弱的心流浪異鄉的感懷：

　　故園望斷欲何如，楚水吳山萬里餘。今日因君訪兄弟，數
　　行鄉淚一封書。〔註284〕

又有〈自江陵之徐州路上寄兄弟〉：

　　岐路南將北，離憂弟與兄。關河千里別，風雪一身行。夕
　　宿勞鄉夢，晨裝慘旅情。家貧憂後事，日短念前程。煙雁
　　翻寒渚，霜烏聚古城。誰憐陟岡者，西楚望南荊。〔註285〕

旅情無限淒涼。居易中年貶江州司馬，沈悶難遣，極端思念渭村舊
居，尤其是與弟姪相聚的那段快樂時光，〈孟夏思渭村舊居寄舍弟〉
云：

　　嘖嘖雀引雛，稍稍筍成竹。時物感人情，憶我故鄉曲。故
　　園渭水上，十載事樵牧。手種榆柳成，陰陰覆牆屋。兔隱
　　豆苗肥，鳥鳴桑椹熟。前年當此時，與爾同遊曝。詩書課
　　弟姪，農圃資童僕。日暮麥登場，天晴蠶坼簇。弄泉南澗
　　坐，待月東亭宿。興發飲數杯，悶來棋一局。一朝忽分散，
　　萬里仍羈束。井鮒思反泉，籠鸞悔出谷。九江地卑溼，四
　　月天炎燠。苦雨初入梅，瘴氣稍含毒。泥秧水畦稻，灰種
　　畬田粟。已訝殊歲時，仍嗟異風俗。閒登郡樓望，日落江
　　山綠。歸雁拂鄉心，平湖斷人月。殊方我漂泊，舊里君幽

〔註282〕前揭書，卷一九八，頁2028。
〔註283〕前揭書，卷二七一，頁3053。
〔註284〕《白居易集》，卷十三，頁262。
〔註285〕前揭書，卷十三，頁250。

獨。何時一瓢飲，飲水心亦足。〔註286〕

居易在江州司馬任時，行簡赴盧坦幕遠在東川，渭村舊居留守的可能
是白氏家族的其他弟姪，居易濃重的思念在「何時同一瓢，飲水心亦
足」這句詩中格外真切。白居易一生受遷宦之苦，六十四歲尙在洛陽
爲太子賓客分司，是年太和九年（835）春自洛陽西遊，過稠桑、壽
安、同州，至下邽渭村小住，約三月末返洛陽。〔註287〕有詩〈將歸
渭村，先寄舍弟〉：

> 一年年覺此身衰，一日日知前事非。詠月嘲風先要減，登
> 山臨水亦宜稀。子平嫁娶貧中畢，元亮田園醉裏歸。爲何
> 阿連寒食下，爲吾釀酒掃柴扉。〔註288〕

時行簡已卒，足見渭村故居確實一直有族弟在爲他看守家業，居易此
詩充滿嫁娶事畢，歸園田居正此時的輕鬆，無怪乎一住就住了三個
月，渾然忘了洛陽的公務。

杜牧〈寄兄弟〉寫秋夜獨眠，諳盡孤涼滋味的旅人之苦：

> 江城紅葉盡，旅思倍淒涼。孤夢家山遠，獨眠秋夜長。道
> 存空倚命，身賤未歸鄉。南望仍垂淚，天邊一雁行。〔註289〕

易重〈寄宜陽兄弟〉則是覆考第一，報喜的家書：

> 六年雁序恨分離，詔下今朝遇已知。上國皇風初喜日，御
> 階恩渥屬身時。內庭再考稱文異，聖主宣名獎藝奇，故里
> 仙才若相問，一看攀得兩重枝。〔註290〕

易重爲會昌五年進士，是年進士二十七人，由翰林學士白敏中覆試後
落下八人，張濆原爲狀元，易重第二，翰林重考後，張濆黜落，以重
爲狀元。〔註291〕春風得意之餘寫了這首詩給已分別六年的兄弟。楊

〔註286〕前揭書，卷十，頁 202～203。
〔註287〕參朱金城《白居易年譜》（上海古籍出版社，1982 年），頁 253。
〔註288〕《白居易集》，卷三二，頁 734。
〔註289〕《全唐詩》，卷五二六，頁 6021；此詩作者或作許渾，詩題作〈寄
　　　　小弟〉。
〔註290〕前揭書，卷五五七，頁 6458。
〔註291〕參清徐松撰、趙守儼點校《登科記考》（北京中華書局，1984 年），

牢〈贈舍弟〉抱遠大的志向，不成不歸，而託付弟弟代為侍奉雙親：

　　秦雲蜀浪兩堪愁，爾養晨昏我遠遊。千里客心難寄夢，兩行鄉淚為君流。早驅風雨知龍聖，飽食魚蝦覺虎羞。袖裏鏌鋣光似水，丈夫不合等閒休。〔註292〕

許棠〈寄江上弟妹〉也是一片壯志未酬，未成羞歸的心態：

　　無成歸不得，不是謀不歸。垂老登雲路，猶勝守釣磯。大荒身去數，窮海信來稀。孤立皆難進，非關命獨違。〔註293〕

韓偓離家不過第二天，就開始想家了，〈離家第二日却寄諸兄弟〉：

　　睡起褰簾日出時，今辰初恨間容輝。千行淚激傍人感，一點心隨健步歸。卻望山川空黯黯，迴看僮僕亦依依。定知兄弟高樓上，遙指征途羨鳥飛。〔註294〕

吳融在軍前獨羨秋雁南飛，〈坤維軍前寄江南弟兄〉：

　　二年征戰劍山秋，家在松江白浪頭。關山幾時乾客淚，戍煙終日起鄉愁。未知遼堞何當下，轉覺燕臺不易酬。獨羨一聲南去雁，滿天風雨到汀州。〔註295〕

韋莊慚愧己身未能為弟弟立下好榜樣〈寄江南諸弟〉詩云：

　　萬里逢歸雁，鄉書忍淚封。吾身不自保，爾道各何從。性拙唯多寒，家貧半為慵。祇思絲影上，臥看玉華峯。〔註296〕

　　杜荀鶴赴舉，連敗文場，甚苦，一直到大順二年才登科，下面幾首詩很能代表他連試皆挫的心情，〈入關歷陽道中，却寄舍弟〉：

　　求名日辛苦，日望日榮親。落葉山中路，秋霖馬上人。晨昏知汝道，詩酒衛吾身。自笑抛麋鹿，長安擬醉春。〔註297〕

〈行次鄴陽却寄諸弟〉：

　　難把歸書說遠情，奉親多闕拙為兄。早知寸祿榮家晚，悔

　　　卷二二，頁804～805。
〔註292〕《全唐詩》，卷五六四，頁6542。
〔註293〕前揭書，卷六〇四，頁6989。
〔註294〕前揭書，卷六八二，頁7819。
〔註295〕前揭書，卷六八六，頁7885～7886。
〔註296〕《韋莊集校注》，卷八，頁369。
〔註297〕《全唐詩》，卷六九一，頁7927。

不深山共汝耕。枕上算程關月落，帽前搜景嶽雲生。如今
已作長安計，祇得辛勤取一名。〔註298〕

〈館舍秋夕〉：

寒雨蕭蕭燈焰青，燈前孤客難爲情。兵戈鬧日別鄉國，鴻
雁過時思兄弟。冷極睡無離沈夢，苦多吟有徹雲聲。出門
便作還家計，直至如今計未成。〔註299〕

爲寸祿而離鄉求功名却又遲遲不得意，留下雙親偏勞兄弟，此中尷
尬實難與君說，但既走上這條路又斷無半途而廢的道理，只得勉力
堅持下去。本來故鄉水分外甜，離鄉背井在風塵路上奔波就是辛苦，
孟貫〈寄故園兄弟〉正自有感而發，勸家鄉的兄弟，非必要別在外
地漂泊：

久與鄉關阻，風塵損舊衣。水思和月泛，山憶共僧歸。林
想添鄰舍，溪應改釣磯。弟兄無苦事，不用別庭闈。〔註300〕

再有兩首平安家書，是在外生活安定適志，而絲毫不見歸心的，
徐鉉〈宿茅山寄舍弟〉：

茅許稟靈氣，一家同上賓。仙山空有廟，舉世更無人。獨
往誠違俗，浮名亦累眞。當年各自勉，雲洞鎮長春。〔註301〕

呂從慶〈寄弟〉：

函罷家音又拆看，添書絕句報平安。豐溪魚叟生涯定，明
月清風一釣竿。〔註302〕

五、無由問死生

離人互相思念的情緒，到了消息不通之際，格外如琴弦緊繃，憂
心似焚。如杜甫〈遣興三首〉之一：

我今日夜憂，諸弟各異方。不知死與生，何況道路長。避

〔註298〕前揭書，卷六九二，頁7974。
〔註299〕前揭書，卷六九二，頁7959。
〔註300〕前揭書，卷七五八，頁8623。
〔註301〕前揭書，卷七五五，頁8584。
〔註302〕王重民、孫望、童養年輯錄《全唐詩外編》（木鐸出版社，民國 72
年），第三編〈全唐詩補逸〉，卷十五，頁242。

寇一分散，飢寒永相望。豈無柴門歸，欲出畏虎狼。仰看
雲中雁，禽鳥亦有行。〔註303〕

〈憶弟二首〉：

喪亂吾聞弟，饑寒傍濟州。人稀書不到，兵在何由見。憶
昨狂催走，無時病去憂。即今千種恨，惟共水東流。

且喜河南定，不問鄴城圍。百戰今誰在，三年望汝歸。故
園花自發，春日鳥還飛。斷絕人煙久，東西消息稀。〔註304〕

此詩作於乾元二年（759），原註云：「時歸在河南陸渾莊」，當時河
南雖定，而圍鄴城之兵尚往來不絕，只聽說弟弟在濟州，而音訊全
無，杜甫無時無刻不在懸念。旋得其弟消息，喜不自勝。是年入蜀，
並於上元元年（760）營草堂，草堂四週，既無親戚，亦無舊友，遠
隔天涯的弟妹仍成爲他最深的繫念，〔註305〕〈遣興〉詩云：

干戈猶未定，弟妹各何之。拭淚沾襟血，梳頭滿面絲。地
卑荒野大，天遠暮江遲。衰疾那能久，應無見汝期。〔註306〕

一個憂心過度的老頭子的形象如在目前，而這正是杜甫的至情流露。
大曆三年，杜甫在虁州，「第五弟豐獨在江左，近三四載寂無消息，
覓使寄此二首」：

亂後嗟吾在，羈棲見汝難。黃草騹驥病，沙晚鶺鴒寒。楚
設關程險，吳吞水府寬。十年朝夕淚，衣袖不曾乾。

聞汝依山寺，杭州定越州。風塵淹別日，江漢失清秋。影
著猿啼樹，魂飄結蜃樓。明年下春水，東盡白雲求。〔註307〕

吳楚相隔，十年闊違，惟知依山寺，不知道究在杭州抑越州，爲尋弟
飄渺踪跡，乃預定明年春出峽求弟。

白居易〈寄行簡〉云：

鬱鬱眉多斂，默默口寡言。豈是願如此，舉目誰與歡。去

〔註303〕《杜詩鏡銓》，卷五，頁205。
〔註304〕前揭書，卷五，頁212。
〔註305〕參《杜甫年譜》，頁124。
〔註306〕《杜詩鏡銓》，卷七，頁322。
〔註307〕前揭書，卷十六，頁784～785。

春爾西征，從事巴蜀間。今春我南謫，抱疾江海壖。相去六千里，地絕天邈然。十書九不達，何以開憂顏。渴人多夢飲，飢人多夢餐。春來夢何處，合眼到東川。〔註308〕

元和九年（814）白行簡參東川節度使盧坦幕，次年居易以太子左贊大夫貶江州司馬，兄弟兩分隔天涯，而消息難通，居易思弟渴切，竟至合眼便神魂飛至東川相尋，又其〈寄上大兄〉：

秋鴻過盡無書信，病戴紗巾強出門。獨上荒臺東北望，日西愁立到黃昏。〔註309〕

原註「以後詩在下邽村居作」，詩人接不到大兄的消息，抑鬱愁悶，登臺獨望亦不能消解。元稹則以兄長書信難通一事為最難療治的病，〈遣病〉詩云：

在家非不病，有病心亦安。起居甥姪扶，藥餌兄嫂看。今病兄路遠，道遙書信難。寄言嬌小弟，莫作官家官。〔註310〕

許渾〈示弟〉寫思念弟弟常是淚痕滿衣：

自爾出門去，淚痕常滿衣。家貧為客早，路遠得書稀。文字何人賞，煙波幾日歸。秋風正搖落，孤雁又南飛。〔註311〕

李羣玉〈惱從兄〉久不得消息，已有嗔責之意了：

芳草萋萋新燕飛，芷汀南望雁書稀。武陵洞裏尋春客，已被桃花迷不歸。〔註312〕

齊己〈招湖上兄弟〉也是責怪的意思：

去歲得君消息在，兩憑人信過重湖。忍貪風月當年少，不寄音書慰老夫。藥鼎近聞傳秘訣，詩門曾說擁寒爐。漢江江路西來便，好傍扁舟訪我無？〔註313〕

〔註308〕《白居易集》，卷十，頁 202。

〔註309〕前揭書，卷十四，頁 286。

〔註310〕唐元稹撰《元稹集》（漢京文化事業有限公司，民國 72 年），卷七，頁 79。

〔註311〕《全唐詩》，卷五二八，頁 6041。

〔註312〕前揭書，卷五七〇，頁 6613～6614。

〔註313〕前揭書，卷八四六，頁 9578。

六、中宵慰相憶

久無音訊，一朝得書，眞要喜極而泣了。最懸念弟弟的杜甫在至德元年（756）有〈得舍弟消息二首〉：

> 近有平陰信，遙憐舍弟存。側身千里道，寄食一家村。烽舉新酣戰，啼垂舊血痕。不知臨老日，招得幾時魂。

> 汝懦歸無計，吾衰往未期。浪傳烏鵲喜，深負鶺鴒詩。生理何顏面，憂端且歲時。兩京三十口，雖在命如絲。〔註314〕

是年，杜甫自奉先往白水，依舅氏崔十九翁，又由白水往鄜州，將家小安置在羌村，就在羌村分別得到肅宗即位靈武的消息及弟杜穎由山東平陰縣寄來的家信。〔註315〕欣慰之餘，而有這兩首血淚之作，對弟弟一逕的耽慮，對時事一逕的關懷，俞犀月云：「杜公至性人，每於憂國思家，各見衷語，若徒爲一飯不忘君而不動心骨肉者，必僞人也。」〔註316〕足見杜甫詩聖之名，非僅由於他「致君堯舜上，再使風俗淳」是一介之忠，更在於他對家庭的專注之愛。其後公又於乾元元年及二年各得其弟消息，也皆有詩述懷，一云：

> 風吹紫荊樹，色與春庭暮。花落辭故枝，風回返無處。骨肉恩書重，漂泊難相遇。猶有淚成河，經天復東注。〔註317〕

一云：

> 亂後誰歸得，他鄉勝故鄉。直爲心厄苦，久念與存亡。汝書猶在壁，汝妾已辭房。舊犬知愁恨，垂頭傍我牀。〔註318〕

一寫爲骨肉離散難遇，惟淚成河耳。一訴久無音訊，人事的更移存亡，至情不嫌樸率。

戎昱〈秋館雨後弟兄書，即事呈李明府〉：

> 弟兄書忽到，一夜喜兼愁。空館復聞雨，家貧怯到秋。坐

〔註314〕《杜詩鏡銓》，卷三，頁129。
〔註315〕參《杜甫年譜》，頁76～77。
〔註316〕同註314。
〔註317〕《杜詩鏡銓》，卷四〈得舍弟消息〉，頁187。
〔註318〕前揭書，卷五〈得舍弟消息〉，頁212。

中孤燭暗，窗外數螢流。試以他鄉事，明朝問子游。〔註319〕
雖喜得書，復憂家貧。

寶鞏〈寄南游兄弟〉：

書來未報幾時還，知在三湘五嶺間。獨立衡門秋水闊，寒
鴉飛去日銜山。〔註320〕

兄弟歸期未定，倚門倚閭，翹首空盼。白居易則雖知道兄弟確切啓程
前來的日期，而猶不放心他一路的安危，〈得行簡書聞欲下峽，先以
詩寄〉：

朝來又得東川信，欲取初春發梓州。書報九江聞暫喜，路
經三峽想還愁。瀟湘瘴霧加餐飯，灩澦驚波穩泊舟。欲寄
兩行迎爾淚，長江不肯向西流。〔註321〕

叮嚀半天之後，還發現自己仍是歡喜得不禁喜極而泣了，只可惜長江
不向西流，不然連淚水也可以一併寄到東川。此詩爲元和十二年（817）
白居易在江州司馬任內，得正在劍南盧坦幕下的弟弟行簡書信說將來
訪，一片喜不自勝的心情。太和五年（831）居易的從弟白敏中由殿
中侍御史出副邠寧，居易極關心，有〈見敏中初到邠寧秋日登城樓詩，
詩中頗多鄉思，因以寄和〉一詩，備極體貼：

想爾到邊頭，蕭條正值秋。二年貧御史，八月古邠州。絲
管聞雖樂，風沙見亦愁。望鄉心若苦，不用數登樓。〔註322〕

在官場上打滾了大半生，六十歲的白居易什麼樣的苦沒嚐過，因此一覽
敏中的詩，就知道他正爲思鄉而苦，這封信寄到邠州，當可作及時雨，
潤一潤遊子乾枯惆悵的心靈。李羣玉〈小弟艎南遊近書來〉云消息斷了
多時，爲兄的只能憑夢寐揣想笑言與容色，倚門長盼，猜想此刻他正在
那裏停舟那邊行船，今日終於收到一封信，心中著實寬慰不少：

湘南客帆稀，遊子寡消息。經時停尺素，望盡雲邊翼。笑

〔註319〕《全唐詩》，卷二七○，頁 3020～3021。
〔註320〕前揭書，卷二七○，頁 3052～3053。
〔註321〕《白居易集》，卷十七，頁 356。
〔註322〕前揭書，卷三五，頁 793。

－286－

言頻夢寐，獨立想容色。落景無來人，修江入天白。停停
倚門念，瑟瑟風雨夕。何處泊扁舟，迢遞湍波側。秋歸舊
窗竹，永夜一淒寂。吟爾鶺鴒篇，中宵慰相憶。〔註323〕

姚合〈得舍弟書〉則是悲喜交兼：

親戚多離散，三年獨在城。貧居深穩臥，晚學愛閒名。小
弟有書至，異鄉無地行。悲歡相併起，何處說心情。〔註324〕

弟弟要回來了，但並非榮歸，而是由於「異鄉無地行」，這就讓人沈
吟復感慨了。張喬〈寄弟〉也同樣雖得消息，而頗懊喪、苦惱：

故里行人戰後疏，青崖萍寄白雲居，那堪又是傷春日，把
得長安落第書。〔註325〕

然而不管悲喜，終歸是得一點消息了，聊足以慰中宵之夢想。

七、但願見爾身

相思至極，便願相見、盼相見，例如于逖〈憶舍弟〉：

衰門少兄弟，兄弟惟兩人。飢寒各流浪，感念傷我神。夏
期秋未來，安知無他因。不怨別天長，但願見爾身。茫茫
天地間，萬類各有親。安知汝與我，乖隔同胡秦。何時對
形影，憤懣當共陳。〔註326〕

再多怨歎分離的話都不想說了，只願早一點見到弟弟。沈千運〈感懷
弟妹〉：

今日春氣暖，東風杏花拆。筋力久不如，却羨澗中石。神
仙杳難準，中壽稀滿百。近世多夭傷，喜見鬢髮白。杖藜
竹樹間，宛宛舊行迹。豈知林園主，却是林園客。兄弟所
存半，空爲亡者惜。冥冥無再期，哀哀望松柏。骨肉能幾
人，年大自疏隔。性情誰免此，與我不相易。唯念得爾輩，
時看慰朝夕。平生茲已矣，此外盡非通。〔註327〕

〔註323〕《全唐詩》，卷五六八，頁6571。
〔註324〕前揭書，卷五○二，頁5713。
〔註325〕前揭書，卷六三九，頁7329。
〔註326〕前揭書，卷二五九，頁2891。
〔註327〕前揭書，卷二五九，頁2887。

傷兄弟零落已半，唯願餘年能與仍在世的弟妹相聚一起，時時相看，以慰朝夕，歷盡滄桑後的長者心腸，格外知道珍惜眼前人。

白居易〈登西樓憶行簡〉：

> 每因樓上西南望，始覺人間道路長。礙日暮山青簇簇，漫
> 天秋水白茫茫。風波不見三年面，書信難傳一里腸。早晚東
> 歸來下峽，穩乘船舫過瞿唐。〔註328〕

此詩爲元和十二年白居易在江州司馬任內，因極度思念東川的弟弟，索性催他早一點下峽東來，一解相思之念。

呂從慶〈憶弟從善〉：

> 弟貧居歙縣，兄老住豐溪。大被身分寢，長繩足共羈。幅
> 雲橫斷嶺，鉤月照斜谿。安得源源過，陶然樂黍雞。〔註329〕

「豐溪魚叟生涯定，明月清風一釣竿」〔註330〕隱居自樂的呂從慶並不絕於世外，兄弟之緣始終是他心中所長繫者，隱居雖好，但如果弟弟能夠源源相過訪，與自己殺雞作黍，共話桑麻，那就更完美了。

由以上兄弟別離之詩可見唐人的手足之情往往因空間的阻隔而愈釀愈出，他們永遠願意再聚一處，爰笑共處，「分離方知相聚好」誠爲至言。

第五節　無盡傷痛

兄弟手足，同居共成長，「斯情實深，斯愛實厚」〔註331〕，然而夭壽無定，則「交遊行路，當爲興歎，骨肉親愛，豈可勝哀」〔註332〕死者已矣，而生者何堪，唐詩中這類感情的表現也十分眞摯。如孟雲

〔註328〕《白居易集》，卷十六，頁347。
〔註329〕《全唐詩外編》，第三編〈全唐詩補逸〉，卷十五，頁239。
〔註330〕參註302。
〔註331〕晉陶淵明撰、逯欽立校注《陶淵明集》（里仁書局，民國71年），卷七〈祭從弟敬遠文〉，頁194。
〔註332〕唐白居易撰《白居易集》（漢京文化事業有限公司，民國73年），卷四〇〈祭浮梁大兄文〉，頁896。

卿〈傷情〉：

> 爲長心易憂，早孤意常傷。出門先躊躇，入戶亦彷徨。此生一何苦，前事安可忘，兄弟先我歿，孤幼盈我旁。舊居近東南，河水新爲梁。松柏今在茲，安忍思故鄉。四時與日月，萬物各有常。秋風已一起，草木無不霜。行行當自勉，不忍再思量。〔註333〕

兄弟早歿，留下一羣孤幼，見此安能不傷懷？杜甫〈不歸〉則是悼從弟之作：

> 河間尚征戍，汝骨在空城。從弟人皆有，終身恨不平。數金憐俊邁，總角愛聰明。面上三年土，春風草又生。〔註334〕

杜甫從弟死於河間戰役，杜甫想見空城無人，浮葬其中，無限心酸，又記得他幼時聰慧善於數錢，及長更是聰明令人憐愛，如今已死了三年，墳上土也長了春草，似乎什麼事也不曾有，惟餘爲兄終生在此恨不能平。此詩對戰爭最是無言的控訴。

顧況〈哭從兄萇〉：

> 洞庭違鄂渚，嫋嫋秋風時。何人不客遊，獨與帝子期。黃鵠鎩飛翅，青雲歎沈姿。身終一騎曹，高蓋者爲誰？從駕至梁漢，金根復京師。皇恩溢九垠，不記屠沽兒。立身有高節，滿卷多好詩。赫赫承明庭，羣公默無詞。草木正搖落，哭兄鄱水湄。共居雲陽里，轗軻多別離。人生倏忽間，旅襯飄若遺，稚子新學拜，枯楊生一枝。人生倏忽間，精爽無不之。舊國數千里，家人由未知。人生倏忽間，安用才士爲。〔註335〕

從兄的爲官、立身、詩才皆人人稱誇，而竟不幸早逝，讓詩人起「人生倏忽間」的無常感，雖然從兄留下一稚子適新學拜，如枯楊再生一枝，可堪慶幸，然而離鄉數千里之遙，家人尚且不知其死，這種結局

〔註333〕《全唐詩》（明倫出版社，民國60年），卷一五七，頁1608。
〔註334〕唐杜甫撰、清楊倫箋注《杜詩鏡銓》（華正書局，民國70年），卷五，頁214。
〔註335〕《全唐詩》，卷二六四，頁2938。

仍是叫人難以接受，不禁要問問老天爺「安用才士為」？

戎昱〈逢隴西故人，憶關中舍弟〉：

> 莫話邊庭事，心摧不欲聞。數年家隴地，舍弟歿胡軍。每
> 念支離苦，常嗟骨肉分。急難何可見，遙哭隴西雲。〔註336〕

詩人逢隴西故人，已憶及舍弟死的傷心事，而叮囑友人別談起邊庭的
事，其實心中早澎湃得不可遏抑了，真正回想起來，猶且要痛哭一頓。

孟郊〈憶江南弟〉：

> 白首眼垂血，望爾唯夢中。筋力強起時，魂魄猶在東。眼
> 光寄明星，起來東望空。望空不見人，江海波無窮。衰老
> 無氣力，呼叫不成風。孑然憶憶言，落地何由通。常師共
> 被教，竟作生離翁。生離不可訴，上天何曾聰。未忍對松
> 柏，自鞭殘朽躬。自鞭亦何益，知教非所崇。努力柱杖來，
> 餘活與爾同。不然死後恥，遺死亦有終。〔註337〕

白髮失弟，淚盡成血，魂夢之中，依稀在旁，起來尋索，徒呼負負，
年紀大了，再如何呼喊也喚不回弟弟，只憶昔日共被受教，未想今日
生生地離別了。未忍面對弟弟已故的事實，欲自我作賤，然而這不合
禮教，還不如努力振作，將自己殘餘的生命，好好地活下去，就如同
兄弟仍在一般，這樣才有意義。

白居易〈哭從弟〉：

> 傷心一尉便終身，叔母年高新婦貧。一片綠衫消不得，腰
> 金拖紫是何人？〔註338〕

居易一生經歷許多生離死別，他同胞兄幼文、弟行簡、金剛奴皆比他
早逝，居易皆為文以祭之，唯並未有哭詩，集中所見唯一哭兄弟的詩
卻是一位不知名的從弟，對居易這樣「不能忘情」的人來說，這情形
倒是十分特別。

李中〈哭舍弟二首〉：

〔註336〕前揭書，卷二七○，頁3020。
〔註337〕前揭書，卷三七八，頁4239。
〔註338〕《白居易集》，卷十六，頁342。

鴻雁離群後，成行憶日存。誰知歸故里，只得奠吟魂。蟲
蠹書盈籃，人稀草擁門。從茲長慟後，獨自奉晨昏。

浮生多天柱，惟爾最堪悲。同氣未歸日，慈親臨老時。舊
詩傳海嶠，新塚枕江湄。遺稚鳴鳴處，黃昏繞繐帷。〔註339〕

李中久別故里，原以為回鄉可以與弟同敘天倫，然而不想只來得及奠
魂，弟亡後，書蠹盈箱，門草不除，百廢待興，連母親也只能由自己
獨自奉晨昏了。第二首云弟弟的死太淒涼，兄長未回，母親臨老，遺
稚鳴鳴尚不解事，黃昏猶自繞著繐帷玩耍，而空有舊詩名，如今不過
落得江邊一坏土而已。詩人淒耿在喉，胸中魁壘不斷，聞之亦令人心
悲。

徐鉉〈從兄龍武將軍歿於邊戍，過舊營宅作〉：

前年都尉沒邊城，帳下何人領舊兵。徼外瘴煙沈鼓角，山
前秋日照銘旌。笙歌却返烏衣巷，部曲皆還細柳營。今日
園林過寒食，馬蹄猶擬入門行。〔註340〕

謂從兄雖亡故，而精神長存。

無可有〈弔從兄島〉：

盡日歎沈淪，孤高碣石人。詩名從蓋代，謫宦竟終身。蜀
集重編否？巴儀薄葬新，青門臨舊卷，欲見永無因。〔註341〕

《唐才子傳》云：「島貌清意雅，談玄抱佛，所交悉塵外之人，況味
蕭條，生計岨峿，自題曰：『二句三年得，一吟雙淚流，知音如不賞，
歸臥故山秋。』〔註342〕無可正是他的方外知音，同時也是人間從弟，
他們交往頻繁，常有唱和，無可此詩，恰可作為賈島一生的註腳。

貫休〈經弟妹墳〉：

淚不曾垂此日垂，山前弟妹塚離離。年長於吾未得力，家
貧拋爾去多時。鴻衡□□霜中斷，蕙離黃蒿冢上衰。恩愛

〔註339〕《全唐詩》，卷七四八，頁8525。
〔註340〕前揭書，卷七五一，頁8553。
〔註341〕前揭書，卷八一四，頁9165。
〔註342〕元辛文房撰、周本淳校正《唐才子傳校正》（文津出版社，民國77
年），卷五，頁138。

　　苦情拋未得，不堪回首步遲遲。〔註343〕

出家人一心向道，世俗的感情是不輕易流露的，更不用說淚水了，然而貫休此詩却完全撤開了理智的堤防，讓眞情的眼淚盡情流個夠。他慚愧自己爲兄不力，家貧猶且拋弟棄妹，乃至於今落得惟墳可省，所謂恩愛苦情原是佛家最迫切斬斷的是非根，貫休却不能夠。在親情的前面，他仍是不堪一擊的脆弱。

　　由以上哭悼弟兄的詩，可見父母俱存，兄弟無故誠然是人間莫大的幸福。一旦失去，不管方內方外，沒有不痛徹心腸，潸然淚下的。

附論：表兄弟、妻兄弟之倫理

　　除了同姓、同族、同胞的兄弟之外，因爲唐人兼重外家，因此姑表、姨表、舅表的內外兄弟，以及妻黨的兄弟在唐人的倫理生活中亦占相當重要之地位。

一、表兄弟

　　無論姑表、姨表或舅表的兄弟往往是自幼即熟識，甚至還有一起長大的情份，因此往往相對而憶念舊情，如盧綸〈送姨弟裴均尉諸暨〉：

　　相悲得成長，同是外家恩。舊業廢三畝，弱年成一門。城開山日早，吏散渚禽喧。東閣謬容止，予心君冀言。〔註344〕

李嘉祐〈秋曉招隱寺東峯茶宴送內弟閻伯均歸江州〉：

　　萬畦新稻傍山村，數里松深到寺門。幸有茶香留稚子，不堪秋草送王孫。煙塵怨別唯愁隔，井邑蕭條誰忍識。莫怪臨岐獨垂淚，魏舒偏念外家恩。〔註345〕

劉長卿〈送姨子弟往南郊〉：

　　一展慰久闊，寸心仍未伸。別時兩童稚，及此俱成人。那

〔註343〕《全唐詩》，卷八三五，頁 9409。
〔註344〕唐盧綸著、劉初棠校注《盧綸詩校注》（上海古籍出版社，1989 年），卷一，頁 9。
〔註345〕《全唐詩》（明倫出版社，民國 60 年），卷二〇七，頁 2165。

堪適會面，遽已悲分首。客路向楚雲，河橋對衰柳。送君
匹馬別河橋，汝南山郭寒蕭條。今我單車復西上，郎去灞
陵轉惆悵。何處共傷離別心，明月亭亭兩相望。〔註346〕

竇叔向〈夏夜宿表兄話舊〉：

夜合花開香滿庭，夜深微雨醉初醒。遠書珍重何曾達，舊
事淒涼不可聽。去日兒童皆長大，昔年親友半凋零。想到
長安誦佳句，滿朝誰不念瓊枝？〔註347〕

李益〈喜見外弟又言別〉：

十年離亂後，長大一相逢。問姓驚初見，稱名憶舊容。別
來滄海事，語罷暮天鐘，明日巴陵道，秋山又幾重。〔註348〕

杜甫〈贈比部蕭郎中十兄〉則兼亦慨歎自己謀拙無成：

有美生人傑，由來積德門。漢朝丞相系，梁日帝王孫。蘊
藉為郎久，魁梧秉哲尊。詞華傾後輩，風雅藹孤騫。宅相
榮姻戚，兒童惠討論。見知真自幼，謀拙愧諸昆。漂蕩雲
天闊，沈埋日月奔。致君時已晚，懷古意空存。中散山陽
鍛，愚公野谷村。寧紆長者轍，歸老任乾坤。〔註349〕

元稹〈贈吳渠州從姨兄士則〉：

憶昔分襟童子郎，白頭拋擲又他鄉。三千里外巴南恨，二
十年前城裏狂。竇氏舅甥俱寂寞，荀家兄弟半淪亡。淚因
生別兼懷舅，迴首江山欲萬行。〔註350〕

元稹此詩盛稱的「二十年前城裏狂」之故實，在下面這首〈答姨兄胡
靈之見寄五十韻〉并序裏描述得更為詳盡，序云：「九歲解賦詩，飲
酒至斗餘乃醉，時方依倚舅族。舅憐，不以禮數檢，故得與姨兄胡靈
之之輩十數人為晝夜遊，日月跳擲，於今餘二十年矣。其間悲歡合散

〔註346〕前揭書，卷一五一，頁1578。

〔註347〕前揭書，卷二七一，頁3029。

〔註348〕前揭書，卷二八三，頁3217。

〔註349〕唐杜甫撰、清楊倫箋注《杜詩鏡銓》（華正書局，民國70年），卷
　　　　一，頁21。

〔註350〕唐元稹撰《元稹集》（漢京文化事業有限公司，民國72年），卷十
　　　　九，頁223。

可勝道哉？昨枉是篇，感徹肌骨，適白翰林又以百韻見貽，余因次酬本韻，以答貫珠之贈焉。於吾兄不敢變例，復自城至生，凡次五十一字。靈之本題兼呈李六侍御，是以篇來有云」詩云：

憶昔鳳翔城，齠年是事榮。理家煩伯舅，相宅盡吾兄。詩律蒙親授，朋游忝自迎。題頭筠管縵，教射角弓騂。矮馬馳鬘韉，犎牛獸面纓。對談衣糾糾，送客步盈盈。光椀諸賢讓，蠡杯大戶傾。一船席外語，三榼拍心精。傳盞加分數，橫波擲目成。華奴歌漸漸，媚子舞卿卿。闢說狂爲好，誰憂飲敗名。屠過隱朱亥，樓夢古秦嬴。環坐唯便草，投盤暫廢魷。春郊繾爛漫，夕鼓已硎轟。荏苒移灰琯，喧鬧倦塞兵。糟漿聞漸足，書劍訝無成。抵璧慚盧棄，彈珠覺用輕，遂籠雲際鶴，來狎谷中鶯。學問攻方苦，篇章興太清。囊疏螢易透，錐銚股多坑。筆陣戈矛合，文房棟枏撑。豆箕才敏僄，羽獵正崢嶸。岐下尋別時，京師觸處行。醉眠街北廟，閒遶宅南營。柳愛凌寒暖，梅憐上番驚。觀松青黛笠，欄藥紫霞英。盡日聽僧講，通宵詠月明，正耽幽趁樂，旋被宦途縈。吏晉資材枉，留秦歲序更。我髯髭數寸，君髮白千莖。芸閣懷鉛暇，姑峰帶雪晴。何由身倚玉，空睹翰飛瓊。世道難於劍，讒言巧似笙。但憎心可轉，不解跽如擎。始效神羊觸，俄隨旅雁征。孤芳安可駐，五鼎幾時烹。漖倒沈泥滓，欹危踐矯衡。登樓王粲望，落帽孟嘉情。巫峽連天水，章臺塞路荊。雨摧漁火焰，風引竹枝聲，分作屯之塞，那知因亦亨。官曹三語掾，國器萬尋楨。逸傑雄姿迥，皇王雅論評。蕙依潛可習，雲合定誰令。原燎逢冰井，鴻流值木罌。智囊推有在，勇爵敢徒爭。迅拔看鵬舉，高音侍鶴鳴。所期人拭目，焉肯自佯盲？鉛鈍丁寧淬，蕪荒展轉耕。窮通須豹變，擺搏笑狼猙。愧捧芝蘭贈，還披肺腑呈，此生如未死，未擬變平生。〔註351〕

這首詩仔仔細細將昔日表兄弟們齊聚舅父家，同遊共學的光景縷縷記

〔註351〕前揭書，卷十一，頁 123～124。

存，年少狂態，令人心馳意蕩，惟仕宦後雅興頓減，但自貶謫，又觸其奇，其對壯遊的懷念，終此一生，永遠津津樂道。揭示了表兄弟之間略無嫌猜、青梅竹馬感情的眞摯可貴。

　　長大之後，各自有志，但還是彼此關心對方的動向，相互提攜勸勉，如劉長卿〈雨中登沛縣樓贈表兄郭少府〉：

> 楚澤秋更遠，雲雷有時作。晚陂帶殘雨，白水昏漠漠。佇立收煙氛，洗然靜寥廓。卷簾高樓上，萬里看日落。爲客頻改弦，辭家尚如昨。故山今不見，此鳥那可託？小邑務常閒，吾兄宦何薄。高標青雲器，獨立滄江鶴。惠愛原上情，慇懃丘中諾。何當遂良願，歸臥青山郭。〔註352〕

杜甫〈贈崔十三評事公輔〉勉其中表勿悲一時之困：

> 飄颻西極馬，來自渥洼池。颯颯寒山桂，低徊風雨枝。我聞龍正直，道屈爾何爲？且有元戎命，悲歌識者知。官聯辭冗長，行路洗欹危。脫劍主人贈，去帆春色隨。陰沈鐵鳳闕，教練羽林兒。天子朝侵早，雲臺仗數移。分軍應供給，百姓日支離。黜吏因封己，公才或守雌。燕王買駿骨，渭老得熊羆。活國名公在，拜壇羣寇疑。冰壺動瑤碧，野水失蛟螭。入幕諸彥集，渴賢高選宜。驤騰坐可致，九萬起於斯。復進出矛戟，昭然開鼎彝。會看之子貴，歎及老夫衰。豈但江曾決，還思霧一披。暗塵生古境，拂匣照西施。舅氏多人物，無慙困翮垂。〔註353〕

又〈寄狄明府博濟〉乃有狄仁傑曾孫狄博濟者，曾爲縣令，但不得志，因往來岷漢間干謁藩鎮，公聞之，以詩諫之：

> 梁公曾孫我姨弟，不見十年官濟濟。大賢之後竟陵遲，浩蕩古今同一體。比看伯叔四十人，有才無命百寮底。今者兄弟一百人，幾人卓絕秉周禮？在汝更用文章爲？長兄白眉復天啓。汝門請從曾翁說，太后當朝多巧詆。狄公執政在末年，濁河終不污清濟。國嗣初將付諸武，公獨廷諍守丹陛。禁中

〔註352〕《全唐詩》，卷一四九，頁1544。
〔註353〕《杜詩鏡銓》，卷十三，頁610。

決冊請房陵，前朝長老皆流涕。太宗社稷一朝正，漢家威儀
重昭洗。時危始識不世才，誰謂荼苦甘如薺。汝曹又宜列鼎
食，身使門戶多旌榮。胡爲飄泊岷漢間，干謁王侯頗歷抵？
況乃山高水有波，秋風蕭蕭露泥泥。虎之饑；下巉巗。蛟之
橫，出清泚。早歸來，黃土污衣眼易眯。〔註354〕

又竇鞏〈送內弟袁德師〉是內弟勸其爲官而拒之：

南渡登舟即水仙，西垣有客思悠然。因君相問爲官意，不
賣毗陵負郭田。〔註355〕

盧綸〈至德中贈內兄劉贊〉慰其從戎多辛苦：

時難訪親戚，相見喜還悲。好學年空在，從戎事已遲。聽
琴泉落處，步履雪深時。惆悵多邊信，青山共有期。〔註356〕

又〈送內弟韋宗仁歸信州覲省〉頗有懷歸意：

常嗟外族兄弟稀，轉覺心孤是送歸。醉掩壺觴人有淚，夢
驚波浪日無輝。烹魚綠岸煙浮草，摘橘青溪露溼衣。聞說
江樓長卷幔，幾回風起望胡威。〔註357〕

權德輿〈戲贈表兄崔秀才〉勸其及早求成名：

何事年年厭隱淪，成名須遣及青春。明時早獻甘泉去，若
待公車卻誤人。〔註358〕

又〈贈別表兄韋卿〉誇表兄英豪：

新讀兵書事護羌，腰間寶劍映金章。少年百戰應輕別，莫
笑儒生淚數行。〔註359〕

周賀〈送表兄東南遊〉謝表兄評文：

山水疊層層，吾兄涉又登。挂帆春背雁，尋磬夜逢僧。雪
滯懸衡嶽，江雲蓋秣陵。評文永不忘，此說是中興。〔註360〕

〔註354〕前揭書，卷十六，頁797。
〔註355〕《全唐詩》，卷二七一，頁3042。
〔註356〕《盧綸詩校注》，卷五，頁497。
〔註357〕前揭書，卷五，頁510。
〔註358〕《全唐詩》，卷三二三，頁3628。
〔註359〕前揭書，卷三二五，頁3644。
〔註360〕前揭書，卷五○三，頁5717。

杜牧〈寄內兄和州崔員外十二韻〉讚其仁賢孝友之行：

> 歷陽崔太守，何日不含情。恩義同鍾李，壎箎實弟兄。光
> 塵能混合，擘畫最分明。臺閣仁賢譽，閨門孝友聲。西方
> 像教毀，南海繡衣行。金粟寧迴顧，珠單肯一根？祇宜裁
> 密詔，何自取專城？進退無非道，徊翔必有名。好風初婉
> 軟，離思苦縈盈。金馬舊遊貴，桐廬春水生。雨侵寒牖夢，
> 梅引凍醪傾，共祝中興主，高歌唱太平。〔註361〕

鄭谷〈訪題表兄渭上別業〉是望相聚首之意：

> 桑林搖落渭川西，蓼水瀰瀰接稻泥。幽榻靜來漁唱遠，暝
> 天寒極雁行低。濁醪最稱看山醉，冷句偏宜選竹題。中表
> 人稀離亂後，花時莫忘重相攜。〔註362〕

徐夤〈贈表弟黃校書輅〉與諸表同以詩書爲樂：

> 產破身窮爲學儒，我家諸表愛詩書。嚴陵雖說臨溪隱，晏
> 子還聞近市居。佳句麗偷紅菡萏，吟窗冷落白蟾蜍。閒來
> 共話無生理，今古悠悠事總虛。〔註363〕

　　另外還有生活上的照顧與關懷，如杜甫在上元元年逃難抵成都
時，寓荒寺貧僧之居，賴故人分俸與鄰人供園蔬以度日，後於城西三里
之浣花溪畔覓得地基，營建草堂，所費之貲全由親友協助，〈王十五司
馬出郭相訪，兼遺營茅屋貲〉一詩記其事，並抒感激餽贈之意，詩云：

> 客裏何遷次，江邊正寂寥。肯來尋一老，愁破是今朝。憂
> 我營茅棟，攜錢過野橋。他鄉唯表弟，還往莫辭遙。〔註364〕

杜甫又另一首〈王十五前閣會〉記王十五弟請他全家宴會的殷勤與荣
色滋味之難忘，詩云：

> 楚岸收新雨，春臺引細風。情人來石上，鮮鱠出江中。鄰
> 舍煩書札，肩輿強老翁。病身虛俊味，何幸飫兒童。〔註365〕

〔註361〕前揭書，卷五二三，頁5984。
〔註362〕前揭書，卷六七六，頁7752。
〔註363〕前揭書，卷七○九，頁8163。
〔註364〕《杜詩鏡銓》，卷七，頁313。
〔註365〕前揭書，卷十五，頁738。

劉商以〈賦得射雉歌送楊協律表弟赴婚期〉表達對表弟結婚的慶賀之意：

> 昔日才高容貌古，相敬如賓不相覷。手奉蘋蘩喜盛門，心知禮義感君恩。三星照戶春空盡，一樹桃花竟不言。結束車輿強遊往，和風霽日東皋上。鷺鳳參差陌上行，麥苗縈隴雉初鳴。修容盡飾將何益，極慮呈材欲導情。六藝從師得機要，百發穿楊含絕妙。白羽風馳碎錦毛，青娥怨處嫣然笑。楊生詞賦比潘郎，不似前賢貌不揚。聽調琴弄能和室，更解彎弧足自防，秋深爲爾持圓扇，莫忘魯連飛一箭。〔註366〕

表弟才高貌古，爲了結婚頗費一番周折，是以敘其事以申賀意。至於徐弦的〈表弟包穎見寄〉一詩自註云：「此子侍親在饒州，累年臥疾」，此詩乃勸其珍重，以賞來年春色：

> 常思帝里奉交親，別後光陰屈指頻。蘭佩却歸綸閣下，荊枝猶寄楚江濱。十程山水勞幽夢，滿院煙花醉別人。料得此生強健在，會須重賞昔年春。〔註367〕

表兄弟的關係中，有二組較特別的，他們彼此之間互有唱和之作，與其說他們是中表相親，還不如說是詩文同契，一組是王維與崔興宗，另一則爲盧綸與司空曙：

王維集中贈崔興宗詩頗多，稱之「內弟」者惟〈秋夜獨坐懷內弟崔興宗〉一首，詩云：

> 夜靜羣動息，蟪蛄聲悠悠。庭槐北風響，日夕方高秋。思子整羽翰，及時當雲浮。吾生將白首，歲晏思滄州。高足在旦暮，肯爲南畝儔。〔註368〕

寄望退休之後與崔興宗爲伴，旦夕從遊南畝，又〈同崔興宗送衡嶽瑗公南歸〉：

> 言從石菌閣，新下穆陵關。獨向池陽去，白雲留故山。綻

〔註366〕《全唐詩》，卷三〇三，頁3448。
〔註367〕前揭書，卷七五三，頁8571。
〔註368〕前揭書，卷一二五，頁1240。

衣秋日裏，洗鉢古松間。一施傳心法，唯將戒定還。〔註369〕

此詩有序云：「衡嶽瑗上人者，嘗學道於五峯，蔭松棲雲，與狼虎雜處，得無所得矣。天寶癸巳歲，始遊于長安，手提瓶笠，至自萬里，燕居吐論，緇屬高之。初，給事中房公，謫居宜春，與上人風土相接，因爲道友。伏臘往來，房公既海內盛名，上人亦以此增價。秋九月，杖錫南返，扣門來別，秦地草木，槭然已黃，蒼梧白雲，不日而見，溟陽有曹谿學者，爲我謝之。」王維作此詩後，崔興宗繼作〈同王右丞送瑗公南歸〉：

行苦神亦秀，泠然谿上松。銅瓶與竹杖，來自祝融峯。常
願入靈嶽，藏經訪遺蹤。南歸見長老，且爲說心胸。〔註370〕

同樣爲唱和之作的尚有〈和王維敕賜百官櫻桃〉〔註371〕一詩，足見他們兩人每有詩作總是彼此切磋勉勵。王維〈崔九弟欲往南山馬上口號與別〉充滿了不捨之情：

城隅一分手，幾日還相見。山中有桂花，莫待如花霰。〔註372〕

而崔興宗〈留別王維〉亦是遲遲難行：

駐馬欲分襟，清寒御溝上，前山景氣佳，獨往還惆悵。〔註373〕

足見兩人情誼深厚。而王維〈崔興眞寫眞詠〉云：

畫君年少時，如今君已老。今時新識人，知君舊時好。〔註374〕

可見王維與崔興宗年輕起交情就深厚到足以爲他寫畫像，而至年老，彌覺如新。王維〈與盧象員外過崔處士興宗林亭〉：

綠樹重陰蓋四鄰，青苔日厚自無塵。科頭箕踞長松下，白
眼看他世上人。〔註375〕

《唐才子傳》云王維「別墅在藍田縣南輞川，亭館相望，嘗自寫其

〔註369〕前揭書，卷一二六，頁1269。
〔註370〕前揭書，卷一二九，頁1316。
〔註371〕前揭書，卷一二九，頁1316。
〔註372〕前揭書，卷一二八，頁1303。
〔註373〕前揭書，卷一二九，頁1316。
〔註374〕前揭書，卷一二八，頁1304。
〔註375〕前揭書，卷一二八，頁1307。

景物奇勝，日與文士丘丹、裴迪、崔興宗遊覽賦詩，琴樽自樂。」
〔註376〕，可見當時除王維、崔興宗外，尚有裴迪等人感情亦佳。王
維此詩云與盧象同訪崔，而王縉、裴迪亦有同題之作，或當時即爲
四人連袂前往，盧象〈同王維過崔處士林亭〉云：

> 映竹時聞轉轆轤，當窗只見網蜘蛛。主人非病常高臥，環
> 堵蒙籠一老儒。〔註377〕

王縉〈與盧象員外過崔處士興宗林亭〉：

> 身名不問十年餘，老大誰能更讀書？林中獨酌鄰家酒，門
> 外時聞長者車。〔註378〕

裴迪〈與盧象員外過崔處士興宗林亭〉：

> 喬柯門裏自成陰，散髮窗中曾不簪，逍遙且喜從吾事，榮
> 寵從來非我心。〔註379〕

四人皆依自己的眼光，爲崔興宗的隱居做了即時的素描，一幅幅皆是
世外高人，自處自樂的情貌。至於崔興宗本人對他們來訪則有〈酬王
維盧象見過林亭〉一詩述意：

> 窮巷空林常閉關，悠悠獨臥對前山。今朝忽枉嵇生駕，倒
> 屣開門遙解顏。〔註380〕

《世說新語》載嵇康與呂安善，每一相思，千里命駕。崔興宗見好友
專程來訪，欣喜之餘，倒屣相迎，開顏而笑了。此外王維〈送崔九興
宗遊蜀〉：

> 送君從此去，轉覺故人稀。徒御猶回首，田園方掩扉。出
> 門當旅食，中路授寒衣。江漢風流地，遊人何歲歸。〔註381〕

又〈送崔興宗〉：

〔註376〕元辛文房撰、周本淳校注《唐才子傳校正》（文津出版社，民國 77
年），卷二，頁 41。
〔註377〕《全唐詩》，卷一二二，頁 1221。
〔註378〕前揭書，卷一二九，頁 1311。
〔註379〕前揭書，卷一二九，頁 1315。
〔註380〕前揭書，卷一二九，頁 1316。
〔註381〕前揭書，卷一二六，頁 1270。

　　已恨親皆遠，誰憐友復稀。君王未西顧，遊宦盡東歸。塞
　迴山河淨，天長雲樹微。方同菊花節，相待洛陽扉。〔註382〕
是與崔興宗面臨較長時間的離別時，所表現的不捨之情，除傷親交四
散之意，尚寓天寒加衣，期盼早歸的殷勤叮嚀。明顧起經云：「公之
母乃崔氏，意妻亦崔姓，與興宗同行，故公稱之曰內弟」〔註383〕，
據此則興宗與王維表兄弟的關係可能只是泛稱，他們眞正的友誼是建
立在文學的同好上頭的。

　　至於盧綸與司空曙，情形亦類似。司空曙寄盧綸詩共三首，而綸
詩寄司空曙者則多達十首，其中慰勉貶宦的，如：〈送張調參軍侍從
歸覲荊南，因寄長林司空十四曙〉：

　　王勒侍行禕，郗超未有髯。守儒輕騎獵，承誨訪沈潛。雲
　勢將峯雜，江聲與嶼兼。還當見王粲，應念添二毛。〔註384〕
此詩作之時，司空曙正貶官長林爲丞，盧綸思念之，以爲必定因憂傷而
添了白髮。又〈得耿湋司法書，因敘長安故友零落，兵部苗員外發、秘
省李校書端相次傾逝，潞府崔功曹峒、長林司空丞曙，俱謫遠方。余以
搖落之時，對書增嘆，因呈河中鄭倉曹暢參軍昆季〉亦爲相同之作：

　　鬢似衰蓬心似灰，驚悲相集老相催。故友九泉留語別，逐
　臣千里寄書來。塵容帶病何堪問，淚眼逢秋不喜開。幸接
　野居宜展步，冀君清夜一中哀。〔註385〕
盧綸與吉中孚、韓翃、耿湋、錢起、司空曙、苗發、崔峒、夏侯審、
李端聯藻文林，銀黃相望，且同臭味，契分俱深，時號大曆十才子，
唐之文體，至此一變矣。〔註386〕是故盧綸詩往往觸目即見諸公之名
而述諸公之事，又如〈綸與吉侍郎中孚、司空郎中曙、苗員外發、崔
補闕峒、耿拾遺湋、李校書端，風塵追遊，向三十載，數公皆負當時，

〔註382〕同前註。
〔註383〕《類笺王右丞全集》（學生書局，民國59年），頁91。
〔註384〕《盧綸詩校注》，卷一，頁33。
〔註385〕前揭書，卷二，頁183。
〔註386〕《唐才子傳校正》，卷四，頁97。

盛稱榮耀，未幾，俱沈下泉。暢博士當感懷前蹤，有五十韻見寄，輒有所酬，以申悲舊，兼寄夏侯侍御審，侯倉曹釗〉則是在諸公相繼去世之後追感之作：

> ……相逢十月交，眾卉飄已零。感舊諒戚戚，問孤懇煢煢。侍郎文章宗，傑出淮楚靈。掌賦若吹籟，司言如建瓴。郎中善餘慶，雅韻與琴清。鬱鬱松帶雪，蕭蕭鴻入冥。員外真貴儒，弱冠被華纓。月香飄桂實，乳溜滴瓊英。補闕思沖融，巾拂藝亦精。綵蝶戲芳圃，瑞雲凝翠屏。拾遺興難侔，逸調曠無程。九醞貯彌潔，三花寒轉馨。校書才智雄，舉世一娉婷。睹墅鬼神變，屬詞鸞鳳驚。差肩曳長裾，總轡奉和鈴。共賦瑤臺雪，同觀金谷箏。倚天方比劍，沈井忽如瓶。神昧不可問，天高莫爾聽。君持玉盤珠，瀉我懷袖盈。讀罷泣交頤，願言躋百齡。〔註387〕

他對司空曙的讚譽是「郎中善餘慶，雅韻與琴清，鬱鬱松帶雪，蕭蕭鴻入冥」四句話，云其人品既高潔，詩風亦沈曠，如對其他幾位詩人一般，充滿相賞相知之情，也滿懷痛心的思念。

在長時間的交往過程中，有他們互相過訪的記錄，如〈客舍喜崔補闕、司空拾遺訪宿〉：

> 步月訪諸鄰，蓬居宿近臣。烏裘先醉客，清鏡早朝人。壞壁烟垂網，香街火照塵。悲榮俱是分，吾亦樂吾貧。〔註388〕

又〈過司空曙村居〉：

> 南北與山鄰，蓬庵庇一身。繁霜疑有雪，枯草似無人。遂性在耕稼，所交唯賤貧。何言張掾傲，每重德璋親。〔註389〕

而司空曙亦有〈喜外弟盧綸見宿〉：

> 靜夜四無鄰，荒居舊業貧。雨中黃葉樹，燈下白頭人。以我獨沈久，愧君相見頻。平生自有分，況是蔡家親。〔註390〕

〔註387〕《盧綸詩校注》，卷二，頁189。
〔註388〕前揭書，卷三，頁285。
〔註389〕前揭書，卷四，頁359。
〔註390〕《全唐詩》，卷二九三，頁3334。

此兩詩一過訪一喜來，且同韻，似爲酬答詩〔註 391〕，盧詩以張融借喻司空曙，融初仕劉宋，爲新安王參軍，又辟齊太傅掾，史稱其「風止詭越」，常歎云：「不恨我不見古人，所恨古人又不見我」，事見《南史張邵傳附融傳》；又以孔稚珪自比，孔稚桂字德璋，《南齊書孔稚珪傳》云：「稚珪風韻清疏，好文詠，引酒六、七斗，與外兄張融情趣相得」〔註 392〕來比喻他們表兄弟間相知相親的關係。而司空曙用羊祜爲蔡邕外孫之典，以蔡家親言其表親的關係，言兩人平生交分已深，加上又是表親，更覺不同於旁人，這兩首詩是最足以代表他們表兄弟情誼的作品。其餘如〈春日書情贈別司空曙〉：

　　壯志隨年盡，謀身意未安。風塵交契闊，老大別離難。臘近情多暖，春遲夜却寒。誰堪少兄弟，三十又無官。〔註 393〕

又〈春日憶司空文明〉：

　　桃李風多日欲陰，百勞飛處落花深。貧居靜久難逢信，知隔春山不可尋。〔註 394〕

司空曙〈江園書事寄盧綸〉：

　　種柳南江邊，閉門三四年。豔花那勝竹，凡鳥不如蟬。嗜酒漸嬰渴，讀書多欲眠。平生故交在，白首遠相憐。〔註 395〕

又〈別盧綸〉：

　　有月多同賞，無秋不共悲。如何與君別，又是菊黃時。〔註 396〕

亦皆充滿綿密的深情，是盧綸與司空曙在詩文交分的基礎上，更兼表兄弟的情誼，益發顯得相得而益彰。

二、妻兄弟

　　妻黨兄弟間的詩作，據筆者搜羅，並不多見，僅戴叔倫、崔峒、

〔註 391〕參劉初棠說，《盧綸詩校注》，卷四，頁 359。
〔註 392〕參劉初棠說，前揭書，卷四，頁 360。
〔註 393〕前揭書，卷三，頁 322。
〔註 394〕前揭書，卷三，頁 298。
〔註 395〕《全唐詩》，卷二九二，頁 3330。
〔註 396〕前揭書，卷二九三，頁 3338。

杜牧有零星一兩首，但白居易却有二、三十首與妻兄弟的唱和之作。

戴叔倫〈妻亡後別妻弟〉重點在妻亡後共同的悲傷：

> 楊柳青青滿路垂，贈行唯折古松枝。停舟一對湘江哭，哭罷無言君自知。〔註397〕

除了妻弟，戴叔倫另有一首寄姊夫的詩則是以外甥爲焦點，讚其家父子相承的文藝傳統，〈撫州對事後，送外生宋垓歸饒州觀侍，呈上姊夫〉：

> 淮汴初喪亂，蔣山烽火起。與君隨親族，奔迸辭故里。京口附商客，海門正狂風。憂心不敢住，夜發驚浪中。雲間方見日，潮盡爐峯出。石壁轉棠陰，鄱陽寄茅屋。淹留三十年，分種越人田。骨肉無半在，鄉園猶未旋。爾家習文藝，旁究天人際。父子自相傳，優遊聊卒歲。學成不求達，道勝那厭貧。時入閭巷醉，好是羲皇人。頃因物役牽，偶逐簪組羣。謗書喧朝市，撫己慚淺昧。世業大小禮，近通顏謝詩，念渠還領會，非敢獨爲詩。〔註398〕

《唐才子傳》云：「叔倫初以淮，汴寇亂，魚肉江上，攜親族避地來鄱陽，肄業勤苦，志樂清虛，閉門却掃……詩興悠遠，每作驚人。」〔註399〕，味此詩，知叔倫外生宋垓即與他一同逃離南來，淹留歲久，北歸饒州之際，呈告姊夫有關南來種種風波險阻，以及安定下來後，詩書優遊的生活，並報告外生如今業學的進度，充滿激賞安慰與不負所託之情。

崔峒〈喜逢妻弟鄭損，因送入京〉：

> 亂後自江城，相逢喜復驚。爲經多載別，欲問小時名。對酒悲前事，論文畏後生。遙知盈卷軸，紙貴在江城。〔註400〕

除了敘舊還兼論文，說妻弟創作量豐富而且在江城享名，紙爲之貴，有讚賞欣慰之意。

〔註397〕前揭書，卷二七四，頁3110。
〔註398〕前揭書，卷二七四，頁3113～3114。
〔註399〕《唐才子傳校正》，卷五，頁156。
〔註400〕《全唐詩》，卷二九四，頁3347。

　　杜牧〈奉送中丞姊夫儔自大理卿出鎮江西，敘事書懷，因成十二韻〉：

> 惟帝憂南紀，搜賢與大藩。梅仙調步驟，庾亮拂纛鞬。一室何勞掃，三章自不冤。精明如定國，孤峻似陳蕃。灞岸秋猶嫩，藍橋水始喧。紅旆里石壁，黑稍斷雲根。滕閣丹霄倚，章江碧玉奔。一聲仙妓唱，千里暮江痕。私好初童稚，官榮見子孫。流年休挂念，萬事至無言。玉輦君頻過，馮唐將未論。庸書醾萬債，竹塢問樊村。〔註401〕

敘姊夫之大才，並以年少相知，今而官榮見子孫爲可喜可賀，至於自己則仍是落落文職，蟄居於樊村竹塢間。

　　白居易在元和二年（807）娶弘農楊氏爲妻〔註402〕，楊氏即爲後來在政治上頗有地位的楊虞卿之從父妹，而居易早於貞元十五年（799）在宣州時就已認識楊虞卿，且有極深的交情，所以他們結婚極有可能就是通過楊虞卿的撮合而成〔註403〕。同時，楊氏其他從兄如楊汝士、楊嗣復、楊漢公、楊魯士等亦與白氏交情頗好，其中尤以與楊汝士的酬唱最多，從年輕到老，數量上不輸寫給本家兄弟行簡、敏中者，而與楊虞卿、楊嗣復的亦不少。

　　楊汝士、楊虞卿、楊嗣復爲族兄弟，他們大致背景如下：楊汝士字慕巢，行六，元和四年進士第，累辟府史，長慶元年坐弟殷士貢舉覆落，由右補闕貶開江令，太和中，李宗閔、中僧儒輔政，待汝士厚，由中書舍人遷工部侍郎，改同州刺史，開成元年轉兵部侍郎又出東川節度使，四年，入爲吏部侍郎，而以刑部《尚書》卒。〔註404〕

　　楊虞卿字師皋，行八，元和五年進士，至元和末已官至監察御史，

〔註401〕前揭書，卷五二四，頁 5991。

〔註402〕參顧學頡〈白居易年譜簡編〉，《白居易集》（漢京文化事業有限公司，民國 73 年），頁 1599。

〔註403〕參顧學頡〈白居易和他的夫人〉，收入氏著《顧學頡文學論集》（中國社會科學出版社，1987 年），頁 100。

〔註404〕後晉劉昫等撰《舊唐書》（鼎文書局，民國 74 年），卷一七六，頁 4564。

穆宗初即位，盤遊無節，上疏直諫，帝深獎之，更為遷轉，其後阿附李宗閔，時號「黨魁」，李宗閔、牛僧孺執政時，官至左司郎中，拜諫議太夫，改給事中。太和七年李德裕為相，出為常州刺史，八年，宗閔復相，召為工部侍郎，九年拜京兆尹，為人造謠誣陷，貶虔州司戶，卒于貶所。〔註405〕

　　楊嗣復，年二十擢進士，登博學宏詞科，長慶元年，居易由郎中知制誥，舉嗣復自代，十月，白遷中書舍人，嗣復即知制詔，正拜中書舍人，因其與牛僧孺，李宗閔皆權德輿貢舉門生，情義相得，進退取舍，多與之同，故僧孺作相，歷禮、戶部侍郎，東、西川節度使，開成三年與牛黨中後進李珏同平章事，次年罷李黨之鄭覃，以政事歸嗣復。嗣復姑乃文宗妃，武宗立，欲殺嗣復，因諫而貶漸州，宣宗即位，牛黨重新得勢，徵還至岳州卒〔註406〕。

　　由以上可知楊氏兄弟與牛李黨中之牛黨關係至切，居易與之既為姻親，私交又篤，且牛僧孺考制科時，居易為考官，他們在對策時攻擊時政，致當權的李吉甫、裴均不滿，不依規定授官，且處罰了幾個主考官，白曾為此上奏，辨明牛、李無罪，于是得罪李吉甫，致後來為其子德裕排擠，照說居易當會積極傾向牛黨，但是事實上他是自覺地立足於兩黨的鬥爭之外，盡量避免卷入漩渦，求不害於公，亦不損於私，無論牛黨或李黨得勢，總是自動乞「外任」，乞「分司」，以求遠嫌避禍〔註407〕。這是居易獨特的政治態度，也就因此他與楊氏兄弟可以自始至終保持著深厚的交情，而不受他們進退升黜的任何影響。以下我們來看足以代表他們感情的詩。

1. 楊汝士

　　居易與楊汝士最親，元和二年（807）有〈醉中留別楊六兄弟〉，

〔註405〕前揭書，卷一七六，頁4563。
〔註406〕前揭書，卷一七六，頁4554〜4560。
〔註407〕參顧學頡〈白居易和他的夫人〉、〈白居易與牛李兩黨關係考〉，《顧學頡文學論集》，頁97〜127。

時汝士未第進士，兩人却感情極好：

> 春初攜手春深散，無日花間不醉狂。別後何人堪共醉，猶
> 殘十日好風光。〔註408〕

寫二人酣醉同樂的情景，至元和九年（814）有〈寄楊六〉：

> 青宮官冷靜，赤縣事繁劇。一閑復一忙，動作經時隔。清
> 醑久廢酌，白日頓虛擲。念此忽踟躕，悄然心不適。豈無
> 舊交結，久別或遷易。亦有新往還，相見多形跡。惟君於
> 我分，堅久如金石。何況老大來，人情重姻戚。會稀歲月
> 急，此事真可惜。幾迴開口笑，便到髭鬚白。公門苦鞅掌，
> 晝日無閑隙。猶冀乘暝來，靜言同一夕。〔註409〕

詩下自註云：「楊攝萬年縣尉，予為贊善大夫」，按居易於元和六年四
月丁母憂，退居渭村，本於八年六月可以補官，但時李吉甫秉政，以
元和三年李宗閔、牛僧儒之事件，對居易仍銜恨在心，遲遲未被起用。
至九年十月，李吉甫卒，方授太子左贊善大夫的閑曹冷官〔註410〕，
這是居易所以云「青宮官冷靜」的原因。本來面對這種不平的待遇，
他大可向妻兄一吐委屈，但是他似乎有意迴避官場上的任何問題，而
將整首詩的重心全擺在兩人的情誼交契，以及別後思念之意上頭。大
和八年（834）七月，楊汝士由工部侍郎出為同州刺史，居易有〈和
同州楊侍郎誇柘枝見寄〉：

> 細吟馮翊使君詩，憶作餘杭太守時。君有一般輸我事，柘
> 枝看校十年遲。〔註411〕

汝士詩中誇柘枝舞之好，居易以餘杭太守任已知其好，今復十年矣，
故云汝士輸他在這事上頭。開成元年（836）居易仍在太子少傅任，
而楊汝士已回朝為兵部侍郎，居易有〈殘春詠懷，贈楊慕巢侍郎〉：

> 位逾三品日，年過六旬時。不道官班下，其如筋力衰。猶
> 憐好風景，轉重舊親知。少壯難重得，歡娛且強為。興來

〔註408〕《白居易集》，卷十三，頁256。
〔註409〕前揭書，卷十，頁196。
〔註410〕參顧學頡〈白居易與牛李兩黨關係考〉，《顧學頡文學論集》，頁105。
〔註411〕《白居易集》，卷三二，頁726。

池上酌，醉出袖中詩。靜話開襟久，閒吟放盞遲。落花無
限雪，殘鬢幾多詩。莫說傷心事，春翁易酒悲。〔註412〕

時居易已六十五歲，才做到從二品的太子少傅官，但是他說「不道官
班下，其如筋力衰」，並不由官卑而歎，却由筋衰力倦說起，全詩爲
歎老之語，而將官卑之事抹淡，也許這正是白居易爲官與做人的原
則，他淡泊知足，隨緣且喜，却極重與親友的感情，每首詩都充滿眞
心的懷念。同年十二月楊汝士檢校禮部尙書，充劍南東川節度使，居
易有〈楊六尙書新授東川節度使，代妻戲賀兄嫂二絕〉：

劉綱與婦共升仙，弄玉隨夫亦上天。何似沙哥領崔嫂，碧
油幢引向東川。

金花銀椀饒兄用，罨畫羅衣盡嫂裁。覓得黔婁爲妹壻，可
能空寄蜀茶來。〔註413〕

前首以昇仙飛天喻楊汝士夫妻西行，後首則以兄嫂之富貴與自己的貧
窮做對比，賀喜之外，也復自得於自家夫妻在貧賤中能甘之如飴。又
時楊嗣復亦爲西川尙書，而居易則任太子少傅分司東都，有詩〈同夢
得寄賀東、西川二楊尙書〉云：

龍節對持眞可愛，雁行相接更堪誇。兩川風景同三月，千
里江山屬一家。魯衛定知聯氣色，潘楊亦覺有光華。應憐
洛下分司伴，冷宴閑遊老看花。〔註414〕

兄弟兩兩對居節制，不惟時人榮之，忝爲姻眷的居易更覺光彩無比，
末兩句仍是從自己年老而無伴，冷宴閑遊講起，寄寓對昔日同遊共宴
的歡樂之情無比的懷念。楊汝士於開成四年（839）九月由東川返京
爲吏部侍郎以至尙書，至武宗會昌元年（841），居易有〈楊六尙書頻
寄新詩，詩中多有思閑相就之志，因書鄙意，報而諭之〉：

君年殊未及懸車，未合將閑逐老夫。身健正宜金印綬，位
高方稱白髭鬚。若論塵事何由了，但問雲心自在無？進退

〔註412〕前揭書，卷三三，頁743。
〔註413〕前揭書，卷三三，頁754。
〔註414〕前揭書，卷三三，頁758。

是非俱是夢，丘中闕下亦何殊？〔註415〕

當時居易已是七十歲，太子少傅的官形同退休，楊六在京中頗有致
仕到洛下與居易爲伴之意，居易却勸他等七十歲再退休，詩的下半
是居易一生的自處之道，窮通貴賤形同浮雲，他勸正在闕下忙碌的
楊六要隨遇而安，宛如兄長親切的誨訓與叮嚀，蓋居易雖稱楊六爲
兄，實比他年長，且中舉仕宦實爲其先進，惟以楊六長於白妻，故
稱兄耳。〔註416〕居易與汝士感情深厚，唱和之作多至二十餘首，以
上所舉，僅爲能確切考察出時間之作品，即此已可見兩人間的契闊
交歡。

2. 楊虞卿

　　楊虞卿與居易結交於貞元十五年（799），至元和十一年（816）
居易以上奏急捕刺殺宰相武元衡之賊一事，爲奸臣誣告，出爲江州司
馬時，仍引爲知己同調，〈與楊虞卿書〉暢述了兩人相知之難得，也
將初遭貶謫，驚弓之鳥的憂鬱憤慨之情盡悉宣洩〔註417〕，其後儘管
虞卿阿附李宗閔，在朋黨的風波裏弄潮沈浮，而居易則從貶江州起就
一改銳進直言而爲恬退淡泊，各自走到自己選擇的人生路上去，但是
舊的交情始終不曾淡褪。大和七年（833），李德裕知政事，師皋由給
事中出爲常州刺史，居易曾有〈送楊八給事赴常州〉一詩以慰之：

　　無嗟別青瑣，且喜擁朱輪。五十得三品，百千無一人。須
　　勤念黎庶，莫苦憶交親。此外無過醉，毗陵何限春。〔註418〕

是年居易六十二歲，師皋方五十，在宦途的歷練上，居易屢遭貶謫，
已然視爲平常，因此他乃以「退一步，海闊天空」的想法給予開導，
教他只要不苦於思念親人，不飲酒過醉，在常州其實也處處是春天，
足堪玩賞的。大和八年，宗閔復入相，召師皋爲工部侍郎，九年四月，

〔註415〕前揭書，卷三五，頁808。
〔註416〕白居易〈以詩代書，酬慕巢尚書見寄〉，有「老校於君六七年」之
　　　　句，參前揭書，卷三六，頁835。
〔註417〕參前揭書，卷四四，頁946～949。
〔註418〕前揭書，卷三一，頁700。

拜京兆尹，正在炙手可熱之際，又爲仇家所陷，貶虔州司馬，居易甚
爲掛慮，作〈何處堪避暑〉以述其意：

> 何處堪避暑，林間背日樓。何處好追涼，池上隨風舟。日
> 高飢始食，食竟飽還遊。遊罷睡一覺，覺來茶一甌。眼明
> 見青山，耳醒聞碧流。脫襪閑濯足，解巾快搔頭。如此來
> 幾時，已過六七秋。從心至百骸，無一不自由。拙退是其
> 分，榮耀非所求。雖被世間笑，終無身外憂。此語君莫怪，
> 靜思吾亦愁。如何三伏月，楊尹謫虔州。〔註419〕

從朋黨相爭開始劇烈之後，居易就自覺地收斂自己，遠離風景的核
心，過著自由愜意的外任生涯，遽聽聞楊師皋被謫的消息，除了驚
諤感歎之外，也了悟自己的選擇確實「雖被世間笑，終無身外憂」，
雖嫌怯懦，却能免禍，話中有許多對現實紛擾的無可奈何。師皋最
後就在虔州司戶任上死了，居易有〈哭師皋〉一詩，極盡故人哀泣
之情：

> 南康丹旐引魂迴，洛陽籃舁送葬去。北邙原邊尹村畔，月
> 苦煙愁夜過半。妻孥兄弟號一聲，十二人腸一時斷。往者
> 何人送者誰？樂天哭別師皋時。平生分義向人盡，今日哀
> 冤唯我知。我知何益徒垂淚，籃輿迴竿馬迴轡。何日重聞
> 掃市歌？誰家收得琵琶妓？蕭蕭風樹白楊影，蒼蒼露草青
> 蒿氣。更就墳邊哭一聲，與君此別終天地。〔註420〕

詩有註云：「師皋醉後善歌掃市詞，又有小妓，攻琵琶，不知今落何
處」，詩人拈出師皋性情的狂放眞摯之處，緬懷不已，他自認自己是
了解楊虞卿的，「平生分義向人盡」概括了他對楊的評語，因此「今
日哀冤唯我知」，他縱選擇了另外的路，仍能明白在當道相爭的寂寞
與悲哀，因此深寄同情。楊虞卿歿時，楊汝士鎭東川，感虔州弟喪逝，
感己之榮盛，有歸洛之意，居易有詩〈和東川楊慕巢尚書《府中坐感
戚在懷》見寄十四韻〉以勸之：

〔註419〕前揭書，卷三〇，頁684。
〔註420〕前揭書，卷三〇，頁687。

　　我是知君者，君今意若何？窮通事不定，苦樂事相和。東
　　蜀歎殊渥，西江歎逝波。只緣榮貴極，翻使感傷多。行斷
　　風驚雁，年侵日下坡。片心休慘戚，雙鬢已蹉跎。紫綬黃
　　金印，青幢白玉珂。老將榮補帖，愁用道銷磨。外府饒盃
　　酒，中堂有綺羅。應須引滿飲，何不放狂歌？錦水通巴峽，
　　香山對洛河。將軍馳鐵馬，少傅步銅駝。深契憐松竹，高
　　情憶薜蘿。懸車年甚遠，未敢放相過。〔註421〕

以為窮通苦樂本來就摻雜在人生的況味之中，因此不必為了弟弟的死
而消沈隱退，老而且愁雖是事實，但滿飲狂歌足以寬之，不需要急在
七十之年尚為期甚遠之時，就早早致仕。

3. 楊嗣復

　　居易與楊嗣復交情亦不薄，元和十四年（819）居易在忠州，有
詩〈京使迴，累得南省諸公書，因以長句詩寄謝蕭五、劉二、元八、
吳十一、韋大、陸□郎中、崔二十二、牛二、李七、庾三十一、李六、
李十、楊三、樊大、楊十二員外〉：

　　雪壓泥埋未死身，每勞存問媿交親。浮萍飄泊三千里，到
　　宿參差十五人。禁月落時君待漏，畬煙深處我行春。瘴鄉
　　得老猶為幸，豈敢傷嗟白髮新？〔註422〕

居易初貶，朝中友人多為之不平，詩中所提十五人，其中楊三即嗣復
也，這些朋友的關懷，給他極大的安慰。其時，嗣復與居易可能並未
有特別深厚的交情。至長慶元年（821）居易由郎中知制誥，舉嗣復
以自代後，居易果遷中書舍人，而嗣復即知制誥，其後宦途升沈，曾
與楊汝士分掌東西川，白賀詩已見前。開成三年（838），嗣復與李珏
以本官同平章事，居易有〈夢得相過，援琴命酒，因彈秋思，偶詠所
懷，兼寄繼之、待價二相府〉：

　　閑居靜侶偶相招，小飲初酣琴欲調。我正風前弄秋思，君
　　應天上聽雲韶。時和始見陶鈞力，物遂方知盛聖朝。雙鳳

〔註421〕前揭書，卷三四，頁765。
〔註422〕前揭書，卷十八，頁380。

棲梧魚在藻，飛沈隨分各逍遙。〔註423〕

時嗣復、李珏雖貴爲宰相，居易詩中並無豔羨之意，他很安於在洛下
任太子少傅的現職，認爲各隨其分，各自逍遙。是年，居易作〈醉吟
先生傳〉。開成四年（839），十月，居易得風痺之疾，一直到五年入
春方稍痊，有〈繼之尚書自余病來，寄遺非一，又蒙覽《醉吟先生傳》
題詩以美之，今以此篇，用伸酬謝〉：

衰殘與世日相疏，惠好唯君分有餘。茶藥贈多因病久，衣
裳寄早乃寒初。交情鄭重金相似，詩韻清鏘玉不如。醉傳
狂言人盡笑，獨知我者是尚書。〔註424〕

對楊嗣復在其病中殷勤的餽遺，表達了滿心的感激。會昌元年（841），
文宗崩、武宗立，李德裕入執政，九月出嗣復爲湖南觀察使，又以中
人言嗣復、李珏謀不利於陛下，上乃欲殺之，賴崔鄲、崔珙力勸，乃
追潭桂二中使，再貶嗣復潮州刺史〔註425〕，居易乃有〈寄潮州繼之〉：

相府潮陽俱夢中，夢中何者是窮通？他時事過方應悟，不
獨榮空辱易空。〔註426〕

揭示窮通不過轉眼，榮辱畢竟成空的人生眞象，慰勉之意甚深。此後
兩人詩書往返，頗稱殷勤，惜楊詩並未流傳下來，但從會昌三年（843）
居易七十二歲時這首〈得潮州楊相公繼之書并詩，以此寄之〉可見一
斑：

詩情書意兩殷勤，來自天南瘴海濱。初覩銀鉤還啓齒，細
吟瓊什欲沾巾。鳳池隔絕三千里，蝸舍沈冥十五春。唯有
新昌故園月，至今分照兩鄉人。〔註427〕

居易會昌二年已以刑部尚書致仕，嗣復遠在潮州，兩人的感情經歷居
易病風、嗣復謫宦的種種波折之後，益見眞情流露，彌老彌堅了。

總之，居易對妻兄的感情完全建立在私人感情上，因此，不論楊

〔註423〕前揭書，卷三四，頁778。
〔註424〕前揭書，卷三五，頁802。
〔註425〕參《舊唐書》，卷一七六，頁4559。
〔註426〕《白居易集》，卷三五，頁809。
〔註427〕前揭書，卷三七，頁848。

氏兄弟遭遇如何，他始終站在一邊，給予不變的關心與勸勉。《舊唐書》本傳評居易云：「就文觀行，居易爲優，放心於自得之場，置器於心安之地。」〔註428〕誠爲得之。

　　由白居易諸人的例子，我們可以發現，建築在詩文相知基礎上的外家兄弟之感情，實在一點也不遜於本家兄弟，幼時共同的成長記憶之下，往往也使表兄弟間分外親熟熱絡。只要是有心珍惜，兄弟情可以維繫一生，長長久久。

〔註428〕《舊唐書》，卷一六六，頁 4360。

第五章　結　論

　　唐代述及家庭倫理的詩數量至鉅，詩人雖多半爲文人，亦間有后王帝妃、閨閣婦女，乃至僧侶倡伎之作，不管其作品是抒寫自身的感情、是代擬之作，或是唱和而生，都足以代表唐人家庭倫理的實況。或許以詩人取材角度的關係，並不能將一切眞象全面呈露，但從這繁多的詩作中，却絕對探察得到詩人心中所抱持的家庭倫理觀以及詩人耳所聞、眼所見、心所感的唐人家庭倫理。

　　在夫婦感情類，恩愛、患難及悼亡部分的作品較少，而自抒感情的比例高，分離的部分却特爲詩人所專長，而尤以代擬思婦感情者最多，其情感多爲哀怨無已，惹人同情的基調。可見這一類境遇的唐代婦女，最能得到詩人的關心，也最能使詩人挺身代之發言。總而觀之，詩中呈現的夫妻感情是歡樂與共，患難相扶持，離別頻相思，亡後常追憶的深情，而對薄倖背棄者加以唾棄，對於遇人不淑者予以同情，對於造成夫妻不得相守相依的客觀因素則寄以頻頻的感歎。

　　至於妻妾與夫之間關係的不同，則可以明顯看出：夫妻之間是相依終身的伴侶，彼此之間的感情涵融著責任、德行，而表現於歡時共樂，憂時同愁，別離想念，與亡後追思，彌長而深。妾則不同，他們以容色事夫，以才藝悅主，可以贈、換甚至賣，夫對他們有歌舞盡情之樂，耳目聲色之娛，有賞悅，有歡寵，却缺乏責任與義務，就算亡

後的追念，也多在惋惜失去了一樣可弄於掌上的珍玩寶貝的情緒上打轉，而非如喪妻那種痛失左右手，百般無助的傷懷痛切。

「丈夫百行，婦人一志」的情形在詩中遍見，儘管唐是個胡化社會，禮教寬鬆，至於閨門失禮不以爲意，也不反對再嫁，但詩裏呈現的卻仍多是貞心自持，至死不渝的傳統婦女形象，連妾亦有夫死不嫁甚至慨然從死的貞節觀念，悖禮再嫁，凌夫棄夫的行爲受到詩人嚴厲的譴責。當然，以男性爲主的詩人羣也鄙棄丈夫的薄倖，縱然他們有許多也都挾妓、宴樂、放曠不已。但是，就詩論詩，其中仍然遵守傳統，對夫妻關係視同一體，而追求恒久專一的相守相依。

在父子感情類，慈幼之愛表現得比孝養之情充分。香煙繼承的觀念使唐人依舊渴盼得男。但實際慰情則兒女一般憐愛。欲成佳子弟則各以己所長，全盤教授；面臨分離，如拆骨肉，難割難捨；至若下殤，更難忍哀情，呼天號地不足以盡，這是父母之於子女，以詩人感情之豐沛，尤覺動人魂魄。至若孝養之愛，除歌詠孝行，鄙薄不孝者而外，詩人以戀眷慈親較多，同時又以離家在外時抒寫較多，特別是在雙親老邁疾病時，最能凸顯人子孝養之赤心。

唐以孝治國，特別是玄宗曾二次親注《孝經》，頒行天下，成爲家家必讀，人人必備，而從教育內容及法律觀點而言，孝也都是最受重視的一項基本德性，親子之間的恩情也成爲維繫家族最主要的力量，相形之下，夫妻情反屬次要，犧牲妻子而成全孝道者時見之，但是唐詩中卻並沒有太多直接敘述與父母之間依慰之情的篇章，尤其是單單著筆於父親身上的更是難見，極可能與唐人重孝，以致愈是兒輩成長愈是父子拘禮有相當關係，李嘉祐〈送從叔陽冰祗召赴都〉一詩中，曾有「自小從遊慣，多由戲笑偏，常時矜禮數，漸老荷優憐……」〔註1〕之敘述，叔姪間尚因矜於禮數，而難得表達感情，要到老了才「情因老更慈」，露出慈愛本色，對於趨庭受教的兒

〔註1〕見本論文第三章〈父子倫理詩〉附論一、叔姪「關愛同樂」。

子，嚴父的形象就更可想見了。因此詩人對父母，尤其是父親的感情，常只見於〈靈表〉、〈墓誌銘〉一類之記載，而其內容也多側重在人格、事功的崇仰，這與葉慶炳先生的推測相當吻合〔註2〕，足可解釋子對父間的詩作何以難得。

　　至於附論的叔姪、甥舅、翁婿，及至祖孫感情，皆擬同於父子，但叔對姪，舅對甥，翁對婿除了慈似父子，還另外又摻雜著朋友、僚屬的情誼；而姪對叔，甥對舅，婿對翁也由於關係略遠，不如對父親那樣嚴肅拘禮，反而更能暢所欲言，送呈寄和之作中，內容顯得開闊許多。至於祖孫，親孫與從孫差別極大，前者一逕為慈愛，對後者則僅能以伯祖、叔祖的宗親立場敘敘情誼，能不能深交還要看志向是否一致。

　　大致說來，唐人父子之間的關係是極其緊密的，父親對子女無保留的付出關愛、照顧，子女對父母則最願侍奉晨昏。至於叔姪、祖孫的情感暢通，正是唐型家庭三代同堂的具體反映；甥舅、翁婿交分匪薄，足見外家亦為家庭倫理的要角。

　　詩人自抒感情之作，以兄弟類數量最多，其中又以臨別的依依不捨以及久別的千里懷人情況下所作者最豐富。這種別時多感的情形，除了父母對子女的慈幼之情較不明顯外，幾乎是其餘家庭倫理間的通例，蓋人類的感情，在相聚之當下，往往不能體會其珍貴，別離後才將聚時樂醅蘊成無比的相思情，沛然泉湧。

　　唐人重兄弟關係，友悌僅次於孝道，成為社會道德的尺寸，其重要甚至在夫妻感情之上。同時唐型家庭多以大功親為同居共財的範圍，實際地生活在一起，兄弟，甚至從兄弟間的交往是極頻繁的。在詩裏呈現的兄弟感情，有歡聚之樂，有勸勉之義，有難離之情，有永別之愴，深刻而感人，在在顯示同胞愛、同族情、同宗分之珍貴堪惜。

　　至於表兄弟與妻兄弟的感情，無論是建立在共同成長或是詩文交

─────────────────

〔註2〕詳參本論文第三章〈父子倫理詩〉第二節「孝養之情」所引述。

契的基礎，往往也深長而久遠。

　　縱觀唐人的家庭倫理詩，所流露出的，是一感情濃厚的家庭族羣關係，尤其是個別的詩人對一己親人的情感更顯得深刻動人，如白居易、杜甫、權德輿、李白、韋應物、李商隱等對妻子、兒女、父母、兄弟、及至叔姪、甥舅、孫兒、子壻、表兄弟、妻兄弟，以其親身經驗的自然表露，不需要多餘的理論解說，已經做了家庭倫理的最佳言詮者。從這些動人的篇章，我們看到唐人性格中戀家、愛家、重宗誼重外家的深情款款，以及他們對家庭倫理的理想追求。

主要參考書目

（一）

1. 《十三經注疏·周易》，魏王弼、晉韓康伯注、唐孔穎達疏，藝文印書館，民國 71 年。

2. 《十三經注疏·詩經》，漢毛亨傳、鄭玄箋、唐孔穎達疏，藝文印書館，民國 71 年。

3. 《十三經注疏·儀禮》，漢鄭玄注、唐賈公彥疏，藝文印書館，民國 71 年。

4. 《十三經注疏·禮記》，漢鄭玄注、唐孔穎達疏，藝文印書館，民國 71 年。

5. 《十三經注疏·左傳》，晉杜預注、唐孔穎達疏，藝文印書館，民國 71 年。

6. 《十三經注疏·論語》，魏何晏注、宋邢昺疏，藝文印書館，民國 71 年。

7. 《十三經注疏·孟子》，魏何晏注、宋邢昺疏，藝文印書館，民國 71 年。

8. 《十三經注疏·孝經》，唐玄宗明皇帝御注、宋邢昺疏，藝文印書館，民國 71 年。

9. 《白虎通義》，漢班固撰、清陳立疏證，台灣商務印書館，民國 57 年。

（二）

1. 《舊唐書》，後晉劉昫等，鼎文書局，民國 74 年。

2. 《新唐書》，宋歐陽修、宋祁，鼎文書局，民國 74 年。

3. 《唐會要》，宋王溥，世界書局，民國 59 年。

4. 《唐律疏議》，唐長孫無忌等，弘文館出版社，民國 75 年。

5. 《大唐六典》，唐李隆基撰、李林甫等注，中文出版社，1980 年。

6. 《宋史》，元脫脫等，鼎文書局，民國 74 年。

7. 《荊楚歲時記》，梁宗懍撰、王毓榮校注，文津出版社，民國 77 年。

8. 《開元天寶遺事》，五代王仁裕，新文豐叢書集成新編。

9. 《國史補》，唐李肇，新文豐叢書集成新編。

10. 《酉陽雜俎》，唐段成式，新文豐叢書集成新編。

11. 《封氏聞見記》，唐封演，新文豐叢書集成新編。

12. 《杜陽雜編》，唐蘇鶚，新文豐叢書集成新編。

13. 《雲谿友議》，唐范攄，新文豐叢書集成新編。

14. 《朝野僉載》，唐張鷟，新文豐叢書集成新編。

15. 《唐語林》，宋王讜，新文豐叢書集成新編。

16. 《唐才子傳校正》，元辛文房撰、周本淳校正，文津出版社，民國 77 年。

17. 《唐才子傳校箋》，元辛文房撰、傅璇琮主編，北京中華書局，1989 年。

18. 《登科記考》，清徐松撰、趙守儼點校，北京中華書局，1984 年。

（三）

1. 《新譯莊子讀本》，周莊周著、黃錦鋐註譯，三民書局，民國 70 年。

2. 《呂氏春秋》，秦呂不韋，世界書局，民國 61 年。

3. 《新語》，漢陸賈，世界書局，民國 51 年。

4. 《顏氏家訓》，北齊顏之推撰、王利器集解，明文書局，民國 71 年。

（四）

1. 《先秦漢魏晉南北朝詩》，逯欽立輯校，木鐸出版社，民國 72 年。

2. 《文選》，梁蕭統編、唐李善注，文津出版社，民國 76 年。

3. 《全唐詩》，清聖祖御定，明倫出版社，民國 60 年。

4. 《全唐詩外編》，王重民、孫望、童養年輯錄，木鐸出版社，民國 72 年。

5. 《全唐文及拾遺》，清董誥等編、陸心源補輯拾遺，大化書局，民國

76 年。

6. 《全唐五代詞》，張璋、黃畬編，文史哲出版社，民國 75 年。

7. 《樂府詩集》，宋郭茂倩編，里仁書局，民國 69 年。

8. 《藝文類聚》，唐歐陽詢，中文出版社，1980 年。

9. 《太平廣記》，宋李昉等，明倫出版社。

10. 《敦煌變文集新書》，潘師重規輯錄，中國文化大學中文研究所，民國 72 年。

11. 《唐人傳奇小說》，汪辟疆編撰，文史哲出版社，民國 72 年。

12. 《陶淵明集》，晉陶淵明撰、逯欽立校注，里仁書局，民國 71 年。

13. 《李白集校注》，唐李白撰、瞿蛻園等校注，里仁書局，民國 70 年。

14. 《類箋王右丞集》，明顧起經注，學生書局，民國 59 年。

15. 《高適詩集編年箋註》，唐高適撰、劉開揚編年箋注，漢京文化事業有限公司，民國 72 年。

16. 《杜詩鏡銓》，唐杜甫撰、清楊倫箋注，華正書局，民國 70 年。

17. 《讀杜心解》，清浦起龍，大通書局。

18. 《選批杜詩》，清金聖歎，東南書局，民國 46 年。

19. 《韓昌黎文集校注》，唐韓愈撰、馬通伯校注，華正書局，民國 71 年。

20. 《柳宗元集》，唐柳宗元撰、吳文治校點，漢京文化事業有限公司，民國 71 年。

21. 《白居易集》，唐白居易，漢京文化事業有限公司，民國 73 年。

22. 《元稹集》，唐元稹，漢京文化事業有限公司，民國 72 年。

23. 《盧綸詩集校注》，唐盧綸撰、劉初棠校注，上海古籍出版社，1989 年。

24. 《李賀詩集》，唐李賀撰、葉葱奇校注，里仁書局，民國 71 年。

25. 《李商隱詩集疏注》，唐李商隱撰、葉葱奇疏注，里仁書局，民國 76 年。

26. 《韋莊集校注》，唐韋莊撰、李誼校注，四川省社會科學院出版社，1986 年。

27. 《文心雕龍注釋》，梁劉勰撰、周振甫注，里仁書局，民國 73 年。

28. 《唐詩紀事》，宋計有功，鼎文書局，民國 67 年。

29. 《詩藪》，明胡應麟，廣文書局，民國 62 年。

30. 《歷代詩話》，清何文煥輯，漢京文化事業有限公司，民國 72 年。

31. 《續歷代詩話》，丁福保輯，木鐸出版社，民國 72 年。

32. 《朱子全書》，宋朱熹，大化書局，民國 74 年。

33. 《羅雪堂先生全集・三編》，羅振玉，文華出版公司，民國 58 年。

（五）

1. 《敦煌變文社會風俗事物考》，羅師宗濤，文史哲出版社，民國 63 年。

2. 《中國詩歌研究》，羅師宗濤等，中央文物供應社，民國 74 年。

3. 《隋唐史》，王壽南，三民書局，民國 75 年。

4. 《中國婚姻史》，陳顧遠，台灣商務印書館，民國 72 年。

5. 《歷代社會風俗事物考》，尚秉和，台灣商務印書館，民國 74 年。

6. 《杜甫》，撰者不詳，坊間本。

7. 《杜甫年譜》，王實甫，西南書局，民國 67 年。

8. 《白居易年譜》，朱金城，上海古籍出版社，1982 年。

9. 《唐代的詩人們》，日前野直彬著、洪順隆譯，幼獅文化事業公司，民國 68 年。

10. 《中國法律與中國社會》，瞿同祖，里仁書局，民國 73 年。

11. 《中國學術思想史論叢（三）》，錢穆，東大圖書公司，民國 70 年。

12. 《中國人文精神之發展》，唐君毅，人生出版社，民國 47 年。

13. 《名著與名人》，中央月刊社，中央月刊社，民國 70 年。

14. 《唐代詩人叢考》，傅璇琮，北京中華書局，1980 年。

15. 《顧學頡文學論集》，顧學頡，中國社會科學出版社，1987 年。

16. 《社會學與中國研究》，蔡文輝，東大圖書公司，民國 70 年。

17. 《思想與文化》，龔鵬程，業強出版社，民國 75 年。

18. 《玉谿生詩謎正續合編》，蘇雪林，台灣商務印書館，民國 77 年。

19. 《中國封建家禮》，李曉東，文津出版社，民國 78 年。

20. 《唐人行第錄》，岑仲勉，北京中華書局，1962 年。

21. 《中國文化新論・社會篇－吾土與吾民》，聯經出版事業公司，民國 71 年。

22. 《中國文化新論・宗教禮俗篇－敬天與親人》，聯經出版事業公司，民國 76 年。

23. 《第一屆唐代學術會議論文集》，學生書局，民國 76 年。

24. 《敦煌孝道文學研究》，鄭師阿財，文化大學中文研究所博士論文，

民國 71 年。

25. 《唐代文學所表現之婚俗研究》，張修蓉，政治大學中文所碩士論文，民國 65 年。

26. 《全唐詩婦女詩歌之內容分析》，嚴紀華，政治大學中文所碩士論文，民國 70 年。

27. 《唐詩演變之研究》，高大鵬，政治大學中文所博士論文，民國 74 年。

28. 《唐詩中夫婦情誼之研究》，吳秋慧，政治大學中文所碩士論文，民國 79 年。

29. 〈白樂天之先祖及後嗣問題〉，王夢鷗先生，政治大學學報第十期，民國 53 年。

30. 〈中國人之倫理意識—以中國詩歌所表現之倫理觀為中心〉，羅師宗濤，《現代社會與傳統道德論文集》，韓國高麗大學民族文化研究所，1986 年。

31. 〈推廣古典詩歌滋潤倫理親情〉，葉慶炳，《傳統文化與現代生活研討會論文集》，民國 71 年。

32. 〈傳統家族試論〉，杜正勝，《大陸雜誌》六五卷二期，民國 71 年。

33. 〈唐代婚姻約論〉，劉增貴，《成功大學歷史學報》第五期。